황제와 여기사

황제와 여기사

II

안경원숭이 장편소설

D&C BOOKS

차 례

9.황제의 길 · 7

10. 귀향 · 63

11. 개선 · 75

12. 잠시 쉬었다 가시오 · 125

13. 서열정리 · 207

14. 후궁의 여기사 · 271

15. 푸닥거리 · 403

9. 황제의 길

9.황제의 길

제국 황제 룩소스 1세의 용맹한 군단은 결코 느리지 않은 속도로 북진했다.

고향으로 돌아가는 병사들의 발걸음은 날아갈 듯 가벼웠다. 10년의 전쟁으로 쌓인 피로도 고향을 향해, 가족에게 돌아가는 남자들의 속도를 늦추지 못했다.

회군 속도는 진군보다 빨랐다. 룩소스 1세의 군대가 지나간 자리에 루조 공작이 길을 닦았기 때문이다.

루조 공작은 정비된 도로가 물자의 이동을 빠르게 하며, 장차 제국이 되려면 제국 내 소통이 잘 되어야 한다고 믿었다. 때문에 정복지가 안정되면 가장 먼저 도로 공사를 시행했다.

항복한 포로, 불안정한 치안을 노려 범죄를 저지르다 붙잡힌 범죄자들이 노역으로 길을 닦았다. 그렇게 닦인 도로는 10년의 전쟁으로 지친 병사들의 피로를 덜었다.

마음만 먹으면 순식간에 주파할 수 있는 길. 룩소스 1세는 일부러 속도를 조절했다. 병사들이 피로를 느끼지 않을 속도로 꾸준히 이동하되, 한곳에 오래 머무르지 않았다.

온 길을 되돌아가니, 지나간 자리에 남은 자들이 어떤 반응을 보이는지 확인하기 좋았다. 구석구석 샅샅이 둘러보진 못해도 정복지의 반응을 대략적으로 살펴보기엔 충분했다.

대륙 중부에 들어서면서 황제는 일부러 진군 속도를 늦췄다. 정복지의 반응은 나쁘지 않았다. 중부의 백성들은 꽃을 뿌리며 아크레아의 군대와 그들의 새 주인, 룩소스 1세를 환영했다.

낮아진 세율과 정복지이기에 강화한 치안은 중부인들에게 긍정적인 인상을 남겼다. 중부인들은 그들을 쥐어짤 생각만 하던 군주를 벗어나 자비로운 새 군주를 모실 기회를 얻었다고 여기기 시작했다.

룩소스 1세의 대륙통일 정복전쟁의 대의는 전적으로 '자격 없는 군주 아래에서 고통 받는 백성을 구하기 위해서'이다. 백성들 입장에선 다른 건 필요 없다. 하나로 충분했다.

감세.

새 군주는 세금을 줄였다. 하지만 국가가 백성들에게 제공하는 보호는 거두지 않았다. 반역을 염려해 치안도 강화했으니 탈영병으로 고생하던 사람들에겐 반가운 일이었다. 룩소스 1세는 소문으로 떠돌던 공약을 지켰다.

몇 년 뒤 세금이 은근슬쩍 오르면 그땐 땅을 치고 후회할까? 룩소스 1세가 초심을 지킨다면 오른 세율도 이전보다 낮을 테니 그대로 만족할지도 모른다. 애국심을 가진 사람이 있었으나 전쟁과 자국 군인의 수탈에 지친 중부인들은 눈앞의 청년 황제에게 환호했다.

아름답고, 현명하며, 자비롭고, 정의로운 군주다. 자고로 아랫것 입장에서 모시는 주인님은 기사보단 준귀족이 좋고, 준귀족보단 남작이 좋고, 남작보단 자작이 좋고, 자작보단 백작이 좋다. 그런 식으로 올라가다 보면 황제가 제일이었다. 왕국민보다 제국민이 있어 보이는 건 당연지사.

남부에 속국이 몇 남긴 했지만 제국의 자치령 취급이다. 속국은 왕국이 아닌 공국으로 격하되었다. 대륙에 남은 유일한 나라, 아크레아. 제국에 소속된다는 것은 사람들에게 미지의 성취감을 안겨줬다. 그들은 아무것도 하지 않았음에도 불구하고 제국 소속이 되었다는 사실 하나로 보람을 느끼게 된 것이다.

무엇보다 룩소스 1세는 아크레아 출신과 비非아크레아 출신을 차별하지 않았다. 과거의 통치 가문과 영주들에게도 제법 관대한 자비를 베풀었다.

아크레아의 근본이자 기틀은 사냥이다. 그것은 영토가 척박하고 평지가 적으며 기온이 낮아 사냥을 통해 얻는 털가죽과 고기가 없으면 생존이 어려운 아크레아만의 특징이었다.

일반적으로 나라의 기틀은 농경. 대지에 얽매인 농민들은 애국심보단 땅, 그 자체에 대한 애착이 강하다. 그들은 핏줄보단 지역으로 사람을 구분했다.

당연히 차별이 있을 것으로 여겼는데 아크레아의 병사들은 황제의 명령대로 정복지 주민들을 차별하지 않았다.

땅주인이던 영주는 죽지 않았다. 세금이 낮아지고 치안이 좋아졌으며 영주가 농민들의 눈치를 보기 시작했다. 영주의 평판이 좋지 않을 경우 룩소스 1세가 갈아치울 의사를 비쳤기 때문이다.

이 모든 일이 룩소스 1세가 새 주인이 되면서 시작됐다.

이전보다 살기 좋아졌다. 당장은 먹고 살기 힘들지만 하루하루 시간이 지날수록 나아지는 걸 체감했다. 사라진 것은 왕, 새로 생긴 것은 황제 폐하. 왕국이 사라지고 제국이 들어섰을 뿐인데 먹고 살기가 나아졌다. 그렇게 정복지 국민들은 제국민이 되었다.

귀족들이야 어떻든 농사를 지어 먹는 입장에서 전쟁이 끝나고 치안이 유지되니 그걸로 만사가 형통했다. 이전의 왕국으로 돌아가려면 다시 전쟁이 일어나야 하는데, 중부인들은 전쟁을 원하지 않았다. 황제의 인기는 사람들이 평화를 바랄수록, 일상으로 정착할수록 높아져 갔다.

무엇보다 황제는 잘생길수록 좋다!

대제국 아크레아와 황제 룩소스 1세에게 무한한 영광을!

길목에 서 꽃을 뿌리는 사람들의 눈빛엔 경외와 선망이 서려 있다. 그 모든 시선이 룩소스 1세를 향했다. 황제의 뒤에서 말을 타고 이동하는 폴리아나도 느낄 정도로 강렬했다.

'뿌듯해.'

때마침 날씨도 쾌청. 하늘은 맑고 바람은 선선하게 가끔씩 분다. 병사들의 발걸음은 가볍고 사람들은 환호성과 함께 꽃을 던졌다.

그중에 암기가 끼어 있을 수 있기에 폴리아나는 경계를 늦추지 않았다. 하지만 어쩐지 마음이 풀어진다.

아크레아로 돌아가 나나바로 입성하면 개선식을 한다. 그때 얼마든지 받을 수 있는 환영이지만 정복지 사람들이 환영하기에 더 각별했다.

이렇게 마음이 풀어지는 때일수록 방심해선 안 된다. 폴리아나는 마음을 다잡았다.

룩소스 1세는 병사들의 휴식을 위해 최적의 루트로 이동한다고 말했다. 언뜻 보기엔 그랬지만 실상 다른 목적이 있었다. 여정에 도시와 인구 밀집 지역이 있다면 길을 돌아서라도 반드시 하룻밤 머물렀다.

절대 야숙은 하지 않았으니 병사들을 위하는 게 맞다. 하지만 도시와 도시 사이의 거리가 멀면 병사들을 독촉하니 병사들을 위해서만 그런 게 아닌 걸 아는 사람은 다 알았다.

"전쟁도 끝났는데 밤이슬을 맞아 쓰겠느냐."

누구나 들여다볼 뻔한 핑계였지만 아무래도 좋았다. 좋은 게 좋은 거라지. 병사들이야 본래 높으신 분들이 이끄는 대로 움직이는 인생이고, 황제의 속내를 알 정도 되는 기사나 귀족들은 룩소스 1세의 속셈에 동의했다.

돌아가는 길에 각 지역의 분위기를 살피는 건 좋은 전략이었다. 지역 유지의 저택과 성에 머물며 룩소스 1세는 정복지의 분위기를 가늠했다. 오래 머무르지 못하는 게 아쉬웠다.

시트린 영지의 시트린 성에서 룩소스 1세는 이례적으로 일주일 체류를 선언했다. 온천이 있으니 지친 몸과 마음을 달래란 의도였다.

시트린 영지는 제대로 축성한 영주성이 딸린 대규모 영지다. 서북쪽으로 므스멜 숲과 닿아 있고 대륙의 중부에 위치해 기후가 온화했다.

임업과 농업이 발달한 와중, 온천이 있어 관광지로도 손색없었다. 지금도 대영지이지만 앞으로도 여러모로 발전할 가능성이 높았다.

이렇게 알토란같은 영지에서 굶어죽는 영민들이 속출했다. 전 영주의 학정은 룩소스 1세의 정복과 맞물려 반란으로 심화될 뻔했으나 다행히 가신들이 영주를 배신해 최악의 사태를 막았다. 가신들이 직접 영주를 베고 아크레아 군대에게 문을 연 것이다.

룩소스 1세는 책임자 한 명을 사형하고 시트린 성을 접수했다. 그는 시트린 영지의 가신들이 마음에 들었다.

'성주가 욕심이 많은 대신 가신들이 양심적으로 움직였지.'

영민들이 학정을 못 이겨 영주를 살해하면 즉시 영지의 급이 격하되고 모두 노예가 되거나 사형으로 엄히 다스린다. 나라를 위태롭게 하는 반역으로 이어질 수 있기 때문이다. 귀족이 벌이는 귀족 살해와 평민이 벌이는 귀족 살해는 죄의 크기가 달랐다.

시트린 성의 가신들은 성주가 먼저 그들의 계약을 이행하지 못했음을 서류로 남기고 영주를 살해했다. 몽쉐임 왕국이 건재했다면 반역자로 몰렸을 일이나 다행히 그들의 새 주인 룩소스 1세는 가신들의 항복을 받아들였다. 가신 중 하나가 영주를 자처할 법도 한데 그러지 않은 것에 가산점을 줬다.

시트린 영지의 환영은 중부에서 받아 본 것 중 가장 열성적이었다. 제 발 저린 가신들과 극적일 정도로 낮아진 세율 덕분이었다.

룩소스 1세는 흡족하여 손을 흔들어 화답했다.

'좋은 땅이야.'

시트린 영지는 입지가 좋았다. 제국의 대륙 정복 이전, 수십의 왕국이 대륙에 들어차 있었을 때 대륙의 중부엔 지역적 이득이 없었을 것이다. 이젠 아니다. 대륙이 하나가 되어 제국으로 묶였다.

아직은 아니지만 대륙의 중앙은 상당한 이점으로 작용할 것이다.

대륙이 모두 제국의 영토가 되었다. 그런 제국의 중추인 수도가 대륙 북방에 처박혀 있으면 어떻게 되겠는가? 룩소스 1세는 천도를 계획 중이고, 후보지로 점찍은 곳 어딜 선택해도 시트린 영지는 입지가 좋았다.

주인 없는 영지를 관리하는 건 이전의 주인을 배신한 시트린 성의 가신들이었다.

룩소스 1세는 병사들에게 휴식하도록 명해 놓고 자신은 휴식을 취하지 않았다. 황제는 가장 먼저 서류부터 확인했다. 세금으로 걷힌 금액과 곡물의 양이 그의 마음에 쏙 들었다. 동시에 룩소스 1세는 이전 성주를 향해 혀를 찼다.

'수확이 이런데 영지민 중 굶는 자가 있었단 말이냐.'

시트린 성의 가신들은 그야말로 죽을 맛이었다. 다른 사람도 아니고 황제가 직접 서류를 검토하고 있다.

지은 죄가 없어도 치안대가 부르면 도망가고 싶은 게 사람 마음. 심지어 그들은 전 성주를 죽였다.

양심을 걸고 밝히길, 죽여도 싼 성주였으나 그래도 주인이었다. 책임자 한 명이 아니라 모두의 사형을 각오하고 벌인 일이었다. 작은 실수라도 있으면 목이 날아갈까 봐 가신들은 애를 태웠다.

"이건 무어냐."

성의 유지비 항목을 검토하던 룩소스 1세의 눈에 이상한 것이 걸렸다. 심장이 떨어진 것처럼 얼굴을 흙빛으로 물들인 가신은 내역을 확인하고 안도했다.

"수로의 유지보수 항목입니다."

"수로?"

"네, 전 성주가 근처의 원천에 수로를 대 성까지 온천수를 끌어오도록 명령해 만들었습니다."

"그럼 물이 다 식을 텐데?"

"중간에 다시 끓여 욕탕으로 흘러가는 구조입니다."

성에서 원천이 멀지도 않다. 지랄도 가지가지. 룩소스 1세가 재차 혀를 끌끌 찼다.

가신들이 어깨를 움츠렸다. 룩소스 1세는 자잘한 실수를 관대하게 건너뛰었다. 탈세를 하거나 실수가 지나치게 잦고 과한 게 아니면 괜찮았다. 사람이 하는 일이니 실수가 없으면 그게 더 무서웠다.

'괜찮군.'

제도 후보지와 적절한 거리에 풍요로운 영지, 그럭저럭 할 일 하는 가신들. 측근에게 하사하기 딱 좋았다.

룩소스 1세가 폴리아나를 찾았다. 폴리아나는 그때 서라는 호위는 서지 않고 가신들을 쪼고 있었다. 보급부대 시절 숫자 하나 틀린 걸로 쪼아 대던 습관이 남은 것이다.

여기는 왜 틀렸지? 여긴 왜 이래? 여기는?

황제도 보고 넘기는 작은 실수를 귀신같이 발견하고 쪼아 대는 모습을 보고 룩소스 1세는 생각했다.

'계속 보급 시켜도 잘했을 거야.'

"폴 경."

"예, 폐하."

"서류에 관심 가진 걸 보니 이 영지가 마음에 드나? 네게 주랴?"

"아니옵니다!"

갑자기 떨어진 날벼락에 폴리아나는 손사래를 쳤다. 폴리아나는 친위대장의 직무 외 일로 호위에 소홀히 한 것에 대한 농담이라고 생각했다.

"시정하겠습니다!"

한 손에 서류를, 다른 한 손에 담당자의 멱살을 잡고 있던 폴리나아가 양 손에 쥐고 있던 걸 놓고 룩소스 1세에게 다가왔다.

"농이 아니야. 귀경도 영지 하나는 있어야지."

"적당히 남는 영지 하나 주시면 됩니다."

"가장 먼저 경 같은 사람에게 줘야지 남는 영지가 말이 되나."

폴리아나는 사양하려다 입술을 다물었다. 따지고 보면 마냥 사양하기엔 그녀가 세운 무훈이 적지 않다. 그리고 신분 또한 보상을 거절하기에 적절하지 않다. 영지도 없는 황제의 친위대장이라니. 지나가는 개가 웃을 노릇이다.

폴리아나에겐 아직 작위가 없다. 신분만 따지고 보면 기사. 그뿐이다. 신분은 에하스의 것을 인정받는다면 귀족, 인정받지 못하면 준귀족과 기사의 사이. 작위는 전쟁이 끝나면 룩소스 1세가 적당히 줄 걸로 여겼으니 영지가 작위에 따라오는 것도 당연했다.

룩소스 1세는 지배 가문과 귀족들에게 자비를 베풀었으나 영 못 써먹겠다 싶은 영주들은 쫓아냈다. 덕분에 주인 없는 영지가 남아돌았다.

폴리아나의 머리가 맹렬히 돌아갔다. 그녀는 결론 내렸다. 그녀는 이 정도 영지를 받을 자격이 충분했다.

"진짜 저 주십니까?"

"따로 원하는 영지가 있으면 말해. 아니면 지역도 좋다. 영지의 경계선도 조정할 생각이니."

폴리아나는 룩소스 1세의 천도 계획을 알고 있는 몇 안 되는 측근이다. 제국의 수도가 될 예상 후보지들과 이곳의 거리를 재 보고 그녀는 계산을 마쳤다.

"여기면 충분합니다."

"좋다. 시트린을 네게 주마."

아이노 경은 이미 제도의 후보지에 근접한 알짜배기 영지를 선점했다. 물려받은 영지(또는 물려받을 영지)가 있음에도 새로 영지를 하사받은 이가 적지 않다.

'이 정도는 괜찮겠지?'

옛날 같았으면 폴리아나는 결사적으로 거부했을 것이다. 받는 순간 들을 말을 잘 알기 때문이다.

황제가 여자에 눈이 멀어 영지를 내렸다느니, 화대로 땅을 받았다느니. 뻔하고 뻔한 이야기들이 폴리아나는 물론이고 룩소스 1세까지 바닥으로 끌어내리기 위해 돌아다녔을 것이다.

이젠 다르다. 폴리아나는 명실상부 황제의 최측근이었고 부하들과 동료들의 인망도 두터웠다.

폴리아나는 확신했다. 이젠 그녀의 안에 든든한 믿음이 생겼다. 최소한 아크레아 군대 내에서 그런 얘기가 나온다? 나오면 말 꺼낸 새끼가 쥐도 새도 모르게 전신 뼈가 부러져 나무에 거꾸로 매달려 발견될 것을 알았다.

눈앞에서 성주가 결정되자 좌불안석이던 가신들의 눈이 멍해졌다.

"성주를 벤 자들이라 마음에 안 들면 물갈이해서 주마."

룩소스 1세의 입에서 나온 말은 가신들을 더욱 놀라게 했다. 몇은 죽음을 각오하고 눈을 질끈 감았다. 몇은 바람 빠지는 소리를 내다가 이를 딱딱 부딪쳤다. 폴리아나는 즉각 거부했다.

"줬다 뺏기 하십니까? 이제 제 사람들입니다. 일 잘하는데 계속 쓸 겁니다."

숫자 틀린 걸 트집 잡아 멱살을 붙들 때는 언제고 이제는 제 사람이라고 챙겨 준다. 가신들은 감히 황제 앞에서 당당하게 그들을 보호해 주는 폴리아나를 우러러보았다.

룩소스 1세의 몹쓸 농담 덕분에 폴리아나는 가신들의 충성을 얻었다. 뜻밖의 이득이었다. 당사자는 그것도 모르고 황제와 몹쓸 농담이나 이어 갔다.

폴리아나는 밤 산책 겸 성을 걸었다. 구두 약속이긴 해도 그녀의 것이 된 성이다 보니 갑자기 애착이 생겼다.

돌벽을 쓰다듬다가 폴리아나는 결국 주먹으로 쳤다. 식물 폭행에 이은 돌벽 폭행이 아니다. 너무 좋아 비명을 지를 것 같은 걸 참느라 그랬다.

'끼야아아아아아아앗!'

마음 내키는 대로 소리를 지를 수 있다면 폴리아나는 정신 나간 여자처럼, 그래, 머리에 꽃이라도 달고서 성을 질주했을 것이다. 만나는 사람마다 손을 붙잡고 이제부터 내가 네 주인이라고 말하고 다녔을지도 모른다.

폴리아나의 부모는 그저 그런 귀족이었다. 영지의 특산품은 크랜베리. 폴리아나의 집은 영주관이었다. 관이란 말이다. 그런데 지금 그녀가 서 있는 곳은?

이제 그녀의 집이 된 곳은 성이다. 돌로 만들고 해자를 파고 도개교가 있는 제대로 된 성. 성주가 된 것이다.

중부지방 특유의 웅대하고 사치스러운 건축물이 갑자기 폴리아나의 사택이 되었다. 크기와 사치스러움만 보자면 에하스의 왕성과도 어깨를 나란히 할 수준이다.

'내 거야.'

폴리아나의 집이다. 황제 폐하께서 주셨다. 룩소스 1세를 따르면서 부귀영화를 바란 건 아니지만 막상 이렇게 재화가 들어오니 솔직히 기뻤다.

1년의 세금으로 할 수 있는 일들이 폴리아나의 머리에서 빙빙 돌았다. 그걸로 먹일 군사와 말의 수, 농성 혹은 구호를 위한 비축분.

전 성주가 사치하여 성에 붙인 금과 보석을 떼어 내다 팔면 얼마만큼의 금과 식량을 비축해 둘 수 있을까?

배운 게 전쟁이고 살아온 게 전장이라 머리는 자꾸 그런 식으로 돌아갔다.

보초를 서는 병사 하나가 순찰을 돌다가 갑자기 성벽으로 몸을 돌리더니 허리춤을 풀었다. 폴리아나는 소리 없이 다가가 병사의 뒤통수를 후려쳤다. 오줌 싸다 말고 공격당한 병사가 식겁했다. 폴리아나에게 오줌발이 튈 뻔했지만 그녀는 잽싸게 피했다.

"볼일은 화장실."

"죄송합니다! 죽을죄를 지었습니다!"

"폐하가 머무시는데 지린내를 풍길 수 없지. 다들 조심하라고 전해라."

자기 집 둘러보겠답시고 성 곳곳을 누비니 외성 구역까지 나왔다. 룩소스 1세가 아무리 후각이 좋아도 여기서 나는 지린내를 맡는 건 불가능하다.

하지만 폴리아나에겐 황제를 팔아먹었다는 죄책감이 없었다. 원래 아랫놈을 갈구는 건 윗사람을 팔아먹으면서 시작하는 거니까.

밤이 깊었기에 폴리아나는 잠을 자기로 결정했다. 자기 전 룩소스 1세의 안전을 확인하기 위해 황제가 머무는 내실로 이동했다.

침실 앞에서 호위를 서는 부하들이 폴리아나에게 경례했다. 마침 교대 시간이었기에 친위대원들은 간략한 상황을 교대자에게 전달하고 있었다. 폴리아나도 수화로 내부 상황을 파악했다.

'또 여자?'

황제의 나이가 이제 서른 초반. 아직 남자로서 피가 솟구칠 나이다. 폴리아나가 호위기사가 되면서 없던 일도 아니었다.

그녀가 의아해한 것은 룩소스 1세가 머무는 곳마다 들여오는 여자를 거부하지 않는다는 데 있다.

물론 황제는 바쳐지는 여자를 거부하고 그러는 성정이 아니다. 하지만 그날의 컨디션이나 기분에 따라 여자를 취할 때도 있었고 돌려보낼 때도 있었고 간단히 사담만 나누다 내보내거나 술시중만 들게 하는 경우가 섞여 있었다. 다양한 베리에이션이 존재했다 이 말이다.

그런데 돌아가는 길에선 그러한 시추에이션이 사라지고 무조건 여자를 취했다.

모시는 주인의 사생활에 신경 쓰는 건 시종의 일이지 기사의 일이 아니다. 그렇지만 매일매일 여자를 안아서 황제의 기력이 쇠하는 건 좋지 않은 일이다.

스스로의 건강에 유념하는 룩소스 1세가 고작 그런 일로 기력이 쇠할 리는 없다. 그래도 걱정은 된다.

"요즘 들어 조금 잦네요."

다행히 그런 걱정을 하는 건 폴리아나 혼자가 아니었다. 교대하고 휴식하러 가는 도나우 경이 대장인 폴리아나에게 사견을 밝혔다.

"그러게. 그 동안 긴장하셨다가 이제는 긴장할 필요가 없어 그러시는 게 아닐까 싶다."

전시에 여자를 안아 긴장을 푸는 사람이 있고, 긴장이 풀려야 여자를 안는 사람도 있고. 세상엔 가지각색의 사람이 살았다.

처음에는 후계자를 생산하시려는 의도인가 의심한 적도 있다. 하지만 후계자가 목적이라면 전처럼 어중간한 지위의 여성을 고집할 이유가 없었다.

쩝. 폴리아나가 입맛을 다셨다.

"빨리 황후마마나 생기면 좋겠네."

"그러게요. 아름답고 총명하시고."

"상냥하시고 자애롭고."

"가능하면 황자와 황녀 저하도 많이."

그런 대화를 하면서 느긋하게 복도를 걷던 둘은 룩소스 1세가 여자를 내보냈단 이야기를 들었다.

"무슨 실수를 했지?"

"폐하께 함께 온천욕을 즐기자고 권한 모양입니다. 폐하께서 은근 그런 쪽으로 섬세하시잖습니까."

남녀가 벌거벗고 목욕을 하는 건 그 이상의 의미가 담겨 있다. 여자의 은근한 유혹이 룩소스 1세의 섬세한 감성을 건드린 모양이다.

룩소스 1세는 왕자로 태어나 왕세자로 살다 왕이 되었고 이제는 황제의 위치에 올랐다. 한평생 고상하게 살아와 침대에서 적극적인 여성은 좋아해도 그런 식의 변칙적인(?) 제안을 하는 여자는 질색했다.

품는 여자를 고르는 것만 봐도 취향이 눈에 보인다. 황제가 직접 말한 적 없으나 지켜보면 알게 되는 게 있는 법. 폴리아나만 해도 황제의 취향을 잘 알았다.

"폐하 취향은 청순가련인데."

"그거죠. 긴 생머리에 체구가 가늘어 품에 쏙 들어오는 아가씨."

"맞아. 지켜 주고 싶은 느낌."

룩소스 1세의 이상형 이야기가 발전하고 발전해 각자의 이상형 얘기로 뻗어 갔다. 부하들의 이상형 혹은 부인 자랑이 끝나지 않고 이어졌다. 거기에 도나우 경도 강제로 참가당했다.

"이상형 없어!"

"뭘 빼고 그래!"

"맞습니다, 도나우 선배. 섭섭합니다."

동료들의 재촉에 도나우 경이 결국 생각할 시간을 달라는 말을 꺼냈다. 폴리아나도 호기심을 갖고 안 듣는 척하면서 경청했다.

"안 예뻐도 좋으니까 강단 있고 현명하고, 스스로를 지킬 수 있는 사람."

겨우 그거 말해 놓고 뭐가 그렇게 부끄러운지 도나우 경의 얼굴이 새빨갛게 달아올랐다.

목덜미까지 붉어진 청년을 두고 동료들은 놀리기 바빴다. 폴리아나는 잘 새겨들었다. 나중에 래비 경에게 찔러 줄 작정이다.

수다에 참가하지 않고 짐을 뒤지던 폴리아나는 목적한 것을 찾아 웃었다. 도나우 경이 뭐하시냐며 다가왔다. 폴리아나는 히죽 웃었다.

"흰 꼬리 도마뱀 말린 거."

남자에게 참 좋다는 식품의 등장에 기사들이 날뛰었다. 부디 하나만 먹어 보자는 부하들을 뿌리치는 것도 일이었다.

도나우 경만 또 자기 입에 쑤셔 넣으려는 줄 알고 질색했다. 다행히 이번엔 도나우 경의 몫이 아니었다.

폴리아나는 친히 주방까지 내려가 말린 흰 꼬리 도마뱀을 내일 황제 폐하의 스튜에 넣어 국물을 우릴 것을 당부했다.

그녀가 성주가 되리라는 소문이 파다하게 퍼졌기에 요리사는 망설이지 않고 고개를 끄덕였다. 흰 꼬리 도마뱀의 효능이야 남자라면 다들 알고 있었다. 그래서 아무도 폴리아나를 의심하지 않았다.

룩소스 1세에겐 안타깝게도 황제가 파충류 혐오증이라는 사실은 널리 알려지지 않았다. 위엄이 떨어지기에 일부러 쉬쉬한 경향이 없잖아 있다.

요리사는 좋은 재료인 흰 꼬리 도마뱀이 국물을 내는 동안 형체가 부서지지 않도록 심혈을 기울였다. 덕분에 머리부터 발끝까지 온전한 모습 그대로 황제의 식탁에 오를 뻔했다. 룩소스 1세에겐 천만다행으로 시종 체일이 도마뱀을 발견해 치웠다.

어제, 룩소스 1세는 가볍게 분노했다. 그의 밤 시중을 들러온 여인이 함께 온천욕을 하자고 유혹했기 때문이다.

남녀가 알몸으로 목욕을 한다니, 목욕만으로 끝나지 않을 게 분명하다. 그 정도로 엽색하지 않고 여자가 궁한 적도 없기에 황제는 분노했다.

'전 성주가 그렇게 놀았던 모양이지.'

그걸 위해 영주성까지 온천물을 끌어오는 수로를 만들었으려니.

어쨌든 최근 룩소스 1세는 기분이 별로 좋지 않았다. 매일매일 환대받고 만찬을 즐기며 미녀들과 밤을 보내는데 왜 기분이 좋지 않은지는 오로지 그만 알 노릇이다.

룩소스 1세는 스튜를 한 입 떠먹었다. 접해 보지 못한 진한 국물 맛이 황제의 입맛을 사로잡았다.

"국물 맛이 좋구나."

"네, 폐하. 몸에 좋은 거라고 합니다. 다 드십시오. 쭈욱."

국물 맛의 비밀을 알고 있는 시종들은 모르는 게 약이란 생각에 사실대로 고하지 않았다. 폴리아나만 몰래 시종들과 눈빛을 주고받고 엄지를 치켜세웠다.

쿵, 쿵. 심장이 뛰었다. 룩소스 1세는 평소보다 빠른 고동을 느끼며 눈을 감았다. 아름다운 얼굴엔 수심이 가득했다.

시트린 성의 전 성주는 탐욕스런 자였다. 온천의 원천이 멀지 않은데 영주성까지 수로를 만들어 온천수를 끌어 왔다. 거기서 그치지 않고 탕까지 만들어 즐겼다. 온천수가 수로를 타고 흘러오는 동안 물이 식으니 그걸 데우기 위한 화로도 설치했다. 들인 품과 돈이 꽤 되었을 것이다.

공사 기간 또한 제법 걸렸을 텐데 완공하여 몇 년 즐기지 못하고 명을 달리한 것이다.

재주는 곰이 부리고 돈은 사람이 번다더니, 그렇게 만들어진 온천탕을 즐기는 자는 따로 있었다. 룩소스 1세였다. 그가 폴리아나에게 시트린을 하사했으니 이후엔 그녀가 즐기게 될 것이다.

일단 지금은 룩소스 1세가 홀로 즐겼다. 사방이 고요해 내부의 소리가 더욱 잘 들렸다.

황제의 한숨이 수면에 파동을 만들었다. 동심원을 그리고 멀리 퍼지는 물결에서 룩소스 1세는 시선을 떼지 못했다. 쿵, 쿵, 쿵 심장 뛰는 소리가 탕의 적막을 깼다. 황제의 고요를 침범했다.

사랑이 아니기를.

룩소스 1세는 제발 그러기를 빌었다. 사랑이 아닐 것이다. 그저 꿈을 이룬 당시 감정이 너무 격해져서 흥분했을 뿐이다. 그저 신뢰하는 기사가 좋아하는 것을 보니 그도 기분이 좋아졌을 뿐이다. 그저 여자를 오랫동안 안지 않아 착각했을 뿐이다. 그저 모두 그의 것이 된 세상이 아름답기에 덩달아 아름다워 보였을 뿐이다.

그래서 그는 침실로 들어오는 여자를 거부하지 않았다. 동그란 어깨, 각진 어깨, 풍만한 가슴, 빈약한 가슴, 달콤한 체취, 새콤한 체취, 어떤 여자든 좋았다. 여자를 안고 가슴에 얼굴을 묻으면 이 가슴 떨림이 진정될 것으로 여겼다.

손으로 대충 빗어도 엉켜서 걸리는 곳이 없는 긴 머리타래. 희고 고운 피부. 한 번도 깨진 적 없는 고운 손톱과 발톱.

룩소스 1세는 열성적으로 그녀들을 맞이했다. 정욕을 불태웠다. 그런데도 황제의 심장은 멈추지 않았다.

'이게 아닌데.'

다른 사람이면 모를까 폴리아나를 보고 심장이 뛰었다. 정욕이 넘쳐흘러 착각했다는 핑계는 더 이상 댈 수 없었다.

룩소스 1세는 곤란해졌다. 아주 많이 곤란했다. 그를 이렇게 위험으로 몰고 간 존재는 드물었다.

사실은 지금의 상황을 위기라고 인식하고 있는 것 자체가 그로선 당혹스러운 일이었다.

룩소스 1세는 범인과 다르다. 대륙에 최초로 제국을 세운 황제이며 친정으로 대륙을 정복한 정복자였다.

여인에게 반했다면 취할 수 있다. 그보다 지위가 높은 이는 세상에 존재하지 않는다. 누구도 반대하거나 반항하지 못한다. 황제가 반했다고 구애할 필요도 없다. 마음에 들었다는 눈빛만 보내면 주위에서 알아서 바친다.

유부녀만 아니라면 룩소스 1세가 갖지 못할 여자는 없었다. 그 유부녀도 경우에 따라 황제에게 바쳐질지도 모르는 것이 현실이다.

비단 지위로, 무력에서 기인한 권력만으로 그렇게 돌아가지 않는다. 룩소스 1세는 젊고 아름답고 인간적인 매력이 넘쳤다. 사람을 존중하고 인재를 알아보고 인정해 줄 줄 안다. 감히 꿈꾸지 못할 위대한 야망을 품었고 그것을 이뤄 내는 추진력과 실력과 운도 겸비했다.

문무를 겸비하고 아름다운데 핏줄까지 고귀한 미혼남을 거부할 수 있는 사람은 별로 없다. 룩소스 1세에게 바쳐진 여인들만 해도 아름다운 용안에 넋을 잃고 사랑을 고백했다.

어떻게 보면 쉬운 일이다. 폴리아나에게 순순히 마음을 고백하면 된다.

여기사가 어떤 반응을 보이든 그녀는 룩소스 1세의 손을 벗어날 수 없다.

그런 생각을 해 버리고서 룩소스 1세는 바로 온천물을 얼굴에 끼얹었다.

'에비 에비! 그거 아냐!'

여자를 강제로 속박한다니. 어디의 망군이고 어디의 암군인지.

그는 도무지 마음을 다잡을 수 없었다. 폴리아나 윈터. 친근하게 '폴'이라 불렀던 게 옛말인 듯 다시 '폴 경'이 되어 버린 그녀.

폴리아나가 적잖이 섭섭해하는 눈치였으나 그로서도 별다른 도리가 없었다. 그렇게 이름만 불러 버리면 가까워진 거리와 마음에 사고를 칠까 두렵다.

답이 나오지 않는 문제에 사로잡혀 황제는 근심했다.

룩소스 1세의 이상을 가장 빨리 알아챈 사람은 황제의 오랜 벗이자 충실한 신하인 아이노 경이었다.

처음 아이노 경은 대수롭지 않게 생각했다.

'아크레아로 돌아가면 과로할 생각에 암담한가?'

룩소스 1세가 갑자기 여자를 안는 건 남자답게 문제없다고 여겼다. 전쟁이 끝났으니 몰린 피로를 여자의 품에서 위안받을 수도 있는 법이다.

아이노 경이 처음으로 황제의 이상을 의심하게 된 계기는 술이다.

룩소스 1세는 노는 걸 좋아한다. 음주가무 모두 즐기는데 혼자 노는 건 싫어했다. 특히 친분 있는 신하들을 불러놓고 강제 회식시키는 걸 엄청 좋아했다.

상사와 함께 마시는 술자리에서 몹쓸 농담까지 견뎌야 하니 대부분은 생고문 비슷하게 여겼다. 아크레아를 떠난 초창기엔 아이노 경과 바우팔로 경이 가장 많이 희생되었다.

황제가 점차 다른 기사들을 알아 가기 시작하면서 회식은 희생자를 찾아 룰렛판처럼 빙글빙글 돌아갔다. 룩소스 1세는 원정대의 핵심 멤버를 또래 청년으로 채웠기에 저주의 판때기는 공평하게 돌았다.

시간이 지나면서 저주의 판때기가 치워졌다. 원정 후기엔 황제의 마음을 사로잡은 소수의 측근들이 회식의 주요 참여 멤버로 자리매김했다.

폴리아나가 기본 참석 멤버인건 당연한 일이고. 그녀는 차라리 개가 되라던 주군의 명을 받들어 착실히 개가 되었는데…… 폴리아나의 명예를 위해 생략한다.

어쨌든 개가 되어 굴러다니는 놈들을 황제의 막사에서 치우는 건 술이 세서 안 취하는 아이노 경의 몫이었다. 대충 다리 한 짝씩 잡고서 밖에 내놓으면 부하들이 상관을 수거해 갔다.

폴리아나는 술을 안 좋아해서 적게 마시는 도나우 경과 함께 치웠다. 아무리 아이노 경이라도 여자를 그렇게 던져두면 안 된다는 생각이 박혀 있었기 때문이다.

어쨌든 아이노 경은 아크레아로 돌아가는 귀로가 주로酒路가 될 것으로 예상했다. 놀기 좋아하는 룩소스 1세다. 이제 마음 놓고 놀 수 있는데, 돌아가기 전까지 뼈와 살을 불태울 게 분명했다.

기사들의 숨에서 술 냄새 나는 길이 될 것으로 믿어 예상치 않았건만, 이게 웬일? 룩소스 1세가 술을 안 마신다. 마셔도 혼자 마시고, 아니면 여자에게 술시중을 받았다.

처음엔 여자가 많이 고팠나 보다, 그런 불경한 생각을 했다. 그러나 그런 날이 반복되자 아이노 경은 깨달았다.

뭔가 있다!

그 뭔가가 뭔지는 물어보면 될 일. 아이노 경은 술을 들고 룩소스 1세를 찾아갔다. 오늘은 여자도 돌려보내고 혼자 청승을 떨 참이던 룩소스 1세가 아이노 경을 맞이했다.

아이노 경은 여태까지 그래 왔고 앞으로도 그럴 것이기에 단도직입적으로 물었다.

"무슨 근심이라도 있으십니까?"

"황제가 되었는데 뭐가 근심이겠나."

룩소스 1세는 그런 거 없다는 듯 의뭉을 떨었다. 아이노 경은 속지 않았다.

"불쾌한 게 있으시다면 소신이 치우겠습니다. 마음에 걸리는 게 있으시다면 소신이 처리하겠습니다. 아크레아에 돌아가 원로원들에게 개소리 들을 것에 심려하신다면 소신이 먼저 돌아가 쥐도 새도 모르게 슥삭하겠습니다."

별로 위로는 되지 않았다. 충심 가득한 아이노 경의 말에도 불구하고 룩소스 1세의 얼굴은 펴질 줄을 몰랐다. 아이노 경이 좀 더 캐물으려는데 누군가 방문을 두드렸다.

"폴리아나입니다. 들어가겠습니다."

황제의 허락을 받지 않고 침실로 들어올 수 있는 특권을 신나게 써먹는 폴리아나가 방으로 들어왔다. 그녀의 손에는 안주와 술이 들려 있었다.

"치사하게 둘만 드십니까."

폴리아나의 손에 들린 술이 아이노 경이 술 달라고 했을 때 받은 술보다 비싼 거였다. 아이노 경의 눈이 커졌다.

"왜 경 술이 더 좋아?"

"왜냐면 제가 곧 이 성의, 으흐흐흐, 크흠! 이 성의 주인이 될 예정이기 때문입니다."

입이 찢어져라 웃던 폴리아나가 이성을 되찾고 헛기침을 했다. 아이노 경은 구시렁거리면서 술과 안주를 받았다.

룩소스 1세는 잠시 뭔가 생각하더니 폴리아나에게 축객령을 내렸다.

"오늘은 이노와 남자끼리 할 얘기가 있으니 경은 나가 주게."

룩소스 1세가 보인 이외의 반응에 아이노 경과 폴리아나가 눈을 크게 떴다. 아이노 경은 진짜 뭔가 있다는 추측에 확신을 얻었다. 폴리아나는 남자들끼리 할 얘기를 생각해 보다가 곧 깨달았다.

'야한 얘기 하려나.'

룩소스 1세든 아이노 경이든 곱게 자란 귀한 혈통의 도련님이다. 둘이 하는 야한 얘기는 온갖 저질스러운 농담에도 안색 하나 바꾸지 않는 폴리아나에겐 굉장히 싱거웠다.

그 점을 지적하면 '폴 경이 저질인 거요!'라는 반박이 돌아온다. 특히 룩소스 1세가 엄청 부끄러워했다. 폴리아나는 둘을 놀리지 않고 나가기로 결정했다.

“그럼 전 다른 기사들과 마시겠습니다. 즐거운 시간 되십시오.”

“잠깐, 술 적당히 마시고, 아, 오늘은 그냥 자게.”

“네?”

“짐이 봤을 때 경은 음주가 너무 잦고 과한 거 같아. 성에 온천탕이 있으니 온천욕이나 즐기고 일찍 자라. 경의 성이 될 것인데 다 둘러봐야지.”

다 너 걱정해서 하는 말이라는데 못 들을 것도 없다. 폴리아나가 긍정하고 술과 안주를 두고 가 버렸다.

안 보이는 곳에서 좋아하는 여자가 남자들과 섞여 뒹구는 참사를 막은 룩소스 1세가 안도의 한숨을 내쉬었다.

“폴리아나 경에겐 못 할 이야기입니까?”

“그런 게 아니야. 이노, 너도 가서 씻고 자라.”

“폐하. 근심걱정은 모두 이노에게 맡겨 주십시오.”

아이노 경은 진지했다. 그가 지켜보기엔 황제가 근심할 일이 없다. 소원대로 대륙을 통일했고, 와중에 측근을 잃은 적이 없다. 회군 길에 반란이 일어난 것이 아니요, 가는 곳마다 꽃을 뿌리며 반겼는데 도대체 무엇을 근심하는가?

황제는 자꾸 세상에 날 알아주는 사람은 한 명도 없고 나는 혼자라는 표정을 지었다. 사춘기는 옛날에 끝났건만.

“짐은 진짜 괜찮다.”

“폐하. 아닌 걸 압니다.”

“짐은, 짐은.”

룩소스 1세가 이마를 짚었다. 하는 행동만 봐도 뭔가가 있는 게 훤히 보였다. 아이노 경 앞이기에 조금 더 풀어진 상태이긴 했다.

룩소스 1세는 땅이 꺼져라 한숨을 쉬었다. 스스로 생각하기에도 이런 짓을 하면서 아무 일 없다고 말하는 건 말이 안 됐다. 룩소스 1세는 결국 입을 열었다.

"짐이 조금 마음에 든 여인이 생겼는데."

"어디의 누굽니까. 데려오겠습니다."

룩소스 1세의 밤 시중을 든 여자는 모두 가문과 이름이 기록으로 남아 있다. 시종에게 물어보면 바로 데려올 수 있었다.

룩소스 1세가 손을 저었다.

"그럴 필요 없다."

"여자 때문에 이러시는 것 아닙니까!"

"그냥 잠깐 눈이 갔을 뿐이다. 금방 사라질 감정에 괜히 그럴 필요는 없느니."

"금방 사라질 걸로 여기시면 이리 근심하지 않으실 것이옵니다."

"이노 네 말이 맞구나."

룩소스 1세가 입맛이 씁쓸하여 웃었다.

아이노 경은 반드시 알아내겠다는 기세로 황제를 몰아붙였다. 어디의 누굽니까? 설마 유부녑니까? 너무 어립니까? 너무 나이가 많습니까? 과부라 딸린 자식이 있습니까? 신분이 너무 비천합니까?

"아니야."

모두 아니다. 아이노 경이 말했다. 그럼 뭘 고민해?

"하면 어찌 고민하십니까. 그 여인을 불러 네가 마음에 든다 알리십시오. 분명 기뻐할 겁니다."

아이노 경은 자신만만했다. 그의 친구는 잘생기고 성격 좋고 몸매도 좋았다. 가문과 능력은 어떤가. 세상 어느 여자가 황제를 거부할까?

사람 마음이야 어쩔 수 없으니 좋아하지 않더라도 황제의 여인이라는 영광을 놓치지는 못할 것이다. 심지어 룩소스 1세는 미혼이다. 여자가 미혼에 집안만 받쳐 준다면 대륙 최초의 황후가 될 수도 있었다.

허황된 꿈이 아니라 진짜다. 내내 룩소스 1세를 지킨 아이노 경이 알기로, 황제가 여자에게 이런 태도를 보인 건 처음이었기 때문이다.

"외국인이라면 원로들의 반대가 만만찮겠으나 정복지 회유엔 오히려 좋은 인식을 줄 수 있으니 잠재울 수 있습니다. 폐하. 도대체 무엇이 문제여서 그리 근심하십니까. 설령 유부녀여도 남편에게 적정한 대가를 약조해 데려온다면."

"여자가 가축이냐. 대가를 주고 데려오게."

아이노 경은 말을 잃었다. 여자는 가축이 아니나 다들 비슷하게 대한다.

룩소스 1세가 개인적인 호오로 그 정도로 비정하게 대하지는 않아도 정치적인 관점에선 남들과 차이를 두지 않았다. 그런 황제의 입에서 이토록 감성적인 발언이 나올 줄은 몰랐기에 아이노 경은 깨달았다.

"사랑에 빠지셨습니다."

단순히 마음에 든 정도에서 그치지 않았다. 사랑이다. 그래서 사랑에 빠진 청년은 수심에 젖어 한숨을 그치지 못하는 것이다.

타인의 입으로 들으니 더욱 실감이 났다. 쿵, 쿵 뛰어 황제를 괴롭히던 심장 박동이 걸맞은 이름을 얻었다. 룩소스 1세는 눈을 감고 고개를 끄덕였다.

"그래. 사랑이다."

"도대체 어디의 누구입니까? 어째서 그런 여인을 두고 다른 여인을 품으십니까? 그렇게 마음에 드셨다면 데려와……."

"그만해라, 이노. 짐도 방금 인정했다. 그 동안은 계속 부정하려고 노력했을 뿐이다. 마음처럼 되지 않더구나."

"사랑을 부정한다니. 어찌 그리 어리석은 짓에 좋아하는 노력을 덧붙이셨습니까."

아이노 경이 얼굴을 찌푸렸다.

어지간히 성실하고 부지런한 사람도 혀를 내두르는 룩소스 1세의 노력가 근성을, 그는 벗이기에 더욱 잘 알았다.

세상엔 노력해서 될 일이 있고 안 될 일이 있다. 룩소스 1세는 땅에 물을 퍼붓고 그걸 퍼 담기 위해 노력하고 있었다. 그래선 사람이 지친다.

사랑 한 번 안 해 본 아이노 경도 지식으로 알고 있는 것을 사랑에 빠진 당사자가 외면해서야 쓰나.

룩소스 1세는 여자가 부족한 적이 없었다. 그의 미모는 어릴 때부터 유별났다. 아름다운 왕자님 곁엔 귀부인과 영애 들이 가득했다. 여자에게 정숙과 순결을 강요하는 아크레아에서도 권력자에게 줄을 대기 위해 집안의 여자를 바치는 건 다르지 않다.

여자에 관심을 둘 나이가 되기 전에 여자들에게 치이고 살아서 여색을 밝히지 않는 어른으로 성장했다. 밝히지 않는다 뿐이지 관심을 아예 안 둔 것도 아니어서 오히려 적절하다 싶었다.

남들이 흔히 앓는 사랑의 열병은 없었지만 그럭저럭 호감을 갖고 접근한 소녀도 있었다. 소녀가 곧 왕세자비가 될 것처럼 굴어 관계가 금방 깨지긴 했지만.

여자 대하기 어려워하는 숙맥도 아니다. 유부녀, 과부가 아니고서야 황제가 이렇게 곤란해 할 이유가 없었다.

"도대체 누구입니까?"

룩소스 1세는 초록색 유리구슬처럼 맑고 투명한 눈을 이리저리 굴렸다. 그는 혼자 근심하는 데에 익숙하지 않았다. 슬슬 한계에 봉착했는데 벗이 이렇게 캐물으니 대답할 수밖에 없었다.

룩소스 1세의 가슴이 빠르게 뛰었다. 비록 좋아하는 당사자가 아닌 타인이라지만, 처음으로 좋아하는 인물을 입에 담아 인정하는 것이다. 당사자에게 고백하는 것처럼 떨리고 설렜다.

"폴리아나 윈터."

"미쳤냐?"

룩소스 1세는 즉시 벗의 멱살을 잡았다. 아이노 경이 날쌔게 황제의 손목을 잡아 꺾은 뒤 손아귀의 힘을 빼고 빠져나왔다.

룩소스 1세가 꺾인 손목이 아파서 문지르고 아이노 경은 방안을 서성였다. 그가 재차 확인에 나섰다.

"미치겠네. 진짜?"

"그래."

"폐하, 잠깐 소신을 봐 주소서."

꺾인 손목이 아픈 건지 사랑하는 마음이 아픈 건지. 룩소스 1세가 미간을 찌푸리고 아이노 경을 보았다. 아이노 경이 손가락을 들고 물었다.

"몇 개로 보이십니까?"

"두 개."

"혹시 손가락 경계가 흐릿하다거나, 잔상이 남는다거나."

"짐의 눈은 멀쩡하다."

룩소스 1세는 엄숙하게 선언했다. 짐의 눈은 삐지 않았노라.

"그러지 말고 앉아서 짐의 얘기를 들어라."

"잠시 시간을 주십시오. 소신이 맨 정신으론 들을 용기가 안 납니다."

아이노 경은 술병을 잡고 그대로 입에 가져가 나발을 불었다.

병을 반쯤 비우고 나서야 아이노 경이 의자에 앉았다. 들켜 버렸으니 룩소스 1세는 사정을 모두 털어놓을 것이다. 아이노 경은 비밀을 눈치챈 자로서 의리를 지켜야 했다.

남자의 의리. 이 경우엔 맨 정신으로는 들을 수 없는 손발이 오그라드는 삼십 대 남자의 사랑 이야기를 들어 줘야 한다. 그게 바로 남자의 의리.

'남들은 자식새끼 걱정하는데.'

당장 아이노 경의 동생만 해도 애가 있다. 전쟁으로 십 년 날린 총각 둘이서 참 잘하는 짓이었다.

그렇게 손발 오그라들게 할 수 있는 사랑 얘기 하나 없는 게 더 안쓰럽다는 사실을 아이노 경은 몰랐다. 알았어도 당당했을 것이다. 그만큼 폐하께 봉사했다는 증거로 여기고 떠들고 다닐지도 모른다.

그렇게 될 경우 부끄러움은 룩소스 1세의 몫이었다. 언제나 그랬다.

룩소스 1세는 가장 믿을 수 있는 친구에게 모든 마음을 털어놓았다.

본래 룩소스 1세는 폴리아나에게 호감이 있었다. 그것은 인재를 등용하는 군주의 호감이었다. 군신관계의 호감이었다. 친분을 쌓고 서로를 신뢰하는 인간으로서의 호감이었다.

그 모든 호감이 돌변해 연정이 되고 애정이 되었다. 룩소스 1세는 전처럼 폴리아나를 친근하게 대할 수 없게 되었다. 룩소스 1세는 쉽게 그녀를 이름만으로 부를 수 없게 되었다. 룩소스 1세는 폴리아나의 감정과 행동에 일희일비하기 시작했다. 그녀의 미소에 숨이 멎고 마음이 들뜨기 시작했다.

"잠시만 기다려 주십시오, 폐하."

아이노 경이 감히 황제의 말을 중간에서 끊는 무례를 범했다. 홀로 숨겨 놓고 부정하다 얘기할 상대가 생기자 대책 없이 폭주하고 있던 룩소스 1세가 그 말에 정신을 차렸다.

룩소스 1세의 얼굴이 붉어졌다. 듣고 있던 아이노 경의 얼굴도 삶은 문어처럼 붉었다.

크흠!

두 남자는 가볍게 헛기침했다. 아이노 경이 나발을 불어 술병을 비웠다. 그가 고개를 끄덕이는데 아주 진지했다.

끝까지 들어 주겠다는 태도에 룩소스 1세는 감동했다. 이게 바로 남자의 의리!

룩소스 1세는 이야기를 계속했다.

심장이 주인을 갈아치웠으나 아무리 생각해도 이건 아니었다. 룩소스 1세는 이 감정을 묻고자 노력했다.

잘되진 않았다. 그도 그럴 것이.

폴리아나는 비록 부정 못 할 박색이나 뜯어보면 나름 귀엽다. 사람은 얼굴 보고 사는 게 아니다. 중요한 건 내면이다. 얼굴은 내가 더 예쁘다.

사실 폴리아나가 그렇게 못생긴 것도 아니다. 가만 보고 있으면 제법 귀엽다. 저번에 앞머리가 눈을 자꾸 찌른다고 바가지를 덮어쓰고 일자로 잘랐는데 다들 경악했지만 자꾸 보니까 너무나 귀여운 것.

"폐하, 진정하십시오."

"헛, 짐이 잠깐 이성을 잃었다."

서른 살 노처녀를 두고 귀엽다를 연발하다니. 아이노 경이 헛기침했다. 룩소스 1세도 따라 했다.

크흠! 크흠! 크흐흠!

두 남자는 헛기침을 연발했다. 룩소스 1세는 술병을 들었다가 내려놨다. 아이노 경이 모두 마셔 빈병이었다. 그는 새 술을 따 잔에 부었다. 콸콸 따라 마시고 다시 부어 순식간에 병의 절반이 비었다.

속이 탔다.

룩소스 1세만 속이 탄 게 아니다. 아이노 경은 반절 남은 술병을 다시 단숨에 비웠다. 술에 강한 아이노 경은 이 정도로 안 취한다. 타는 속에 술을 부으니 식지 않고 더 탔다.

세상에 여자가 얼마나 많은가. 인구의 반절이 남자고 남은 반절이 여자다. 친구가 반한 여자를 폄하하는 건 예의 없는 짓이지만 아이노 경은 할 말을 했다.

"세상에 절반이 여잡니다. 거기에서 노인과 아이, 유부녀를 제외해도 여전히 많습니다. 그 여자 중에서 제비뽑기를 해도 폴리아나 경보다 나은 여성이 뽑힐 걸 믿습니다."

룩소스 1세가 분노해 술병을 집어 던졌다. 아이노 경은 가볍게 받아들어 바닥에 내려놓았다.

'답이 없네.'

더 끔찍한 현실이 여기에 있다. 룩소스 1세가 그러한 사실을 알고 있으면서도 저런다는 사실이다.

이성이나 논리는 아이노 경보다 룩소스 1세와 더 친하다. 어디에 내세워도 자랑스러운 주인이 오늘은 많이 부끄러웠다.

아이노 경의 얼굴이 붉어졌다. 술 때문이 아니라 부끄러워서다.

"폐하도 알고 계시지만 폴리아나 경은 서른입니다. 노처녀이고 좋은 말로도 예쁘다는 빈말은 어려운 박색입니다.

집안이야 자수성가했다고 쳐 봅시다. 귀부인의 소양은 하나도 갖추지 못하고 검 휘두르고 전장을 떠돈 게 10년입니다. 흉터가 가득하고 드레스도 안 어울리고 머리는 귀찮다고 안 기르는데.

아크레아도 아니고 에하스 출신에 미혼으로 남자들과 섞여 어울려 다녔습니다. 그 정조를 의심하는 사람은 좀 많을 것이며, 그들의 입을 틀어막는다 해도, 폐하."

아이노 경의 말들은 모두 룩소스 1세도 알고 있는 일들이다. 그리고 아이노 경이 이어 말할 사실도 룩소스 1세는 이미 짐작하고 있었다.

"그녀는 불임입니다."

"알아. 짐이 너보다 더 잘 알아."

아이노 경이 말하는 것보다 더 많은 일을 룩소스 1세는 알았다.

룩소스 1세가 폴리아나를 사랑하는 여인이 아닌 그저 총애하는 기사로 대했을 때 무수히 많은 밤을 함께 보냈다. 술잔을 기울일 때도 있었고 그저 달과 바람과 별빛에 취해 과거를 털어놓을 때도 있었다.

룩소스 1세는 지위가 지위인지라 위엄과 신비를 간직해야 하기에 많은 말을 하진 못했다. 대신 폴리아나가 화자였다. 왕을 청자로 둔 대가는 거짓 없이 솔직한 과거였다.

그렇게 둘이 보낸 밤에도 사랑은 끼지 않았다. 정욕도 일지 않았다. 그저 왕과 기사가 존재했을 뿐인데 어쩌다가 사랑이 껴들어 버린 것일까. 스스로 생각해도 이해가 되지 않았다.

석녀는 시집도 못 간다. 돈이 많은 집안이면 가문에 얹혀 살다 죽거나 첩실로 팔려 가고 돈 없는 집이면 입을 줄이기 위해 창부가 된다. 그것이 아크레아에서 사는 석녀의 삶이다.

귀족 집안이라고 달라질 것도 없다. 여자의 상속을 인정해 주지 않는 아크레아에서 시집 못 가는 딸을 애지중지 돌봐 줄 귀족 가문은 없다.

"뭐 어떻습니까, 폐하. 마음에 들면 후궁으로 들이십시오."

생각보다 냉큼 떨어진 허락의 말에 룩소스 1세는 처진 고개를 들었다. 당연히 반대할 거라고 여겼는데 뜻밖의 허락이 튀어나와 놀랄 수밖에 없었다.

심지어 얘기를 꺼낸 사람은 누구? 바로 아이노 경이다. 황제를 모욕하는 자라면 말보다 빠르게 주먹과 발을 날리는 위인이다.

폴리아나가 주군의 눈을 흐렸다고 쫓아가서 쥐어 팰 것 같은 인간이 허락했다.

"폐하는 최초로 대륙을 거느린 분입니다. 좋아하는 여자 하나 마음대로 못할 게 뭐 있습니까. 뭐든 원하는 대로, 뜻대로 하소서. 이 아이노가 언제까지나 폐하의 편에 서겠습니다."

거기까지 말한 아이노 경의 자세가 갑자기 방만해졌다. 아이노 경은 황제 앞에 서기엔 지나치게 불량한 자세로 표정을 바꿨다.

"여기까지가 신하 아이노 경으로 드린 말이고. 이제부터 친구가 하는 말 잘 들어."

"기사 아이노 경과 벗 이노가 나뉠 수 있는 인물이더냐."

"잘 들어 봐. 걔는 널 남자로 안 봐."

룩소스 1세는 사지 멀쩡하고 남자로서 달릴 거 달려서 멀쩡하게 기능하는 남자다. 남자로 보지 않는다는 건 이성으로 여기지 않는다는 의미였다.

룩소스 1세는 아이노 경의 말을 잘 알아들었다. 하지만 그건 룩소스 1세도 마찬가지였다. 폴리아나의 성별은 알고 있으면서 달리 인식한 적은 없다. 그것이 갑자기 전환되었을 뿐이다. 룩소스 1세가 그랬으니 폴리아나도 그럴 수 있다.

황제가 그 점을 지적하자 아이노 경은 짜증 냈다.

"그건 네가 미친 거고."

너무 당당해서 룩소스 1세는 항의하는 것도 잊었다.

"그러니까 네 마음대로 해."

"뭐?"

"친구로서 하는 말이야. 네가 하고 싶은 대로 해. 난 언제나 네 편이다."

'차여라.'

아이노 경은 진짜 하고 싶은 말을 삼켰다.

"그렇지만 이거 하나는 명심해 둬. 수많은 왕이 제 감정에 휘둘려 암군의 길을 걸었다. 룩시, 너는 왕이 아니지. 황제다. 대륙에선 최초의 황제가 암군이 되면 어떻게 될까. 만약 네가 잘못된 길을 걷는다면 난 널 벨 거다. 그리고 불쌍한 시이를 왕으로 세울 거야. 그게 친구로서 할 수 있는 최선이다."

룩시는 룩소스 1세의, 시이는 루조 공작의 어린 시절 애칭이다. 서른이 넘어 듣는 애칭은 정말 낯을 뜨겁게 만들었다.

제국의 공작이자 황제의 사촌 동생이고 현재 유일한 후계자인 루조 공작을 동정할 수 있는 것도 소꿉친구의 특권이었다.

"난 너를 믿어. 넌 여자 때문에 흔들릴 인간이 아니야. 그러니까 네 마음대로 해. 널 방해하는 건 모두 내가 치워 버릴 테니."

"이노……."

왕자였을 때나 황제가 되고 나서나 룩소스 1세는 여전히 지켜 줘야 할 약한 녀석이었다. 갖고 싶은 게 생기면 가지면 된다. 아이노 경이 보기에 룩소스 1세는 그럴 자격이 충분했다.

"갖고 싶으면 가져!"

"뭐? 사람은 물건이 아니다. 뭘 갖고 말고 하느냐."

"그럼 고백해. 황제 폐하가 되어서 짝사랑으로 끝낼 거야?"

아이노 경은 짜증을 내면서 의자에서 일어났다. 그리고 방을 나가려고 움직였다. 남자의 의리로 버티는 것도 한계가 있었다.

룩소스 1세가 붙잡자 그가 진저리를 냈다.

"다시는 나한테 그런 쪽 얘기 하지 마! 아주 손가락 발가락이 오그라들어 죽겠네! 어차피 난 연애에 관심 없고 결혼도 네가 정해 주는 집안 여자랑 할 거니까!"

"이노……!"

진정 룩소스 1세만을 위한 삶을 사는 아이노 경의 모습에 황제는 감동받았다.

진저리를 치던 아이노 경은 팔을 벌린 룩소스 1세를 보고 뭐라

구시렁거렸다. 그리곤 친구를 얼싸안았다. 키 큰 남자 둘이 서로를 끌어안고 좌우로 몇 번 흔드니 넓은 방이 꽉 찬 것 같았다.

황제의 방에서 나온 아이노 경이 똥 씹은 표정을 하고 복도를 걸었다.

그로선 도저히 이해할 수 없는 인선이다. 세상에 여자가 없는 것도 아니다. 다른 여자도 많은데 왜 하필?

아이노 경은 폴리아나를 동료 기사로서 인정하고 있으나 여자로선 아니었다. 다른 기사들도 마찬가지로, 그와 관점이 다르지 않다. 아크레아 군에서 폴리아나 윈터는 여자도 남자도 아닌 뭔가의 번데기, 아니 제3의 성별 같은 취급을 받고 있었다.

그런 폴리아나에게 반했다니. 기사는 어울려도 후궁은 뭔가 이상하다.

팔은 안으로 굽는다고 했다. 아이노 경은 혹시라도 폴리아나가 룩소스 1세의 마음을 거부할 거라곤 생각하지 않았다.

누가 봐도 폴리아나 인생 최고의 행운이라고 할 인연이다. 벌벌 떨면서 바닥에 무릎을 꿇고 황송해하기에도 모자랐다.

황제의 마음.

대륙에 그보다 가치 있는 건 없었다.

방. 혼자 남은 룩소스 1세가 남은 술을 모조리 입에 털어 넣었다.

'일단 고백을 하자.'

폴리아나는 훌륭한 사수가 못 된다. 그녀가 모르고 쏜 활이 룩소스 1세의 심장에 명중했다. 아니지. 그녀는 쏠 마음이 없는데 룩소스 1세가 달려가 활촉에 제 심장을 찔렀다.

폴리아나로선 억울한 일이다. 누굴 때린 적 없는데 멋대로 부딪쳐 놓고 맞았다고 엉엉 우는 꼴이 아닌가. 룩소스 1세가 생각해도 어이가 없었다.

그 마음을 부정하기 위해 노력했던 것이 무색할 정도로 룩소스 1세는 마음을 굳혔다. 친구에게 털어놓은 지금, 룩소스 1세는 보기 드물게 낙관적이었다.

'고백을 하자.'

아이노 경의 말대로 폴리아나는 룩소스 1세를 주군으로만 여기고 남자로 보지 않았다. 알몸을 보이는 걸 개의치 않는다. 음담패설도 잘하고 여자로서 민감한 부분의 이야기도 필요하다 싶으면 바로 밝혔다.

이대로는 둘의 관계에 진전이 생길 수 없다.

그저 황제와 기사이기만 했던 둘의 관계에 변화가 필요하다. 목마른 사람이 우물을 판다고 필요한 사람이 먼저 나섬이 마땅했다. 룩소스 1세는 관계의 변화를 원한다.

그러니 그가 직접 나서야 했다. 고백은 관계를 비틀 수 있는 아주 거대한 한 방이었다.

한 방이 너무 커, 관계 자체가 부서질 수 있다는 생각은 낙관적 사고에 가로막혔다. 정말이지 룩소스 1세로선 흔치 않은 근거 없는 낙관이었다.

평소라면 계획부터 짜고 여러 가지 경우의 수를 고려해 본 뒤 움직였을 것이다. 하지만 술의 힘을 빌린 근거 없는 낙관과 평소 품고 있던 자신감은 황제를 움직였다.

말보다 주먹이 빠른 친우처럼 룩소스 1세가 방을 나왔다.

'고백!'

방을 나온 건 좋았는데 그에게선 술 냄새가 났다. 룩소스 1세는 술에 취한 상태에서도 술 냄새 풍기고 하는 고백은 낭만적이지 못하다는 생각을 했다. 그래서 온천탕으로 이동했다.

룩소스 1세는 따라오는 친위대를 막았다. 큰 위험은 없을 거란 황제의 말에도 친위대는 부득불 황제를 뒤따랐다. 술 냄새가 났기 때문이다.

목욕 문화보다 사우나 문화가 발달한 아크레아에선 음주를 하고 사우나에 입실했다 사망하는 사건이 흔치 않게 벌어진다. 룩소스 1세는 어지러우면 혼자 일어나지 않고 시종을 부르겠다, 절대 탕 안에서 잠들지 않겠다는 약속을 하고서야 홀로 온천탕에 입실할 수 있었다.

탕엔 선객이 있었다. 룩소스 1세는 탕 바닥에 뻗어 있는 사람 형체를 발견하고 놀랐다.

시트린 성에 온천탕은 하나가 아니다. 개중 성주가 쓰던 가장 크고 화려한 곳을 룩소스 1세가 전용으로 사용하고 있었다. 그런데 선객이라니?

그는 암살자와 여자를 의심했다.

룩소스 1세가 움직일 때마다 소리가 탕 안에 울려 퍼졌다. 바닥에 쓰러진 사람은 미동이 없었다. 그는 친위대를 부르기보다 직접 정체를 확인하러 나섰다.

가까이 다가간 룩소스 1세는 쓰러진 사람의 정체를 알아차렸다. 여성의 골격이나 흉터 가득한 몸. 짧은 밀색 머리.

폴리아나였다.

'폴이 왜 여기에?'

룩소스 1세가 당황했다. 반가운 마음보다 당황이 앞선다.

그는 폴리아나의 알몸을 여러 번 보았다. 목욕하는 걸 목격한 적도 있다. 그러나 그의 마음이 이전과 같지 않기에, 그는 전처럼 그녀의 나신을 순수하게 대할 자신이 없었다.

룩소스 1세는 황급히 큰 천을 폴리아나의 몸에 덮었다. 그리고 주위를 살폈다.

그는 폴리아나에 온천욕을 권했지만 황제의 전용 욕탕에서 기다리라는 말은 하지 않았다. 그런 발칙하고 짜릿한 일은 결혼을 한 신혼부부에게나 허용될 일이다. 적어도 룩소스 1세는 그렇게 생각했다.

그리고 룩소스 1세는 그가 곧 쓰게 될 황제의 관을 걸고 맹세하건데, 여기사에게 그런 일을 시키는 군주가 아니었다.

하면 폴리아나는 어째서 여기에 있는가.

룩소스 1세는 수증기 사이로 보이는 문을 확인했다. 욕실의 장식벽으로 여겼던 것이 사실은 다른 탕과 통하는 문이었던 것이다. 폴리아나는 그곳을 통해 여기로 들어온 것이 확실했다.

'저런 게 있었다니.'

암살자가 아닌 건 다행인데, 뻗기는 왜 뻗어 있단 말인가.

'물기에 미끄러져서 기절했나?'

룩소스 1세가 폴리아나의 머리를 살폈다. 기억하고 있는 것 외에 달리 패인 곳이 없었다. 그는 폴리아나의 맥을 짚고 심장 박동, 호흡을 확인했다.

맥은 무탈했다. 호흡을 확인하기 위해 가까워진 숨결에서 희미한 술 냄새가 풍겼다. 처음 룩소스 1세는 자신의 몸에서 나는 술 냄새로 생각했다. 그런데 술의 종류가 달랐다.

룩소스 1세는 잠시 고민했다. 폴리아나를 깨우지 않고선 이 미스터리가 풀리지 않는다. 황제는 사랑하는 여자를 흔들어 깨웠다.

"폴! 폴 경, 일어나게. 무슨 일인가. 어디 아픈가?"

"으, 으으."

깨어나시오, 기사여.

한참을 흔든 보람이 있었다. 폴리아나가 눈을 떴다.

그녀의 눈동자가 데굴데굴 굴렀다. 여기가 어디이고 자신은 누구이며 룩소스 1세는 누구인지 한참을 생각했다.

폴리아나는 황급히 룩소스 1세를 떠밀고 구석으로 기어갔다. 그리고 토했다.

룩소스 1세는 시종을 부르려다 멈칫했다. 폴리아나가 아직 알몸이다. 천을 둘렀어도 물기에 젖어 몸이 다 비친다. 그걸 다른 남정네에게 보일 순 없었다.

우에엑. 오장육부를 쏟아내듯 소리가 요란했다. 고요한 욕탕이라 소리가 울려 증폭되었다.

룩소스 1세는 애써 고개를 돌리고 사랑하는 여자의 등을 두드렸다. 소리는 내장까지 쏟아낼 기세였다가 점점 약해지더니 폴리아나가 고개를 들었다.

"깼느냐?"

"네."

"음, 그래. 무슨 일인지 말해 보거라."

마신 술을 모두 토해 술기운을 떨친 폴리아나가 룩소스 1세에게 사건의 전말을 보고했다.

폴리아나는 주군의 명령대로 온천욕을 하려 했다. 그때 목욕을 하면서 술을 즐기면 술맛이 좋다는 속설을 떠올렸다. 위험한 짓이지만 폴리아나는 그녀의 주량을 과신했다.

아이노 경에게 내준 술도 아까웠기에 그녀는 고용인을 찾아 술을 요구했다. 같은 술이 없었기에 비슷한 급의 독주가 나왔다.

폴리아나는 그걸 들고 욕탕에 들어가 온천을 즐겼다. 대가는 보는 바와 같이. 탕 안에서 술을 마시는 바람에 술기운이 평소보다 빨리 올랐다.

폴리아나는 현기증이 나 기절할 것 같아 탕을 빠져나와 문을 열었다. 그랬더니 다시 욕탕이었다. 술주정뱅이는 문을 몇 번 왔다 갔다 하다가 쓰러졌다.

룩소스 1세는 문의 반대편을 확인했다. 이쪽에선 장식 벽으로 보였지만 반대편은 평범하게 손잡이가 달려 있는 문의 모습이다.

"이런 추태를 보이다니. 죽을죄를 지었습니다."

폴리아나가 무릎 꿇고 사죄했다. 황제가 둘러 준 천이 흘러내려도 개의치 않았다. 룩소스 1세만 눈 둘 데가 없어 천장에서 눈을 떼지 못했다.

'알몸은 안 부끄럽고 토하는 건 추태로구나.'

아이노 경의 말대로 폴리아나는 그를 남자로 보지 않았다. 스스로를 여자라고 의식하고 있는지 궁금해질 정도였다.

"죽여 주십시오!"

"괜찮아. 짐이 말하지 않았었나. 건강 상하게 먹느니 개가 되라고. 경이 술 마시고 치는 사고 수습은 짐이 다 해 주겠다고 호언장담했었느니."

'아 씨.'

추태도 이런 추태가 없다. 폴리아나는 그냥 온천물에 고개를 처박고 죽고 싶어졌다. 토하는 와중 등을 토닥이는 룩소스 1세의 다정한 손길을 느꼈기에 더욱 그랬다.

"하지만 경, 뜨거운 물에서 술을 마시는 건 위험하다. 그러다 죽어."

'아 씨.'

폴리아나의 얼굴은 바닥으로, 룩소스 1세의 얼굴은 천장으로 향했다.

폴리아나의 젖은 몸이 빠른 속도로 핏기를 잃었다. 하얗게 질린 얼굴과 말초의 떨림에 룩소스 1세가 폴리아나를 온천탕으로 내몰았다. 폴리아나는 토사물을 치우겠다고 나서려다 몸 상태를 확인했다. 회복이 필요했다.

"소인은 나가겠습니다."

"되었다. 몸을 덥히거라. 옷은 저쪽에 두고 왔느냐?"

룩소스 1세가 바가지로 물을 퍼 토사물 위에 뿌렸다. 토사물이 물에 쓸려 하수구로 흘러갔다.

온천물에 몸을 담근 폴리아나가 죽을 것 같은 표정을 지었다. 실제로도 그녀는 죽을 맛이었다.

"감히 폐하께 이런 뒤처리를……."

"짐이 수습해 준댔잖나. 그리고 일어나다 쓰러져서 머리 부딪치면 골로 가네."

룩소스 1세는 비위 상하지 않았다. 그는 사냥꾼이다. 짐승을 사냥하면 위장에서 소화되다 만 것들을 흔히 볼 수 있다. 죽으면서 오줌보와 대장에 든 것을 비워 내는 생물이 대부분이다.

짐승이 그럴진대 사람은 더했다. 전장에선 토사물보다 더한 것이 대지를 뒤덮는다. 때로 그런 오물보다 역겨운 인간의 욕망도 존재했다. 그의 비위를 상하게 만들려면 뱀이라도 끓여 바쳐야 할 것이다.

하는 김에 룩소스 1세는 옷도 챙겼다. 열린 문으로 들어가 다시 문을 여니 탈의실이 나왔다. 탈의실엔 군인답게 곱게 갠 의복과 수건이 있었다.

룩소스 1세는 둘 다 챙겼다. 서두르려다 보니 잘 잡지 않아 갠 것이 풀어져 아래로 흘러내렸다. 그의 맨살에 닿는 옷의 감촉이 까끌까끌했다.

'까끌?'

룩소스 1세는 그제야 자신의 몸도 폴리아나와 별반 다르지 않다는 사실을 깨달았다.

폴리아나는 목욕을 했다. 룩소스 1세도 목욕을 하러 들어왔다. 목욕은 다 벗고 한다.

탕 안이 따뜻해 별다른 생각이 없었지만 룩소스 1세는 계속 벗고 있었다. 아래에 수건도 안 걸쳤다.

깨달음이 늦어 누적된 데미지가 한번에 찾아왔다.

갑자기 찾아온 현기증에 룩소스 1세가 벽에 손을 대고 기댔다. 남자가 벗고 있는데 눈도 안 돌리는 폴리아나를 탓해야 할 것인가.

아니면 좌절해야 할 것인가.

폴리아나가 새삼 남자의 벗은 몸에 관심을 두는 것도 이상하지만 아무리 그래도.

룩소스 1세가 거울을 노려봤다. 조각 같은 얼굴에 마찬가지로 조각 같은 몸매. 자랑은 아니지만 남성기도 이만하면 훌륭했다.

아크레아는 겨울이 매섭다. 그래서 사우나가 발달했고 남자든 여자든 사우나에서 만나거나 노는 일이 일상적이었다.

룩소스 1세와 같이 왕족들도 맨몸을 부끄러워하지 않고 사우나에서 사람들을 만났다. 다들 벗고 있었고 룩소스 1세는 대조해 보기에 충분한 자료를 습득했다.

'이만하면 훌륭하다!'

거기가 크든 조형이 아름답든 작아서 볼품없든 폴리아나는 공평하게 깠다.

룩소스 1세는 괜한 곳으로 향하는 상념을 접었다. 그녀의 발차기에 당한 이들은 맞을 만했다. 그래도 남자로서 애도심이 든다.

룩소스 1세는 뒤늦게 부끄러워져 수건을 허리에 둘렀다. 따지고 보면 둘 다 서로의 알몸이 낯설지는 않다. 그러니 그 혼자서만 부끄러워하는 것이리라.

폴리아나는 여전한데 그 혼자만 달라졌다. 서로를 아끼는 마음이 비할 데 없이 큰데 종류가 달랐다.

폴리아나는 황제의 명을 받잡아 탕에서 나오지 않고 얼굴만 붉히고 있었다. 룩소스 1세는 퍼뜩 떠올렸다.

'혹시 좋은 기회?'

토하는 여성의 등을 두드리고 하수구에 토사물을 몰아넣은 남자가 품기엔 지나치게 낙관적인 생각이다. 그러나 사랑은 이성을 마비시켰다.

게다가 일단 보이는 것만 보면 분위기가 괜찮았다. 따뜻한 수증기가 피어오르는 온천탕. 성인 남녀가 알몸으로 단둘이. 둘 다 미혼. 둘 다 상대에게 호감 있음!

호감의 종류가 서로 다르다는 게 큰 문제지만 룩소스 1세는 자신이 생겼다.

룩소스 1세가 다가가자 폴리아나가 사죄했다.

"으으. 죽을죄를 지었습니다."

"술은 다 깼나?"

"아주 멍징합니다."

폴리아나의 표정이 혀 깨물고 죽고 싶단 얼굴이라 룩소스 1세는 그녀를 달랬다.

"너무 자책하지 말거라. 이노는 부왕의 검을 부러트린 적도 있어."

돌아가신 아버지의 유품을 부러트려 먹은 것에 비하면 토한 일 정도야 아무것도 아니란다.

황제의 상냥한 위로에 폴리아나는 더욱 얼굴을 붉혔다. 그녀는 정말 죽고 싶었다. 바닥에 구멍을 내서 꺼져 버리고 싶었다.

룩소스 1세가 옷과 수건을 갖다놓고 은근슬쩍 탕으로 진입했다. 거리가 제법 가까운데도 폴리아나는 피하지 않았다. 사람이 들어오자 탕 안의 물이 출렁였다. 룩소스 1세의 몸에서 시작된 물결이 출렁여 폴리아나의 몸에 부딪쳤다. 룩소스 1세는 제 몸이라도 닿은 것처럼 얼굴이 화끈했다.

황제의 머릿속에서 닭이 울었다. 꼬끼오 꼬꼬꼬, 수탉이 벼슬과

꽁지깃을 흔들며 요란하게도 울어 댔다.

그는 표정부터 수습했다. 평소의 근엄함을 되찾은 청년이 제 매력을 뽐내기 시작했다. 꼬끼오. 수탉이 암탉 앞에서 보란 듯이 붉은 벼슬을 흔들었다.

젖은 금발은 색이 짙어져 더 농밀한 색이 되었다. 물기 어린 촉촉한 눈은 여든 먹은 노파도 심장을 부여잡고 쓰러질 만큼 치명적일 것이다(라고 룩소스 1세는 생각했다).

"몸은 좀 괜찮으냐."

"예. 이제 괜찮습니다. 심려 끼쳐 송구합니다. 앞으로 다시는 이런 추태 보이지 않겠습니다."

폴리아나의 갈색 눈이 굳은 결심을 내비쳤다.

룩소스 1세는 잠시 혼미해졌다. 결코 가늘지 않은 폴리아나의 목선을 따라 흐르는 물방울에서 시선을 뗄 수 없었다.

그는 폴리아나의 손을 잡았다. 흉과 굳은살이 가득한 거칠거칠한 손이었다. 손톱은 수차례 깨지길 반복해 울퉁불퉁했다.

"이젠 안 떠는구나."

"토해서 술기운은 다 빠졌습니다."

"앞으로 다시는 그러지 말거라. 탕에서 음주라니. 그렇게 위험한 일은 하는 게 아니다. 그리고 정신을 잃을 것 같으면 혼자 이동하지 말고 사람을 부르고. 여긴 전장도 아니니 부르면 사람이 올 것 아니냐. 또한 경은 너무 스스로의 몸을 돌보지 않는 경향이 있어. 술 먹고 아무 데서나 자고, 남자들 사이에 섞여서 자고. 동료들을 믿어도 그래선 아니 된다. 남자는 다 늑대란 말이다."

"푸핫!"

폴리아나가 빵 터졌다. 갑자기 웃는 그녀 때문에 룩소스 1세만 움찔할 정도로 놀랐다.

탕에서 잔물결이 요란하게 일었다. 마치 룩소스 1세의 마음처럼.

"왜 웃느냐."

"송구합니다. 걱정해 주시는 게 기뻐서 그만."

"웃지 말거라. 남자는 다 늑대란 말이다."

"소신은 박색이라 그런 염려는."

"경은 귀엽다! 못생겼다고 욕하는 자가 있으면 모두 데려와라."

욕탕에 벌거벗은 성인남녀가 앉아 손을 잡고 있음에도 폴리아나는 대수롭지 않게 여겼다. 도리어 룩소스 1세의 잔소리를 정겹게 받아들였다.

룩소스 1세의 말대로 못생겼다고 위험하지 않은 건 아니다. 본래 강간이란 단순히 성욕 해결을 위해서만 벌어지는 건 아니다. 몹시도 불유쾌하고 비극적인 일이지만 발생 원인은 다양했다.

육체적 폭력, 분노, 보복, 슬픔, 단순한 서열다툼, 본보기, 단순 흥미. 기타 등등 기타 등등.

그녀가 박색인 것이 강간 위험을 낮추긴 해도 완벽하게 막아 주진 않는다. 그보단 귀족 신분이 더 안전한 보호막이었다.

남자인 룩소스 1세가 염려하는 것보다 여자로 살아오면서 직접 몸으로 겪은 폴리아나가 더 잘 알았다.

위험을 가장 먼저 알아채는 것은 약한 생물이다. 약하고 몸을 보호할 수 없는 생물일수록 공포에 더 민감하게 반응했다.

여자에게 육감이 발달했다는 말이 괜히 나온 것이 아니다. 그렇게 주위에 신경을 써서라도 외부 위험을 피하기 위함이다.

폴리아나가 이렇게 자신만만한 건 다른 이유는 아니었다.

“남자가 다 늑대여도 폐하만은 아니시잖습니까.”

룩소스 1세만은 그러지 않을 것을 알기 때문이다. 그 더없는 신뢰에 룩소스 1세는 차마 그가 눈 뻰 늑대임을 밝히지 못했다.

“귀엽다니까.”

“네네.”

‘귓등으로 흘리고 있어.’

평소 폴리아나라면 저렇게 반응하지 않는다. 룩소스 1세가 지나가는 강아지를 가리키고 “귀엽네.” 한 마디만 해도 호들갑을 떨었다.

폐하의 심미안은 정말 드높으십니다. 정말 귀여운 강아지입니다!

무슨 말을 해도 금과옥조처럼 듣더니 본인 칭찬은 귓등으로 듣고 넘겼다.

상황 자체가 나쁘지 않으면 뭐하나. 당사자가 생각이 없는데.

룩소스 1세는 고백을 하기에 앞서 점검부터 했다.

“경은 짐을 어떻게 생각하나?”

“아름다우십니다!”

룩소스 1세는 천천히 고개를 끄덕였다. 기사들이 황제의 미모를 자랑스러워하는 건 그도 잘 알고 있었다.

특히 폴리아나는 본인은 안 꾸미면서 남들이 꾸민 걸 보는 걸 좋아했다. 한때는 대리만족으로 의심했는데 정말 순수하게 ‘보는 것’만 좋아했다. 폴리아나가 룩소스 1세를 칭찬할 때 아름답다는 말부터 하는 것을 모두가 안다.

“저의 주군이시며 아크레아의 왕. 대륙의 주인, 이 땅에 군림하시는 유일무이한 지고의 존재.”

옷만 입고 있었어도 무릎 꿇을 기세였다. 아마 탕 안만 아니었어도 알몸인 걸 신경 쓰지 않고 바로 무릎을 꿇었을 것이다. 폴리아나는 그런 사람이었다.

"허락하시는 한 소신은 언제까지나 폐하의 기사입니다."

폴리아나의 올곧은 시선이 룩소스 1세에게 닿았다.

그녀에겐 검이 필요해 보였다. 어느 추운 겨울날 그녀에겐 검이 필요했다. 아무도 주지 않았기에 룩소스 1세가 직접 건넸다.

'아아, 그렇군.'

그가 그녀에게 검을 주었다.

룩소스 1세는 굳은살 가득한 폴리아나의 손을 가볍게 쓸었다.

"경은 짐의 보물이야."

방정맞게 소리 내 웃지는 못하고, 폴리아나의 입꼬리가 위로 올라갔다.

폴리아나의 맹세는 룩소스 1세가 기억에 묻어 뒀던 과거를 파헤치게 만들었다. 원정길에 얻은 보물을 꼽으라면 에하스에서 얻은 여기사를 말하리라 다짐했던 날을.

그저 처참하다는 말밖에 나오지 않는 상황에서 기사의 맹세를 하기 위해 검을 찾던 그녀를 기억해 냈다.

폴리아나 윈터는 룩소스 1세의 기사다. 그런 그녀에게 고백해서 무엇을 얻을 수 있을까.

룩소스 1세는 낙관적인 상상을 버렸다. 가끔 성급하게 구는 친구의 태도가 옳았나 보다.

그도, 아이노 경도 폴리아나의 마음에 대해선 고려해 보지를 않았다. 당연히 좋아하겠거니 여겼다.

설령 고백을 받아들여도 그녀의 행복에 대해선 생각하지 않았다. 황제의 후궁은 여자로선 대단한 출세다. 심지어 총애를 받는다면 성공한 인생이나 다름없다.

당연히 행복할 거라 여겼지만 폴리아나의 행복은 그런 데에 있지 않았다.

후궁이라니. 말도 안 되는 상상이었다.

황제는 스스로의 어리석음을 자책했다. 다른 이들의 반대나 찬성의 반응들을 생각했다. 대응하려 했다. 정작 그녀의 마음은 고려하지 않았다.

고백하기 전 깨달아서 다행이다.

룩소스 1세는 황제. 폴리아나 윈터는 기사. 둘은 군신관계이며 서로를 생각하는 마음은 끈끈하다.

황제의 욕심이 과해 관계를 바꾸려 했으나 부수기 전에 깨달았다. 하마터면 잊을 뻔했다. 그가 그녀에게 검을 주었다.

"경은 짐이 황제가 되어서 기쁘냐?"

"신납니다."

황제의 눈빛이 그윽했다. 낯간지러운 이야기를 해도 될 것 같은 상황이라 판단한 폴리아나가 입을 열었다.

"일전에, 폐하께서 대륙의 끝을 밟는 날까지 눈물은 아껴 두라 하셨지요."

"그랬지."

"그 뒤로 소신은 안 울었구요."

"다른 경들은 다 울었잖느냐. 엉엉."

룩소스 1세가 폴리아나에게 반한 날이었다. 석양이 내린 해안 절벽을 황제는 죽는 날까지 잊지 못할 것이다.

그 날의 냄새를 기억한다. 절벽에 부딪치던 파도 소리와 남쪽에서 불어오던 습기 차고 시원한 바닷바람을 기억한다. 그의 얼굴을 때렸던 햇빛과 평화롭게 울던 새를 기억한다. 조금씩 사라지던 등 뒤의 인기척들 또한 생생하게 기억한다.

가슴에 담은 폴리아나의 미소 또한 총명한 머리로 기억할 것이다.

"눈물은 나오지 않았습니다. 도리어 기뻤습니다. 아시잖습니까. 소신은 계속 폐하의 기사일 것이고 폐하께선 분명 저희들에게 다시 새로운 청사진을 보여 주실 것입니다. 그리 생각하니 기뻐서 웃음만 나오지 뭡니까."

사랑하는 여자가 보이는 절대적인 경애 앞에 무패의 황제는 백기를 들었다.

최초의 실연이 주는 아픔을 록소스 1세는 각오와 함께 집어삼켰다. 그는 황제이고, 아크레아는 물론 대륙의 주인이다. 황제에겐 그만큼의 책임이 따랐다.

무수히 많은 책임 중엔 충성을 맹세한 기사를 실망시키지 않는 일도 포함되어 있다. 따르는 종을 행복하게 해 주는 일도 포함된다.

"경은 행복한가?"

"행복합니다."

"성을 받아서는 아니고?"

"으하하하. 그것도 약간 있습니다."

"그래. 경이 짐에게 해 준 일이 많으니 짐도 경에게 많이 줘야지. 성도 주고, 말도 주고, 검도 주고, 갑옷도 주고, 영지도 하나는 부족하니 더 주고. 경 좋아하는 술도 실컷 마실 수 있게 양조장이랑

포도 농장도 주고."

마음의 정리를 마친 룩소스 1세는 이것저것 말하다가 폴리아나의 손을 놓았다.

"경은 지금으로도 충분하니 더 주지 않아도 된다."

룩소스 1세의 시야가 잠시 흐릿해졌다.

그는 금방 이겨 냈다. 그는 황제. 남들과는 다르다. 왕자로 태어나 어려움 없이 왕이 되었고 스스로의 힘으로 황제가 되었다.

그가 걷는 길은 결코 남들과 같을 수 없다.

좋아하는 여자도 부인 삼을 수 없다면 황제가 되어서 무엇하냐는 아이노 경의 말도 옳다. 그러나 룩소스 1세는 좋아하는 여자가 웃는 게 보고 싶다.

감정의 색이 달라도 폴리아나는 룩소스 1세를 진실로 사랑했다. 룩소스 1세도 그녀를 사랑한다.

비록 둘의 이름이 같을 수 없어도 마음의 크기만큼은 우열을 가릴 수 없을 정도로 거대했다.

사랑을 부정하려다 인정하고, 하루 만에 포기한 룩소스 1세의 내면은 한층 더 성장했다.

룩소스 1세는 거울을 노려봤다. 거울 속엔 성숙한 남자의 냄새를 풍기는 미남이 비쳤다. 미형에 동안인 얼굴에 약간 불만을 품었던 황제는 살짝 만족했다.

'사랑은 남자를 성장시키지.'

그러지 않아도 부담 갈 정도로 아름다웠는데 실연의 상처가 깊이를 더하는구나.

며칠 온천욕을 해서 보들보들해진 피부와 매끈해진 머릿결이 만족스러웠다. 그런 황제를 아이노 경이 찾아왔다.

"폐하, 어제 욕탕에서 폴리아나 경이랑."

"둘이 목욕한 것? 아무 일도 없었다."

"폴리아나 경이 토하는 거 등 두드려 줬다고 소문 쫙 났습니다. 친위대 애들이 창피해서 못살겠다고 고개 숙이고 다닙니다."

남녀가 알몸으로 같이 목욕을 했는데 나라는 소문은 안 나고 다른 소문만 날개 달린 말처럼 퍼진다.

둘 사이의 사정을 알고 있는 아이노 경만 아무 일 없었느냐 물었다. 룩소스 1세가 어제의 다짐을 밝혔다. 황제의 숭고한 마음씨에 아이노 경이 감동했다.

"폐하의 아이노는 어떤 선택이든 폐하를 지지합니다."

말은 그렇게 했다. 말은. 표정과 눈빛이 세상 제일가는 등신이라고 욕하고 있어도 입은 번지르르했다. 아이노 경의 성격을 고려해 보자면 눈빛 쪽이 진심이다.

"짐은 폴 경의 행복을 바란다."

"나중에 결혼식장 가서 깽판이나 치지 마소서."

"짐을 뭘로 보고!"

똑똑. 아침 식사를 가져온 시종이 문을 두드렸다. 아이노 경과 룩소스 1세는 마법처럼 충직한 기사와 근엄한 황제로 돌아갔다.

아침 식단엔 블루베리가 유난히 많았다. 이 영지의 특산물인가 싶으나 그렇지 않다. 룩소스 1세가 의아하게 여기자 시종이 대답했다.

"폴리아나 경이 폐하의 안구 건강을 염려하고 있습니다."

"짐의 시력엔 이상이 없다."

"자꾸 그녀의 외모를 칭찬하는 것이, 난시나 근시가 온 게 아닌가 걱정을 태산같이 했답니다."

큽! 아이노 경이 웃음을 참지 못하고 손으로 틀어막았다.

좋아하는 여자를 칭찬하면 시력을 의심받는 현실에 황제는 좌절했다.

10. 귀향

10. 귀향

룩소스 1세와 군대는 순조롭게 북상했다.

대륙의 남부, 중부를 지나 다시 북부로 돌아온 그들을 반긴 것은 변함없이 흐르는 코에몽 강이었다.

아크레아 군대에게 도강의 악몽을 심어 준 강은 여전히 북부 최대의 위용을 자랑했다. 하지만 남부엔 코에몽 강보다 거대한 강이 존재한다.

페시 강과 고가 강이 합류해 완성된 대륙 최대의 강 고라를 모두가 보았다. 10년의 원정으로 견문이 넓어진 병사들에게 코에몽 강은 더 이상 두려움의 대상이 아니었다.

악몽의 실재와 마주치자 병사들은 허탈해했다. 고작 이걸 못 넘어서 그들은 그렇게 괴로웠다.

코에몽 강엔 튼튼한 돌다리가 놓였다. 완공 보고를 받은 것이 몇 년 전이다. 직접 보지 못한 원통함이 풀려 황제는 매우 만족했다.

“이 다리는 황제의 다리로 불린다고 합니다.”

“황제가 특산품도 아니고 별 데다 다 갖다 붙이는구나.”

황제가 맛있게 마신 술은 황제의 술. 황제가 올라갔던 절벽은 황제의 절벽. 황제가 들어갔다 나온 탕은 황제탕. 황제가 돌아가는 귀로는 황제의 길.

대륙에 최초로 등장한 황제에 사람들은 열광했다. 룩소스 1세와 관련된 것이라면 무조건 황제를 붙였다.

이러다간 대륙의 이름이 바뀔지도 몰랐다. 황제의 땅으로.

룩소스 1세는 다리의 이름을 적당히 명명했다. 코에몽 다리. 지나치게 단순한 이름에 많은 사람들이 불만을 품었다.

다리는 튼튼하게 지어져 군대가 모두 지나가도 멀쩡했다. 다리가 생기면서 강 근교의 마을끼리 사람과 물자의 이동도 활발해졌다는 보고가 들어왔다.

작은 배로 왕래하긴 해도 다리가 있을 때와 없을 때는 또 느낌이 다른 법이다. 고라 강처럼 배가 반드시 필요한 생활권이 아니다.

완공된 다리는 곧 황제의 업적으로 돌아갔다.

가장 먼저 복속된 에하스와 쿠크다의 환영이 열렬했다. 룩소스 1세는 바로 아크레아로 이동하지 않고 에하스와 쿠크다의 왕성에 들를 수 있도록 여로를 짰다.

쿠크다를 거쳐 에하스로 이동하던 중, 폴리아나는 여정에 크렌벨 지방이 포함된 것을 보았다. 크렌벨 영지가 에하스의 왕성과 가깝지는 않아도 가는 길목에 위치하기 때문이다. 물론 거기에서 머무르는 것은 아니고 그냥 지나가는 길목에 불과했다.

고향이라고 꼭 애틋한 감정만 품은 건 아니다. 그러다 폴리아나는 곧 크렌벨 지방에 있는 용건을 떠올렸다. 그녀에겐 성취한 꿈을 보고할 상대가 있었다.

룩소스 1세는 며칠 정도의 휴가를 요청하는 친위대장에게 너그럽게 휴가를 내줬다. 황제는 일부러 휴가를 내지 않아도 된다는 말도 했다. 고향에 머물 기간이 필요하다면 거기에서 휴식하면 되는 것이다.

하지만 폴리아나가 절대 안 된다고 정색했다.

"영주관 같이 초라한 곳에 폐하를 모실 수 없습니다."

"짐은 야숙도 했다."

"그땐 전시지요."

지금은 전쟁을 끝내고 돌아가는 길이 아닌가. 폴리아나가 절대 안 된다고 단호하게 말하는 통에 룩소스 1세는 고집도 못 부렸다.

"가족들을 보러 갈 건 아닐 테고."

"스승님이 계십니다."

"그러고 보니 크렌벨은 네 영지지."

룩소스 1세가 에하스를 정복해 에하스의 귀족들은 대부분 작위를 박탈당했다. 정복 초기라 저항이 거셌기 때문이다. 영지를 관리할 사람은 필요하기 때문에 대부분 준귀족 신분 또는 기사 계급으로 강등됐다.

크렌벨 영지는 원래대로라면 폴리아나가 상속받았을 그녀의 땅이었다. 그녀의 것이니 응당 그녀가 가져야 했다. 룩소스 1세는 즉각 넘겼다.

"보잘것없긴 하지만 가져라."

"글쎄요. 진짜 보잘것없어서…… 감사합니다."

폴리아나는 성주가 되었다. 크랜베리가 특산품인 작은 영지 정도야 눈에 차지도 않았다.

하지만 땅과 돈은 많으면 많을수록 좋은 법. 그녀는 사양하지 않았다. 원래 높으신 분이 주시는 건 군말 없이 받는 게 예의 아닌가.

그저 그런 영지여도 땅이다. 세금이 나왔다. 폴리아나는 신이 나서 말에 올랐다. 그녀를 호위하게 된 부하 몇이 따라왔다.

10년 전의 그녀는 사람들이 접근과 교제를 꺼리는 외국인 출신 평기사였다. 지금은?

10년이면 강산이 변하고 국명이 변하고 강에 다리가 놓이고 기사는 승진한다. 호위도 없이 단독으로 움직이던 과거는 잊자. 그녀를 호위하는 부하와 부관이 생겼다. 말이 굽을 박차 달리고 있는 이 대지는 폴리아나의 땅이다.

폴리아나는 노기사의 무덤을 찾아갔다. 10년이 지났지만 무덤은 잘 관리되고 있었다.

폴리아나는 비석 앞에 서서 보고했다. 긴 말은 하지 않았다. 그녀의 건강한 모습으로 충분했다.

룩소스 1세를 좇아 대륙의 끝을 밟고, 눈으로 직접 보고 돌아왔다. 친위대의 푸른 제복과 대장의 증거로 달린 금줄. 두피가 보일 정도로 짧지 않고 적정선에서 잘라 관리하는 머리카락에 깔끔해진 외모까지.

지저분한 기사에서 모두가 알아봐 줄 기사님으로.

"대륙의 끝을 봤습니다."

더 할 말이 있을까. 폴리아나는 몇 번 혀를 굴리다 돌아섰다. 그들 사이에 이 정도면 충분했다.

'휴가 낼 필요도 없었네.'

성묘만 하고 돌아오니 반나절도 안 걸렸다. 폴리아나는 그대로 복귀 결정을 내렸다. 그러자 며칠 쉴 수 있을 줄 알고 따라온 부하들의 원성이 높아졌다.

"댁에 안 들르십니까?"

"별로 추억도 없어."

"그래도 관리인은 만나 봐서 탈세는 안 하는지 확인하고 그러셔야 하지 않겠습니까?"

룩소스 1세는 전투를 하기 전 항복한 영주들의 귀족 지위를 어느 정도 보장했다. 땅은 관리하던 사람에게 맡기는 게 편하다는 실용적인 이유다.

하지만 항복하지 않고 전투에서 패한 지역의 귀족들은 귀족의 지위를 인정해 주지 않고 관리인 신분만 유지했다. 원정의 시작점이었던 에하스와 쿠크다, 배배로의 귀족들은 대부분 작위를 잃은 신세다. 그에 비해 중부의 일부와 남부의 귀족들은 작위를 유지하는데 성공했다.

여러모로 타이밍의 문제다. 이제 막 정복을 시작한 젊은 왕이 항복 권고를 하는 것과 대륙의 절반을 지배하는 왕이 하는 것은 무게가 다르지 않은가.

그래서 폴리아나의 가족들은 귀족이 아니다. 관리인 자리에서 쫓겨나지 않았다면 준귀족 취급을 받고 있을 테니 심한 신분하락은 아니었다.

딴 주머니를 찼다면 문제이나 심하게 사고 치는 부류가 아니다. 소인배들이기에 사고를 쳐도 작게 쳤을 것이다. 10년 동안 무탈하게 관리인 노릇을 해 왔을 가능성이 높았다.

'귀찮은데.'

폴리아나가 저택에 대해 가진 기억은 별것 없다. 몇 년에 한 번 휴가를 받아 방에 박혀 먹고 잔 기억뿐이다.

더 어릴 적엔 저택에서 살았지만 노기사에게 맡겨지면서 힘든 훈련을 받느라 모두 잊어버렸다. 오래도록 기억을 되새길 정도로 소중한 기억도, 원망스런 기억도 없었다.

'아, 맞다.'

폴리아나는 까맣게 잊고 있던 사실 하나를 떠올렸다. 용케도 기억해냈다 싶을 정도로 중요하지 않은 일이었다. 그래도 뭐. 온 김에 들르지.

결심한 그녀가 말머리를 돌렸다. 스승에게 보고하는 것 외에, 크렌벨에서 할 일이 한 가지 더 남아 있었다.

전쟁도 끝났는데 전력 질주하여 영지를 가로지르는 기사들이 등장했다. 영지의 순찰병에게 보고도 하지 않고 포부 당당하게 쳐들어온 무장집단에 경비병들이 혼비백산했다. 창을 무장해 뛰쳐나오는 그들에게 폴리아나가 신분을 밝혔다.

"황제 폐하의 친위대장 폴리아나 윈터다!"

그들은 폴리아나의 이름을 듣고 크렌벨 가문의 큰아가씨를 떠올리지 못했다.

크렌벨 영지에도 폴리아나 윈터에 대한 소문이 퍼졌지만 그녀가 과거 폴리아나 크렌벨이었다는 사실을 아는 자는 몇 없었다. 크렌벨 가문이 의도적으로 숨겼기 때문이다.

친위대장의 직함이 있기에 경비병들은 폴리아나 일행을 막지 않았다. 포부 당당하게 영주관으로 들어간 폴리아나로 인해 사람들이 놀랐다. 오래도록 근무한 자들 중 기억력 좋은 이가 폴리아나를 알아봤다.

"큰아가씨!"

"주인님으로 불러라. 크렌벨 일가는 아직도 여기서 거주하고 있나?"

"네? 예, 그렇습니다."

"라이아나는 시집은 갔고? 그 아이도 여기서 거주하나?"

"주인님은 일선에서 물러나셨고 작은 주인님이 관리를……."

"영주도 아닌데 주인님은 무슨. 폐하께서 크렌벨 영지를 내게 주신다고 약조하셨다. 그렇게 알고 있어."

폴리아나는 오래 근무한 하인에게 그간의 일들을 전달받았다.

기사라면 질색 팔색을 하던 라이아나는 아크레아에서 파견된 행정관 하나를 꼬셔 결혼하는데 성공했다.

영주 자리에선 물러났지만 여전히 관리인으로 영지를 돌보고 있고, 지난 세월 영주 가문으로 군림한 시간이 있기에 사는 게 그렇게 힘들지도 않았다고 한다.

한미한 가문이긴 해도 아크레아 출신의 귀족 남자와 결혼해서 간신히 귀족 명단에 걸치고 있었다. 아크레아 남자는 집안에 돈도 없고 땅도 없으면서 데릴사위로 들어오는 걸 거부했다. 아쉽고 급한 건 라이아나 쪽이었기에 결국 라이아나는 크렌벨의 성을 버렸다.

갑자기 들어온 군인들에 놀란 아이들이 영주관 2층에서 고개를 내밀었다. 폴리아나의 조카가 될 것이다. 아이에 이어 주인이 등장했다.

"도대체 이게 무슨……!"

폴리아나는 10년 만에 만난 라이아나를 보고 한쪽 눈썹을 치켜올렸다. 별 고생 안 했다더니 확실히 별로 변한 게 없었다.

이제는 금발 아니라고 단정할 수 있는 연갈색 머리를 틀어 올리고, 잘못 걸으면 치마 끝 밟고 넘어질 화려한 로브도 여전했다.

경악하는 라이아나에게 폴리아나가 성큼성큼 다가갔다.

"내가 옛날에 너한테 못생겨졌다고 말한 거 미안하다."

"뭐?"

"그때 내가 폐하를 뵌 지 얼마 안 되어서 잠깐 보는 눈이 높아졌었어. 넌 예쁘장해. 행정관 꼬셨다고? 시집도 잘 갔네. 축하한다."

축하하는 의미에서 폴리아나는 동생에게 집을 선물해 주기로 마음먹었다.

"폐하께서 크렌벨을 내게 주신다고 했다. 다른 영지도 받은 게 많아서 이곳에서 살 생각은 없지만 그래도 가족 아닌 너희들이 영주관에 머무르는 건 이상하잖아. 관리자용 주택 하나 지으라고 해 둘 테니 거기서 살아."

라이아나의 얼굴이 하얗게 질리고 그녀의 남편 얼굴도 핼쑥해졌다. 폴리아나는 10년어치보다 약간 더 늙은 아버지를 발견하고 냅다 말했다.

"고자는 사실이니까 사과 안 할 겁니다."

"네, 네가!"

크렌벨 일가는 황제의 총애를 받는 여기사에 대한 소문이 들려와도 일부러 모르는 척했다. 현실을 악몽으로 여기고 부정했으나 악몽은 기어이 현실에 찾아왔다.

폴리아나의 아버지와 계모, 라이아나의 안색은 좋지 않았다. 영주관에서 쫓아내는 걸 넘어서 복수를 하겠다고 나서면 그들은 막지 못하기 때문이다.

영주가 관리인을 사적으로 처벌하면 법에 어긋난다. 그런데 폴리아나는 과거 폴리아나 크렌벨이었다. 집안일이라고 잡아떼면 방법이 없었다.

그들이 공포에 질렸다. 부하들은 분위기를 타서 사악하게 웃었다.

"대장님, 명령을 내려주십시오."

혹자는 폴리아나에게 복수를 하라 권유했다. 폴리아나는 그런 데 미련을 갖지 않았다. 원래 원망하지 않았고 별다른 감정이 없었다.

그녀는 요절한 친모를 그리워하지 않았다. 부친에게 갖는 감정도 그와 비슷했다. 룩소스 1세의 뒤를 따르는 일에 비하면 하찮기 그지없었다.

흥분해 폴리아나에게 다가가는 아버지를 부하들이 막았다.

"영주관에서 너무 멀어지지 말고 알아서 쉬어라. 날짜 다 되면 나 부르고."

기왕 영주관에 들렀으니 휴가 받은 날 동안 느긋하게 쉬겠다. 그녀의 결정에 부하들이 환호했다.

폴리아나는 전처럼 휴가를 즐기기로 마음먹었다. 그래서 몸을 누이고 쉴 방을 찾았다.

전처럼 객실의 아무 곳에나 들어가지 않았다. 폴리아나는 크렌벨 영지의 영주가 되었고 이곳은 영주관이기 때문이다. 영주가 자기 방을 두고 왜 손님방에서 자겠는가.

폴리아나가 영주의 침실 앞에 서자 집사가 열쇠를 내밀었다. 뒤에서 뭐라 하든 그녀가 문을 열고 들어갔다.

'아 맞다. 먹을 거.'

주방이든 어디든 들러서 주전부리를 챙겨야 했는데. 바로 나가면 영주의 위엄이 떨어진다.

나갈까 말까 그녀가 고민하던 찰나. 노크 소리가 들리고 하녀가 들어와 과일 등의 간식거리를 가져왔다. 가장 먼저 눈에 띈 건 말린 크랜베리다.

폴리아나는 크랜베리를 한 움큼 집어 입에 털어 넣었다. 달콤하고 신 건과육에 침이 솟아났다. 폴리아나는 크랜베리를 별로 좋아하지 않으나, 오랜만에 먹는 고향의 특산품은 꿀맛이었다.

11. 개선

11. 개선

룩소스 1세와 황제의 군대는 순조롭게 아크레아의 경계에 도달했다. 아크레아의 국민들은 왕으로 떠나 황제가 되어 돌아온 군주를 반기기 위해 생업까지 내팽개쳤다.

루조 공작의 주도하에 준비된 개선식은 아크레아의 경계에서 왕성인 나나바에 도달할 때까지 계속 이어졌다. 아크레아 국민들의 자부심은 하늘을 찔렀다. 황제를 찬양하는 목소리도 같이 찔렀다.

하늘에 구멍을 낼 기세로 치솟는 황제의 인기는 권력과 비례했다. 군세는 조금씩 흩어졌다. 고향에 다녀오는 것을 황제가 허락했기 때문이다.

나나바에서 벌어지는 개선식엔 근방에 거주하는 병사와 기사들로도 충분했다. 왕성의 개선식에 참가하고 싶은 마음도 있으나 병사들은 고향의 환대에 만족했다.

화로의 불이 꺼지지 않도록 집안을 지키던 여인들이 밖으로 나와 남편과 아들, 손자, 동생, 오빠를 찾았다. 젖먹이 때 보고 처음으로 재회한 아버지가 낯설어 우는 아이들이 속출했다. 아이가 무서워 우는 소리에 사람들은 싱글벙글 웃었다.

"선봉은 래비 경이 서라."

"다시없을 영광입니다."

나나바에 도착하기 직전의 지방 영주성. 회의실이 없어서 만찬실이 회의실로 사용되었다.

전쟁이 끝나 군사회의를 할 필요가 있겠는가 의문을 품겠지만, 가장 중요한 안건이 남았다. 개선식의 행렬 배열이다.

본래 전쟁은 개전식으로 시작해 개선식으로 끝난다. 룩소스 1세는 기습 공격의 효과를 위해 개전식을 나나바 성내에서 약식으로 끝냈다.

그때에도 래비 경은 선봉이었다. 개전과 개선 모두에서 선봉을 맡는 건 군인으로서 아주 큰 영예. 본래대로라면 부사령관의 자리에 어울리는 건 래비 경이다.

원로들이 보낸 벤티에 경을 견제하느라 부사령관이 되지 못한 것을 룩소스 1세는 이런 식으로 대신했다. 인선에 불만을 품은 자는 없었다.

다음으로 거론된 것은 벤티에 경. 이 또한 사람들은 만족스럽게 받아들였다. 일단 지휘관들의 위치를 정하고 룩소스 1세를 중간에 끼워 넣는 것이 모두의 의도였다.

하지만 룩소스 1세는 행렬의 후열, 마지막을 고집했다. 그것은 위험하다는 반대가 이어졌다.

"위험합니다."

친위대장인 폴리아나가 눈에 불을 켜고 반대했다.

감히 아크레아의 왕성 나나바에서 황제를 습격할 간 큰 인간은 없을 것이다. 하지만 세상은 위험으로 가득 차 있다. 도처에 위험이 산재한다.

흥분한 군중이 병사들의 통제를 벗어나 황제에게 달려든다면? 좋아서 달려들어도 사람이 많으면 압사할 수 있다. 실제로 과거, 어느 나라의 왕은 지역의 악덕 영주를 처단하고 광장에서 영지민들의 감사 인사를 받다가 깔려 죽었다.

인간은 정말 쉽게, 어이없게 사망한다. 대륙을 정복한 최초의 황제가 개선식 도중 흥분한 군중에 깔려 죽었다는 결말도 어쩐지 나올 법했다.

그러나 룩소스 1세의 의지는 요지부동 굳건했다.

"경들은 계속 짐의 뒤를 따랐다. 허니 이번엔 짐이 그대들의 뒤에 설 기회다. 지금이 아니면 영영 오지 않을 기회. 짐에게 그대들의 등을 보여 다오."

등짝! 등짝을 보자!

충신들의 등짝을 보고 싶다는데 더 반대하기도 어렵다. 다들 머뭇거리는데 아이노 경이 냉큼 등을 돌렸다.

"마음껏 보소서."

"이노, 네가 감히 짐 앞에서 등을 돌리느냐."

"위험합니다."

꺾이지 않는 기사들의 고집에 룩소스 1세가 결국 타협했다. 친위대의 중앙에 황제를 모시고 친위대가 행렬의 후미에 선다.

개선식의 맨 뒤에 서, 대륙의 끝을 밟은 용사들의 뒷모습을 보겠다는 룩소스 1세의 꿈은 꿈으로 끝났다. 그렇게 회의가 끝나자 기사들이 우르르 이웃한 다른 만찬실로 이동했다. 그곳엔 회의에 지친 그들의 육체와 영혼을 위로해 줄 것들이 기다리고 있었다.

회의의 끝엔 술과 음식이 기다린다!

만찬실로 가는 폴리아나를 누군가 불러 세웠다. 폴리아나는 상대를 확인했다. 벤티에 경이었다.

“잠깐 시간 괜찮소?”

“괜찮습니다.”

부사령관인 벤티에 경은 황제 대신 루조 공작과 서신을 주고받으며 개선식에 대한 의견을 조율하는 중이었다.

‘친위대에게 전할 정보가 있나?’

폴리아나와 벤티에 경은 친분이 없다. 한식구보다 얼굴을 자주 봤지만 래비 경이나 바우팔로 경, 마호갈 경처럼 친해지기 어려웠다.

그린 벤티에 경이 폴리아나를 불러 세웠다. 공적인 일부터 떠오르는 게 당연했다.

실제로 벤티에 경은 공적인 이야기를 꺼냈다.

“나나바에선 몸가짐에 신경을 써 줬으면 하오.”

몸가짐. 아이노 경이 요구했던 친위대로서의 몸가짐. 바우팔로 경이 요구했던 기사로서의 몸가짐. 모두가 그녀에게 요구했던 여자로서의 몸가짐.

“어떤 의미십니까?”

“친위대장으로서의 의미요.”

벤티에 경이 설명했다.

룩소스 1세는 스물이 되기 전에 즉위해 원로들과 고위 귀족들의 견제를 심하게 받았다. 선왕비도 일찍 사망해 받쳐 줄 외가 세력도 부족했다.

그런 와중에 룩소스 1세가 대륙 정벌을 고집해 원로 및 고위 귀족들과 룩소스 1세의 관계는 거의 절단이 난 상태.

원로들이 루조 공작을 왕위에 옹립하고 싶어 했다는 것은 과거의 일. 룩소스 1세가 황제가 된 지금은 먼저 굽히고 들어가야 할 처지다.

하지만.

"경도 알겠지만 노인들은 가끔 쓸데없는 부분에서 고집을 부리오. 내 할아버지도 그러하지."

벤티에 경은 아크레아의 명문 시이제 후작가의 후계자다. 트린타 시이제 후작은 일흔이 다 되어 가는 노귀족으로 아크레아 정치계의 실세이자 권력자였다. 원로의 주축이자 일가친척과 친분이 있는 가문을 위시해 왕권을 견제했다.

벤티에 경이 룩소스 1세의 원정에 참여한 것도 시이제 후작의 명령이 있었기 때문이다. 아버지와 삼촌들을 넘어서 후작에게 직접 후계자로 선정당한 만큼 벤티에 경은 할아버지를 사랑하고 증오했다.

그는 룩소스 1세를 방해하라는 할아버지의 명령에 따르지 않고 중립적인 위치에 서려 노력했다. 하지만 곧 깨달았다. 룩소스 1세를 선택하는 것이야말로 가장 신중한 결단이다.

원로원의 늙은이들과 룩소스 1세를 견제하는 고위 귀족들은 어떻게든 황제보다 우위에 서기 위해 안달복달 난리가 났다.

이런 상황에서 그들이 룩소스 1세를 깎아내릴 수 있는 가장 편하고 쉬운 방법이 하나 있다. 폴리아나의 존재다.

여자가 기사, 황제의 친위대장을 하고 있다는 사실이야말로 원로들이 합심해서 들고일어나기 좋은 소재였다.

폴리아나는 자신을 욕하는 건 괜찮았다. 하지만 그녀를 이용해 존경하는 주군을 까는 건 용서하지 않았다. 피의 복수까지는 아니어도 당당하게 멍치를 찍고, 심한 경우 쓰러트린 뒤 가랑이를 짓밟았다.

하지만 상대는 동료 기사들의 할아버지 혹은 아버지 또는 삼촌. 룩소스 1세도 그 정도의 불화는 바라지 않을 테니 알아서 피하는 것이 상책이다.

'오랜만인데.'

단지 '여자'라는 이유로 배척받고 욕먹을 대비를 하는 건 오랜만이었다.

폴리아나는 풀어졌던 마음을 다잡았다. 좋은 주군과 좋은 동료, 좋은 부하를 만난 덕분에 그녀의 눈에선 독기가 빠졌다. 그 빠진 독기들을 다시 불러올 때였다.

"내가 경을 못 믿는 건 아니오. 함께 싸운 전우로서 경을 신뢰한다오. 하지만 그곳은 '궁정'이란 이름의 전장이오. 경에겐 낯선 곳이지."

폴리아나는 사전정보 없는 전투를 질색한다. 벤티에 경의 말에 그녀는 슬쩍 웃었다.

궁정은 늪보다 더 낯설다. 낯설 수밖에 없다.

벤티에 경이 먼저 손을 내밀었다. 그들은 10년을 함께 싸웠다. 세상에서 가장 끈끈한 우정이 전우애라 하던가. 폴리아나가 손을 맞잡았다. 둘은 힘차게 손을 흔들었다.

며칠 뒤. 폴리아나는 비슷한 말을 룩소스 1세에게 직접 들었다. 폴리아나가 용맹하게 주먹을 휘둘렀다.

"다 쓸어버리겠습니다!"

"동참합니다."

그녀의 옆에 선 아이노 경이 동조했다. 룩소스 1세는 측근들의 용맹함을 뿌듯하게 응시하다 손을 저었다.

"그러지 말아라. 내버려 두면 조만간 늙어 죽을 인간들이다."

"폐하, 정 마음에 걸리시면 신이 먼저 가서 슥삭."

"이노, 너는 짐의 최강의 기사다. 고작 그런 일에 무패의 검을 뽑을 순 없다."

"욕을 하도 먹어서 금방 안 죽을 겁니다."

"그렇지. 짐도 반년 정도는 수명을 연장해 준 것 같아 후회되는구나."

룩소스 1세가 쓴웃음을 지었다. 무력으로 대륙을 통일한 황제답지 않은 미약한 대처였다.

어쩔 수 없는 것이 룩소스 1세는 그들이 마냥 증오스럽지 않기 때문이다.

노인네들 살아 봤자 얼마나 산다고. 죽을 때까지 기다려 주지.

이게 딱 황제의 심정이었다. 특히나 문제 되는 시이제 후작은 일흔을 넘은 노인이다. 그 양반만 죽으면 원로의 기세도 한풀 꺾일 테니 룩소스 1세는 굳이 피를 보고 싶지 않았다. 시간이 무혈승리를 안겨다 줄 것을 믿었다.

"그래서 귀경을 데리고 갈 수 없다. 서운해하지 말거라."

"서운하지 않습니다."

"짐이 경을 떼어 놓고 싶을 리 없잖느냐……."

폴리아나는 하나도 서운하지 않았다. 오히려 서운한 건 룩소스 1세 같았다.

룩소스 1세는 아직 미혼이다. 부인이 한 명도 없는 황제가 외국인 여자를 데려오는 것 자체에 사람들이 집중할 것이 뻔히 보인다.

룩소스 1세는 총애하는 기사를 그런 정치적 견제에 미끼로 던져 줄 생각이 추호도 없었다.

"짐이야 괜찮지만 혹여라도 경의 혼사가 막히면……."

"결혼 안 하겠습니다."

"그런 말 말고, 좋은 남자 있으면 결혼하거라. 짐이 집도 주고 땅도 주고 말도 줄 테니."

룩소스 1세가 안타까워 죽겠다는 얼굴을 했다.

풉! 어디서 바람 빠지는 소리가 들려 폴리아나가 긴장했다. 그녀의 옆에 선 아이노 경이 고개를 숙이고 큭큭거리고 있었다. 늘 만사가 못마땅하다는 얼굴을 한 작자가 갑자기 웃으니 이상했다.

'왜 저래?'

"사레 들렸소?"

"큭, 폴리아나 경. 결혼하면 내가 크큭, 반드시 신랑의 들러리를 서 주지."

아이노 경이 말했다. 얼마나 정색을 하고 비웃으며 말하는지. 폴리아나는 순간 결투 신청이라도 받는 줄 알았다.

신랑의 들러리는 그의 가장 친한 친구가 선다. 왜 당사자 의견은 듣지도 않고서 멋대로 호언장담하는가. 아이노 경 정도 되는 기사가 들러리를 서 주는 게 가문의 영예이긴 해도 신랑 본인의 의견이 더 중요하다.

'재수 없는 새끼.'

그래서 아이노 경은 재수 없는 새끼였다. 사람이 서른이 넘었으면 적당히 다른 사람 사정도 봐줘야 하는데 여전히 자기가 세상의 기준이었다.

"이노, 쓸데없는 말 하지 말거라."

룩소스 1세가 핀잔 주자 아이노 경이 입을 다물었다.

룩소스 1세는 이것저것 이야기했다. 말은 길었는데 영양가는 없었다. 대부분 폴리아나를 왕성에 들이지 못하는 건 황제의 뜻이 아니며 안타깝고 보고 싶을 거란 이야기였다.

폴리아나는 다 새겨들었다. 주인이 자기를 아껴 주니 듣기 지루한 말이어도 고마웠다.

사실은 황제의 친위대장이 호위 대상의 곁을 떠난다는 것 자체가 말이 안 된다.

오랜만에 겪는 불합리한 일들에 폴리아나는 전의를 불태웠다. 절대 꺾이지 않을 것이다. 룩소스 1세의 뒤는 그녀의 자리였다. 절대 양보할 생각 없다.

"그래서 지낼 곳 말인데."

이게 또 걸림돌이 되었다.

옛날 아주 먼 옛날부터 권력자가 여자에게 거처를 마련해 주는 건 정부에게나 해 주던 짓이다. 친인척이거나 순수하게 후원자의 역할을 한다면 집안으로 들이지 집밖으로 보내지 않는다.

자연스럽게 집밖에 거처를 마련해 주는 건 집에 들이기 거식한 여성으로 국한되었다. 그런 여자가 정부 말고 더 있나.

룩소스 1세는 폴리아나를 왕성으로 들일 수도 없고 집을 마련해 줄 수도 없는 현실에 분노했다. 폴리아나에게 구구절절 변명을 늘어놓을 땐 혼자서 다 불태워 놓고 마음을 가라앉힌 뒤였다.

어쨌든 폴리아나는 아크레아에 연고가 없다. 믿을 구석이라곤 룩소스 1세뿐인데 룩소스 1세가 움직이지 못하니 그녀가 스스로 움직여야 했다.

나나바엔 빈집이 없었다. 일단은 일국의 수도. 왕도에서 거주하는 것 자체를 영광으로 삼는 자들이 있는데 빈집이라니 어불성설이다.

여관은 개선식을 보러 온 사람들로 만원이다. 권력의 힘을 빌리자니 어떤 욕을 먹을지 뻔히 예상이 되어 켕긴다.

룩소스 1세가 아이노 경에게 은근한 눈짓을 보냈다. 당연히 아이노 경은 거부했다.

"싫습니다."

"고얀 놈."

"폐하의 명이어도 싫습니다. 저 또한 미혼 남성이라는 점을 상기해 주십시오."

"저도 싫습니다. 소신이 머물 자리는 소신이 찾을 것이니 걱정하지 마십시오, 폐하."

폴리아나는 자신만만하게 고했다. 부하들도 많고 10년 동안 함께 싸운 전우가 한둘인가.

그녀는 자신 있었다. 가장 먼저 떠올린 인물은 바우팔로 경이다. 아크레아 병사의 어머니이자 폴리아나를 알뜰히 챙겨 주신 고마운 전 상관이다.

"곤란하네."

바우팔로 경이 난처한 표정을 지었다. 폴리아나는 그의 집에 신세지는 게 불가능한 이유를 생각했다.

첫 번째. 미혼남 아들이 둘 있어서 걔네 혼사 막힐까 봐. 제법 그럴듯하다. 첫 번째 가능성이 아주 그럴듯했기 때문에 폴리아나는 다른 걸 더 생각하지 않았다.

"우리 집은 나나바 성곽 밖에 있고 작아서……."

집이 작아서 폴리아나가 머물 방이 없다.

바우팔로 경은 기사 계급이다. 귀족 중에서 그저 그런 폴리아나의 집안보다 영세했다. 이번 원정으로 부와 명예를 거머쥘 것이나 그것은 미래의 일이지 당장 집을 늘려 주진 않았다.

예상한 것과 다른 방향으로 현실적인 사정에 폴리아나의 표정이 일그러졌다.

"거실이나 마구간도 괜찮습니다."

"이미 친척들이 차지했다오."

"저와 형이 마당에서 천막을 치고 자고 저희 방을 대장에게 주면."

도나우 경이 고마운 말을 했다. 바우팔로 경은 아내가 보낸 편지를 들이밀었다.

"마당도 없다."

마당도 이미 친척들이 천막을 친 뒤란다. 폴리아나는 납득하고 물러났다.

참 다행히도 그녀에겐 갈 데가 많았다. 사정을 알게 된 부하들이 앞다퉈 폴리아나를 초대했다. 하지만 친위대원 중엔 집안 좋고 잘생긴 미혼의 청년들이 많다. 그들의 혼사를 막는 건 상관으로서 못 할 짓이기에 폴리아나는 열심히 거절했다.

"나한테 코 꿰인다."

"괜찮습니다, 대장님!"

"누가 이 새끼 잡아서 나무에 매달고 와."

폴리아나의 명령에 도나우 경이 잽싸게 움직였다. 후배를 걷어차고 나무로 매달려 가는 도나우 경의 얼굴이 유난히 밝았다.

'미혼남은 안 되겠어.'

당사자들은 아닌 걸 알아도 괜한 소문이 나는 건 어쩔 수 없다. 게다가 당장 혼인이 급한 노총각들이 있는데 이상한 소문을 낼 여지는 없애는 게 낫다.

폴리아나는 유부남을 공략하기로 했다. 조건은 계속 늘었다. 친인척들에게 방을 내주고도 그녀가 추가될 수 있을 정도의 집을 유지할 것. 나나바는 아크레아의 수도고 수도에 그 정도 저택을 유지하려면 당연히 명문 귀족이거나 부자여야 한다.

명문 귀족 하면 당장 떠오르는 인물이 벤티에 경이다. 폴리아나는 벤티에 경을 찾아갔다. 벤티에 경은 난처해했다.

"방이야 남겠지만, 적진 아니오?"

"그도 그렇군요."

원로들의 입방정이 시끄러워 왕성을 피하는 것이다. 원로의 실세 시이제 후작가로 들어가는 건 홀딱 벗고 늑대 굴로 들어가는 것과 마찬가지다.

'생각보다 어려운데.'

폴리아나는 뜻밖의 난제에 당황했다. 이러다가 정말 천막 치고 성벽 근처에서 야숙을 해야 할지도 모른다.

황제의 친위대장이 성벽에서 야숙이라니. 호위기사는 황제의 얼굴. 성벽에서 야숙보단 권력 남용이 더 낫다는 고민을 하고 있는데 래비 경이 폴리아나를 찾아왔다.

"우리 집에 오시오! 경은 집도 없잖아."

"저 집도 있고 성도 있습니다."

"나도 성 있소이다."

래비 경의 초대는 폴리아나에서 끝나지 않았다. 래비 경은 나나바에 연고 없는 가엾은 기사들을 긁어모았다. 왕성에서 머무른다는 긴장감에 기절하기 일보직전이었던 자들이 기쁨의 눈물을 흘렸다.

"부인께 너무 폐가 되는 건 아닐지."

뿐이랴. 래비 경에겐 혼기에 들어선 딸이 둘이나 있다. 시커먼 사내놈들이 단체로 몰려가기엔 적절하지 않았다.

하지만 래비 경은 괜찮다고 말했다. 전통 있는 무가이기에 가능한 일이란다. 래비 경이 도나우 경과 하우 경을 불렀다.

"경들도 우리 집으로 오게! 특히 도나우 경! 왕성으로 출근하기 힘들지 않겠나?"

'대박 사건!'

폴리아나는 손으로 입을 틀어막았다. 래비 경의 수가 이제야 눈에 들어왔다.

정식으로 가문끼리 혼담이 오가기 전 남녀를 만나게 해 주려는 부모의 마음!

폴리아나는 터지려는 웃음을 참기 위해 정색했다. 사정을 모르는 도나우 경은 뜻밖의 제안에 난처해하고 하우 경은 실실 웃으면서 감사 인사를 했다.

"누님도 래비 경 댁에 머무르죠?"

"응. 너도 와."

"그럼 저도 신세지겠습니다."

도나우 경이 승낙했다. 집으로 돌아가 어머니와 함께 시간을 보내고 재회의 기쁨을 나누기엔 집안이 시장바닥이다. 휴식은커녕 피로부터 몰려오는데 친척들이 나갈 때까지 신세지는 것도 괜찮겠지.

도나우 경은 폴리아나를 곁눈질했다. 친위대장 일을 잠시 쉬어야 하는 것이 기분 나쁜지 얼굴 근육을 굳히고 있었다.

대장의 부재로 흠을 잡혀선 안 된다. 의누나와 자신의 명예를 위해 더욱 성실히 근무하겠다고 도나우 경은 다짐했다.

룩소스 1세가 아이노 경에게 손짓했다. 아이노 경은 바로 다가가지 않았다. 대신 눈으로 물었다.

뭐.

왜.

뭐.

원정 초기, 긴장해서 강박적으로 움직이던 모습은 이제 없다. 고향에 돌아와 해이해진 소꿉친구는 황제의 부름에도 즉각 움직이지 않았다. 눈빛으로 대화를 나누던 죽마고우 중 침묵을 깬 쪽은 룩소스 1세였다.

"이상한 짓 하지 마. 폴 경이 이상하게 보잖아."

"웃긴 걸 간신히 참았습니다."

"뭐가 그렇게 웃긴가. 짐이 농담에 재능이 없는 건 잘 아는데."

룩소스 1세는 사랑을 포기하면서 이렇게 말했다. 폴리아나의 행복을 바란다고.

사랑하는 사람이 행복하길 바라는 건 황제라도 남들과 다르지 않다. 하지만 거기에 '좋은 남자를 만나서'가 붙는다면? 정말 진실로 축하해 줄 수 있을까?

아이노 경은 만약 폴리아나가 결혼하면 황제가 깽판 친다에 애마를 걸 수도 있었다.

"폐하는 욕심이 많으십니다."

"짐은 착한 아이였다네."

"착한 아이와 욕심이 많은 건 다릅니다."

보통의 군주라면 부국강병을 꿈꿔도 어느 정도 선에서 멈춘다. 룩소스 1세처럼 시작부터 대륙정복을 하진 않았다.

지금이야 폴리아나가 결혼할 기미가 안 보이니 여유를 가지고 포기 운운하지만.

코에몽 강에서 막혔을 때에도 수년에 걸쳐 수군을 육성한 뒤 재도전하겠다고 말한 위인이다. 포기하는 속도가 너무 빨랐다.

'상식적으로 생각을 해 봐도 대륙을 손에 넣는 것보단 여자 하나 구슬리는 게 빠르지 않아?'

연애 경험 제로인 아이노 경은 당당하게 생각했다.

보통 개선식이라 함은, 전쟁에서 승리한 병사들과 장군을 환영하는 퍼레이드다. 사람들은 먼지로 뒤덮인 병사들이 당당히 퍼레이드를 펼칠 거라 생각하지만 가끔 아닐 때도 있다.

나나바에 입성하기 전 룩소스 1세의 군대는 퍼레이드 연습을 했다. 퍼레이드의 선봉을 맡은 래비 경이 부하들과 병사들을 개처럼 굴렸다.

“군기 빠졌지!”

“아닙니다!”

“개만도 못한 새끼들! 전쟁 끝나면 군인도 끝나냐!”

“아닙니다! 잘못했습니다!”

“잘못하면 비뚤어진 줄에 각이 잡혀? 잡혀? 저거 보이냐? 네 눈엔 저게 뭘로 보이냐.”

“모르겠습니다!”

“각이 안 맞았을 때의 네 미래다.”

래비 경이 가리킨 건 폴리아나에게 헛소리 했다가 나무에 거꾸로 매달린 친위대원이었다.

폴리아나는 그냥 묶으라고 했다. 하지만 상관을 우롱한 죄가 크다는 동료들의 자의적 판단에 의거해, 그는 거꾸로 매달렸다.

“새끼들 정신 똑바로 못 차리지!”

래비 경이 직접 나서는 바람에 그의 휘하 장교들도 개처럼 같이 굴렀다.

정작 진짜 개들은 래비 경 주위에 옹기종기 모여 앉아 서로의 털을 핥았다. 래비 경의 애완사슴 꽃순이가 한가롭게 풀을 뜯어먹었다.

퍼레이드에 앞서 폴리아나는 의관을 단정히 했다.

평소엔 끈적거리는 게 싫어서 잘 바르지 않는 기름을 머리에 발라 잔머리가 삐져나오지 않게 하고 제복은 빳빳하게 각을 잡았다. 금줄과 군화는 마른 수건으로 박박 문질러서 광을 내고 손엔 익숙한 가죽장갑 대신 하얀 면장갑을 꼈다. 예식용 검과 단검을 차고 거울 앞에 섰다.

'좋아.'

예쁘진 않다. 못생겨서 오히려 믿음이 가는 기사가 서 있었다. 사실은 실력도 보잘것없지만 그건 겉으로 보이지 않는다. 보기에 위압적이면 되었다.

복장점검을 마친 폴리아나가 부하들을 소집해서 검사했다. 꾸미는 건 그녀보다 나아서 다들 흠잡을 구석이 없었다. 다들 침 뱉어서 광 낸 가죽 구두처럼 반질반질 윤이 났다.

대신 들뜬 기색이 역력해 폴리아나는 그 점을 꼬집었다.

"방심하지 마라! 폐하께서 루조 공작을 믿는 것과 별개로 우리는 늘 의심하고 경계해야 한다!"

개선식을 끝낸 국왕이 성에 들어서자마자 숨어 있던 암살자가 칼로 푹 찍!

극장에서 상연하면 관객들이 먹던 사과를 집어던질 일은 현실에서 종종 벌어진다.

왕성까지 룩소스 1세를 호위해야 하는 폴리아나는 친위대원들에게 경계를 늦추지 말 것을 당부했다.

개선식 당일.

룩소스 1세는 10년 동안 그의 미모를 보지 못했던 나나바의 백성들에게 아낌없이 미소를 뿌렸다. 개선식을 그림으로 남기기 위해 준비하고 있던 왕실화가들이 일시에 손을 멈췄다.

저걸 어떻게 그리지?

하루 종일 공들여 그려도 모자랄 판에 후다닥 그려야 하니 화가들은 멈춘 손을 반성했다. 그리고 룩소스 1세의 얼굴 부분을 금색으로 칠했다. 일단 비워 놓고 나중에 덧그릴 요량이다. 시간에 쫓기는 현재 룩소스 1세를 표현하려면 그게 최선이었다.

귀청이 떨어질 것 같은 함성이 터지고 사방에서 꽃이 흩날렸다. 꽃을 구하지 못한 사람들은 원색으로 염색한 천을 잘게 잘라 뿌렸다.

색색의 꽃과 천조각이 아크레아의 강한 바람을 타고 비처럼 쏟아졌다. 그 사이에서 룩소스 1세는 찬란하게 빛났다.

'염병.'

폴리아나는 얼굴을 구기지 않기 위해 노력했다. 천과 꽃잎이 자꾸 눈을 찔러서 호위를 방해했다.

뭉텅이로 떨어져 시야를 가리는 건 양반이다. 한여름, 피를 뒤집어쓰고 이틀 동안 물로 씻지 못했을 때 파리가 꼬이던 것과 비슷하게 성가셨다.

그래도 정말 아름다운 날이었다. 폴리아나는 마음을 다잡았다.

훗날 그녀가 늙었을 때 누가 그 날의 감상이 어땠냐고 묻거든 적당히 포장해서 해 줄 얘기가 필요했다.

개선식 날, 룩소스 1세께선 아름다우셨고 아름다우셨으며 그저 아름다우셨다.

룩소스 1세가 웃으시니 온 세상이 빛을 뿌린 것처럼 환해지더라. 개선식이기에 갑옷을 걸쳤음에도 황제의 미모는 눌리지 않았다.

나나바를 떠날 때 룩소스 1세는 동안 탓에 소년왕이란 말이 더 어울렸다. 완벽하게 성장해 남자가 된 그는 각지고 단단해진 턱과 탄탄한 몸매를 자랑했다. 갑옷은 적절한 의상이었다.

모두가 위험을 경고했음에도 룩소스 1세는 투구를 쓰지 않았다. 그 결과 황제의 어깨까지 오는 머리카락이 햇빛을 받아 반짝였다. 금발이 아니었더라도 빛이 번쩍였을 것이다. 폴리아나는 그렇게 믿었다.

"아아악! 황제 폐하 만세!"

행렬은 광장에서 한 바퀴를 돌아 왕성으로 이동한다. 왕성 근처는 평민들이 갈 수 없는 귀족들의 자리였다.

체면도 잊고 열렬하게 환호하는 그곳에서 유독 몇몇 목소리들이 뚜렷하게 사람들의 귀를 찔렀다. 여자가 둘, 남자가 하나.

퍼레이드의 선봉에 서 가문의 깃발을 든 래비 경이 갑자기 기를 흔들었다. 그러자 소리가 더 커졌다.

"아버지!"

"아버지이!"

'목청도 유전되나.'

유독 선명한 비카 일가의 목소리를 듣고 있으려니 황제와 제국의 안녕을 외치던 물결은 점점 그들의 소중한 사람을 부르짖는 소리로 바뀌었다.

열을 지키고 각을 맞추고 있던 병사와 기사들이 조금씩 흐트러졌다. 엄숙하게 굳힌 얼굴이 풀리고 그들은 가족들이 자길 발견하길 바라며 인사하고 손을 흔들었다. 그에 화답하듯 군중이 승리한 귀환병들의 이름을 외쳤다.

폴리아나는 느닷없이 외로워졌다. 다른 외국 출신 기사들도 비슷한 감정이 들까?

찾아 주는 이 없고 알아봐 주는 이 없고 손 흔들 이 없다. 동료들이 있으니 혼사는 아니지만 누군가 기다려 주고 있다는 사실은 사선을 넘는 사람에게 힘이 된다.

꽃잎을 다 털지 못한 장미꽃 한 송이가 온전한 모습으로 룩소스 1세와 폴리아나의 사이를 갈랐다. 돌이라도 되는 줄 알고 긴장한 폴리아나가 어깨에 들어간 힘을 풀었다. 룩소스 1세도 긴장했는지 빠르게 손을 놀렸다.

황제의 손에 장미가 들렸다. 룩소스 1세가 가볍게 장미를 던졌다. 폴리아나가 얼결에 그걸 받았다.

황제가 수줍어하며 웃었다. 수줍어할 일이 하나도 없는데 폴리아나의 눈엔 그렇게 보였다. 룩소스 1세가 뿌리는 빛은 공평하게 폴리아나도 비췄다.

정말 좋은 날이었다. 폴리아나는 몰려오던 짜증을 집어치우고 떨어지는 꽃비를 즐거운 마음으로 보았다.

룩소스 1세를 만나고 하루하루 소중한 날들이 늘어 간다. 늙어서 망령이 나면 그 날들을 되풀이하며 살아갈 것이다.

내가 젊었을 때 말이야! 황제 폐하를 모셨지! 내가 왕년에 말이야! 제국의 친위대장이었다네!

룩소스 1세를 만나기 전의 폴리아나는 그녀의 늙은 모습을 상상할 수 없었다. 하지만 지금은 상상할 수 있다. 황제가 준 성에서 늙은 몸을 온천에 넣고 지질 모습을.

'결혼이라.'

다른 기사들은 대대손손 룩소스 1세와 황실 일가를 모실 꿈을 품는다. 폴리아나는 아직 거기까진 상상할 수 없었다.

결혼할 가능성도 낮고 결혼을 해도 그녀는 아마 아이를 가질 수 없을 테니까.

하지만 황제 폐하께 받은 성이 1대에서 끝나는 것은 참 아쉬운 일이었다.

왕성의 앞에서 행렬이 둘로 갈라졌다. 성은 이미 문을 열어 놓고 황제의 입성을 기다리고 있었다.

마중 나온 사람들 속에서 한 명이 불쑥 나왔다. 고급스러운 천을 걸친 남자가 바로 루조 공작. 룩소스 1세의 사촌 동생이자 황제가 자리를 비운 동안 아크레아의 내정과 후방 보급, 정복지 관리에 힘쓴 인물이다.

그가 배신했다면 아크레아 군대는 죽은 목숨이었으나 배신하지 않았다. 대륙통일의 일등 공신이었다.

루조 공작이 정중하게 허리를 숙였다.

"위대한 업적을 축하드립니다, 폐하."

"고개를 들어라 루조 공. 그대의 충실한 봉사가 짐을 받쳤다."

아무리 룩소스 1세의 군대가 용맹했더라도 뒤에서 안정적으로 내정을 책임지는 루조 공작이 없었다면 대륙 정복은 불가능했을 것이다.

룩소스 1세가 성으로 들어가는 것도 미루고 루조 공작의 공을 치하했다. 루조 공작은 감격의 눈물을 보였다.

폴리아나는 성 안에 암살자가 없는 걸 확인하고 안도했다.

'노안이네.'

왕을 대신하면서 얼마나 마음고생이 심했는지, 아니면 원래 그렇게 타고났는지 루조 공작은 룩소스 1세보다 연식이 있어 보였다. 머리도 조금 벗겨지려는 것이 눈에 들어왔다.

'아, 저거 때문에 나이 들어 보이나.'

루조 공작이 알았다면 뒷목 잡을 일이다. 실제로 폴리아나는 10년 전의 루조 공작을 모른다. 루조 공작을 기억하는 이들(대표적으로 룩소스 1세)은 룩소스 1세만큼은 아니더라도 그에 버금가는 미남이었던 공작의 후퇴한 머리선에 매우 큰 연민을 느꼈다.

왕성엔 연회가 준비되었다. 개선을 축하하고 귀환한 황제를 반기는 연회다. 벤티에 경은 참석하고 래비 경은 불참했다. 친위대 몇이 왕성에 잔류하고 부족한 수는 왕성에서 루조 공작을 호위하던 이들이 대신하기로 했다. 인수인계는 친위부대장에게 일임했다.

연회 참석은 자율에 맡겨진다. 피로하고 집이 그리워 얼른 돌아가고 싶으면 불참. 그걸 견뎌 낼 만큼 정치와 입지를 생각하면 참석.

하급 귀족들은 대부분 불참했다. 연회에 들어가 봐야 피곤한 상태에서 웃는 얼굴만 유지해야 하는 걸 알기 때문이다.

"오늘은 봐줄 수도 있지. 하지만 양심 없는 인간들도 많거든."

래비 경의 주장이다. 래비 경은 퍼레이드의 선봉을 설 때 입었던 화려한 갑옷을 벗었다. 군복을 벗어도 그는 누가 봐도 군인이란 느낌이 전해졌다. 그건 다른 기사들도 마찬가지다.

폴리아나가 친위대 제복을 벗자 다들 낯설어했다. 군복 아니면 친위대 제복, 가장 기본적인 무명무염의 천으로 만든 더러운 튜닉과 바지가 일상복이기 때문이다.

초대받아 가는 집에 더러운 옷을 입고 갈 수는 없어서 폴리아나는 옷을 구입했다. 여성용의 로브는 입기가 불편해 산 건 바지와 튜닉이 전부였다.

래비 경의 집, 비카 백작가는 성 근처의 으리으리한 집들이 늘어선 곳에 위치했다. 래비 경은 영지에 성이 있으나 영지는 대리인에게 관리를 맡기고 비카 일가는 나나바에 머물렀다. 그편이 살기 좋기 때문이다.

모든 귀족들이 그렇게 하는 건 아니었다. 결국엔 취향 문제였다. 아마 폴리아나는 래비 경처럼 수도에 머물게 될 것이다. 원정에 참여해 세운 공에 따라 영지와 재화를 약속받은 기사들 또한 취향 따라, 받은 임무에 따라 거취를 정하게 될 것이고.

비카 가문의 저택의 입구는 이미 기다리는 식솔들로 만원이었다. 래비 경이 말에서 내리기 무섭게 두 여인이 뛰어와 그에게 안겼다.

"아버지!"

"아버지!"

다들 들어 본 목소리였다. 퍼레이드 때 귀에 울린 목소리의 주인공들은 예상한 대로 래비 경의 딸이었다.

래비 경이 늘 자랑하던 토끼 같은 딸들이다. 강아지 같은 아들은 아버지가 낯선지 달려오지 않았다. 대신 모르는 기사들에 겁먹지 않고 듬직하게 서 있었다.

래비 경이 달려온 딸 둘을 한 팔에 하나씩 안아 올렸다. 성인 여성 두 명을 동시에 드는 건 대장 토끼에게 당근 먹는 것보다 쉬운 일이었다.

꺄아아. 아버지에게 들린 딸들이 행복한 비명을 질렀다. 보기에 좋았다.

"다녀왔습니다."

"그래."

"다녀왔소."

"다녀오셨어요."

래비 경이 차례대로 부모님, 부인에게 인사했다. 10년 만의 재회인데도 가족들은 덤덤히 래비 경을 반겼다.

'역시 무가라 다르구나.'

폴리아나는 감탄했다. 하지만 그 감탄은 저택에 들어서는 순간 깨졌다. 래비 경이 딸을 내려놓고 부인을 끌어안았다. 부인도 래비 경을 끌어안고 감동과 안도, 기쁨의 눈물을 흘렸다.

"당신을 생각하며 집안의 불을 지켰어요! 한 번도 꺼트리지 않았어요!"

"내가 무사한 건 분명 당신 덕일 거요!"

래비 경은 전시에도 자식들 초상화를 보며 불출산을 등정했다. 가족들에게 편지도 열심히 썼다. 받은 답장은 품에 넣어 두고두고 읽었다.

래비 경이 데려온 기사들은 모두 미혼이었다. 기혼자였다면 무슨 핑계를 대서라도 부인과 자식이 기다리는 집으로 돌아갔을 것이다. 당연한 일이었다.

시종이 그들에게 방을 안내했다. 그들은 일제히 별관으로 안내되었다.

래비 경의 저택은 제법 크고 별관도 있었지만 1인 1실은 무리였다. 그래도 기사들은 벽과 천장과 바닥이 있는 공간의 숙박에 만족했다.

폴리아나는 열심히 집을 구경했다. 영주성이 따로 있어서 화려하게 꾸미진 않았다. 대신 생활감이 느껴져서 포근한 느낌이 들었다.

래비 경의 부인이 불을 계속 지키고 있었다는 말을 들었기 때문일까. 어쩐지 실내 공기 자체가 따뜻했다.

'좋다.'

그녀는 새삼 감탄했다. 지친 몸을 이끌고 돌아온 집. 공기는 훈훈하고 벽난로는 활활 타오른다. 준비된 따뜻한 음식과 술, 깨끗하게 세탁하고 낮에 볕으로 말린 침구와 잠옷.

무엇보다 문을 열고 들어오는 이를 반갑게 안아 주는 여자의 미소. 따뜻한 포옹.

'나도 부인이 필요해.'

그런 생각을 한 건 폴리아나 혼자가 아니었다. 미혼인 기사들이 웅성거렸다. 빨리 결혼해야겠다는 둥, 하녀라도 고용해야겠다는 둥. 성공한 인생 래비 경을 부러워하는 목소리가 이어졌다.

"이제야 군화를 벗네!"

"발가락 아파 죽는 줄 알았어!"

단순히 걷는 일이었지만 은근한 피로가 쌓였다. 남자 수십이 일시에 신발을 벗으니 짜고 퀴퀴한 냄새가 가득 찼다. 좀 춥긴 해도 도나우 경과 폴리아나는 창문을 열었다. 물론 그들도 신발을 벗었다.

폴리아나가 창가에 앉아 맨발에 손부채를 부치는데 래비 경이 들어왔다.

"필요한 게 있으면 하인들에게 말해라. 연회는 못 열어 줘도 양은 부족하지 않게 음식은 내줄 수 있으니 그 전에 조금 쉬고."

"부인 분이 미인이십니다!"

"부럽습니다!"

그 말을 한 기사들은 곧바로 짓밟혔다. 평민이나 기사계급 사이에서야 부인 예쁘다 소리가 심심찮게 나온다. 하지만 고위 귀족에게 그런 칭찬은 무례에 속했다.

래비 경의 집안은 비카 백작가. 아크레아의 국경을 수호하는 변경백 가문이다.

아크레아의 북으론 국가가 없고 남으론 에하스와 쿠크다가 위치했다. 두 나라는 서로 싸우느라 바빠 비카 백작가는 변경이 아닌 수도를 지켰다. 어쨌든 가문의 시작이 변경백이었으며 변경백은 실질적으로 후작 대우를 해 주니 확고부동한 고위 귀족이었다. 백작가의 권세는 저택만 봐도 알 수 있다.

상관의 마누라를 칭찬한 죄로 두 명의 기사가 동료들의 발마사지를 받았다. 맨발이어서 치명상은 없었다. 몇몇의 발바닥이 끈적끈적해서 불쾌감을 주었을 뿐이다.

래비 경이 폴리아나에게 말했다.

“그리고 경은 본관에 방을 마련해 두었소.”

“그렇게 신세질 수는 없습니다. 여기도 괜찮습니다.”

“나도 아는데 부인이 안 된다는군.”

그렇게 폴리아나는 래비 경을 따라 저택 본관으로 향했다. 계단을 오르고 복도를 걷다 보니 불안감이 엄습했다. 벽지의 색이 바뀌고 바닥에 깔린 카페트가 부드러워진다. 드나드는 고용인의 수가 줄어들고 적막이 둘을 감쌌다.

폴리아나가 안내된 곳은 래비 경의 딸들이 머무는 공간이었다. 일명 규방이라고도 한다.

“따님들이 계시는 곳 아닙니까?”

“경 얘기를 전했더니 일부러 여기에 방을 준비했다고 하오.”

래비 경도 난처한 듯 변명했다. 폴리아나는 당황해서 어쩔 줄을 몰랐다.

벌써 래비 경의 두 딸이 나와서 그녀에게 인사할 기회만 기다리고 있는 게 아닌가. 심지어 안주인까지 찾아왔다. 세 여성의 눈엔 호기심이 가득했다.

“군인이어도 귀족가의 미혼 아가씨를 그런 데서 재울 순 없지요. 내 집처럼 여기고 편히 머물러요.”

“아아아아아 아닙니다. 과하십니다.”

“편히 머무르세요.”

“동생처럼 여기세요.”

래비 경의 딸들이 유독 명랑한 목소리로 말했다. 여자치곤 목소리들이 컸다.

폴리아나는 그제야 그녀들이 쌍둥이인 걸 알아챘다. 머리 모양과 옷 색, 꾸민 모양이 달라서 바로 못 알아봤는데 가까이에서 보니 얼굴이 같았다.

토끼 같다고 하기엔 어린아이 취급하는 것 같은 느낌이니 실례가 되고. 물오른 꽃봉오리처럼 생기 넘치는 처녀들이다.

장녀의 이름은 박시, 차녀의 이름이 바니사. 족제비처럼 날렵한 부친을 닮아 선이 가늘었다.

‘이렇게 가느다란 몸으로 그런 목소리를.’

그래도 암체 같은 건 안 닮았다.

래비 경의 부인은 남편과 대조적으로 여자치곤 덩치가 있었다. 쌍둥이 자매는 얼굴은 어머니를 닮고 몸은 아버지를 닮아 전체적인 선이 호리호리하면서 얼굴은 동그랬다.

쌍둥이로 똑같은 얼굴이 생글생글 웃으니까 폴리아나도 압박감을 느껴 따라 웃었다.

부인이 래비 경과 팔짱을 끼고 사라졌다. 폴리아나와 박시, 바니사 셋만 규방에 남았다.

폴리아나는 뭘 어떻게 해야 할지 몰라 가만히 있었다.

“방을 보여 드릴게요.”

“이곳은 사용인도 여자들만 드나드니 편히 계세요.”

“창문도 전부 내정원 쪽으로 나 있어서 걱정 안 하셔도 돼요.”

폴리아나는 얌전히 두 아가씨가 안내하는 의자에 앉았다. 손님이라고 난로에서 가장 가까운 자리였다. 펄펄 끓여 술기운을 없앤 뱅쇼가 나왔다.

폴리아나는 얌전히 눈치만 살폈다. 패턴이 화려한 커튼과 벽지, 카페트. 따뜻하지만 출입구가 하나인 닫힌 공간. 즐비한 악기와 잡서, 수틀과 천 조각.

어딜 봐도 훌륭한 규방이었다. 그리고 금남의 구역이었다.

초대받지 않은 금녀의 집단에서 금남의 구역으로 초대받는 바람에 폴리아나는 정신을 차릴 수 없었다. 급격한 환경변화는 극심한 스트레스를 유발한다.

여느 여성이라면 이 안락하고 평화로운 분위기에 금방 적응하고 안심할 것이다. 하지만 폴리아나는 닫힌 실내보다 열린 야외가, 푹신한 카페트보다 흙바닥이 더 익숙했다.

좋기는 이쪽이 더 좋았다. 낯설어서 그렇지. 세상에 이렇게 편안한 공간을 싫어하는 사람도 있을까? 없을 것이다.

"피곤하실 텐데 오늘은 편히 쉬세요."

"당분간 여기 계신다고 들었어요."

"시간은 많으니까."

"여자 손님은 잘 없는 걸요. 저희도 반가워서 그러니 편히 계세요."

미혼 여성의 단독 여행은 길거리에서 죽고 싶다는 말과 동일하다. 여성이 여행을 하는 경우는 어지간해선 없다. 친인척 아닌 타인의 집에서 숙박하는 건 말도 안 된다.

손님을 접대할 준비를 하는 것은 여인의 몫이나, 손님의 대부분은 그녀들의 손님이 아니었다.

폴리아나도 래비 경의 손님이긴 한데 성별이 여성이다. 여자의 접대는 여자에게.

박시와 바니사에겐 처음으로 그녀들이 직접 접대하는 손님이었다. 흔히 경험하기 어려운 귀한 경험이었다.

게다가 폴리아나 윈터가 누군가. 룩소스 1세의 위대한 원정의 처음과 끝에 모두 참여한 소문의 주인공이 아닌가.

여성의 몸으로 기사가 되었다. 적국에 생포당해 사형 선고를 받았으나 실력을 인정받아 기사로 등용되었다. 이후 각종 무훈을 세워 진급했고 결국엔 황제의 신임을 얻어 외국인의 몸으로 친위대장까지 올랐다.

어지간한 로망스 버금가는 폴리아나의 인생이다. 감수성 풍부한 아가씨들이 눈을 빛내기에 충분했다.

설명을 들은 폴리아나는 충격받았다. 정신을 차리고 보니 그녀는 침대에 누워 있었다. 잠자리는 짚도 아니고 솜으로 속을 채운 침대였다.

깃털을 넣고 누빈 이불과 솜을 넣은 매트, 그 위에 깔린 정체 모를 짐승의 가죽은 천국 같은 편안함을 자랑했다. 굳이 잠자리를 가리지 않는 그녀라면 머리를 대자마자 잠에 곯아떨어질 환경이다.

사방이 어두운데 폴리아나의 정신만 혼자 말똥말똥했다.

'그렇구나.'

당사자는 본인 얘기에 감흥이 없는 법이다. 남의 입에서 들은 그녀의 이야기는 어딘가의 소설에서나 나온 것처럼 생경했다.

룩소스 1세의 정복기는 그 자체로 하나의 전설이라 믿어 의심치 않았다. 그런데 그 와중에 폴리아나도 하나의 이야기를 쓰고 있었다.

룩소스 1세의 전설에 비하면 보잘것없다. 오히려 그게 뭐냐고 질색할 사람도 많을 이야기다. 여자는 그래선 안 된다고, 헛바람이나 집어넣기 딱 좋은 이야기라고 질색 팔색할 것이다.

이야기의 끝은 어찌될까? 세상의 모든 이야기는 결국 인간의 탄생으로 시작해 사망으로 끝을 맺는다. 폴리아나는 태어났다. 살았다. 악착같이 살았다.

정말 악착같이, 적국의 왕조차 감탄할 정도로 노력해서 생존했다. 하지만 세상엔 노력으로도 안 되는 일이 있다.

혹자는 인간의 마음이나 사랑 같은 걸 이야기할지도 모른다. 폴리아나는 그렇게 감성적이지 못하다.

죽음이야말로 노력에 한계가 존재한다는 증거다.

룩소스 1세를 만나기 전까지만 해도 폴리아나는 자신의 노년을 상상하지 못했다.

룩소스 1세를 만난 지금 그녀는 주름이 자글자글한 말년을 상상한다.

로망스 속 무용을 자랑하는 여기사들은 죽었다. 결혼해 은퇴했다. 아이를 키우고 남편을 내조하는 여자의 이야기는 더 이상 로망스의 소재가 될 수 없었다. 그렇기에 그녀들의 이야기는 거기에서 종말을 맞이했다.

'나는?'

폴리아나의 이야기는 어떻게 끝날 것인가?

바우팔로 경은 그녀에게 말했다. 결혼하는 순간 기사 폴리아나 윈터가 사라질 것이라고.

그런데 도나우 경은 말했다. 그녀가 기사로 남게 해 줄 좋은 사람이 생기면 결혼하라고.

경애하는 룩소스 1세는 말했다. 기사로 남게 해 줄 것이니 좋은 남자가 생기면 잡으라고.

상황은 좋아졌다. 그건 인정한다. 초기 바우팔로 경은 결혼하는 순간 폴리아나의 기사 인생이 끝날 것처럼 말했다.

10년을 함께하면서 폴리아나는 기사로서 인정받았다. 이제는 그녀도 확신한다. 결혼을 해도 동료들은 그녀를 기사로 봐 줄 것이다. 호구를 못 구해서 문제지.

'결혼이라.'

폴리아나는 뒤척였다. 다른 건 몰라도 그거 하난 확실했다.

'나도 부인이 있었으면 좋겠다.'

여자가 좋다는 건 아니다. 그냥 필요하다는 거다. 귀가한 그녀를 반겨 주고 위로해 주고 안아 줄 온기가.

폴리아나에겐 가족이 없었다. 가족을 만드는 가장 쉬운 방법은 결혼이다. 그러나 그녀와 결혼할 호구가 세상에 어디 있겠는가.

설혹 있다 해도 진심으로 반겨 주진 않을 것이다. 그럴 바엔 개를 키우고 말지.

'개 많았지.'

주인이 개를 좋아하니 비카 가문엔 개가 많았다. 대부분의 개들은 모르는 사람을 발견해 시끄럽게 짖었다.

10살을 넘긴 개들은 끙끙 거리며 주인을 반겼다. 22살의 최고령견은(폴리아나는 개가 그렇게 오래 살 수 있다는 걸 이번에 알았다) 너무 반가워하다 심장이 멎어서 죽을 뻔했다.

꽃순이는 개들이 건드리지 못하도록 내정원 쪽에 풀어놓았단다.

'에이 씨.'

폴리아나가 다시 뒤척였다. 잠은 안 자고 누워 있으니 쓸데없는 잡생각만 자꾸 떠올랐다.

그녀는 억지로라도 눈을 붙이고자 노력했다. 어쨌든 결론이 뭐냐면.

'부럽다.'

래비 경이 엄청 부러웠다. 예쁜 마누라에 토끼 같은 딸이 둘, 강아지 같은 아들이 하나. 죽지 않고 주인을 기다린 노견에 (맛있을 게 분명한) 애완 사슴까지. 실로 성공한 인생이었다.

바우팔로 경은 난리통처럼 북적거리는 집 앞에 멈춰 섰다.

10년 만에 돌아온 집. 돌아온 가장. 일단은 금의환향이나 그의 두 손엔 선물이 없었다. 대신 고양이 네 마리가 대롱대롱 매달려 있어서 고양이 좋아하는 사람들을 웃게 했다.

'군대' 하면 떠올리는 동물은 말이나 바우팔로 경에겐 개와 고양이였다. 말들은 국가 소속에 주인이 있으니 마구간으로 돌아가고, 개들도 주인이 있어 각자 집으로 돌아갔으나 고양이는 주인이 없었다.

그렇기에 축생이 보인 공을 가장 잘 알고 있는 바우팔로 경이 챙겼다. 고양이들이 잡고 쫓은 쥐들이 아크레아군이 무찌른 적군보다 열 배는 많았다.

먼 친척부터 가까운 친척, 친척인지 의심 가는 인물들까지. 다들 바우팔로 경을 보고 환호했다. 출세가 보장된 것도 아닌데 모여서 떡고물 얻어먹으려 드는 꼴이 우스우면서도 반겨 주는 게 나쁘지는 않다.

바우팔로 경이 희미한 미소를 보이는데 그의 부인이 주방에서 얼굴을 내밀었다. 리보 가문의 안주인은 잘 왔냐는 말도 없이 다시 주방으로 들어갔다.

"다녀왔소."

아들 둘을 모조리 데려가는 바람에 리보 부인은 한을 품었다. 10년 동안 몇 번 보내지 않은 편지에도 아들들의 안부만 걱정했다. 10년 지났지만 상한 심기가 풀어지진 않은 모양이다.

"나 왔소."

바우팔로 경이 힘내어 말하사 리보 부인이 화냈다.

"애들은!"

"제수씨, 힘들게 일하고 온 사람에게 왜 화부터 내고 그래."

"어디 여편네가 남편에게 말꼬리를 높여!"

주위의 남자들이 대신 역정을 냈다.

"내 새끼들 사지로 데려갔는데 면박도 못 줘?"

"살아 왔잖아! 큰놈은 그 뭐야, 기사단인가 들어간다고 하고 작은놈은 친위대 되었다며! 출세했네, 출세했어!"

"출세하면 뭐해! 10년을 그냥 뺏겼는데!"

바우팔로 경은 화나지 않았다. 화낼 수 없었다. 아내의 희끗한 머리와 깊어진 주름이 10년의 시름을 알려 줬다.

집안의 남자가 모조리 빠져나갔으니 여자 홀몸으로 살기 힘들었음을 짐작한다. 하나 남겨 두고 가면 좋은데, 다른 집들은 안 가려고 난리인데 우르르 나갔다.

기사 가문이라고 체면을 세워도 아들 하나 간신히 기사 만들어 대를 잇게 만드는 가계 사정에 홀로 남았다.

힘들었을 것이다. 바우팔로 경의 죄가 컸다. 게다가 데려오라는 아들은 안 데려오고 고양이만 네 마리 데려와 버렸으니.

"잘 곳이 없다고 해서 상관 집에서 묵게 되었어. 위치만 알고 밥은 집에서 먹는다고 했으니 걱정하지 마."

여전히 대답이 없다. 바우팔로 경은 고양이를 내려놓고 한숨만 쉬었다. 하우 경과 도나우 경이 올 때까지 마누라는 화를 풀 생각이 없어 보였다. 고양이 네 마리가 쓸쓸한 가장의 발치에서 하품을 했다.

에이크 경, 비크 경, 디크 경의 집인 잉그레터 가문도 사정은 별반 다르지 않았다. 맏이이고 차남인 에이크 경과 비크 경의 사정은 그나마 나았다.

형제의 모친인 잉그레터 부인과 누나에게 뺨 맞고 입대한 디크 경은 좌불안석 상태였다.

아크레아에서 멀어질수록 편지가 오가는 시간이 길어지고 분실율도 높아졌다. 신분 높은 출신이나 지휘관급 장성들의 편지는 칼

같이 전달되었으나 잉그레터가는 기울어 가는 하위 귀족가. 그리 대단한 집안도 아니었다. 그래서 소식은 코에몽 강을 기점으로 끊겼다.

10년 동안 집안 남자들의 전사를 제외한 모든 소식을 기다렸으면서 정작 돌아오니 냉대한다.

"누, 누나. 매형은? 결혼한 거 아니야?"

"파혼했어."

남자로 태어났다면 시크가 되었을 시켈이 무심한 듯 시크하게 대답했다.

남자는 몇 살이든 결혼 적령기 소리를 듣는데 여자는 그 소리를 듣는 때가 한정되어 있다. 십 대 후반에서 이십 대 초반까지.

시켈은 이미 혼기를 놓친 노처녀 소리를 듣고 있었다. 그녀와 비슷한 집안엔 시켈 같은 처지의 아가씨들이 넘쳐났다.

남자들이 전쟁에 나가면서 터진 부작용이다. 집안에 남자가 하나라도 남아 있는 집은 처지가 좀 나았다. 그 남자가 가문을 이어갈 것이란 희망이 있기에 혼담도 들어왔다.

그러나 잉그레터 가문의 남자들은 모두 출정했다. 만약 셋 다 전사하거나 불구가 되어 돌아오면 가문에 미래가 없었다. 그러한 이유로 시켈은 약혼자에게 파혼을 선고받았다.

약혼자는 전쟁 전이라면 급이 안 맞을 귀한 가문의 아가씨와 결혼했다. 시켈은 노처녀로 남기로 결심하고 부모님을 공양했다.

그런 이야기다.

동생이 받은 모욕에 당장이라도 검을 빼들고 찾아갈 것처럼 굴던 에이크 경과 비크 경은 쥐죽은 듯 밥만 먹었다.

디크 경도 더 이상 입을 열지 않고 밥만 먹었다. 10년 만에 먹는 집 밥은 눈물 날 정도로 맛있어서 그들의 목을 꽉 메게 만들었다.

모두가 가족과 재회하는 하루. 아이노 경도 예외는 아니었다. 그는 남들처럼 집에서 가족과 재회하지 않았다. 어릴 때부터 왕성을 제2의 집 삼은 그였기에 가족과의 재회 또한 왕성에서 이뤄졌다.

아이노 경은 루조 공작 뒤에서 친위대의 푸른 제복을 입고 있는 동생을 발견했다.

아이노 경보다 3살 어린 동생은 룩소스 1세의 대륙 정벌에 참여하려 했다. 하지만 가문의 남자들이 모두 나온 건 드문 경우다.

에이크, 비크, 디크 형제나 바우팔로 경과 같은 사례는 드물었다. 당시의 분위기만 생각했을 때, 하위귀족이나 기사 가문에서 도박을 건 것과 마찬가지였다.

도박은 성공했다. 그러나 당시엔 다들 쪽박을 예상했다. 그렇기 때문에 아이노 경의 가문인 세키 후작가와 같은 유서 깊은 가문에선 장자를 내놓지 않았다. 차남. 삼남. 혹은 막내.

아이노 경은 룩소스 1세의 친분으로 출정했다. 벤티에 경은 왕의 감시를 맡은 책임자였기에 가능했다.

세키 가문은 대대로 아크레아 국왕과의 사이가 돈독한 명문가다. 그럼에도 두 아들을 모두 내보내는 것은 반대했다.

아이노 경이 룩소스 1세의 검을 자처하지 않았더라면 동생인 자이노 경이 출정했을 것이다.

실제로 자이노 경은 아이노 경 대신 출정하고 싶어 했다. 그러나 형의 등쌀을 못 이기고 나나바에 남았다.

꿩 대신 닭이라고, 자이노 경은 룩소스 1세 대신 루조 공작을 수호했다. 비록 역사에 이름을 날리진 못하겠으나 그 또한 명예롭고 보람된 일이었다.

재수 없는 인간을 형으로 둔 형제답게 우애는 좋지 않았다. 그러나 자이노 경은 형의 생환을 반겼다. 그에게도 나름의 꿍꿍이가 있었다.

아이노 경이 버티고 있는 한, 룩소스 1세의 친위대장은 아무도 못 건드리는 자리다.

그런 아이노 경이 친위대장직을 듣도 보도 못한 여지에게 내주고 다른 직위를 차고 왔다.

자이노 경은 10년 동안 성심껏 루조 공작에게 봉사했다. 가문으로 보나 실력으로 보나 짬으로 보나 자이노 경이 친위대장이 될 게 확실했다.

자이노 경은 평생을 형과 비교당하며 살았다. 친위대장은 꿈의 자리였다.

자이노 경은 아이노 경이 싸우다 죽을 거라는 생각도 해 보지 않았다. 당연히 살아 돌아와 평생을 그 자리에서 버티고 있을 줄 알았는데, 스스로 내려왔다.

친위대장직. 노려 볼 만하지 않은가.

'새끼, 동생이라고.'

자이노 경의 속내를 알 길 없는 아이노 경은 꼴에 형제라고 반기자 기뻐했다. 그만 어리석은 건 아니다. 성의 연회장, 자리에 있는 모두가 동상이몽을 품고 있으니.

룩소스 1세는 연회장을 둘러봤다. 10년 만에 돌아온 집은 황제에게 별다른 감회를 안겨 주지 못했다.

루조 공작이 심혈을 기울여 준비한 연회다. 룩소스 1세는 부드럽게 웃었다. 일단 분위기는 화기애애했다. 자부심과 긍지를 갖고 황제를 우러러보는 귀족도 적지 않았다.

루조 공작의 손을 잡고 연회실로 들어오면서 룩소스 1세는 아주 중요한 것들만 먼저 보고받았다. 편지로는 전할 수 없었던 이야기들이 짧게 오갔다.

10년이 지났다. 왕성은 별로 바뀐 것이 없었다. 보다 더 화려해지고 보다 더 비싼 물품이 늘어난 것 같기도 했다.

아크레아에선 보기 힘들었던 귀중품들이 공물로 들어와 왕성에 놓였다. 그러나 공기는 같았다. 북쪽의 차가운 기운이 룩소스 1세의 폐를 채웠다.

황제는 심호흡하고 웃었다. 위정자의 미소야말로 그가 가장 자신 있어 하는 표정이었다.

"다들 주름이 늘었군그래. 누구 땅에 가까워진 이는 없나?"

황제의 농담에 웃음이 터졌다. 왜 안 죽었냐는 의미니 웃을 소리는 아니었다. 권력은 때로 죽으라는 말에도 배를 잡고 웃게 만든다.

룩소스 1세는 미소를 잃지 않았다. 선빵 날리기란 언제나 신이 나는 일이었다. 저쪽에서 반격을 하지 못한다면 더욱 그렇다.

'늙은이들.'

가엾은 루조 공작을 머리가 벗겨질 정도로 괴롭힌 낯짝들을 보라. 위대한 청사진을 그려 낸 룩소스 1세를 철없다 욕하던 노인들을 보라. 룩소스 1세가 발걸음을 멈출 때마다 그만하면 되었으니 어서 돌아오라 독촉하던 저들을 보라.

그래 놓고 왕이 황제가 되어 돌아오자 그렇게 될 줄 알았다는 것처럼 웃는 자들. 웃을 때 깊어지는 얼굴의 주름.

룩소스 1세의 옆에서 루조 공작이 득의양양한 미소를 지었다. 머리가 빠져도 미남이었다. 잘생긴 사촌 형제가 나란히 서 있으니 보기에 좋았다.

둘 다 미혼이라는 점은 특히 여러 아가씨들의 심금을 울렸다. 딸 가진 부인과 아저씨의 심금도 같이 울렸다.

"폐하께서 이리 강건하시니 저희가 다 기쁩니다."

역시나 늙은이들은 쉽지 않았다. 욕을 먹으면 오래 산다는 걸 증명이라도 하듯 반격을 감행했다.

첫타는 시이제 후작이었다. 일흔을 넘긴 나이에 연회에 참석하느라 고생이 많았다.

"시이제 후작. 못 본 새에 더 늙었군."

"하하하, 노인네야 하루하루 늙어가는 게 일입니다. 폐하께선 강녕하셨습니까."

"힘들어 보이는데 뭘 왔나."

"모자란 손자가 폐하를 잘 보필했나 걱정이 되어서 말입니다."

"그대의 가문이 보인 봉사와 충성은 잊지 않겠네."

룩소스 1세와 시이제 후작이 마주보고 웃었다.

룩소스 1세는 아름다운 미청년이며 시이제 후작은 과거엔 어땠을지 몰라도 지금은 일흔 노인이다. 차이 많은 둘에겐 겉으론 웃고 속으론 상대를 욕한다는 공통점이 있었다.

'사갈 같은 늙은이.'

'멋모르는 애송이.'

시이제 후작의 반대만 아니었어도 대륙일통의 꿈은 룩소스 1세가 아닌 선왕 대에서 시작되었을 것이다. 선왕의 꿈을 대신 이룬 아들은 승리를 확신했다. 시간이 룩소스 1세의 편이었다.

"백조부님."

시이제 후작의 뒤에서 소녀가 빼꼼 고개를 내밀었다. 아직 나이가 연소하나 충분히 미인 소리 들을 레이디였다.

그녀를 보는 순간, 시이제 후작이 룩소스 1세에게 그녀를 소개하는 순간 황제는 직감했다.

'벌써?'

예상한 공격이나 치고 들어오는 것이 빠르다. 하여간 뱀 같은 노인네였다.

룩소스 1세는 속으로 혀를 차며 소녀와 인사했다.

시이제 후작의 먼 친척이나 최근 작은아들에게 입양되었다는 토리 시이제가 공손히 절했다. 평범한 절임에도 기품이 넘치고 아름다웠다. 장가 못 간 기사 몇의 입이 벌어졌다.

토리는 인사하는 것도 부끄럽다는 듯 아가씨들 틈으로 사라졌다. 중부와 남부에선 남녀가 섞여 연회를 즐기나 북부에선 과하게 어울릴 시 비난한다. 아무리 그래도 인사 정도로 부끄러워하는 경우는 없다.

토리 시이제. 룩소스 1세가 성을 비운 사이 나나바에서 최고의 신붓감 소릴 듣는 영애였다.

룩소스 1세는 눈에 뻔히 보이는 수작에 어울려 줘야 하는 처지가 슬펐다.

"아주 조신한 레이디군."

"얌전하고 착한 아이입니다. 가문과 어울리는 혼처를 잡아 보내기엔 불쌍해서 작은아들이 양녀로 들였습니다. 좋은 혼처를 잡아 줄 예정입니다."

"하하, 아름답고 조신하니 분명 좋은 상대를 찾을 수 있을 것이다."

"예, 노구도 그리 생각합니다. 하면 저는 힘들어서 이만."

시이제 후작이 떠나자 다른 귀족들이 기다렸다는 듯 룩소스 1세 주위로 몰려들었다.

"두 귀하신 분께 부인이 없는 것이 큰일입니다. 어서 혼인하셔서 황후마마, 공작 부인을 들이셔야죠."

시이제 후작이 아닌 다른 사람 입에서 말이 나오게 하는 것이 얄미웠다.

룩소스 1세는 벤티에 경과 대화하는 시이제 후작을 곁눈질했다. 조손간의 화기애애한 대화로 보이나 실상은 어떨지.

"가장 시급한 사안 아닌지요."

개선 연회에서 낯 붉히고 싶지 않아 첫 타는 봐주었다. 그는 추가타까지 봐줄 생각이 없었다. 룩소스 1세는 여유롭게 회피했다.

"그렇지 않아도 짐이 신랑감들을 모두 데려가는 바람에 아가씨들 원성이 한동안 자자했다고 들었다. 역전의 용사들이 돌아왔으니 잘해 보게."

"폐하, 폐하의 혼인이 가장 급하옵니다."

"짐은 아직 젊고 혼자서도 여인 여럿은 너끈히 상대할 수 있네. 그대들처럼 급하지 않아."

사실은 급하다. 룩소스 1세의 나이가 서른 초반. 후계자가 한 명도 없으니 모친이 생존해 있었다면 등짝을 후려칠 일이다.

알면서도 룩소스 1세는 원로들을 꼬집었다. 적어도 그들의 입김이 닿은 가문의 여자를 황후로 들일 생각은 없었다.

결혼은 하긴 해야 한다. 그런데 룩소스 1세는 대륙의 지배자가 되었다. 신부를 아크레아 지역에서만 찾는 건 너무 편협한 시각이었다. 그의 신붓감 후보는 아크레아에서 대륙 전체로 확장되었다.

황제는 옥좌에 앉아 움직이지 않았다. 그의 뒤로 아이노 경과 친위부대장 우크 경이 버티고 섰다. 루조 공작도 황제의 옆에 앉아서 대화만 하지 춤출 생각을 안 했다.

돌아온 남자가 그들만 있는 건 아니어서 짝이 부족하진 않았다. 그래도 황제와 공작, 그 외의 용사들을 노리고 온 아가씨들로선 여간 서운한 일이 아니었다.

"노는 건 조금 뒤로 미뤄야겠구나."

"정 원하시면 노십시오."

"짐은 지금 사냥꾼이 아닌 사냥감이다. 아가씨들이 무섭진 않으나 뒤에서 눈에 불을 켠 그들의 아버지와 할아버지, 삼촌들은 무섭구나."

"폐하를 사냥하려 드는 자들은 소신이 처단하겠나이다."

"폐하, 전 사냥당해도 좋으나 가능하면 좋은 곳에 잡혀 가려고 버텼습니다. 생각해 둔 곳이 있으십니까?"

룩소스 1세는 루조 공작의 어깨를 두드렸다. 아이노 경도 그렇고 루조 공작도 그렇다. 그를 생각해서 결혼하지 않고, 혼처도 마음대로 정하지 않는 것이 기특하고 안쓰러웠다.

룩소스 1세는 관대하게 사냥감에게 해방령을 내렸다.

“네 마음에 드는 아가씨면 누구든 맺어 주마.”

“정말이십니까?”

“황제는 허언하지 않는다. 물론 너무 나이 차이가 심하면 안 되고, 남편 있는 여자도 안 되고, 과부도 안 되고, 너무 미천한 출신도 안 된다. 조상 중에 범죄자가 있으면 안 되고 유전병이 있어도 안 되고 불임은 괜찮으나 나중에 첩실을 들여라. 아, 가문에 광인이 있어도 안 된다.”

당장이라도 의자에서 엉덩이를 뗄 것 같았던 루조 공작은 의자에 딱 달라붙었다.

행정에 지친 공작은 서류 심사부터 해야 할 것 같은 신붓감 후보 뽑기가 귀찮았다. 그에게 필요한 건 적절한 안정과 휴식이다. 그러면 젊은 나이에 일찌감치 빠진 머리카락이 돌아오고 사촌형보다 늙어 보이는 얼굴도 제 나이를 찾을 것이다.

귀족들이 괜히 정략혼을 하는 게 아니었다. 이토록 따질 게 많으니 아예 처음부터 서류 심사에 통과한 사람들끼리 계약서를 작성하는 게 편했다.

루조 공작이 눈에 띄게 의욕을 잃으니 룩소스 1세는 괜히 미안해졌다.

황제는 사촌 동생과 재회한 후 계속 미안했다. 미안할 수밖에 없었다.

10년 전의 루조 공작은 룩소스 1세만은 못해도 훤칠한 외모의 미소년이었다. 사냥도 잘 나가고 말도 잘 타고 검에도 재능이 있었다. 운동을 즐겨 가슴과 어깨와 팔뚝과 허벅지가 탄탄했다.

그런데 룩소스 1세가 10년을 전장에 나간 동안 루조 공작이 행정을 대신하면서 잃은 것이 많았다. 머리숱은 물론이고 탄탄했던 근육이 빠져나가 배와 엉덩이에 살이 붙었다. 전체적인 선이 둥그레지면서 훤칠하다는 말을 쓸 수 없는 남자가 되어 버렸다.

룩소스 1세에겐 청년 소리가 어울리는데 루조 공작은 아저씨 소리가 절로 나왔다.

“가서 놀아라.”

“연회와 개선식 준비를 하느라 놀 기운을 다 썼습니다.”

하는 말마다 안쓰러워 황제의 심금을 울렸다. 아크레아 최고의 신랑감 둘은 의자에 앉아 술과 음식만 즐겼다. 간간이 몇몇이 찾아와 간단한 담소를 나눴다.

할아버지와 친척 어르신들에게 포위당했던 벤티에 경이 간신히 빠져나와 룩소스 1세에게 다가왔다.

“그대의 부인은?”

“아이가 아직 어려 함께 나오지 않았습니다.”

귀족은 보통 아이를 직접 키우지 않는다. 귀부인이 황제의 귀환을 축하하는 연회에 아이 때문에 참석하지 않는 건 드문 일이었다. 룩소스 1세는 모자 관계가 돈독하다고 생각했다.

룩소스 1세와 선왕비는 돈독한 모자지간이었다. 일찍 어머니를 여의었으나 룩소스 1세는 상냥하고 아름다운 모친에게 깊은 애정을 간직하고 있었다.

룩소스 1세는 벤티에 경이 안쓰러워 혀를 찼다.

"남자가 돌아왔으면 부인과 자식이 보고 싶은 법이지 할아버지와 아버지 얼굴은 봐서 뭐해. 네 인생도 가엾구나."

벤티에 경이 부드럽게 웃었다.

"신은 괜찮습니다. 기다리는 이 없는 것보단 낫사옵니다."

"짐을 말함이냐?"

"그럴 리 있겠습니까. 외로운 밤을 술로 불태우는 몇몇 기사들을 말하는 것이옵니다."

전시엔 전우가 곧 가족 같아서 외롭지 않았다. 하지만 전쟁이 끝나 각자 가정으로 돌아가니 외로운 자들만 남는다.

대부분은 같이 몰려다니며 술을 마시지만 외로움이 분노와 질시로 변질되어 남의 화목한 가정에 깽판 놓는 분란도 생길 수 있다.

벤티에 경이 그 점을 염려하자 룩소스 1세가 고개를 저었다. 미연에 방지하기 위해 래비 경이 외로운 놈들은 다 잡아 가뒀다.

"지금쯤 노느라 정신이 없을 게다."

룩소스 1세가 사촌동생에게 재차 놀 것을 권유했다. 루조 공작이 다 죽어가는 소리를 내다가 춤추는 젊은이들 사이로 들어갔다.

공작의 등장에 연회장 안 사람들의 시선이 그쪽으로 집중됐다.

"10년 만에 할아버지와 재회하니 기쁘겠구나."

"예. 소신에게 할아버지는 아버지와 같습니다."

"나눌 얘기가 많을 텐데 벌써 나오고 그래."

"아닙니다. 집으로 가서 나눌 것입니다."

이만하다 충분하다 싶을 정도로 대화를 나눈 벤티에 경이 룩소스 1세를 떠났다.

주위로 다시 친척들이 모여드는 모습이 룩소스 1세 보기 안쓰러울 정도였다. 한동안 가장 고생할 자가 벤티에 경이었다.

연회가 무르익자 룩소스 1세는 피곤을 핑계로 빠져나왔다. 호위로 아이노 경만 대동한 황제가 향한 곳은 '왕의 방'이었다.

아크레아에서 '왕의 방'은 룩소스 1세의 침실이 아니다. 아크레아 왕과 왕비들의 초상화와 유품을 모아 놓은 기념실을 왕의 방이라 부른다.

아이노 경조차 문밖에 세워 놓고 룩소스 1세 홀로 왕의 방에 들어갔다. 만일 누군가 황제를 암살하려 한다면 지금이 적기였다.

사람이 드나들지 않아 청소를 열심히 해도 먼지 냄새가 가시지 않는 내부를 룩소스 1세가 한 바퀴 돌았다. 벽에 걸린 선왕들의 초상화와 하나하나 눈을 맞추고 이름을 작게 불렀다.

한 바퀴를 다 돈 룩소스 1세의 앞엔 그의 부모님이 있었다.

"다녀왔습니다."

룩소스 1세가 관을 벗었다. 산 자들 사이에선 지고의 존재이나 죽은 자들 사이에선 후손에 지나지 않았다. 또한 돌아가신 부모님 앞에선 자식에 불과했다.

선왕 부부의 초상화 앞엔 반지를 보관한 장식장이 있었다. 장차 룩소스 1세가 부인을 맞아들이면 나눠 낄 반지였다. 선왕비의 것은 작고 선왕의 것은 건틀렛 위에 낄 수 있도록 크다.

룩소스 1세는 감상에 젖었다. 그는 반지를 주고 싶은 여자를 만났으나 주지 않으려 한다.

룩소스 1세가 작게 읊조렸다.

"아크레아에 영광을."

그는 인간이기에 감히 천년제국을 꿈꾸지 않는다. 그저 그렇게 되길 소망하며 초석을 닦는다.

대륙을 정복하자마자 천도라니, 한 명이 해치우기엔 너무 과하지 않냐는 말이 나올 수 있다. 그러나 제국의 앞날을 생각한다면 마땅히 해야 했다.

그렇다면 지금. 아직 사람들이 제국의 개념 자체를 낯설어하고 있을 지금이 적기이다.

고래로부터 천도는 국가의 형성 단계에서 결정되었다.

아크레아 왕국은 대륙의 다른 나라와 마찬가지로 멸망했다. 이제 남은 것은 아크레아 제국이다. 국호도 변경해야 하는 것은 아닌가 고민했으나 조상들의 초상화를 보니 역시 그건 아니라는 결론을 내렸다.

룩소스 1세는 관을 다시 쓰고 한숨을 쉬었다. 그는 놀고 싶은데 놀지 못한다. 불쌍한 이들이 참 많은데 조금 더 불쌍해져야 했다.

'일이 끝날 때까지 시이의 머리카락이 버텨 줘야 할 텐데.'

친가 외가 둘러보아도 대머리가 없거늘 어찌하여 하늘은 루조 공작에게 탈모의 불행을 내렸는가. 그저 안타까워 룩소스 1세의 한숨이 그치질 않았다.

노세 노세 젊어서 노세. 늙어 죽으면 못 노나니.

늙어서 놀려면 해야 할 일이 많았다.

12. 잠시 쉬었다 가시오

12. 잠시 쉬었다 가시오

전쟁이 끝나도 인생은 끝나지 않는다. 오히려 전쟁이 끝났기 때문에 해야 할 일이 더 많았다.

아크레아의 군대는 직업군이다. 전쟁이 끝났다고 농토와 사냥터, 각자의 생계로 돌아가지 않는다. 군대는 돈이 많이 든다.

군인으로 고용한 자들을 해고할 수도 없는 노릇이다. 그런데 돈은 계속 나간다. 대륙을 통일했다는 이유로 군대를 해체할 수도 없는 노릇이다.

그러니까 군대를 다른 데에 써먹을 방법을 강구해야 했다.

사실 룩소스 1세는 이렇게 될까 봐 미리 병사들의 사용처를 준비해 놨다.

총독과 함께 병사들을 정복지로 파병하면 해결된다. 다만 병사들이 고향을 떠나기 싫어하는 것이 문제였다. 10년 만에 고국으로 돌아온 병사들은 가족들과 잘 먹고 잘 살고 싶어 했지 다시 낯선 땅으로 떠나고 싶어 하지 않았다.

황제는 마음의 준비가 되어 있지 않은 병사들에게 지장이 찍힌 계약서를 내밀었다.

10년보다 더 이전, 룩소스 1세의 부왕은 제법 괜찮은 조건으로 원정대에 필요한 군사를 모았다. 그러나 당시 아크레아의 내부에선 원정 실패가 유력하리란 분위기가 팽배했다.

귀족들은 국왕의 세력이 약해지는 걸 원해 내버려 두었다. 왕이 사재를 털어 멍청한 짓을 하다 파산하면 그들이 좋은 것이었으니.

사지로 가는 길이기에 없는 자들이 지원했다. 죽어서 집에 돈을 남겨 주기 위해서, 혹은 먹고 살 길이 막막해 지원했다.

다행히 몇 년에 걸친 훈련과 왕의 친정으로 병사들의 사기가 고조되었기에 망정이지, 계속 사지로 여겼으면 대륙 정벌은 초장에 끝났을 것이다.

황제는 강제하지 않았다. 전역하겠다는 병사는 흔쾌히 보내 줬다. 다만 정복지로 가면 승진을 해 주마 말했다. 병사들은 새 삶을 찾아 짐을 꾸렸다.

대다수가 미혼이고 자식 많은 집 막내 같은 경우라 가능한 일이다. 가정이 있는 자들은 대부분 아크레아에 남기로 결정했고 가끔 남쪽도 살 만하다며 가족을 모두 데리고 이주 결정을 한 경우도 생겼다.

병사 문제가 해결되었으니 이제 장교들이다.

룩소스 1세의 군대는 유독 연령대가 어렸다. 병사들은 없는 입 덜기 위해 자원했으니 그렇다 쳐도 귀족들은 어째서인가. 그건 귀족들과 원로들이 대륙 정벌을 반대했기 때문이다.

선왕과 룩소스 1세는 반대에도 강행했다. 고위 귀족들은 나서지 않았다. 그들은 주인인 왕에게 무력으로 봉사할 의무를 갖는다. 무력 봉사는 외세의 침략, 내전, 민란, 무장 강도 등과 같은 문제의 경우 해당되지만, 타국 정벌은 해당사항이 아니었다.

선왕에 이어 룩소스 1세는 귀족들을 설득했다. 젊은 왕에게서 미래를 본 자들이 자원하거나 차남 이하의 아들들을 내놓았다.

래비 경, 아이노 경과 같은 특수한 경우를 제외하고 고위 귀족들은 대부분 필요 없는 아들을 치우는 느낌으로 원정대에 보냈다.

룩소스 1세에게 목숨을 건 도박을 감행한 자들은 대박을 봤고 나머지는 상대적 쪽박을 경험했다.

가문을 잇지 않는 자들이 대부분이니 이동은 더욱 쉬웠다. 장교들도 대부분 흔쾌히 이주를 받아들였다. 개중엔 총독의 꿈을 꾸는 자도 상당했다.

여기까지만 보면 황제의 계획은 성공이다. 룩소스 1세는 대륙정벌을 목적으로 즉위와 동시에 군제를 개편했다.

귀족의 사병을 축소하고 영지병을 국가에 귀속시켰다. 그가 옥좌를 지키고 있는 몇 년은 그럭저럭 지켜진 법이었다.

그러나 왕이 나라를 비우고 10년. 국왕 대리로 루조 공작이 지키고 있었어도 완벽하게 주인을 대체하지 못했다. 해가 지나 소년이 청년이 되자 귀족들은 그들로 사병을 꾸렸다.

법망을 피해가는 방법은 간단했다. 남자를 모아 무장을 시켜도 병사로 부르지만 않으면 된다. 사냥단, 농부, 정원사, 귀족이 고용할 수 있는 직종은 무궁무진했다. 이름만 달리 부르고 서류를 조작하면 그만.

룩소스 1세로선 골치가 아팠다. 그는 병력을 대륙 전역에 흩뿌리고 있다. 흩날려라, 병사! 그런데 귀족들은, 특히 뱀 같은 시이제 후작은 귀족의 사병 육성을 여기저기 권하고 다닌다.

"벼락 맞을 늙은이."

룩소스 1세는 오늘도 시이제 후작의 수명을 늘려 줬다.

'확 죽여?'

황제가 이를 갈았다. 죽이면 편할 것 같지만 사실은 아니다. 완벽하게 자연사를 가장하면 모를까 조금의 의심이라도 생기면 황제가 범인으로 지목당할 것이다.

그저 늙어죽기를 기다리는 것이 제일이다. 무혈의 승리야말로 가장 값진 승리 아닌가. 그렇게 하나 둘, 영감탱이들이 사망하면 룩소스 1세는 한결 편해질 것이다.

물론 그들이 죽으면 새로운 늙은이들이 빈자리를 채울 것이다. 그들이 힘을 잡기 전에 짓밟아 놔야 했다. 전쟁은 끝나도 인생은 끝나지 않았다.

인생이 끝나려면 멀었는데 앞머리의 모근이 끝나 버린 루조 공작의 손끝이 떨렸다. 그의 눈가에 경련이 일었다. 지나친 피로와 과로, 스트레스로 보이는 증상이었다.

루조 공작은 믿었다. 친애하는 사촌 형님이 돌아오시면 그의 모발도 같이 돌아오리라. 친애하는 사촌 형님만 돌아오시면 모든 격무에서 해방되리라.

현실은 루조 공작을 배신했다. 잔인했다.

"소신은 그만 영지로 내려갈까 합니다."

"시이."

황제가 친근한 미소를 보였다. 누구라도 혹할 만큼 아름다웠지만 루조 공작은 속지 않았다.

“이럴 때만 친근하게 부르시죠!”

“시이. 네 공이 크다.”

“소신의 공이 큰 건 소신도 잘 아옵니다. 그러니 더 큰 공을 세우기 전에 물러날까 합니다.”

“시이. 짐도 놀고 싶다. 그러나 처리할 안건이 많으니 다 하고 놀아야지.”

아하하하하. 황제가 천장에 닿을 정도로 크게 웃었다. 신나게 웃었다. 몹시 쾌활하게 웃은 황제가 정색하고 루조 공작을 붙잡았다. 물귀신이 사람 발목을 채가는 것보다 빨랐다.

“같이하고 같이 놀자.”

“너무하십니다!”

“아하하하하!”

루조 공작의 비명을 황제의 웃음소리가 막았다. 끌려가는 루조 공작이 안쓰러워 자이노 경은 고개를 흔들었다.

한쪽은 사촌형, 한쪽은 친형. 형에게 치이고 살아온 자이노 경은 언제나 루조 공작에게 동병상련의 정을 품었다.

자이노 경도 마냥 한가하게 있을 처지는 아니었다. 친위대 일과 관련해 새로 들어온 부하들을 파악하고 내성의 경비도 힘써야 했다.

나나바 성에 출입하는 사람들의 신분을 확인하는 일도 친위대의 몫이다. 갑자기 늘어난 사람들에 안 드나들던 사람들까지 찾아오고 있으니 자이노 경은 몸이 열 개라도 모자랄 정도로 바빴다.

와중에 아이노 경은 기사단 창설로 바쁜 몸일 텐데도 다녀올 곳이 있다며 외출해 버렸다. 목적지와 기간도 알려 주지 않았으나 그를 걱정하는 자는 아무도 없었다.

'친위대 규모를 늘려야겠어.'

수호해야 할 왕족의 수는 적다. 룩소스 1세와 루조 공작 단 두 명이다. 그런데 경비해야 할 장소에 변수가 늘어났다. 아주 신경 쓰이는 일이다. 큰 사고가 터지기 전에 미연에 방지하려면 인원을 늘려야 했다.

게다가 친위대 내부도 시끄러웠다. 나나바에 잔존해 루조 공작을 호위했던 인원과 원정에 참여한 인원 사이에 문제가 있다. 충돌은 아직 없다. 조만간 있을 것처럼 보여서 그렇지.

본래 원정을 갔던 인원 그대로 돌아오면 문제될 게 없었을 것이다. 그러나 10년의 전쟁 동안 룩소스 1세는 신분이 낮은 기사에게 친위대의 푸른 제복을 허락했다.

신분 낮은 자들이 동료로 들어오니 마찰이 생기고 있었다. 아직까진 별탈이 없이 흘러가고 있는데 젊은 청년들이고 하는 일에 자부심이 크다 보니 조만간 무언가 터질 것 같았다.

쯧. 자이노 경은 혀를 찼다. 아이노 경이 대장이 아니라고 다들 철없이 굴었다.

'새끼들, 군기가 빠져 갖고.'

몸이 열 개라도 부족한 판국이다. 와중에 군기도 잡아야 한다.

자이노 경의 손이 자연스럽게 그의 머리로 이동했다. 머리카락 몇 가닥을 집어 잡아당겼다. 두피가 당겼다.

자이노 경은 한숨을 쉬었다. 루조 공작의 탈모를 곁에서 지켜본 그는 약간의 스트레스에도 저절로 모발을 염려하는 나쁜 습관을 었었다.

자라나라 머리머리.

자이노 경은 예전부터 내려온 주문을 외우고 일터로 향했다.

폴리아나의 기상 시간은 늘 다르다. 3교대로 이뤄지는 호위 임무는 친위대장이 되면서 사라졌다.

그러나 폴리아나는 가능한 많은 시간을 룩소스 1세를 호위하는 데 할애했다. 그러다 보니 룩소스 1세가 활동하는 시간과 폴리아나의 활동 시간이 겹쳤고, 휴식시간도 비슷해졌다.

룩소스 1세는 과로하는 성미는 아니나 일을 할 땐 건강이 염려될 정도로 몰아쳐서 해냈다. 덩달아 폴리아나도 그렇게 했다. 한가할 때는 또 한가한 대로 노닥거렸다. 그래서 폴리아나는 무기한 휴가가 어색하진 않았다.

어색한 건 따로 있었다. 휴가를 보내는 장소가 어색했다. 어색해도 너무 어색했다.

차라리 다른 기사들이 묵고 있는 별관이었다면 행복하게 낮잠도 자고 침대에 누워 게으름도 피웠을 것이다. 그런데 규방이라니.

규방이라니!

폴리아나는 읽던 책을 덮고 방을 나왔다. 하녀가 편히 입으라고 가져다준 옷은 실내용 원피스였다. 얼마나 부드러운지 그대로 찢어서 상처에 감아도 될 것 같았다.

식사는 물론 잘 나온다. 의식주를 주인이 모두 책임지고 하나같이 훌륭하다는 점에서 가문의 이름에 누가 되지 않는 최고의 접대였다.

폴리아나를 제외하면 모두 분주했기에 그녀는 얌전히 손님 대접을 누렸다.

따뜻하고 달콤한 공기도 조금씩 익숙해졌다. 사람들도 친절했다. 래비 경의 부인인 비카 부인은 특히 친절했다.

그녀는 폴리아나보다 일곱 살 연상이지만 이미 혼기에 찬 딸 둘과 아들을 둔 명문가의 안주인이었다.

래비 경이 폴리아나의 상관이었던 적도 있기에 폴리아나는 자연스럽게 비카 부인을 정중하게 대했다. 룩소스 1세를 대할 때보다 더 깍듯해지는 것 같았다.

태도가 정중해지는 것은 박시와 바니사 앞에서도 마찬가지였다. 폴리아나보다 열 살 어린 쌍둥이 자매는 열 살 많은 남자들보다 침착하고 어른스러워 보였다. 어머니의 교육이 상당했는지 말투도 고상하고 교육 수준도 높았다.

비카 부인은 말했다. 무가의 안주인은 집의 주인이 자리를 비울 때 남편을 대신할 수 있어야 한다고. 그래서 박시와 바니사의 교육 수준은 다른 귀족 영애보다 높았다.

결혼을 안 해서 철이 안 든 건지, 상관의 아내라 대하기 어려운 건지. 폴리아나는 연령대가 가까운 비카 부인보단 박시와 바니사와 더 빨리 친해졌다. 실제로 비카 부인이 폴리아나를 딸 또래 대하듯 접대한 영향도 있었다.

세 여자는 금방 친해졌다. 일단 서로가 서로에게 관심이 있었다. 폴리아나는 하우 경, 도나우 경과 혼담이 오갈 둘에게 관심과 호감을 함께 품었다.

쌍둥이 자매 또한 폴리아나에게 지대한 호기심을 갖고 있었다. 덕분에 사이는 나쁘지 않았다. 집안이 무가여서 관련 서적도 많았다.

폴리아나는 10년의 전쟁과 남다른 유년기로 편향된 지식의 소유자였다. 래비 가문은 여성에게도 집안의 서재를 허락했기에 자매는 폴리아나의 편독에도 용케 어울려 줬다. 폴리아나에게 잡서와 소설을 추천해 주기도 했다.

지금도 폴리아나는 자매가 추천해 준 책을 읽다 나온 길이다. 운동을 하지 않고 실내에만 있으니 몸이 몸살이라도 난 것처럼 찌뿌둥했다. 남의 집이라 훈련하고 싶다는 말을 못하고 있었다. 이럴 땐 필요한 사람이 먼저 나서야 했다.

폴리아나는 비카 부인을 찾아갔다. 별관 쪽에 간소한 연무장이 딸려 있으나 폴리아나는 그곳을 사용할 수 없었다. 안주인이 여성이 별관 출입을 엄격히 통제했기 때문이다. 손님인 폴리아나도 봐주지 않았다.

'그럴 수밖에.'

폴리아나는 바로 이해했다. 혼기에 들어선 여식이 둘이나 있다. 귀한 아가씨도 그렇고 하녀라도 추문이 나면 자매에게 흠이 갔다.

'어머니로서 신경 쓰일 일이지.'

"훈련이요? 휴가를 받으셨는데 편히 쉬지 않으시고요."

"매일 하려다 안 하니 몸이 뻐근해서 그렇습니다."

"본관 내정원 옆에 공터가 있어요. 거길 사용하시면 될 거예요.

훈련용 무기는 하인들에게 가져다두라고 할게요."

폴리아나가 비카 부인의 친절에 목례했다.

하녀가 폴리아나에게 편한 옷을 가져왔다. 따로 부탁하지 않았는데 알아서 척척 내오는 것이 안주인의 명령을 받은 것 같았다.

폴리아나는 비카 부인의 능숙한 일처리에 감탄했다. 신경 쓸 건 엄청 많고 할 일도 많은데 부인은 능숙하게 사람을 부렸다. 저택에 필요한 비축한 물품과 손님에게 필요한 물품이 무엇인지도 세심하게 살폈다.

'안주인 마님도 아무나 하는 게 아니야.'

옷을 갈아입은 폴리아나의 뒤에 박시와 바니사가 따라 붙었다. 어디서 들었는지. 쌍둥이 자매가 폴리아나에게 부탁했다.

"훈련하시는 것 봐도 될까요."

"방해하지 않을게요."

"두 분 레이디. 기사 훈련은 많이 보지 않았습니까?"

"여기사의 훈련은 처음인걸요."

"맞아요, 처음이여요."

새로울 것도 없을 텐데 자매는 웃으며 부탁했다. 몸매는 아버지를 닮았으나 얼굴은 어머니를 닮아 동그랗다. 기품 있는 레이디의 부탁에 폴리아나는 선뜻 허락했다.

공터에 도착하고 나서야 폴리아나는 자매에게 꿍꿍이속이 있었던 걸 알게 되었다.

"검 한 번만 만져 보면 안 될까요?"

"제발 부탁드려요, 폴리아나 경."

폴리아나는 당황했다. 집안이 무가에 널린 게 무기다. 지나가는 기사 한 명만 붙잡아도 검이 수십 자루 나올 것이다.

그럼에도 불구하고 박시와 바니사가 외부인인 폴리아나에게 부탁한다는 건, 그녀들에게 검을 내주는 게 금지되었다는 뜻이다. 딸을 교육하는 것은 전적으로 어머니의 권리이기 때문에 이 경우엔 비카 부인의 의지였다.

기사는 자기 검을 함부로 남에게 내주지 않는다는 변명은 통하지 않았다. 폴리아나가 들고 온 건 하인이 가져온 연습용 철검이었기 때문이다. 그녀의 재산이 아니었다.

예쁘게 차려입은 두 아가씨는 계속 부탁했다.

"들어 보기만 할게요."

"안 휘둘러요. 그냥 만져만 볼게요."

"어머님이 금지하신 일 아닙니까?"

"제발요. 무가라면 간단한 단검술 정도는 가르쳐 주는데 저희만 못 해요."

"어머니가 금지하셨거든요. 저희가 졸랐다고 할게요, 경."

"안 됩니다. 저는 손님 신분으로 안주인의 의사를 거스를 수 없습니다."

폴리아나가 단호하게 거절했다. 날이 서 있지 않은 검이어도 검이다. 검을 만져 본 적 없는 아가씨들에게 들려 줄 수는 없었다.

자매는 포기가 빨랐다. 방해하지 않을 거라던 말대로 박시와 바니사는 정원에 있는 의자에 앉았다.

'별관 출입이 허용됐으면 거기서도 졸랐을 것 같은데.'

불미스런 사건과 거짓이 가득한 소문을 막기 위해서가 아니라 저것 때문에 별관 출입을 통제하는 건 아니겠지.

얼핏 그런 생각이 폴리아나의 뇌리를 스치고 지나갔다.

내정원에 사람이 나오자 꽃사슴 한 마리가 타박타박 걸어 나왔다. 래비 경이 원정 중 거둔 애완사슴 꽃순이였다. 박시와 바니사는 낯선 사람이라 경계하지만 폴리아나는 익숙한 사람이기에 꽃순이가 폴리아나에게 다가와 머리를 드밀었다.

인간에게 길들여진 사슴은 애교가 많았다. 래비 경이 바빠서 자주 들르지 못했기에 외로웠던 모양이다.

"어머, 사슴이 다가오네!"

"저희도 만져 보려고 했는데 도망갔거든요!"

아가씨들은 기쁘고 반가워서 크게 외쳤지만 사슴은 큰소리가 나니 놀랄 수밖에 없다. 꽃순이는 깜짝 놀라 도망갔다가 다시 천천히 다가왔다.

폴리아나가 꽃순이를 안고 등을 토닥토닥 두드렸다. 손바닥에 닿는 부드러운 사슴털이 마음에 들었다. 꽃순이를 장갑으로 만들었으면 이런 애교는 받지 못했을 것이다.

폴리아나가 꽃순이를 잡아 놓는 동안 박시와 바니사가 사슴의 머리를 쓰다듬었다.

"어쩜, 사슴이 이렇게 작고 예쁠까."

"사슴은 다 크고 무섭게 생겼다고 생각했답니다."

"남쪽은 개들도 털이 없이 불쌍하다고 들었어요. 아버지가 개 몇 마리 데려오시려다 겨울을 못 버틸 것 같아서 안 그러셨대요."

"이 사슴은 겨울을 버틸 수 있을까요? 이렇게 작고 털이 짧아서."

"집안에서 키우면 괜찮지 않을까."

"어머니가 집안엔 들이지 않으실 거야."

“마구간엔 개들도 드나들어서…….”

“개들은 사슴을 보면 무니까 같이 못 둬.”

사슴만 보면 잡아먹을 듯 달려드는 아크레아 개들의 습성 탓에 꽃순이는 개와 공존할 수 없었다. 죽을 날만 바라보는 22살짜리 개도 사슴을 보고 뛰는 시늉을 했다.

아버지를 닮아 동물을 좋아하는 두 아가씨는 꽃순이를 끌어안고 이런저런 얘기를 했다. 쌍둥이 자매가 사슴과 함께 노는 모습은 보기에 좋았다. 폴리아나의 입가가 슬쩍 올라갈 정도였다.

꽃순이를 쓰다듬던 바니사가 사슴을 안아 들었다. 폴리아나는 눈을 의심했다. 꽃순이의 체구가 작아도 40kg에 가깝다. 바니사는 그런 사슴을 힘들어하는 기색 없이 번쩍 들었다.

“나도 안아 볼게.”

박시가 바니사에게서 꽃순이를 건네받았다. 박시도 가볍게 꽃순이를 안았다. 힘든 기색 하나 보이지 않았다.

그녀들이 아버지에게 물려받은 건 유별난 목청만이 아니었다. 유별난 괴력도 집안 내력인지 확실히 물려받았다.

기사로서의 재능은 폴리아나보다 차고 넘쳤다. 일단 힘이 좋으니 폴리아나는 엄두도 못내는 대검들과 망치, 도끼를 쓸 수 있다. 체중이 가벼워 접근전에서 밀리긴 해도 부족한 무게는 갑옷으로 보충하면 된다.

발끝에서부터 몰려오는 상대적 박탈감에 폴리아나는 좌절했다. 결국 그녀는 그날 훈련을 공쳤다.

규방은 금남의 구역이라 주인인 래비 경도 함부로 들어오지 못한다. 그러나 노인과 어린아이는 예외인 법.

아직 열한 살인 비카 가의 장남 바르도 비카는 규방에 드나들었다. 슬슬 머리에 피가 마를 나이라서 빈도수가 뜸해지긴 했지만.

바르도 비카는 자신이 기사가 될 거라 믿어 의심치 않고 자랐다. 주위 사람들도 그가 기사가 될 거라고 믿어 의심치 않았다.

무가에서 태어난 남자는 아주 몸이 허약하지 않는 이상은 군인이 된다. 더군다나 바르도는 비카 가문을 이을 유일한 후계자였다.

바르도는 시커먼 아저씨들과 시커멓고 무서운 아줌마(!) 사이에서 후자가 만만했는지, 혹은 친근하게 느껴졌는지 가끔 찾아와 폴리아나의 대화 상대가 되어 주었다.

래비 경은 눈코 뜰 새 없이 분주했는데 무슨 일로 그렇게 바쁜 건지 알려 주진 않았다. 어쨌든 바쁜 것은 바쁜 것.

그럼에도 젖먹이 때 이후 보지 못한 아들에겐 상당한 시간을 할애했다. 보기만 해도 부러워지는 화목한 가정이 아닐 수 없었다.

"이얏! 얏!"

"옆이 빈다. 뒤도 빈다. 어이쿠, 앞도 비네."

래비 경이 간신히 시간을 내 바르도의 검술 훈련 상대로 분투했다. 비카 부인은 이보다 더 행복할 수 없다는 흐뭇한 표정으로 지켜봤다.

폴리아나도 보기 좋은 부자의 모습에 훈훈한 미소를 지었다. 박시와 바니사는 작고 여린 손을 불끈 쥐고 훈수를 뒀다.

"그러면 안 돼! 그때 옆을 쳐야지!"

"안 돼! 거기선 고개를 숙여야지!"

"아휴, 왜 그렇게 못하니! 거기선 그러면 안 돼."

"그럴 땐 검을 이렇게 들어서 막아야지."

"아버지가 봐 주고 계신데 좀 더 분발하렴."

"아버지가 봐 주고 계신데 실력을 발휘해 봐."

쌍둥이 누나들이 종달새처럼 조잘거리니 아이의 집중력은 금방 흐트러졌다. 바르도가 검을 휘두르다 몸의 중심을 잃고 휘청였다. 래비 경이 바로 붙잡고서 휴식을 선언했다.

"자, 여기까지."

"좀 더 할 수 있습니다! 소자는 지치지 않았습니다!"

"네 누이들 입이 먼저 지치겠구나."

비카 부인이 작게 박시와 바니사를 꾸짖었다.

"잠자코 보지 못하고."

"죄송해요, 어머니. 그렇지만 너무 답답했어요."

"잘못했어요, 어머니. 앞으로 안 그럴게요."

"너희들이 검에 대해 뭘 안다고 그래. 직접 하는 것과 지켜보는 게 다르다는 것도 모르니?"

"너무 그러지 마시오. 다 맞는 말을 하던데. 바르도, 네 누나들은 보는 눈이 있구나."

어머니에게 꾸짖음을 받아 시무룩해져 있던 쌍둥이는 아버지의 칭찬에 꽃처럼 웃었다.

두 여성의 맑은 웃음소리가 폴리아나의 귀를 때렸다. 폴리아나는 혼자 고개를 끄덕였다. 이런 가족들의 시간에 왜 초대했는지 영문은 알 수 없으나 어쨌든 보기에 좋았다.

그녀 혼자 부외자이나 그다지 외롭지도 않았다. 래비 경이야 익숙하고 나머지 사람들도 친절하고 섭섭하거나 심심할 틈 없이 폴리아나를 신경 써 줬다.

훗날 누군가 비카 가의 손님 접대가 어땠느냐 물으면 폴리아나는 최고였다고 대답할 의사가 넘쳤다.

나나바에 위치한 시이제 후작저는 성에 버금가는 호화로움을 자랑했다. 룩소스 1세의 조부 때부터 귀족의 실세가 된 시이제 후작의 노고에 따르는 물질적 보상이었다.

룩소스 1세의 조부가 두 아들을 남기고 일찍 서거한 후, 시이제 후작은 아크레아의 실세였다. 그는 혼인동맹을 통해 귀족가의 결속을 다지고 왕권을 견제했다.

시이제 후작가를 왕가로 만들 욕심은 없다. 왕보다 더 좋은 것이 실세였다.

벤티에 경은 귀가한 뒤에도 쉬지 못했다. 원정대의 부사령관이란 직책은 정벌이 끝난 뒤에도 할 일이 태산같이 많았다.

10년 만에 돌아온 집은 달라진 점이 없었다. 여전히 호화스러웠고 여전히 그의 아버지와 숙부들은 벤티에 경을 남 보듯 대했다.

부인은 물론이고 아들도 다르지 않았다. 갓난아이 때 이후 처음으로 본 아버지에게 금방 정을 느끼려면 그럴 환경과 분위기가 조성되어야 한다. 벤티에 경은 아들의 머리를 쓰다듬어 주고 부인과 예의바르게 인사한 것으로 도리를 지켰다.

가장 변하지 않은 건 시이제 후작이었다. 그는 아직 손자의 변심을 모른다.

그러나 늙은이의 근심일까. 시이제 후작은 벤티에 경에게 대놓고 속내를 비치지 않았다.

10년 동안 벤티에 경은 충실한 손자를 연기했다. 친손자인 점을 감안하면 믿어 줄 만한데 그러지 못하는 것은 시이제 후작이 타인을 쉽게 배신하는 인물이기 때문일 것이다.

벤티에 경은 시이제 후작의 서재 앞에 서서 후작이 나오길 기다렸다. 후작은 다른 원로와 같이 있었다. 차를 가져온 토리가 벤티에 경에게 공손히 인사했다.

특정한 용도로 사용될 레이디가 차를 가져오는 것을 보건데, 남에게 밝힐 수 없는 이야기가 오가는 것이 틀림없었다.

토리가 들어간 김에 벤티에 경이 오래 기다리고 있었음을 알렸다. 익숙한 얼굴들이 우르르 서재를 빠져나왔다.

벤티에 경은 그들에게 인사하고 서재로 들어갔다. 서재 내부는 깔끔했다. 시이제 후작이 의자에 앉아 손자를 반겼다.

"피곤할 텐데 쉬어야지. 나도 밤늦게 깨 있으려니 힘들다."

"늦게 찾아뵈어 죄송합니다, 할아버지. 일처리를 하다 보니 늦었습니다."

"네가 고생이 많다."

"할아버지께서 주신 자리니 끝까지 책임을 다해야죠. 그리고 할아버지, 이후의 일에 대해서 의논하고 싶습니다."

벤티에 경은 시이제 후작이 내린 임무를 충실히 완수했다. 원정이 끝났으니 계속 부사령관 직위를 달고 있을 수도 없는 노릇.

벤티에 경은 앞으로의 행보에 대해 시이제 후작에게 질문했다. 후작은 생각해 둔 바가 있다는 듯 바로 말을 꺼냈다.

"군권은 계속 쥐고 있어라. 잡은 무력은 놓아선 안 된다. 래비 비카가 북부를 벗어날 거란 말이 있다. 그 빈자리에 앉거라."

벤티에 경도 알고 있는 사실이었다. 벤티에 경은 처음 듣는다는 표정을 지었다. 원체 신중하게 이것저것 생각하는 성격이라 일단 진지한 표정만 지으면 다들 알아서 해석해 줬다.

벤티에 경은 시이제 후작과 원로들이 꾸리는 사병에 대해 이야기하지 않았다. 대신 넌지시 말했다.

"할아버지. 폐하는 훌륭한 분입니다. 능력이 있으시고 포부도 담대하십니다. 아크레아는 왕국이 아닌 제국이 되었습니다. 폐하가 기틀을 닦으시면 천년제국이 될 겁니다."

"나도 안다."

룩소스 1세의 대륙 통일은 시이제 후작이 예상치 못한 일이었다. 후작은 세상 물정 모르는 젊은 왕의 패전을 원했다.

황제의 군세가 승승장구함에 따라 그는 왕을 인정해야 함을 깨달았다. 인정했으니 전과는 다르게 대해야 한다.

아크레아는 왕국에서 제국이 되었다. 이로 인해 기존 아크레아 귀족들이 누릴 수 있는 부귀영화는 비아크레아 출신들과 차원을 달리할 것이다.

기왕 제국이 된 것, 시이제 후작은 룩소스 1세와 반목할 생각이 없었다.

"폐하와 반목할 생각은 없다."

선왕대까지 귀족과 국왕의 세력비는 귀족이 유리했다. 룩소스 1세가 황제가 되며 저울추는 급속하게 황제 측으로 기울었다.

이 균형을 이전처럼 유지하기 위해선 약간의 시위가 필요하다. 황제의 병력이 대륙으로 분산되지만 귀족들의 사병은 북부에 잔존한다.

시이제 후작이 보기에 이 정도는 사소한 보험이었다. 황제는 그리 생각하지 않는 눈치이나 시이제 후작은 양보할 생각이 없었다.

벤티에 경은 사병 문제를 알고 있지만 거론하지 않았다. 룩소스 1세, 시이제 후작 모두 상대의 반응을 지켜보려는 입장이다.

전후 처리도 끝나지 않았다. 긁어 부스럼 만드느니 입장이 확고해질 때까지 두는 편이 나았다.

"폐하가 어찌하시느냐에 따라 달라지지. 너도 피곤한데 복잡한 생각 말고 쉬려무나."

시이제 후작이 늙은이의 특권으로 헐헐 웃었다.

비카 부인은 여성의 별관 출입을 금지했다. 그러나 기사들은 본관 출입을 금지당하지 않아 마음대로 드나들 수 있다.

그들에게도 염치와 눈치가 있기 때문에 용건이 없으면 가능한 본관에 발을 들이지 않았다. 가장 많이 드나드는 건 하우 경과 도나우 경이었다. 하우 경이야 본래 래비 경의 추종자 중 하나이고 도나우 경은 대장이자 의누나인 폴리아나가 본관의 손님이다 보니 자주 들락거렸다.

거기에 더해 래비 경은 분주한 와중에도 집에 돌아오면 반드시 둘을 불렀다. 다른 기사들도 은근슬쩍 불러서 술을 나누거나 사담을 나누었기에 아무도 의심하지 않았다.

폴리아나와 룩소스 1세가 공유하던 대박 사건은 몇 년이 지난 뒤에야 당사자 귀에 들어갔다. 나나바에 도착한 후, 비카 가문과 혼담이 오가고 있다는 사실을 바우팔로 경에게 들은 하우 경은 보는 사람이 정신없을 정도로 손톱을 물어뜯고 다리를 달달 떨었다.

오늘도 래비 경은 두 형제를 불렀다. 핑계는 다양했다. 하우 경은 창설되는 기사단에 대한 소식이 궁금해서. 도나우 경은 황제 폐하의 근황을 묻겠다고.

저녁식사 초대라 오해받지 않으려고 폴리아나도 같이 불렀다. 하우 경은 여성용 로브를 입은 폴리아나를 놀렸다.

"춤출까?"

"요즘 아이노 경 없다고 살맛 나나 보지?"

"살맛뿐이야? 꿀맛이지!"

하우 경이 장난치는 것과 별개로 형제의 반응은 긍정적이었다.

"누님, 솔직히 얘기하자면 그때보다 잘 어울려요."

가발에 화장에 보석까지 주렁주렁 달았던 비크파의 연회와 꾸미긴 하되 간단하게 여성용 로브만 입은 지금이 같을 수는 없다. 후자가 더 어울린다는 것은 과하지 않아서다.

비카 부인이 내준 로브는 천이 많이 쓰여 치렁치렁한 것만 빼면 활동하기 편했다. 다른 귀족가 여성과 비교했을 때 턱없이 짧은 머리카락 길이에도 억지로 가발을 권하거나 화장을 강요하지 않았다.

폴리아나가 지레 겁을 먹었다.

'너무 격식 없는 건 아니야?'

집주인과 함께 하는 저녁 식사에 지나치게 소탈한 차림이 아닌가 고민했지만 비카 부인은 어려운 자리가 아니니 그 정도면 충분하다고 화답했다. 실제로 하우 경과 도나우 경도 일하다 온 차림 그대로였다.

이렇듯 비카 부인이 필요한 걸 살뜰히 챙겨 줄 때마다 폴리아나는 아내를 갖고 싶어졌다.

"고마워. 너는 어때. 동료들은?"

"일단은 다들 적응하느라 바쁩니다. 우크 경의 보고서와 별 차이 없습니다. 그리고 자이노 부대장이……."

'힘들다 소린 안 하네.'

우크 경의 보고서엔 신분이 낮은 기사와 아크레아에 남아 있던 친위대 사이에 마찰이 점점 잦아지고 있다는 내용이 적혀 있었다.

도나우 경도 거기에서 빠지지 않을 텐데 보고하지 않는 것이 폴리아나는 괘씸했다. 의누나든, 대장이든 도나우 경은 직장 내 불화에 대해 폴리아나에게 보고할 처지 아닌가?

'하여간 센 척은 다해.'

10년을 같이 지냈다. 폴리아나는 도나우 경의 속내가 뻔히 보였다. 대장이 부재중이니 신경 쓰지 않게 하려고 제 딴엔 배려해 주는 것일 테지. 하지만 이렇게 숨기거나 얼렁뚱땅 넘기려는 쪽이 폴리아나를 더 섭섭하게 만들었다.

폴리아나가 섭섭해 하는 동안 도나우 경은 자이노 경에 대해 이야기했다. 아이노 경의 동생이라고 들어서 걱정했는데 그렇게 이상한 사람 같지는 않단다. 아이노 경에 비하면 상식인이었다.

"자이노 경은 손과 말이 같이 나가던데요."

아이노 경이 때린 다음 말하면 자이노 경은 말하면서 팬다는 소리다. 폴리아나는 진지하게 대꾸했다.

"그럼 맞느라 아파서 말소리가 안 들리지 않아?"

"아직 목격을 못 해서 모르겠어요. 어쨌든 들리는 소리가 그래요."

식당이 가까워지자 하우 경이 경박한 자세를 버렸다. 긴장하는 기색이 폴리아나에게까지 전해졌다. 하우 경은 본래 래비 경을 존경했는데 장인어른이 될지도 모른다 하니 엄청 부담스러울 것이다.

'잘되어야 할 텐데.'

아버지끼리 이야기가 끝났으니 이렇게 만나기도 한다. 그러나 집안이 워낙 한쪽으로 기울어 래비 경의 부모님이나 집안 어른이 반대할 가능성도 적지 않다.

하우 경과 도나우 경이 얼마나 좋은 인상을 남기느냐가 혼담의 지속 여부를 결정하는 요인이 될 것이다.

하인이 식당 문을 열었다. 안내를 받아 폴리아나는 의자에 앉았다. 가문의 주인은 래비 경이나 아직 부모님의 정정하기에 상석은 늙은 비카 내외의 몫이었다.

식사가 시작되었다. 대화를 주도하는 건 래비 경이었다.

"그래서 기사단은 어떻게 되어 가고 있소?"

"네, 슬슬 마무리 단계에 접어들었습니다. 단장은 아이노 경, 부단장은 마호갈 경이 맡고 깃발도 제작 중입니다."

"기사단이라……."

늙은 비카가 한숨처럼 말했다. 작게 말하는데 아주 잘 들렸다.

"쓸데없이 남쪽 놈들 하는 짓을 따라 할 건 없는데."

"아주 훌륭한 기사단이 될 겁니다. 하우 경은 솜씨가 뛰어나거든요, 아버지."

"하하하, 래비 경의 용맹에 비하겠습니까. 과찬이십니다."

'저걸 어째.'

필사적으로 웃는 하우 경을 보자 폴리아나는 눈물이 핑 돌았다. 불쌍해서.

하우 경은 기사로서 매우 뛰어나다. 아이노 경에게 인정받은 실력이다. 그 외에 두드러지는 장점이 바로 유들유들함이었다. 넉살이 좋아서 쉽게 타인과 친해지는 것이 그의 장기였는데 지금의 하우 경은 제 장점을 하나도 살리지 못하고 있었다.

"그래, 동생 쪽은 친위대 소속이라고?"

"예, 영광스러운 임무를 맡고 있습니다."

때로는 모르는 게 약일 때도 있다. 룩소스 1세가 도마뱀탕을 맛나게 자셨듯이, 미래의 장인어른 가족에 굳어 버린 하우 경과 달리 도나우 경은 아는 게 없어서 평범했다.

"형제가 아주 훌륭히 자랐네요. 어머님은 어느 가문 출신이시죠?"

인자한 미소로 식사만 즐기던 비카 부인이 처음으로 입을 열었다. 굳은 하우 경 대신 도나우 경이 설명했다.

가문 명을 들어도 생각나는 집안이 없자 비카 부인의 입가가 미묘하게 굳었다. 늙은 비카가 감탄했다. 감탄인지 비아냥인지. 어쨌든 감탄했다고 치자.

"용케도 친위대가 되었군그래."

"깊은 사연이 있습니다."

하우 경이 먼저 나서서 입을 열었다. 긴장이 쌓이다가 임계점을 돌파하는 바람에 오히려 마음이 편해진 모양이었다.

"비크파의 갈리가 야파에서 저지른 만행에 대해선 알고 계실 겁니다. 그때 저와 래비 경을 포함한 용맹한 기사들은 다른 곳에 감금당한 상태였습니다. 그때 아이노 경이 부지깽이로 병사를 처리하고 래비 경이 도끼로 문을 부수는 무훈을 보였습니다. 어쨌든, 저희가 연회장에 도착할 때까지 폐하를 모신 것이 제 아우입니다. 폐하께서 아주 극찬을 하셨습니다."

"오오!"

'불알 까이고 짐을 지킨 용자'라는 극찬에 대한 자세한 설명은 생략하는 예의. 어쨌든 극찬한 게 맞으니까.

일단 말문이 트이자 하우 경은 특유의 유들유들함을 뽐냈다. 분위기는 다시 좋아졌다.

"그땐 저보다 대장의 공이 컸습니다."

도나우 경이 폴리아나를 입에 올리지 않았더라면 계속 좋았을 뻔했다. 폴리아나는 들고 있던 포크로 도나우 경의 혀를 찍어 버리고 싶어졌다.

현재 이 자리에서 래비 경과 동등한 직위를 갖고 있는 사람은 폴리아나다. 폴리아나가 맞다. 그러니 늙은 비카가 그녀를 무시하면 안 되는 것도 맞다.

하지만 그건 이 자리가 폴리아나를 위해 마련된 자리일 때의 이야기. 이 자리는 사실 하우 경과 도나우 경 형제를 늙은 비카 내외와 비카 부인에게 선보이기 위한 자리다. 폴리아나는 그걸 소문내지 않기 위한 위장천막이다.

만일 그녀가 주연인 자리였다면 늙은 비카가 폴리아나를 무시할 수 없도록 래비 경이 먼저 대화를 주도했을 것이다.

사정 모르는 도나우 경이야 겸양한 태도로 폴리아나의 공을 추켜세울 의도였을 터다.

폴리아나는 모르는 사정이 하나 있다. 당시 비크파에서 폴리아나가 보인 활약은 친위대 소속 기사들에게 깊은 감명을 남겼다. 그들로선 생각할 수 없는 방법으로 무기를 숨겨 룩소스 1세를 지켰을 뿐만 아니라 포위당한 상태에서도 기죽지 않고 몸을 살라 황제를 구하려 했다.

들어온 당시의 모습이 우스꽝스러웠던 만큼 치마를 찢고 피 칠갑한 모습이 인상적이었던 것이다. 폴리아나가 없는 자리에서 친위대원들은 그날의 그녀를 회상하고 칭찬을 아끼지 않았다. 도나우 경도 칭찬할 생각이었다.

허벅지에 단검을 찬 것도 모자라 치마를 찢고, 가발을 던지고, 맨발로 뛰어다닌 폴리아나의 활약이 도나우 경의 입에서 익숙하게 흘러나왔다. 동료들과 자주 나누는 이야기니 중간에서 막히지도 않았다.

래비 경과 늙은 비카는 그냥 듣고 있는 대신 비카 부인과 늙은 비카 부인의 안색이 어두워졌다. 비카 부인은 폴리아나의 옷이 거의

다 찢어졌단 부분에선 기절할 것처럼 이마를 짚었다.

"그래서, 오늘도 차고 나왔나?"

"아버지! 폴리아나 경은 친위대장이고 제 손님입니다! 너무 무례하십니다!"

"안 챙겼습니다. 챙길 필요가 없다고 생각했습니다. 벽 곳곳에 걸린 병장기와 진열된 갑옷이 인상적이었습니다. 다들 날이 시퍼렇더군요."

폴리아나는 일부러 그렇게 말했다.

초대받은 손님이니 집안에서 무장하는 것이 무례라는 이야기로 분위기를 부드럽게 이끌 수도 있다. 그러나 이미 이번 식사는 텄다. 텄는데 자존심 상하는 소리를 들을 필요도 없다.

지금 그녀가 식사를 하고 있는 식당 벽면에도 장검 두 개가 고정되어 있었다. 폴리아나의 뒤편엔 철퇴가 걸려 있다. 굳이 힘들게 무기를 챙기지 말고 뜯어 쓰면 된다.

"그리고 전 래비 경을 믿습니다. 래비 경은 제가 본 기사 중 가장 뛰어나고 명예로우며 동료들과 우애 두텁고 부하들을 챙겨 주는 기사입니다. 존경하고 있습니다."

지나친 칭찬이긴 해도 거짓말이 아니다. 폴리아나는 래비 경을 정말 존경하고 있었다.

하우 경이 래비 경의 빠돌이인 것이 가끔 이해됐다. 래비 경은 강하고, 얌체같이 생겨 놓고선 성격이 좋았다. 가끔 개를 사람처럼 대하고 인간을 개처럼 굴려서 그렇지.

그가 외치는 '새끼'엔 나름의 애정이 깔려 있었다. 룩소스 1세처럼 사람 마음에 불을 붙이는 걸출한 영웅이었다.

"방금 질문이 모욕하려 한 의도인지, 정말 궁금해서 물은 건지 저는 모릅니다. 그러나 모욕감을 느꼈습니다. 사과해 주십시오."

필요하다면 결투도 불사할 자세로 폴리아나가 사과를 요청했다. 늙은 비카가 폴리아나를 노려보더니 불쑥 말했다.

"사람을 죽여 본 눈이야."

"당연한 겁니다."

"첫 살인은 언제고?"

"열두 살 때 스승님이 사형수를 데려왔습니다."

"좋은 스승을 두었소."

늙은 비카가 웃었다. 그리고 헛기침했다.

"모든 살인자가 기사는 아니지만 모든 기사는 살인자지. 늙은이가 호기심을 못 이기고 무례했소. 미안하오. 가주에게도, 미안하오."

노인의 솔직한 사과로 이야기의 물꼬가 다시 트였다. 폴리아나는 기분 상하지 않고 식사를 이어 갔다.

무가라 그런지 사람들이 솔직한 게 느낌이 좋았다. 아가씨들도 착하고 예쁘니, 어쩐지 둘에겐 아깝다는 생각까지 들었다.

'뭐, 래비 경이 생각이 있겠지만.'

은근히 고난이도의 전술을 구사하는 래비 경이다. 분명 도나우 경과 하우 경을 사윗감으로 점찍은 것은 타당한 이유가 있을 것이다.

둘 다 미래가 창창한 젊은이라서 점찍었다고 보기엔 집안이 너무 차이 났다. 그것 말고 다른 점이 더 있는 게 분명하다.

일에 대한 이야기가 나오다 늙은 비카 부인이 폴리아나에게 질문했다.

"그래서, 은퇴하려는 게요?"

"아닙니다. 잠시 휴가를 받았습니다."

"저런. 그럼 시집은 언제 가려고?"

오랜 경험으로 폴리아나는 이럴 때 솔직하게 얘기하면 잔소리가 늘어난다는 사실을 안다.

"좋은 사람 생기면 가려 합니다."

좋은 사람, 아니 좋은 호구 있으면 소개시켜 줘. 부인과 결혼하면서 성을 갈아치우고 부인이 남자들과 함께 일하는 걸 버틸 수 있고, 부인이 불임이어도 괜찮은 그런 사람 말이야.

"시집은 일찍 가는 게 좋아. 그래야 애를 많이 낳지."

여기에서 불임 이야기를 꺼내면 잔소리를 막을 수 있는 대신 동정 섞인 목소리가 늘어난다. 폴리아나는 노부인의 참견을 묵묵히 들었다.

"우리 며늘아이도 시집은 일찍 왔는데 아들을 못 낳아서. 바르도가 태어나서 정말 다행이야."

바르도 비카. 래비 경의 아들이자 비카 가문의 후계자다. 그가 태어나지 않았다면 래비 경이 원정에 참여하지 않았을 가능성도 있었다.

래비 경의 유무는 너무 큰 변수라 폴리아나는 그가 없었다면 전황이 어떻게 바뀌었을지에 대해 생각하지 않으려 애썼다. 부정적인 상상만 줄줄이 드니까.

그런 의미에서 바르도의 출생은 룩소스 1세에게도 이로웠다. 비카 부인이 상냥하게 웃었다.

"여자의 인생은 아들을 낳고서 시작하는 법이지요."

그녀가 상냥하게 이어 말했다.

"너희들도 잘 들으렴. 여자의 인생은 모두 남자에게 달려 있는 거야. 좋은 아버지를 만나, 좋은 남편을 구해, 좋은 아들을 낳는 게 여자의 전부란다. 너희는 좋은 아버지를 만났고, 아버지가 좋은 남편도 구해 주실 거야. 그럼 좋은 아들을 낳아 훌륭하게 키우면 돼."

"응응, 그렇고말고."

"네, 어머니, 할머니."

"명심하고 있어요, 어머니."

폴리아나는 박시와 바니사를 보았다. 저녁식사를 하는 내내 아무 말 없이 조신하게 식사만 하고 있던 그녀들은 아무렇지 않게 웃고 있었다.

몇몇은 웃지 못했다. 래비 경이 얼굴을 굳혔다. 부친과 싸울 때보다 조금 더 안색이 어두웠다.

도나우 경이 발끈하려는 걸 폴리아나는 재빠르게 막았다. 눈빛으로 대충 하고픈 말을 나눌 수 있게 된 의남매란 정말 멋지다!

폴리아나는 눈빛으로 말했다.

나서면 죽는다. 밥이나 먹어라.

늙은 비카와는 상황이 다르다. 비카 부인은 폴리아나를 조롱하거나 모욕할 의도가 없다. 노부인이 늙은이의 고집을 내세웠다면 비카 부인은 그녀가 배우고 살아온 삶의 깨달음을 딸들에게 가르쳤다.

어머니의 지혜는 딸에게로, 그렇게 대대로 내려와 그녀들의 인생을 지배한다. 딸에서 딸로. 혹은 자매에게, 다시 딸에게로.

비카 부인은 폴리아나를 모욕할 의도가 없었다. 아마 그녀의 발언이 모욕이 될 수도 있다는 사실조차 모를 것이다. 왜냐하면 그것은 비카 부인이 자라, 결혼하고 아이를 낳아서 양육한 끝에 얻은 진리이기 때문이다.

무엇보다 비카 부인이 한 말은 폴리아나를 향하지 않았다. 폴리아나는 그녀의 자식이나 자매가 아니다. 손님에 불과하다. 연장자로서 인생의 선배가 조언을 할 수도 있으나 이런 식의 진리는 가르쳐 주지 않는다. 그것은 어디까지나 자식에게만 베풀어지는 은혜다.

쌍둥이 자매는 상냥하게 웃었다. 박시와 바니사는 어머니가 알려 준 진리에 순종했다. 그것은 그녀들의 선택이다.

폴리아나가 원해서 여기사의 길을 걸은 게 아닌 것처럼 그녀들은 원하든 원하지 않든 인생의 길을 걷게 되었다. 그러니까 할 수 있는 거라곤 최대한 행복해지기 위해 노력하는 것이다.

폴리아나의 동생 라이아나를 보자. 라이아나도 새어머니에게 늘 비슷한 소리를 들었다. 에하스는 여자도 작위를 받을 수 있기 때문에 남자를 낳으라는 강요는 듣지 않았다. 대신 좋은 남자와 만나 결혼하는 것이 전부라는 이야기를 늘 들었다.

라이아나는 어머니의 가르침에 따랐다. 미모를 가꾸고 귀부인에게 필요한 교양을 쌓았다. 그리고 적당히 좋은 남자를 놓치지 않고 붙잡아 결혼했다.

어머니가 된 그녀와 재회했을 때, 폴리아나는 큰 불행을 찾지 못했다. 큰 행복도 찾지 못했지만 작은 행복은 분명히 존재했다.

'집도 선물해 줬으니까.'

사지 멀쩡하게 달려 뛰노는 아이, 귀족의 신분을 유지하게 해 줄 남편, 건강한 부모님. 공짜 집도 생겼으니 그만하면 행복한 인생이다.

폴리아나는 혼자 멋대로 결론지었다. 그녀는 결코 걸출한 대인배가 아니라서 타인의 행복을 자기 기준에서 재단하는 게 남들과 똑

같았다. 그러니 비카 부인을 비난할 자격이 없다.

폴리아나는 규격 외의 인물이다. 상식을 벗어나도 한참을 벗어났고 스스로도 자각하고 있었다.

그러니 비카 부인의 실수에 서러워하지 않았다. 실망하기엔 그녀가 그간 들은 말에 비하면 강도가 약했고 악의도 없었다.

폴리아나가 비카 가문에 신세지는 내내 비카 부인은 정말 다정했고 폴리아나가 미처 신경 쓰지 못한 부분까지 세심하게 돌봐 줬다. 남편의 부하를 대하는 것이지만 진심이 느껴졌다.

이번 발언은 말 그대로 실수였다. 하우 경이 긴장했듯 비카 부인도 긴장했을 것이다. 아무렴, 곱게 키운 딸들을 시집보낼 청년들 앞이었으니까.

'그러고 보니 평소보다 더 자세가 바르신 것 같아.'

장차 사위가 될지도 모르는 청년들과 함께 저녁식사를 한다. 래비 경이야 하우 경과 도나우 경이 익숙하다. 곁에서 주욱 지켜봤고 사돈이 될 바우팔로 경의 인품도 알고 있다.

하지만 비카 부인은 아니다. 남편에게 들은 정보 외엔 아무것도 모른다. 그런 청년들에게 딸들의 인생을 맡겨야 한다.

만약 진짜로 혼담이 성사되면 그 순간부터 딸 가진 부모가 약자이고 죄인이 되어 버린다. 딸들이 조금이라도 흠 잡히지 않도록 '엄격한' 어머니 아래에서 '현숙한' 교육을 받았음을 과시해야 했다.

'지금 장모님의 얼굴이 미래 부인의 모습이라던데.'

폴리아나는 불만스러운 얼굴을 하는 도나우 경에게 다시 경고를 보냈다.

내숭 떨지 않으면 널 잡을 것이다. 그리고 팰 것이다.

저렇게까지 해야 하나. 의문이 들어도 폴리아나는 곧 의문을 접었다. 남의 집안일이었다.

식사는 그럭저럭 온화한 분위기로 끝을 맺었다. 밤잠이 많아지고 새벽잠이 없어진 노부부가 가장 먼저 퇴장했다. 다음엔 아가씨들은 일찍 자는 게 좋다는 이유로 쌍둥이 자매가 퇴장했다. 바르도는 어려서 저녁식사에 나오지 않았다.

래비 경은 아내가 범한 실수를 지적했다.

“네? 제가 뭘…….”

“그런 말은 폴리아나 경에게 실례였잖소.”

“제가 실례되는 말을 했었나요? 어머! 어머, 어머 어머머!”

비카 부인이 뒤늦게 깨달은 듯 폴리아나를 보면서 새된 비명을 질렀다. 아주 익숙한 반응이었다.

폴리아나를 남자도 여자도 아닌 제3의 성별 취급하는 동료들이 종종 저런 반응을 보였다. 폴리아나가 여자인 걸 깨닫거나 까먹고 있다가 떠올릴 때 저랬다.

비카 부인이 진심을 담아 사과했다.

“폴리아나 경을 모욕하려는 게 아니었어요. 정말 죄송합니다.”

“알고 있습니다. 그리고 제게 한 말이 아닌 두 따님에게 한 말씀이잖습니까.”

“내 정신 좀 봐. 긴장해서…….”

“그러실 만도 하죠. 저는 괜찮습니다. 듣고 그냥 넘겼습니다.”

“정말 너그러우시군요. 환경이 안 좋았는데도 이렇게 너그러운 마음씨를 가지시다니.”

“모두 황제 폐하의 은덕입니다.”

충실한 기사는 룩소스 1세를 찬양할 수 있는 기회를 절대 놓치지 않았다.

하우 경과 도나우 경이 별관으로 가는 길, 조금 과식한 것 같은 폴리아나도 별관 입구까지만 같이 걸었다.

하우 경과 폴리아나는 주위에 사람이 없는 걸 확인하자마자 도나우 경의 관절을 꺾었다. 양쪽에서 동시에 공격당한 도나우 경이 비명을 질렀다.

폴리아나는 그 입에 쌍둥이 자매가 준 손수건을 두 개나 쑤셔 넣었다.

"눈치 없는 놈아!"

"너는 눈을 왜 달고 살아!"

"읍! 으으으읍!"

한참이 지나서야 풀려난 도나우 경은 억울하고 분해서 펄쩍펄쩍 뛰었다.

"제가 뭘 어쨌다고 그래요!"

"거기서 내 얘기를 꺼내면 어쩌자는 거야. 분위기 딱 좋았는데 하마터면 그대로 종결될 뻔했잖아. 장가가기 싫어?"

"가기 싫으면 혼자 안 가야지 슬슬 급한 형님 앞날을 막아서 쓰냐."

"도대체 무슨 소리를 하는 거예요!"

아직까지 상황파악 안 된 도나우 경이 멍청하게 물었다.

폴리아나는 한탄했다. 애가 좀 똘똘하다고 생각했는데 이렇게 눈치코치를 빠트리고 살았다니.

누가 말해 주지 않아도 알아서 행동하는 게 군대의 특징이다. 군대에선 제법 눈치 빠르게 살아 놓고 이러고 있다니.

바우팔로 경이 하우 경에게만 이야기해 준 것은 겹사돈이 부담 가서일 가능성이 있다. 그러나 래비 경은 겹사돈을 원하고 있는 상황.

보통 이 정도쯤 되면 알아서 눈치를 챌 텐데 아직도 모르고 딴소리하는 도나우 경을 위해 폴리아나가 진실을 밝혔다.

"래비 경이 너희 형제를 사위삼고 싶어 하고 있다."

"네에?"

도나우 경이 대경해서 뒤로 넘어졌다. 다리에 힘이 풀릴 정도로 놀란 것이다. 하우 경이 동생을 일으켜 세웠다.

"래비 경이! 비카 가문의 래비 경이! 존경하는 래비 경이 장인어른이라니! 그분이 날 예쁘게 보신 게 분명해!"

하우 경은 기사 서임 받은 날보다 더 기뻐서 날뛰고 있었다. 아직 확실해진 것도 아닌데 설레발 한번 대단했다. 짝사랑하는 소녀에게 꽃이라도 받은 것처럼 날뛰는 모습이 아주 눈꼴시었다.

도나우 경은 예상치 못한 이야기에 당황했다.

"말도 안 됩니다! 집안이 안 맞아요!"

"너희들의 출세를 믿고 계시던데."

"그래도 집안이 안 맞아요! 우리 집은 말여물 먹이는 것도 간신히 건사하는데."

"하긴. 내가 봐도 그 아가씨들은 너희 형제한테 과분해."

"말 심하네. 우리가 뭐 어때서!"

"그렇죠? 과분하단 말입니다!"

한쪽은 무조건 찬성. 아마 지참금 한 푼 없이 몸만 와도 좋다고 반길 태세다. 그리고 한쪽은 무조건 반대.

폴리아나가 보기에 선택하는 건 래비 경이지 그들이 아니었다. 그런데도 둘은 자기들에게 권한이 있는 것처럼 굴었다.

이런 게 바로 결혼시장에서의 남녀관계란 것일까? 그녀가 보기엔 같잖았다.

만난 지 며칠밖에 안 된 쌍둥이 자매와 의남매까지 맺은 전우를 놓고 비교하자면 당연히 폴리아나는 도나우 경과 하우 경의 편이다. 그렇지만 객관적으로 판단했을 때 형제가 많이 처졌다.

아크레아의 명문 무가인 비카 백작가와 기사계급인 리보 가문. 조만간 작위와 영지를 하사받을 걸 고려해도 신생 귀족가와 명문가는 격이 다르다. 그런데도 도나우 경은 불만이 많아 보였다.

"넌 왜 그렇게 불만인 거야?"

"결혼은 좋아하는 사람과……."

도나우 경이 말을 끝내기 전, 하우 경과 폴리아나가 입을 모았다.

"헛소리하네."

"무슨 헛소리야. 꿈꿔?"

결혼은 당사자의 연애가 아닌 부모님의 의사로 결정된다. 연애결혼이란 어릴 때 꾸는 환상이다. 정 연애를 하고 싶으면 결혼하고 나서 배우자와 하면 된다.

래비 경이 딸들과 사위 후보를 만나게 해 준 것도 대단히 파격적인 일이었다.

폴리아나가 혀를 내둘렀다. 의동생이 이런 위험한(?) 사상을 품고 있었을 줄이야. 그녀는 도나우 경을 다시 보게 되었다.

"엄청난 야망을 품고 있었구나."

"내 동생이지만 무섭네."

"얌전한 얼굴로 그런 엄청난 생각을 품었단 말이지."

"얌전한 고양이 먼저 부뚜막에 오른다더니."

친형과 의누님의 양동공격에 도나우 경은 미간을 좁혔다.

"어쨌든 전 반대입니다."

"네가 정하는 거 아니라니까. 래비 경과 바우팔로 경이 정하는 거야. 그리고 네가 처져."

"제가 처져도 싫습니다!"

이쯤 되면 도나우 경이 마음에 품은 여성이 있는지 의심할 법 했다. 하우 경이 눈이 동그래져서 물었다.

"마음에 품은 분이라도 생겼어? 왕성 가니까 미인이 많든? 많든?"

도나우 경은 대답 없이 울상만 지으며 폴리아나를 응시했다. 폴리아나는 눈살을 찌푸렸다. 도나우 경의 의도를 파악하기 어려웠다.

'도와…… 달라는 건가?'

전장을 함께 해쳐온 의남매는 싸울 때나 욕할 땐 눈빛만으로도 의사표현이 된다. 그런데 가끔 이렇게 해독불가능한 눈빛을 보낼 때가 있었다.

폴리아나를 답답하게 만드는 것은 따로 있다. 해독을 위해 그때 보낸 눈빛이 무슨 뜻이냐 물으면 도나우 경이 발뺌한다는 것이다.

아마 본인도 자각하지 못한 진심이 가끔 튀어나오는 것 같다. 폴리아나는 그런 식으로 해석했다.

‘재도 참 복잡한 애야.’

도나우 경이 침묵으로 일관하자 하우 경은 미련 없이 떨어졌다. 놀리는 재미가 없는데 힘을 뺄 필요는 없었다. 하우 경은 답지 않게 한숨을 쉬었다. 진짜 안 어울렸다.

“래비 경이 마냥 부러웠는데, 그건 또 아니네. 어느 가정이나 불화와 갈등이 있구만.”

“화목한 가정에 왜 불화와 갈등을 멋대로 추가해?”

“비카 부인 말이야. 생각해 봐. 첫 애로 딸 낳은 것도 끔찍한데 그것도 쌍둥이야. 그리고 십 년 동안 애가 없어! 남편이 곧 전쟁에 가네 마네 하는데 아들이 없어! 으아악! 끔찍해.”

그렇게 말해도 폴리아나는 알기 어려웠다. 여자인 폴리아나도 모르는 비카 부인의 심정에 하우 경은 절절히도 심취했다. 도나우 경도 이해한다는 듯 고개를 끄덕였다. 폴리아나만 이해하지 못했다.

그렇다면 이건 성별이 아닌 문화권의 차이인데 법 관련은 아니었다. 폴리아나라고 10년을 전쟁만 하면서 보내지 않았다. 아크레아의 법이 곧 대륙법이 될 것이다. 그렇기에 법에 대한 공부를 했는데도 이해가 가지 않았다.

폴리아나가 설명을 요구하자 하우 경이 간략하게 설명했다.

쌍둥이는 재수 없다.

폴리아나는 바로 납득했다. 여성의 상속이 불가능한 아크레아에서 딸은 시집갈 때 지참금이나 떼어 가는 원수다.

맏딸은 살림 밑천이라고 봐 줄 수도 있다. 그런데 쌍둥이는 재수 없다. 딸은 없느니만 못하다. 이러한 인식들이 겹쳐 비카 부인을 괴롭혔을 것이다. 그것도 모자라 오랜 기간 아이가 없었으니.

늙은 비카 부인도 보통 성격은 아닌 듯했다. 비카 부인이 여자는 아들을 낳아야 인생이 시작된다고 말한 건 본인이 그렇게 살아왔기 때문이다.

"아들은 꼭 있어야 한다고 생각했지만. 래비 경의 사위가 된다면 딸부자집이어도 좋아."

하우 경이 그렇게 스스로의 빠심을 증명했다. 그러자 도나우 경이 말했다.

"난 자식은 없어도 괜찮아."

"야야, 넌 그러면 안 되지. 나는 네 자식만 믿고 딸만 있어도 된다는 건데."

난 되지만 너는 안 돼. 어릴 때부터 약삭빠른 형에게 당하고만 산 도나우 경이 울컥했다. 뭐라 뭐라 따지는 동생을 하우 경은 능숙하게 무시했다. 폴리아나는 형제 싸움을 지켜봤다.

아크레아에선 여성의 작위를 인정하지 않는다. 이러니저러니 해도 가문과 작위, 영지를 잇기 위해선 아들이 필요했다.

반드시.

폴리아나가 규방에 돌아왔을 때, 박시와 바니사는 잠옷으로 갈아입고 대화를 나누고 있었다.

자매는 동시에 폴리아나에게 사과했다. 비카 부인의 실수는 이미 본인에게 사과를 받았다고 폴리아나는 정중히 고개를 숙였다.

"어머니가 저희를 너무 걱정하셔서 그러세요."

"사실 조금 늦었거든요."

가문의 주인인 래비 경이 부재하고 있어도 할아버지가 정정하다. 할머니도 있고 모친도 있으니 둘에겐 혼담이 제법 들어왔다. 그런 것을 래비 경이 사윗감을 직접 정하겠다고 하는 바람에 늦었다고 한다.

귀족 가문의 아가씨는 대부분 일찍 결혼한다. 일찍. 아주 일찍. 한 살이 되어서 결혼하는 경우도 있는데 이런 건 특수한 경우에 속했다. 보통은 초경을 할 나이에 신랑감을 고르고 초경 이후 2년 정도 지나면 식을 올렸다.

여자들과 대조적으로 남자들의 나이는 다양했다. 신랑 신부가 어릴 경우엔 신랑 측이 연하일 때도 있으나 보통은 남자가 연상이다. 심한 경우 오십 대의 남성이 십 대의 소녀를 신부를 들였다.

그러니 스물의 꽃다운 두 처녀는 혼기가 늦은 축에 속했다. 그나마 가문의 이름이 드높고 이번에 래비 경이 큰 전공을 세우면서 무마할 수 있는 수준이라 다행일 정도로.

전쟁이 끝나 양질의 신랑감이 늘어나자 비카 부인의 판단이 현명했다고 부러워하는 귀부인도 있었다.

"어머니와 아버지가 저희를 이렇게 아껴 주시니."

"저흰 정말 복 받았어요."

"행복해요."

"정말로요."

잠옷을 입고 서로의 손을 꽉 잡은 처녀들은 놀랄 만큼 사랑스러웠다.

박시와 바니사는 식사 시간엔 완벽하게 숨겼던 씁쓸함을 약간 내비쳤다. 그러나 여전히 씁쓸함보다 행복이 더 컸다.

그녀들은 사랑받고 자랐다. 가족들은 모두 그녀들의 행복을 바란다. 강요되는 길이어도 거기엔 약속된 행복이 기다리고 있었다. 그걸 알기에 쌍둥이 자매는 웃을 수 있었다.

아쉬움이 없는 것은 아니지만.

“아버지의 편지에서 폴리아나 경의 이야기를 듣고 깜짝 놀랐어요.”

“저희는 전부 헛소문이라고 생각했거든요.”

“여자가 기사가 될 수 있다니, 상상도 못 해 봤어요.”

“아크레아 외의 몇몇 나라에선 여자도 가문을 이을 수 있다죠?”

“네. 에하스, 몽쉐임, 그리고 남부의 소국 몇 개가 그랬었습니다.”

폴리아나는 일부러 과거형을 강조했다. 아크레아가 대륙을 지배하는 이상 상속법도 아크레아를 따라갔다. 남부의 일부 속국들의 법은 제국과 다르게 돌아가겠지만 자세한 건 폴리아나도 몰랐다. 그녀는 기사지 문관이 아니다.

“그래도 여기사는 거의 없습니다. 전쟁을 하면서 제가 유일했으니까요.”

있기는 있었다. 기사단의 상징 같은 존재나 명예 단장으로 여기사가 존재했다. 공주나 고귀한 레이디에게 내려지는 명예 작위의 개념에 가까웠지 실제로 폴리아나처럼 실전에 참여하는 기사는 없었다.

사실은 에하스에서도 여기사는 그런 식의 이미지가 강했다. 어쩔 수 없이 딸을 내놓는 귀족은 뇌물을 써서 귀한 딸을 뒤로 빼거나 안전한 지역에서 복무하게 했다. 여기사란 기사 작위를 받은 군무원에 가까웠지, 폴리아나와 같은 경우는 드물었다.

폴리아나는 운이 없었다.

폴리아나는 운이 좋았다.

결국 살아남았으니 후자가 정답이다. 그녀는 살아남았다. 승리했고 남들은 얻지 못하는 것을 쟁취했다. 승리에 이르기까지 겪은 고난과 역경은 글로 쓰자면 책 한 권은 나올 것이다.

"앞으로도 없을 겁니다. 아크레아는 여기사를 인정하지 않으니 말입니다."

"하지만 경은 폐하께 인정받으셨잖아요."

"작위와 영지도 받으실 거라 들었어요."

아버지가 한 말이기에 박시와 바니사는 그렇게 될 거라 믿었다. 폴리아나도 긍정했다. 황제가 토사구팽하지 않는다면 그녀에겐 약속한 보상이 주어질 것이다.

"저는 예외입니다."

쌍둥이 자매가 동시에 고개를 갸웃거렸다. 동그랗고 똑같은 얼굴이 같이 움직이니까 엄청 귀여웠다.

폴리아나는 어떻게 말을 시작해야 할지 몰라 생각을 가다듬었다. 10살 어린 아가씨들에게 그녀는 특별하다고 자랑할 마음은 없다. 그녀는 가능한 자랑하는 것처럼 보이지 않으려고 노력했다.

"아마 예외로 쳐주실 겁니다. 군주도 법에 묶이나 폐하께선 최초의 황제. 제국의 시초이시니 왕국법에 얽매이지 않으십니다. 그 틈새로 저를 쏙."

날치기 작위 수여라 소리다. 제국이 정비되기 전이라면 꼼수를 써서 이것저것 가능한 게 많았다.

룩소스 1세는 꼼수들을 야무지게 써먹겠노라 호언장담하고 다녔다. 아마 천도도 그렇게 할 가능성이 높았다.

룩소스 1세는 말했다. 그가 보이는 꼼수에 원로들이 뒷목 잡고 쓰러져 영영 안 일어나면 참 좋겠다고.

폴리아나 윈터라는 여기사는 혼란기에나 가능한 출세의 상징 같은 것이다.

전쟁은 끝났다. 대륙은 조용하다. 정복지에서도 별다른 움직임을 보이지 않고 있다.

출세에 필요한 것은 시기와 인정해 줄 사람. 시기는 이미 끝났다. 시류를 타 승승장구한 사람들은 더 이상의 혼란을 원하지 않는다. 그들은 새로운 기득권 계층의 안정화를 꾀하기 시작하고 있다.

안정된 사회에서 딸에게 억지로 검을 쥐여 주고 사지로 내모는 부모는 나오시 않을 것이다.

그러니까 이제 여기사는 나오지 않는다.

"혹시 기사가 되고 싶으신 겁니까?"

"아뇨."

"아뇨, 아뇨. 어머니가 기절하실 거예요."

"맞아요, 어머니는 정말 기절하실 거야."

"그리고 할머니는 놀라서 끙끙 앓으시겠죠."

박시와 바니사가 배시시 웃었다. 서로가 한 말이 재밌다는 듯이.

"저희는 아버지가 정해 주시는 혼처로 시집가서 내조에 힘쓰며 살고 싶어요."

"조용하고 평화롭게, 아버지 같은 분이 서방님이면 좋겠네요."

"아이는 많을수록 좋죠. 아들은 꼭 있어야 해요."

"바르도 태어나기 전을 생각하면 정말 치가 떨려요. 저희 열 살이 될 때까지 할아버지와 할머니 품에 안겨 보지도 못했다니까요."

"우리 딸들이 그런 슬픈 일을 겪지 않게 하려면 아들을 낳아야죠."

두 아가씨가 웃었다. 낭랑한 목소리가 창을 타고 나가자 둘은 허겁지겁 창문을 닫고 커튼을 쳤다. 규방에서 큰소리가 나면 남들이 흉을 보기 때문이다.

박시와 바니사가 폴리아나를 뒤로하고 각자의 침실로 들어갔다. 폴리아나도 자려고 침실로 들어갔다.

무언가 얹힌 듯 답답했지만 결국 남의 집안일이고 그녀가 참견할 여지는 없었다.

다시 평화로운 나날이 흘러갔다. 박시와 바니사는 식사를 함께한 두 청년에 대해 부모님에게 언질을 들은 모양이었다.

자매는 폴리아나에게 대놓고 질문하지는 못하고 돌려 물었다. 형제에 대한 정보를 빼내기 위해 안간힘을 쓰는 아가씨들은 아주 귀여웠다. 그래서 폴리아나는 가능한 많은, 이로운 정보를 알려 줬다.

"도나우 경의 이상형은 강단 있는 아가씨입니다."

안타깝게도 하우 경의 이상형은 알지 못했다. 폴리아나가 대답해 줄 수 있는 건 도나우 경의 이상형이 전부였다.

강단 있고, 현명하고, 스스로를 지킬 수 있는 여성. 일반적인 남성들의 이상형과 다른 독특한 이상형에 박시와 바니사가 손으로 볼을 감쌌다.

"꺄아, 특이한 분이네요."

"말만이라도 괜찮다."

귀족의 세계에 연애결혼은 없다. 어차피 부모님이 결정하는 혼사. 가능한 서로의 장점만 부각하면서 좋은 감정을 쌓아 하는 것이 낫다. 그런 점에서 보자면 쌍둥이 자매는 아주 성실했다.

기대가 크면 실망도 큰 법이지만 다행히 리보 가문의 형제는 기대에 보답하는 건실한 청년들이었다. 폴리아나는 형제가 쌍둥이 자매를 실망시키지 않을 것이라 확신했다.

폴리아나가 그런 식으로 자매들과 좋은 시간을 보내고 있을 때였다. 하녀가 찾아와 손님 방문을 알렸다. 폴리아나는 고개를 끄덕였다. 슬슬 우크 경이 보고서를 보낼 시간이었다.

'언제까지 쉬어야 하는 거지.'

래비 경은 여전히 바쁘다. 별관에서 쉬던 기사들도 새로 임관 받은 지역으로 이동하거나 은퇴해 직장을 바꾸면서 조금씩 줄어들었다. 이젠 몇 남지 않았다.

도나우 경과 하우 경은 바우팔로 경이 제법 좋은 작위를 받을 것 같다는 희소식에 들떠서 돌아다녔다. 그들의 친척들이 집으로 돌아가고 있으니 한가해지면 집에 초대하겠다는 의사도 내비쳤다.

모두 바쁜데 폴리아나 혼자 한가했다. 그녀에게 위기감은 없었다.

시작부터 무기한 휴가였다. 우크 경이 매일매일 폴리아나에게 정기보고를 했기 때문에 직위해제를 근심하진 않았다. 도나우 경이 툭툭 던지듯 전해 주는 얘기로도 큰 문제는 없었다.

룩소스 1세는 래비 경보다 바빠서 얼굴 보기도 힘들 지경이란다. 가끔씩 루조 공작이 지나가는 사람 아무나 붙잡고 하소연을 한다는 소문이 퍼졌다. 여자 남자를 가리지 않고 끌어안아 우는 바람에 공작의 성벽에 대한 이상한 루머가 퍼졌다나 어쨌다나.

하자 없는 남자가 서른이 될 때까지 결혼을 하지 않으면 남색가나 고자 소리를 듣게 마련.

'남자도 힘들어.'

여자가 서른 넘어서까지 시집을 가지 못하면 그럴 만한 사정이 있을 거라 지레짐작해 수군거리지는 않는다. 존재하지 않는 유령처럼 치워 버린다.

남자는 달랐다. 여자가 결혼적령기를 벗어나는 순간 소문에서 자유로워진다면 남자는 예순이 될 때까진 쑥덕거림을 감당해야 했다. 거기까지 생각한 폴리아나가 다시 고개를 저었다.

'세상에 쉬운 게 어딨어.'

래비 경은 폴리아나를 배려해 사람이 잘 드나들지 않는 방에서 보고를 받을 수 있게 해 줬다. 이번에도 같은 방이었다.

폴리아나가 방에 들어가 손님을 확인했다. 머리엔 투구를 썼고 입은 옷은 친위대의 푸른 제복이다.

폴리아나는 순간 멈칫했다. 이상하게 몸매와 겉으로 흐르는 기도는 익숙한데 제복 입은 모습이 낯설었다.

'뭐지?'

남자의 정체보다 폴리아나의 심기를 거슬리게 만드는 건 태도였다. 친위대 제복을 입었으니 폴리아나의 부하일 텐데 그녀를 보고서 경례를 하지 않았다. 심지어 차렷 자세도 하지 않았다.

폴리아나는 휴가가 끝나면 군기부터 잡을 것을 다짐했다.

'새끼들 빠져 가지고.'

전쟁이 끝났다고 군인도 끝낸 건 아니다. 이것들이 뭘 몰랐다.

시작은 이놈부터. 폴리아나가 냉정하게 명령했다.

"차려."

"……."

"관등성명을 밝혀라."

"……."

투구를 쓴 친위대는 묵묵부답이었다. 폴리아나의 눈썹이 하늘로 치솟았다.

항명과 상관 무시엔 뭐가 약이다? 매가 약이다. 폴리아나는 용맹하게 주먹을 쥐려다 인내했다.

이상하게 익숙하면서 낯선 분위기가 그녀를 말렸다. 몸매는 익숙한데 어이해 낯설게 느껴지는 것일까? 그녀가 아는 사람이 아닐 가능성도 있었다.

몸매가 눈에 익은 건 폴리아나의 착각이라면 가능하다. 아크레아에 남아 있던 친위대라면 폴리아나의 얼굴을 모를 것이고.

보통은 갑자기 난입한 여자가 명령하고 있으니 당황할 수도 있다. 그래. 그럴 것이다. 그러지 않으면 폴리아나가 매우 굴릴 예정이니까. 살고 싶으면 그래야 했다.

지금 폴리아나는 친위대 제복이나 군복이 아닌 실내용 원피스를 입고 있다. 미친 여자로 오해하기 딱 좋았다.

'그래도 성별과 대략적인 인상착의는 언질 받았을 텐데. 좀 모자란 놈이군.'

알아서 짐작하는 게 아름다운 처세술. 그녀는 남자를 쓸 만한 녀석이 아니라고 판단했다.

"나는 룩소스 1세 황제 폐하의 친위대장 폴리아나 윈터다. 귀경의 정체를 밝혀라. 셋을 세겠다. 그때까지 본관을 무시할 경우 군법에 따라 엄히 처벌한다. 하나, 둘, 세에……."

"잠깐, 잠깐 경. 나다."

목소리도 귀에 익었다. 그런데 투구 때문에 웅웅 울려서 분간이 안 됐다.

"내 부하 중에 나다는 없다."

"짐이다."

남자가 정체를 밝히면서 투구를 벗었다. 투구에 눌린 황금빛 머리카락이 드러났다. 투구가 가리고 있던 아름다운 얼굴도 드러났다. 초록 눈동자가 깊은 감정을 담아 폴리아나를 응시했다.

전령의 정체를 확인하자마자 폴리아나의 동공이 커졌다. 세상에 다시없을 미청년, 룩소스 1세였다.

"경이 옷 입은 것 때문에 놀라서 말이다."

룩소스 1세는 폴리아나의 옷차림 때문에 놀랐다. 차라리 중무장을 하고 있었다면 덜 놀랐을 것이다.

"경 로브를 입었구나. 아주 잘 어울린다. 짐이 경이 안 어울려서 놀란 게 아니라, 경이 치마 입은 것이 뜻밖이라. 그래, 보기 좋구나. 예쁘다. 귀경은 갑옷도 치마도 다 잘 어울려."

당황하여 변명이 길었다. 황제는 몰랐다. 폴리아나가 치마 입은 것보다 놀라운 일이, 심장이 뚝 떨어질 만한 일이 곧바로 그를 덮칠 줄은.

쿵!

폴리아나가 룩소스 1세의 팔을 붙잡았다. 동시에 황제가 벽으로 몰렸다.

폴리아나가 벽 짚는 소리가 요란했고 룩소스 1세의 등은 벽에 닿았다.

팔과 벽 사이에 황제를 가둔 폴리아나의 눈이 룩소스 1세와 마주쳤다. 그녀의 시선이 흔들림 없이 룩소스 1세를 직시했다. 반대로 룩소스 1세의 시선은 거칠게 흔들렸다.

룩소스 1세가 입술을 달싹이자마자 폴리아나가 힘차게 몸을 돌렸다. 그녀는 창문 덮개를 닫고 창문을 닫은 뒤에 커튼까지 쳤다.

"밖에서 화살이라도 날아오면 어쩌시려고!"

그녀의 주군께선 가끔 이렇게 사람을 놀래키셨다. 창문에 이어 눈을 안에서 잠가 안전을 확인한 뒤 폴리아나가 룩소스 1세를 돌아봤다.

"폐하!"

폴리아나가 기겁해서 황제에게 달려갔다. 룩소스 1세가 가슴 위쪽으로 손을 얹고 거칠게 호흡하고 있었기 때문이다.

호흡이 흐트러진 미청년은 한눈에 봐도 심장에 문제가 있어 보였다.

폴리아나가 달려가자 룩소스 1세는 그녀의 품으로 몸을 기울였다. 폴리아나는 얼른 그녀의 가슴에 황제가 기대도록 조치했다.

"폐하! 왜 그러십니까! 어디가 편찮으십니까!"

"심장이, 심장이."

"최근 과로하신다 들었습니다. 괜찮으십니까? 의사를 불러올까요?"

"심장이 터질 것 같아."

"누워 계십시오. 의사를 불러오겠습니다."

폴리아나가 룩소스 1세를 바닥에 눕혀 사람을 부르려고 하는데 황제의 손이 다급하게 그녀를 붙들었다.

"가지 말거라. 별것 아니다. 이대로 조금 쉬면 나을 것 같구나."

말을 빠르고 또박또박 하는 걸 봐선 이미 다 나은 것처럼 보였다. 그러나 안심할 수 없다. 폴리아나는 걱정되는 마음에 룩소스 1세가 입고 있는 제복 상의의 단추를 풀었다.

룩소스 1세가 뭐라고 웅얼거렸다.

"여자가 남자 가슴 이렇게 풀어헤치고 그러는 거 아니니라."

"폐하, 이럴 때 농은 참아 주십시오."

폴리아나의 손이 거침없이 상의 안쪽을 파고들었다. 매끈한 속살의 감촉보다 내부의 고동에 폴리아나는 더 집중했다.

"맙소사, 심장이 어찌 이리 빨리 뛰십니까."

"짐이 그냥 놀라서 그렇다."

기겁한 폴리아나는 뒤늦게 황제가 놀란 이유가 자신에게 있음을 깨달았다. 갑자기 벽으로 밀쳤으니 호위기사를 믿고 안심하고 있던 황제가 놀란 것이다.

폴리아나 딴엔 창가에서 황제를 멀리해야겠다는 것에 마음이 급급해 벌인 일이었다.

"죽을죄를 지었습니다."

"아니다. 경은 임무에 충실하려 한 것이다."

"무례를 용서하지 마십시오."

"아니야. 짐을 벽으로 밀어붙이고 팔에 가두는 경의 모습은 입맞추고 싶을 정도로 용맹했노라."

룩소스 1세는 오늘 일을 잊지 못할 것이라 확신했다. 언제는 숨을 멎게 만들더니 오늘은 심장이 터질 뻔하지 않았나.

폴리아나 윈터는 정말 무서운 여자였다. 무서운 여자니까, 불쌍한 남자를 만들지 않기 위해 아무와도 결혼하지 말고 룩소스 1세 옆에 꼭 붙어 있어야.

'에비 에비. 나는 그녀의 행복을 바란다!'

룩소스 1세는 제정신이 아니었다. 속내가 뒤섞여 나온 말을 폴리아나가 재미없는 농담으로 여긴 것이 다행이었다.

황제의 심장 박동이 안정되고 폴리아나가 이성을 수습하자 피할 수 없는 코스가 이어졌다.

잔소리.

"폐하, 호위는 누구를 데려오셨습니까."

"짐 혼자 왔다."

밀려오는 현기증에 폴리아나가 비틀거렸다. 룩소스 1세가 그녀를 안아 주려고 했지만 그 전에 그녀는 중심을 잡았다. 룩소스 1세는 무안해져 내민 팔을 거뒀다. 잔소리가 다시 쏟아졌다.

"전장에서 몸 사리시던 분이 어이 귀한 옥체 이끌어 홀로 다니십니까. 친위대에서 이 사실을 알고 있습니까? 나나바라고 안심하시는 겁니까? 폐하, 제가 몇 번이고 말씀드렸지 않습니까. 우크 경은 이 사실을 알고 있습니까? 자이노 경은요?"

룩소스 1세가 회심의 미소를 지었다.

"다 모른다. 짐은 그렇게 능력 없는 남자가 아니니라. 다들 짐이 자고 있는 줄 알 것이다."

친위대를 따돌리고 몰래 성을 빠져나온 것은 확실히 능력 있는 행동이다. 하지만 그 능력! 이런 데 쓰라고 있는 게 아닐 텐데!

폴리아나는 분개하여 2차 잔소리를 퍼부으려다 의문을 품었다.

'대낮인데.'

의문을 품었던 폴리아나는 곧 알아차렸다.

룩소스 1세가 과로하고 있다는 사실은 여럿에게 전해 받았다. 실제로 그는 아주 피로해 보였다. 본인의 미모를 즐기는 황제는 빈틈없이 외모를 가꿨다. 전장에서도 피부와 모발 관리에 힘썼으니 말 다했다. 그런데 오늘의 황제는 빈틈이 보였다.

황제가 이렇게 피곤한데도 그녀를 찾아왔다면 분명 합당한 이유가 있을 것이다. 폴리나아의 주군은 절대 이유 없이 스스로를 위험에 내모는 분이 아니셨다.

"신을 꼭 찾아오신 연유가 있으십니까."

"없다."

룩소스 1세가 태연한 얼굴로 고개를 저었다. 폴리아나는 앞선 생각을 수정했다.

그녀의 주군은 스스로의 생명을 천금보다 귀히 여기셨으나 가끔 돌발행동을 하셨다.

"하면 왜 오신 겁니까! 위험하니 얼른 궁으로 돌아가십시오! 소신이 호위하겠습니다! 신이 검을 들고 올 때까지만 여기서."

"폴."

"네."

한동안 친근하게 이름만으로 불러 주더니 전쟁이 끝나고 다시 폴경으로 그녀를 부르던 룩소스 1세다. 오랜만에 듣는 애칭에 폴리아나가 진지해졌다.

"짐은 경의 입을 막을 수 있는 여러 변명거리를 구상해 왔다. 경의 잔소리를 막고 경을 납득시킬 변명거리가 아주 많았다 이 말이다."

이유도 없으면서 변명은 또 뭔가. 폴리아나가 황제의 말을 끊을 수 없어 입을 다물고 있자 룩소스 1세는 그녀의 손목으로 손을 가져가 잡았다.

검을 잡아 굳은살 박인 손이 마찬가지로 거친 폴리아나의 손을 꽉 쥐었다. 남자의 악력에 폴리아나의 손이 쥘 정도였다.

"그런데 다 기억이 나지 않는구나."

'많이 피곤하신가.'

룩소스 1세는 제법 기억력이 좋은 편인데 기억이 안 난다고 말하고 있다. 폴리아나는 절로 황제가 걱정됐다.

손이 저릴 정도로 폴리아나의 손을 강하게 쥐고 있던 황제의 손이 위로 올라왔다. 약간 길어 슬슬 자를 때가 된 머리카락을 룩소스 1세가 귀 뒤로 넘겼다. 볼을 스치는 손가락이 간지러워 폴리아나는 어깨를 움츠릴 뻔했다.

"경을 보자마자 모두 잊어버렸다."

'진짜 피곤하신가 봐.'

룩소스 1세의 눈가가 붉었다. 목소리도 조금 물기가 어린 것이 폴리아나가 보기엔 많이 피곤한 것 같았다.

촉촉하게 젖은 초록색 눈은 폴리아나가 알 수 없는 이유로 일렁였다.

"짐은 말이다. 그냥 경이 보고 싶어서 왔다. 경이 보고 싶어서, 경을 만지고 싶어서, 경이 없으니 불안하고 안 보이니 걱정이 되는구나. 짐이 부르지 않아서 경이 오지 못하는 것인데 서찰 한 통 없는 경에게 서운한 마음을 가졌다."

"바쁘시다 들어 보내지 않았습니다. 편지 쓰겠습니다."

"아니다. 곧 있으면 다시 볼 테니."

그렇게 말하고 룩소스 1세는 더 입을 열지 않았다.

그가 움직이지 않는 통에 폴리아나의 자세도 고정되었다. 나란히 선 남녀. 방에는 다른 사람 없이 단둘뿐.

타이밍 좋게도 바람을 타고 희미한 악기 연주가 들렸다. 쌍둥이 자매의 연주였다.

룩소스 1세가 고소했다.

"경이 다시 치마 입는 걸 보거든 밤새도록 춤을 출 작정이지."

"피곤하지 않으시다면, 한 곡 추시겠습니까?"

폴리아나가 치마를 잡아 무릎을 살짝 굽혔다 폈다. 춤을 추기 전에 파트너에게 인사하는 기본 동작이었다. 룩소스 1세의 쓴웃음에서 쓴맛이 더욱 짙어졌다.

"아니다. 괜찮다. 이젠 경과 춤을 추면 멈출 자신이 없어졌거든."

룩소스 1세가 다시 투구를 챙겼다. 폴리아나가 걱정하는 동안 황제는 당당했다. 오는 동안에 괜찮았으니 가는 길도 괜찮다는 엉터리 논리였다. 폴리아나가 자신보다 약하다는 말엔 반박할 수 없으나 오늘은 반박거리가 생겼다.

"피곤하시잖습니까."

"아니야. 경을 보니 피로가 싹 풀린다. 역시 오길 잘했어. 개구멍을 기어가면서도 이게 무슨 짓인가 했는데 확실히 오길 잘했어."

'개구멍. 기억했다.'

룩소스 1세가 피곤해서 제정신이 아니긴 했다. 평소보다 허술하기에 알려선 안 되는 고급 정보를 술술 불어 버렸으니.

룩소스 1세는 방문을 열기 전 마지막으로 폴리아나에게 말했다.

"짐이 경을 부르지 않아 경이 조금 불안하고 서운하다는 것을 안다. 그 일은 곧 해결이 날 테니 짐만 믿거라. 경은 짐이 가장 총애하는 기사. 절대 버리지 않는다."

"아이노 경은요?"

폴리아나가 유치하게 룩소스 1세의 오른팔 아이노 경을 거론했다.

룩소스 1세는 유치한 질문에 진지하게 대답했다. 대륙의 황제는 좋아하는 여자에게 간이고 쓸개고 다 빼 주는 유형이었다.

"이노는 조금…… 애증?"

주종이 서로 마주보고 밝게 웃었다. 룩소스 1세는 뜻밖의 이득에 신이 났다.

살면서 처음으로 당해 본 벅치기의 날카로운 기억은 아닌 밤중에 가끔씩 생각나 그의 심장을 쿵쿵거리게 만들 것이다.

폴리아나는 조금 남아 있던 불안감을 싹 떨쳤다. 황제가 직접 불안해하지 말라고 찾아왔으니 의심의 여지가 없었다.

'황제 폐하 만세.'

실로 관대하고 자비로우며 훌륭하신 주군이셨다.

룩소스 1세의 무단외출은 누구에게도 발각되지 않았다. 황제의 경호에 구멍이 뚫렸으니 심각한 문제. 그러나 룩소스 1세에겐 그걸 탓할 정신이 부재중이었다.

룩소스 1세의 정신은 외출을 했는데 하루가 지나도 돌아오지 않았다. 아이노 경이 있었다면 정신 빼놓고 어디 다니느냐 물었을 일이었지만 그는 여전히 부재중이었다.

성에 있는 개구멍을 아는 이는 셋이다. 룩소스 1세, 아이노 경, 루조 공작. 루조 공작은 설마 룩소스 1세가 자신을 배신하고 외출했으리라곤 상상하지 못했다.

룩소스 1세도 감히 그런 짓을 벌일 생각은 없었다. 그저 피곤해서 자려고 누웠는데 잠이 오지 않았다. 감히 황제의 밤을 괴롭힌 죄는 크고도 컸다.

'보러 가길 잘했다.'

룩소스 1세는 시도 때도 없이 떠오르는 폴리아나의 용맹한 눈빛에 그녀 생각을 떨치지 못했다.

사랑하는 여인이다. 포기하려니 속이 쓰려도 그녀가 행복하다면 그걸로 좋았다.

벽치기의 날카로운 추억을 회상하는 황제 앞에서 자이노 경은 친위대 확충의 필요성을 토로했다.

'그래. 해야겠더라.'

황제가 몰래 외출했는데 아무도 알아채지 못했다. 심지어 친위대 제복도 하나 슬쩍했는데 아무도 몰랐다.

제복을 잃어버린 당사자가 상관에게 보고를 안 했을 수도 있는데 그것도 문제다. 게다가 친위대 제복을 입었다는 이유로 성문에선 신분확인도 하지 않았다.

나갈 때는 소싯적 애용한 개구멍을, 들어갈 때엔 당당히 정문을 이용한 황제는 허술한 보안에 혀를 내둘렀다. 드나드는 사람이 많아져 정신이 없다고는 해도 정문을 그렇게 열어 놓다니.

성문의 경비병은 평민이고 친위대의 푸른 제복을 입은 사람은 귀족이다. 신분의 차이와 상하의 차이가 있어 검문이 어렵더라도 그걸 잡는 게 성문 경비병의 일.

인원 확충과 재교육이 필요했다. 룩소스 1세는 폴리아나가 복귀하면 즉시 인원 충당부터 의논하기로 결심했다.

무기한 휴가의 끝은 노동지옥. 아직 그 사실을 모르는 폴리아나는 물에 빠진 솜처럼 축 늘어진 상태였다.

늘어진 그녀의 정신을 예민하게 만든 건 비카 부인이었다. 폴리아나에게 선 자리를 들고 온 것이다.

폴리아나는 나이가 많다. 혼기를 옛적에 지났다. 폴리아나 연령이 될 때까지 혼인하지 못한 귀족 여성은 가문에서 유령처럼 숨죽여 지내는 게 일반적이다. 눈에 띄게 아름답거나 가문이 좋을 경우 상처한 남자의 재취로 들어가는 경우도 발생하나 빈도수는 낮았다.

게다가 폴리아나는 못생겼다. 눈 삔 황제도 귀엽다고 말하지 예쁘다고는 말하지 못한다. 몸매도 좋지 않다. 젊은 여성의 날씬한 몸매는 미덕이나 빼빼 마른 몸은 미덕이 아니었다. 가슴은 마른 것

치곤 있는 편인데 다른 부위는 단단한 근육이라 단점이 더 컸다. 성격은 좋은 편이 못 된다. 성깔 있는 쪽에 가깝다.

이 정도에서 그쳐도 좋았을 것을 결정적 단점이 있다. 군복무 경력이다.

황제와 함께 떠난 10년의 원정은 남자에겐 출세의 열쇠였고 폴리아나에겐 결혼이 불가능한 결정적 사유였다. 남자와 함께 전장을 누빈 여자에게 선이 들어올 리 없다.

그나마 장점을 찾아보자면 재산과 작위다. 룩소스 1세가 폴리아나의 공을 무시하지 않고 영지와 작위를 약속했으니 믿을 건 그것밖에 없었다.

하지만 이것도 황제가 입 씻으면 그만이라 확정된 사항은 아니었다. 폴리아나는 룩소스 1세를 믿으나 아크레아에 남아 있던 귀족들은 그녀만큼 황제를 신뢰하지 않았다.

나이는 서른. 박색에 순결을 보장하지 못하는 과거사, 타국인, 심지어 불임 소문까지 있다. 출신이 확실하고 귀족이라는 장점을 불식하는 단점의 홍수였다.

폴리아나가 나나바에 도착하고 오래 머문 것도 아니다. 어디서 무슨 소문이 나 선 자리가 들어온다는 것인가. 전적으로 비카 부인이 나선 결과였다.

정확하게 비카 부인은 선을 잡지 않았다. 선을 보지 않겠느냐 권유했다. 폴리아나가 보겠다는 의사를 밝히면 그때 상대 남성에게도 권유해 보겠다는 얘기였다.

폴리아나가 가진 방대한 단점을 재산으로 누르면 결혼이 불가능한 것도 아니다. 그러나 폴리아나는 엄연히 귀족 아가씨. 상대도 귀족이어야 했다. 그런 폴리아나를 위해 비카 부인이 택한 것은.

"이 분은 상처하신지 얼마 안 되셨어요."

재취다.

자식들도 장성해 손자도 있는 오십 대 귀족 남성의 신상명세서가 폴리아나 앞에 들이밀어졌다.

비카 부인이 남성을 극찬했다. 군인이라 조금 무뚝뚝하긴 해도 인성이 좋은 분이란다. 돈 있고 권력 있는 남자가 아흔이 다 되어서도 십 대 소녀를 찾는 현실을 보았을 때, 나이가 있으니 재혼할 생각 없이 홀로 살겠다는 걸 봐서 인성은 확실히 괜찮았다.

"여성이 활동적인 걸 좋아하는 분이라 상처한 전부인과도 자주 말을 타고 사냥을 하러 가셨죠. 아마 경이 결혼해도 계속 활을 잡게 해 주실 거예요. 검도 취미로 계속할 수 있을 거랍니다."

"신경 써 주셔서 감사합니다. 하지만 전 결혼할 생각이 없습니다."

"폐하께 보상을 받고 은퇴하실 것 아니신가요?"

"계속 근무할 겁니다. 폐하의 호위기사는 영예로운 일입니다."

"폴리아나 경. 아내가 일하는 걸 좋아하는 귀족 남성은 없습니다."

"네. 그래서 결혼 안 할 겁니다."

"그런 말 마세요. 남자든 여자든 결혼을 해야 안정되고 편안한 생활을 누릴 수 있어요. 지금 돌아온 귀환병들이 신붓감부터 구하는 걸 보면 모르시겠어요?

폴리아나 경이 폐하께 큰 봉사를 하신 것도, 뛰어난 전훈을 세운 것도 다들 알고 있습니다. 서방님이 그러시는데, 경이 결혼해도 등 돌릴 분은 없다고 해요.

경은 이미 충분히 힘든 길을 걸었어요. 어쩜, 소녀의 몸으로 검을 들고 부당하게 전장으로 내쫓기셨다죠."

비카 부인이 폴리아나의 손을 잡아 자신의 손 사이에 포갰다. 따뜻하고 부드러웠다.

"남자도 버티기 힘든 곳에서 몹쓸 것을 보고, 몹쓸 말을 듣고, 몹쓸 일들을 하셨죠. 충분히 고생하셨어요. 이젠 행복해질 때도 되었어요. 행복을 위해서라도 경이 적극적으로 나서셔야죠."

폴리아나는 비카 부인의 온기에 집중했다. 거친 폴리아나의 손을 포용하려는 따뜻한 손길은 규방에서 그녀를 감쌌던 안온한 공기와 비슷했다.

폴리아나가 경험해 보지 못한 따뜻하고 평화로운 나날. 폴리아나는 누리지 못했고 그녀의 동생이 누렸던 귀족 여성의 삶의 일부.

폴리아나는 그것을 부러워한 적이 없다. 그녀의 인생과 비교해 보려고 한 적도 없다. 적극적으로 어느 쪽이 이런 면에서 낫고 이런 건 이쪽이 더 낫다고 저울질한 기억도 없다.

폴리아나의 인생에서 어느 시점까지는 분명 행복과 거리가 멀었다. 그녀도 그걸 안다. 그러나 룩소스 1세와의 만남을 기점으로 폴리아나의 인생은 행복에 가까워졌다. 소위 말하는 여자의 행복은 아니다. 그러나 폴리아나는 행복했다. 행복하다. 행복할 것이다.

룩소스 1세는 그녀가 보고 싶었다는 엉뚱한 핑계를 대고 친히 찾아와 줬다. 폴리아나가 불안해하고 있을까 봐 염려하여 그녀를 위로해 주려 오신 친절하신 행차다. 우크 경은 그녀에게 꼬박꼬박 보고하고 있으며 도나우 경이 가끔 들러 그녀를 찾는다.

은퇴한 이후를 걱정하는 비카 부인의 말이 그렇게 틀리지도 않았다. 기사들은 부상을 입지 않았다면 마흔부터 은퇴를 고려한다.

폴리아나는 신체적 조건도 부족하니 서른부터 은퇴 얘기가 나오는 것도 이상하지 않았다.

그러나 그것은 평기사의 이야기. 지휘관과 대장급으로 올라가면 육체적 노화보단 본인의 의사가 은퇴시기를 결정한다. 정년이 정해져 있지 않기 때문에 폴리아나는 가능한 오래 룩소스 1세를 지킬 심산이었다.

비카 부인은 폴리아나가 당연히 은퇴할 걸로 생각한 모양이다. 은퇴한 기사들은 가정으로 돌아간다. 아크레아에 혈혈단신인 폴리아나에게 혼인을 제안한 건 그런 이유였다. 비카 부인 나름의 친절이었다. 폴리아나에게 무의미한 친절이다. 경우에 따라 모욕으로 받아들일 수도 있다.

며칠 동안 맛본 따뜻한 공기와 비카 부인의 친절은 폴리아나의 마음을 흔들었다. 작은 흔들림은 사람의 친절처럼 폴리아나의 마음에 스며들었다.

"부인, 친절에 감사드립니다. 하지만 저는 기사입니다. 결혼할 생각이 없습니다."

래비 경처럼 다른 기사들이 가진 따뜻한 가정이 부러웠던 것은 사실이다. 사실 그녀는 며칠 전 바우팔로 경의 집에 초대받았다. 바우팔로 경의 은퇴는 기정사실화된 일이기에 손님 초대가 끊이질 않았다.

남편과 아들이 돌아온 기쁨보다 손님 치른 고생이 더 큰 리보 부인의 손님 응대는 무뚝뚝함과 무성의의 극을 달렸다. 그러나 그 안에도 가족이기에 존재하는 평화로운 울타리가 있었다.

부러웠다. 가질 수 있다면 갖고 싶다. 하지만 기사 폴리아나 윈터 경을 포기해서까지 갖고 싶은 마음은 없다.

과거, 폴리아나의 주군께서 말씀하셨다. 폴리아나가 곁에 있으면 주군이 빛나신다고.

그렇다면 폴리아나는 마땅히 한평생 바쳐 주군을 빛낼 의무가 있다.

"저는 기사입니다. 기사로 살다, 기사로 죽기로 다짐했습니다."

"왜 그런 힘든 길을 가세요? 경, 경은 아직 젊어요. 앞으로 40년은 더 살 텐데 그중 기사로 봉사할 수 있는 시간은 길지 않아요. 그리고 아시잖아요. 여자는 기사가 될 수 없다는 것을."

"아크레아의 법으로 금지된 사항은 아닙니다."

"남자가 아이를 낳아선 안 된다는 법을 만들지 않잖아요."

대륙에서도 여권이 가장 낮은 아크레아. 여자는 당연히 기사가 될 수 없기에 법이 제정되지 않았다. 룩소스 1세가 약속대로 보상을 내리지만 그녀에게 사직을 권유한다면?

그래도 폴리아나는 괜찮았다.

"부인이 저를 염려하신 걸 알고 있습니다. 여자는 기사가 될 수 없음에도 불구하고 황제 폐하께선 제게 성을 주시고 기사로 거두셨습니다. 그건 제 일생 최대의 행운입니다. 폐하께서 쓸모없다 내치시면 모를까, 제가 먼저 그만둘 수는 없습니다."

"폐하께서도 분명 이해해 주실 거예요."

"물론 그러실 겁니다. 하지만 부인."

폴리아나는 말을 골랐다. 그녀 입장에선 대놓고 욕하는 쪽이 대응하기 편했다. 호의를 품은 접근과 참견은 가끔 폴리아나를 불행한 여자로 만들었다. 인간 폴리아나의 행복을 부정했다. 가끔은 폴리아나를 너무 불행한 환경에 처해 스스로의 불행도 깨닫지 못하는 사람으로 만들었다.

어쩌면 그들의 말이 옳을지도 모른다. 폴리아나는 너무 오래전부터 이렇게 살아와 그녀의 불행에 감흥이 없었다. 욕심 없다는 얘기도 여러 번 들었다.

그녀를 모르기 때문에 하는 소리다. 폴리아나가 얼마나 욕망으로 똘똘 뭉쳤는지는 그녀만 알고 있다.

폴리아나는 권력의 꿀맛을 알고 있다. 눈치를 보며 쪽쪽 빨아먹고 핥아먹는다. 그녀의 명령 한 번에 명문가 아들들이 머리를 바닥에 박고 그녀의 손짓 한 번에 나무에 거꾸로 매달린다. 푸른 제복을 입고 금줄을 차면 일국의 왕이었던 사람도 폴리아나와 정중히 대화했다.

권력의 단맛이란 이 얼마나 짜릿한가!

폴리아나는 단순한 충심만으로 룩소스 1세를 따르지 않는다. 룩소스 1세는 진정 현명하여 따르는 기사들에게 만족할 만한 포상을 내렸다. 노력에 대한 인정과 칭찬, 빠른 출세.

빠른 출세의 정점이 낭떠러지여도 좋다. 고지도 못 밟고 죽는 것보단 나았으니까. 기회가 주어진 것만으로도 기쁘고 황송했다.

"저는 지금 행복합니다."

"그건!"

"부인께서도 지금 행복하시죠? 저도 지금 행복합니다. 행복의 크기와 종류가 다를 수는 있습니다. 그렇다고 다른 행복이 불행이 되지는 않습니다.

부인의 말씀대로 제가 살아온 환경이 그렇게 정상적이진 않았습니다. 그런 제게도 부인이 보여 주신 가정은 행복해 보였습니다.

제가 본 가정 중 가장 행복한 가정이었다고 확신합니다.

부인이 성공하셨기에 제게도 같은 행복을 권하는 걸 이해합니다. 그것이 일반적인 여자의 행복인 것도 알고 있습니다. 그러나 저는 지금의 행복에 만족합니다."

폴리아나는 비카 부인의 손을 친근함을 담아 두드렸다. 비카 부인은 안타깝다는 듯 미련을 뚝뚝 떨어트렸다.

폴리아나는 빠른 걸음으로 그녀가 받은 방으로 돌아갔다. 그리고 주위를 살폈다. 정원은 지나가는 사람이 볼 수 있으니 안 된다. 결국 방밖에 없었다.

가구는 부술 수 있으니 안 되고, 고르고 고른 게 결국 벽이다. 벽지는 부드러운 색조이나 안에는 돌이 있다. 그걸 알면서도 폴리아나는 주먹과 발을 날렸다.

폴리아나의 주먹이 벽으로 가 부딪쳤다. 돌은 안 아프다. 폴리아나 혼자 아팠다. 식물 폭행을 하지 못하자 건물을 폭행하는 그녀로 인해 주먹만 고생했다.

'오십 대라니! 오십 대 후반이라니잇!'

결혼도 괜찮지 않을까 혹해 있던 그녀에게 다가오는 현실은 결국 이런 것이었다. 재취 혹은 장애인.

남자들은 출세하면 나이 어린 미녀랑 결혼해서 잘 먹고 잘 산다.

폴리아나가 굳이 연하남을 데려와서 잘 먹고 잘 살겠다는 것도 아니었다. 집안이야 아무래도 좋고 팔 다리 없는 장애인도 전투에서 입은 부상이며 인성이 괜찮다면 좋았다. 하지만 손자 있는 오십 대는 정말 너무했다.

'손자도 있잖아! 본인도 결혼할 마음 없다잖아! 좋은 사람이면 게

속 좋은 사람으로 살게 두라고!'

폴리아나는 분노했다. 분노해야 했다. 비록 래비 경 얼굴을 봐서 대놓고 하진 못했어도 분노했다. 역으로 생각해 보자. 황제의 총애를 받고 있는 기사에게 손주 있는 과부를 주선하면 욕을 먹나 안 먹나.

"더러워서…… 결혼 안 하고 말지."

퍽퍽퍽. 폴리아나의 주먹이 매섭게 벽을 쳤다. 호구를 찾기 전에 그녀가 호구 되게 생겼다.

폴리아나는 깔끔하게 결혼 생각을 접었다. 불임 사실을 모르는 비카 부인이 가져온 선 자리가 저렇다. 불임 소문이 퍼지면 얼마나 호구 취급당할지 상상만으로도 무서운 일이었다.

그녀의 손등이 까져 벽지에 피가 조금 묻었다. 폴리아나는 무성의하게 벽지를 문질러 닦았다. 그러자 피가 번졌다.

'옘병.'

닦으려고 문댔는데 오히려 피가 번져 얼룩이 커졌다. 급한 마음에 물수건으로 벽을 닦자 조금 나아졌다. 폴리아나에겐 큰 교훈이 되었다.

'앞으로 벽 때릴 땐 장갑 껴야지.'

하녀가 그녀의 방문을 두드렸다. 래비 경이 그녀를 보길 원한다는 이야기가 전해졌다. 폴리아나가 찾아가자 래비 경은 사과부터 했다.

"편히 쉬었다 가라는 의미에서 초대한 건데 괜히 신경 쓰게 만들었소."

"아닙니다. 정말 융숭한 대접을 받고 있습니다."

비카 가문은 쉬었다 가기 정말 좋은 곳이었다. 아가씨들은 친절하고 저택은 화려하고 개도 많았다.

사냥개고 애완견이고 모두 사람을 좋아하고 붙임성이 있어 손님인 폴리아나 앞에서도 벌러덩 배를 뒤집는 것이 귀여웠다. 심지어 후계자인 바르도도 귀엽다.

안주인의 배려는 이루 말할 수 없이 세세하고 상냥했다.

“음.”

래비 경이 한참을 망설였다. 그가 저런 모습을 보이는 것은 처음이라 폴리아나는 덩달아 긴장했다.

‘무슨 말을 하려고?’

“실은 나도 부인 의견에 동의하고 있소.”

“그런 말을 하실 줄 몰랐습니다.”

폴리아나는 배신감을 느꼈다. 섭섭한 감정을 억누르려 그녀의 주먹이 세게 쥐어졌다.

모든 군인의 귀감이라는 래비 경이 한 말이다. 폴리아나는 그녀에게 모자라고 부족한 점이 있나 과거를 되짚었다. 허투루 한 일이 없고, 건성으로 넘긴 적이 없었다. 매사에 그녀는 최선을 다했다.

“제가 친위대장으로 부족합니까?”

“그런 게 아니오. 내가 말하고 싶은 건 이만하면 충분하다는 거요.”

“무엇을 말씀하시는지 모르겠습니다.”

“세상의 부모들에게 물어보시오. 어느 부모가 딸이 기사로 사는 걸 바랄지.”

폴리아나의 부모는 그녀가 기사가 되길 바랐다. 그것은 훌륭한 여기사로 성장해 이름을 떨치라는 의미가 아니었다. 나가서 싸우다 죽으라는 바람이고 소망이었다.

정상적인 부모라면 딸에게 검을 주지 않는다. 딸이 원해도 주지 않는다. 그 앞에 있는 건 절망과 불행이기 때문이다.

“예전부터 내려온 행복의 길이 있는데 힘든 길을 걷게 둘 부모가 어디에 있겠소? 경이 지금 불행하다는 건 아니오. 다들 경을 인정하고 동료로 받아들이고 있다오. 그러나 경도 그렇잖소. 만일 경에게 딸이 있다면 그 아이에게 기사가 되라 요구할 것이오?”

래비 경의 질문에 폴리아나가 고개를 저었다. 폴리아나는 기사이나 딸도 기사로 키울 생각은 없었다. 딸이 기사가 되고 싶다 말하면 진지하게 물어볼 것이다.

정말 하고 싶어?

폴리아나가 기사가 된 것은 그럴 수밖에 없는 사정이 존재했기 때문이다. 그런 사정도 없이 기사가 되고 싶어 하는 딸을 기사로 키울 부모가 몇이나 될까.

“내 딸은 안 돼. 내 동생은 안 돼. 내 손녀는 안 돼.”

폴리아나의 고개가 꾸벅꾸벅 흔들렸다.

폴리아나와 10년을 함께 한 동료들은 그녀를 받아들였다. 하지만 그건 폴리아나의 특수성을 마지못해 받아들인 것에 불과하다.

그녀는 재수가 없었으니까.

부모가 그녀를 내몰았으니 그녀도 피해자야.

세상에 어느 여자가 기사가 되고 싶어 하겠어?

로망스 읽고서 쓸데없는 꿈을 꿔도 훈련 몇 번 받고 포기할걸?

폴리아나 윈터 경은 훌륭한 기사지만 그녀도 좋은 환경에서 제대로 된 교육을 받았다면 기사를 하지 않았을 거야.

그런 대화들이 오가는 걸 폴리아나도 알고 있다. 그런 데에 신경 쓸 정신을 다른 데에 썼을 뿐이다. 그들이 그런 말을 한다고 폴리아나에게 해가 가는 것도 아니고.

도리어 금녀의 집단에서 예외를 두고 인정해 받아들여 준 것을, 동료로 인정받은 것을 기뻐했다.

폴리아나가 후배 여기사 육성 같은 야망을 품은 것도 아니다. 그녀의 작위만 인정받는다면, 그녀의 영지만 받을 수 있다면, 룩소스 1세의 기사로 계속 남을 수만 있다면 만족했다.

이것은 결코 비겁한 생각이 아니다. 왜냐하면 세상에 기사가 되고 싶어 하는 여자아이는 없기 때문이다. 여기사가 주인공으로 등장하는 로망스에 낭만을 품는 것은 잠깐. 결국엔 예쁜 신부의 꿈이 용맹한 기사의 꿈을 이긴다.

그러나 폴리아나는 두 명의 아가씨를 알고 있었다. 여자가 기사가 될 수 있다는 상상을 하지 못해 꿈도 품지 못한 사랑스러운 아가씨.

그녀들은 명문가에서 태어나 좋은 부모 아래에서 훌륭한 교육을 받고 자랐다. 상냥하고 사랑스럽고 아름답다. 그녀들에겐 기사로서 성공할 재능이 있으나 갈고닦지 못한 채 묻혔다.

그녀들이 좋은 혼처를 잡게 해 줄 빛나는 장점들은 기사의 꿈을 꾸었다면 얻지 못했을 것들이다.

"경은 충분히 노력했고 노력의 대가를 받았소. 우린 다 함께 대륙의 끝을 보았소. 어지간한 사람들은 나가떨어질 강행군에 전투였소. 충분히 고생했으니 이만 쉬어도 좋다는 의미요. 이대로라면 경은 새로운 전장에 들어설 것이오. 군인은 단순하오. 상명하복에 충실하지. 경을 지켜 준 것은 귀족이라는 경의 신분, 그리고 군대의 계급이었소. 병사들은 궁극적으로 폐하의 명에 복종하오. 하지만 이제부터 경이 상대할 자들은 그렇지 않소."

폴리아나는 이해했다. 래비 경이 부인의 의견에 동조한 건 그만큼 폴리아나를 가족처럼 여겼기 때문이다.

래비 경은 그녀를 안타까워하고 있었다. 폴리아나는 그러지 않아도 된다고 말했다.

"저는 지쳐 휴식이 필요한 기사가 아닙니다. 필사적으로 살아온 점, 인정합니다. 남들이 보기에 힘들어 보였을 것도 압니다. 하지만 전혀 힘들지 않습니다. 지치지도 않았습니다. 래비 경도 아시다시피 저는 폐하의 기사입니다. 폐하께서 허락하시는 한 언제까지 기사일 겁니다."

싸움을 그치란 래비 경의 권유에 폴리아나는 응전을 선택했다. 죽는 순간까지 후회하지 않을 선택이었다. 래비 경이 못 말린다는 듯 웃었다.

"짧은 기간이나 경의 상관이었던 것이 자랑스러운 대답이었소."

"많은 가르침 감사합니다."

"경을 좀 더 일찍 보았다면 그 아이들에게도 검을 가르쳐 줬을 텐데."

래비 경이 아쉬움을 내비쳤다. 그 말로 폴리아나는 래비 경이 쌍둥이 자매의 괴력을 알고 있었다는 사실을 깨달았다.

타고난 괴력과 눈썰미, 민첩성. 기사로서 훌륭한 자질이고 자매들도 검에 흥미를 갖고 있었다. 알고 있지만 안 되었을 뿐이다.

자식을 사랑하는 부모라면 여기사와 같은 허황된 가시밭길이 아닌 잘 닦인 도로와 같은 미래를 제시한다.

래비 경은 사랑하는 딸들의 행복을 바랐다. 딸들이 원해도 안 되는 건 안 되는 것. 재능이 넘쳐도, 본인들이 행복해도 부모 마음은 그게 아니었다.

자매의 재능이라면 지금도 늦지 않았다. 폴리아나는 말을 꺼내려다 입을 다물었다. 래비 경이 남의 일이라 폴리아나에게 과하게 간섭하지 못하듯, 자매의 일도 폴리아나에게 남의 일이었다.

자매의 진로와 별개로 폴리아나는 궁금한 게 있었다.

래비 경은 어째서 하우 경과 도나우 경을 사윗감으로 점찍었나?

이 또한 남의 가정사다. 그렇지만 도나우 경은 폴리아나의 의동생이고 하우 경 또한 의남매급으로 그녀와 절친했다.

혼주가 될 바우팔로 경과 래비 경이 폴리아나의 상관이었으니 이 정도는 질문해도 무례하지 않았다.

"그런데 말입니다. 궁금한 점이 있습니다."

"말해 보시오."

"하우 경과 도나우 경을 점찍으신 이유가 뭡니까."

형제의 조건은 준수하다. 사지 멀쩡하고 고질병 없고 앞길도 창창했다. 조건이 나쁜 건 아니지만 쌍둥이 자매 쪽에서 보면 기운다. 사람들은 딸을 더 나은 집으로 시집보내려 들지 처지는 집안으로 보내려곤 하지 않는다.

딸을 아끼는 래비 경이 고작 미래가 창창하다는 이유로 형제를 골랐을 것 같진 않았다. 룩소스 1세의 휘하엔 형제와 비슷한 조건으로 집안이 더 좋은 청년들이 있었다.

이런 말하기 뭣하나 쌍둥이 자매는 황후나 황비 자리도 넘볼 수 있는 위치였다.

'폐하는 싫어하실 것 같지만.'

룩소스 1세라면 질색할 것이다. "짐이 개들 업어 준 적도 있느니라!" 하면서 나이 차 심하다고 질색 팔색하겠지.

래비 경이 명쾌하게 대답했다.

"둘이 창부를 안 찾아가더군."

기준이 그것이었다니.

하우 경은 돈이 아까워서 안 가고 도나우 경은 아버지가 가지 말라고 해서 안 간다.

행정보급담당 바우팔로 경은 군내의 기생충과 전염병에 예민하게 반응했다. 특히 성관계를 통해 옮는 성병과 기생충에 민감하게 반응했다. 사면발니 옮아오는 새끼는 전신의 털을 싹 밀어 버리겠다고 호통 치는 장면을 며칠에 한 번씩 볼 수 있었다.

폴리아나의 표정이 애매해졌다. 래비 경은 허탈한 웃음을 보였다.

"경은 이해를 못 했나 보오."

"아닙니다, 이해했습니다."

이해는 했다. 래비 경이 모르는 진실을 알고 있어서 표정 관리가 힘들었다. 선배 기사들이 강요하는 바람에 억지로 창부에게 끌려간 몇몇 기사를 알고 있는 폴리아나는 그들에게 애도를 표했다.

그로 인해 래비 경의 사위될 기회를 놓치다니. 실로 안타깝지 않을 수 없다.

'복 없는 새끼들.'

하우 경처럼 요령 좋게 빠져나가거나 도나우 경처럼 아버지를 팔아 위기를 모면해야 했다. 남자들 사이에서 동정은 일찍 떼는 게 좋다는 말이 있는데 그걸 강제로 떼서야 진짜 좋은 건지 의구심이 들 뿐.

"꽤 중요한 문제라오."

"네."

폴리아나가 고개를 끄덕였다. 언젠가 이해할 수 있게 될 것이다. 이해하지 못하고 죽어도 그녀에게 해가 되진 않는 내용이었다. 결혼 안 할 그녀에게 있어 생기지도 않을 남편의 창관 출입 문제는 중요하지 않았다.

"그리고 집안이 차이 나니 시집살이도 내 눈치 보느라 못 시킬 테고. 바람도 대놓고 못 피지 않겠소? 쌍둥이라 서로 떨어진 적이 없는데 한 가문에 시집가는 게 서로 왕래하기도 편하오. 무엇보다 난 황제 폐하께 총독으로 임명받은 몸. 바우팔로 경의 영지를 이웃으로 받아 사돈끼리 함께 지내려 하오."

폴리아나의 눈이 번쩍 뜨였다.

"어디로 가십니까?"

"남부요."

과자를 먹듯 쉽게 정리된 북부와 가장 오랫동안 전쟁을 끌어온 중부. 남부는 자치를 인정받은 속국도 존재해 가장 반란의 위험이 높았다. 그런 지역의 총독으로 임명받은 건 믿음과 신뢰의 상징이다.

폴리아나가 감탄했다. 과연 래비 경이었다. 또한 섭섭했다. 비카 일가와 리보 일가가 모두 남부로 내려가면 그녀와 친한 동료들과 헤어지게 되니까.

본래 비카 가문은 아크레아의 국경을 수호하는 무가였다. 북쪽엔 사람이 살지 않고 남부는 국경이 접한 두 국가가 저들끼리 싸우는 바람에 수도를 수호하게 되었고. 제국이 곧 대륙이 되어 국경이 해

안선과 동일해졌지만 남부엔 나름의 국경이 남아 있었다.

그러니 가문 대대로 지켜온 국가에 대한 봉사를 지속할 수 있는 것이다.

나나바에서 남부는 원거리였지만 래비 경처럼 병사들을 선동하기 쉬운 장군이 황제의 시야 밖으로 이동할 수 있다는 것, 그 자체로 깊은 믿음이 자리 잡고 있었다.

래비 경이 군사를 준동해 반역을 일으키면 정말 답이 없을 것이다. 그런 가능성을 모두 제치고 래비 경은 총독으로 임명받았다.

래비 경은 폴리아나의 상관이었던 점이 자랑스럽다고 말했다. 폴리아나도 한때 래비 경의 부하로 근무한 것이 자랑스러웠다.

'다들 떠나는구나.'

친위대에서도 영지로 돌아간다며 폴리아나에게 작별 인사 하러 오는 부하가 있었다. 사령부 막사에서 머리를 맞대고 지도를 노려보던 동료들이 대륙 전역으로 흩어지고 있었다.

"알고 계신 다른 이의 근황은 없으십니까?"

"벤티에 경이 군부에 계속 남으려는 모양이오."

"벤티에 경이 말입니까."

적은 가까이, 아군은 멀리. 벤티에 경이 집안보다 룩소스 1세를 선택했다곤 하나 시이제 후작가는 여전히 황제의 편이 아니다. 벤티에 경이 기사로 봉사한다면 어떤 직무를 받게 될 것인가.

친위대나 경비대로 가진 않을 것이다. 군무장관쯤 되면 어울리긴 하나 지나치게 큰 직책이었다.

어쨌든 폴리아나는 래비 경의 남은 의도까지 모두 알았다. 명문 귀족가에선 아들들을 남부로 보내지 않는다.

처가댁이 간다고 따라가는 일은 타국에선 가끔 벌어지나 아크레아에선 있을 수 없다.

리보 가문은 3대에 걸쳐(하우 경 대까지 포함이다) 아크레아 왕실에 봉사한 역사 짧은 기사 가문이다. 선대가 선왕과 친분이 있었다고 하니 잘하면 승승장구할 수 있었을 텐데, 선왕이 일찍 죽는 바람에 그러지 못했다.

끈 떨어질 뻔한 가문에 룩소스 1세가 다시금 기회를 주었고 바우팔로 경과 아들들은 냉큼 줄을 잡았다. 룩소스 1세와 친분이 깊고 원정에서 세운 공적이 크나, 집안이 변변찮은 것은 사실.

원정군에서 행정보급대장직을 맡을 수 있었던 것도 신분을 고려하면 불가능한 일이다. 가능했던 것은 군대의 최고령자, 유경험자라는 점과, 짬밥 경력이 먹혔기 때문이다.

이제 룩소스 1세가 전후 포상을 내리면 귀족이 될 것이지만 다른 대장들과 비슷한 작위는 받을 수 없었다. 출발선이 달랐기 때문이다.

귀족이 더 높은 작위를 받는 것과 기사가 귀족이 되는 건 차원이 달랐다.

바우팔로 경이라면 사돈의 제의에 응해 같이 남부로 이동할 확률이 높았다. 하우 경에게 혼담을 언질해 준 것만 봐도 이미 반쯤 넘어온 걸로 추정됐다.

딸 사랑이 지극한 래비 경은 정말 심혈을 기울여 사윗감과 사돈댁을 낚은 것이다.

"미리 축하드립니다. 남부론 언제 내려가십니까?"

"폐하께서 쇠뿔은 단숨에 뽑는 성미시니 곧 내려가게 될 것 같소. 결혼은 가능하면 나나바에서 해 주고 싶었소만 무리일 것 같소."

"안타깝네요. 꼭 참석하고 싶었는데."

"그러게 말이오. 경은 반드시 초대할 빈객인 것을. 제국의 친위대장으로서 폐하의 곁을 떠날 수도 없는 노릇이지. 혹시 올 수 있게 되면 꼭 와 주시오. 내 이렇게 부탁하겠소."

"여부가 있겠습니까."

둘의 머릿속에선 이미 결혼이 끝나 피로연이 한창이었다. 폴리아나와 래비 경은 서로를 마주보고 씨익 웃었다. 웃음이 제법 간사하고 음흉했다.

휴식이 길었다. 왕성에서 열린 연회에 룩소스 1세가 폴리아나를 공식적으로 초대했다.

초대장이 날아오기 전 미리 전령을 통해 언질받은 폴리아나는 가봉을 마친 제복을 시착했다.

'젠장.'

새로 맞춘 친위대의 푸른 제복이 폴리아나의 몸을 갑갑하게 조였다. 옷을 만든 치수는 비카 가문에 들어왔을 때 쟀던 수치 그대로다. 그 말인즉.

'살쪘다.'

운동을 한다고 했으나 짬밥 먹으며 야숙하던 시절과 솜침대에 누워 깃털침구를 쓰는 요즘은 달랐던 것이다. 그녀는 지나치게 풀어져 있었다.

늘어졌던 과거를 반성한 폴리아나는 연회 날까지 빡세게 운동했다. 비카 부인은 그녀가 너무 말랐다며 걱정했다. 폴리아나는 근육이 찌면 모를까 살이 찌면 손해임을 말했다.

그리하여 연회 당일. 폴리아나는 완벽하게 친위대 제복을 소화해냈다. 그녀가 검을 차자 지켜보던 박시와 바니사가 눈을 빛냈다.

“정말 멋있으세요!‘

“너무 멋지세요!”

“반할 것 같아요!”

“이미 반했나 봐요!”

“흐흐, 너무 띄워 주지 마십시오.”

귀족 여성들이 보내는 호감은 폴리아나에게 익숙했다. 사심과 평판을 고민하지 않고 마음껏 칭찬하고 호감을 보낼 수 있는 기사란 천연기념물에 가깝기 때문이다.

준비할 것이 많은 박시와 바니사가 빠지고 폴리아나가 먼저 저택을 나섰다. 비카 가문에 신세지는 형편이니 같이 연회에 참석해도 된다. 하지만 연회의 목적을 생각하면 폴리아나 혼자 가야 했다.

폴리아나가 말에 타고 대로를 이동하자 사람들의 시선이 그녀에게 와 박혔다. 친위대의 푸른 제복과 가슴을 가로지르는 금줄이 그녀의 신분을 증명한다. 높으신 귀족 나리로 그녀를 판단한 사람들은 곧이어 말에 탄 폴리아나의 성별을 알아채고 경악했다.

허리에 찬 것은 검, 입은 것은 영광스런 친위대의 푸른 제복, 가슴을 가로지르는 빛나는 금줄은 대장의 증거.

제국의 친위대장이 여기사인 것은 소문으로 널리 알려져 있다.

그러나 소문으로 듣는 것과 직접 목격하는 것은 다르다.

나나바의 주민들이 경악하든 말든 폴리아나는 신경 쓰지 않았다. 내성문을 지키는 경비병은 당황해하며 폴리아나에게 신분을 물었다.

“나는 제국의 친위대장 폴리아나 윈터다. 문을 열어라.”

성문 앞에서도 말에서 내리지 않은 건 룩소스 1세에게 받은 특권을 과시하기 위해서다. 경비가 엉겁결에 문을 열었다. 폴리아나를 알고 있는 기사와 병사들이 각 잡힌 경례를 올렸다.

“대장님 오셨습니까!”

“휴가 잘 즐기셨습니까!”

“폴리아나 경, 이쪽으로.”

기다리고 있던 시종이 폴리아나를 연회장으로 안내했다. 가는 길에 그녀는 도나우 경 및 부하들과 마주쳤다. 부하들이 군기 바싹 잡혀 경례했다.

연회장에 들어서자 대로에서보다 더 집요하고 은밀한 시선이 폴리아나에게 꽂혔다.

폴리아나는 전신갑주를 입은 것처럼 시선들을 무시했다. 연회장에서 중요한 건 오직 하나, 그녀의 주군 룩소스 1세뿐이다.

룩소스 1세의 뒤로 우크 경과 낯선 청년이 보였다. 낯선 청년이 아이노 경의 동생이고 친위부대장으로 루조 공작을 호위했던 자이노 세키일 것이다.

폴리아나가 황제에게 인사하기 앞서 룩소스 1세가 친히 몸을 일으켰다. 아크레아의 귀족들이 웅성거렸다.

“짐의 총애하는 기사여.”

“신, 폴리아나 윈터. 폐하의 초대에 감읍하여 왔습니다.”

황제가 직접 몸을 일으켜 반겼다. 귀족들의 시선이 더욱 더 따가워졌다. 그러나 시선엔 날과 가시가 없다.

그들이 눈에서 피눈물을 흘릴 때까지 폴리아나를 노려봐도 그녀에게 티끌만큼의 흠집도 낼 수 없었다.

룩소스 1세가 밝게 웃었다. 황제의 미모는 연회장을 밝히는 촛불과 샹들리에 수정보다 반짝였다. 폴리아나는 내심 뿌듯했다.

"오늘이 경의 휴가 마지막 날이다. 복귀를 환영하는 의미에서 경을 위해 짐이 연회를 준비했노라. 연회의 주인공으로서 마음껏 즐기도록 하라."

작위도 확정되지 않은 기사에게 보내는 황제의 파격적인 은혜. 사람들이 경악을 하든 말든, 그들이 요부를 상상했든, 괴물처럼 못생긴 추녀를 상상했든 폴리아나에겐 중요하지 않았다.

이렇게 그녀를 반겨 주는 주군이 계셨다. 폴리아나의 충심에 답해 주기 위해 노력하는 주인이 계셨다.

룩소스 1세만 있다면 그곳이 지옥이라도, 영원히 끝나지 않을 전장이라도 괜찮았다.

폴리아나가 설 곳은 단 하나. 룩소스 1세의 뒤였다. 그림자처럼 황제를 따르는 것이 그녀가 선택한 운명이었다.

"잘 쉬고 오셨습니까."

"푹 쉬었다."

그녀가 다가가자 우크 경이 바로 자리를 비켰다. 자이노 경이 폴리아나에게 살짝 고개 숙여 목례했다. 그의 시선이 폴리아나의 제복에 달린 금줄에 붙어 떨어지지 않았다.

룩소스 1세가 고개를 돌려 폴리아나를 책망했다.

"짐은 연회를 즐기라 명령했노라."

"소신은 폐하의 곁에 있는 것이 가장 즐겁습니다."

어차피 다 농담인 걸 안다. 책망보단 그냥 해 보는 말에 가까웠다. 폴리아나야말로 의아해져 되물었다.

"어찌 춤을 즐기지 않으십니까?"

"짐도 경과 함께 있는 것이 좋아."

룩소스 1세는 잘하는 게 많아 다재다능한데 농담엔 재능이 없었다. 황제가 농담을 던질 때마다 이렇게 확인하는 것이다.

폴리아나는 감사하다는 말을 전했다. 룩소스 1세도 실패한 농담인 걸 깨달았는지 헛기침하고 말을 돌렸다.

"농이 아니니라."

"예, 압니다. 연회에 뛰어들어 사람들과 대화해야 하는 것을."

"음, 짐의 말은 그게 아니고."

"소신도 교류의 필요성을 느끼고 있습니다. 하지만 오늘까지 휴가니까요. 오늘까진 신이 좋아하는 일을 하려 합니다."

이렇게 룩소스 1세의 뒤를 지키니 절로 기분이 좋았다. 폴리아나가 이를 드러내고 웃자 룩소스 1세는 시선을 돌렸다.

"포기하기 어렵게 만드는구나."

"춤추고 싶으시면 포기하지 마시고 추십시오!"

"짐 대신 루조 공작이 추니까 괜찮다."

루조 공작은 아무나 잡아 가란 심정이 되어 열정적으로 춤 삼매경에 빠져 있었다. 설마 유부남을 부려먹진 않으리란 의도가 느껴졌다.

물론 룩소스 1세는 유부남도 알차게 부려먹는 군주다. 룩소스 1

세는 폴리아나의 손을 잡고 싶어 근질거리는 손과 그녀를 끌고 춤추고 싶어 근질거리는 발바닥을 인내했다. 마음을 고백하느니 건넬 수 있는 진심은 하나뿐이다.

“폴 경. 짐의 명령이다. 행복해져라.”

사랑하는 여자를 위해 스스로의 마음을 포기한 황제의 배려는 길이길이 남는 미담이 될 것이다. 룩소스 1세는 그렇게 믿어 의심치 않았다.

‘래비 경에게 무슨 얘기를 들으셨나.’

뜬금없는 명령에도 폴리아나는 당황하지 않았다. 일이 바쁘실 텐데도 그녀의 행복까지 염려해 주시니 실로 모시는 보람이 넘쳤다.

적지 않은 사람들이 그녀의 행복을 바란다. 마음씀씀이가 과해 원하지 않는 선 자리를 주선하기도 하고 참견을 하기도 했다. 그래도 피 한 방울 통하지 않은 이들의 마음은 정말 고마운 일이다.

“신은 지금 굉장히 행복합니다.”

솔직하게 지금의 심정을 고백한다. 폴리아나의 간소한 고백에 룩소스 1세는 새삼 흐뭇한 듯 웃었다. 미소가 눈부셔 폴리아나는 만족했다.

13. 서열정리

13. 서열정리

폴리아나의 고국 에하스는 여자의 상속을 인정했다. 후계자가 여자밖에 남지 않았을 경우 작위와 영지는 여성에게 상속되었다.

아들이 없는 귀족은 데릴사위를 들여 가문을 이었다. 대륙의 국가 중 절반은 여성 상속을 인정하고 절반은 작위와 영지의 상속만 금지하고 재물의 상속을 인정했다.

아크레아는 여성의 상속 자체를 인정하지 않는다. 여자의 사유재산은 시집갈 때 증여받은 지참금에 한정하며 이것도 이혼하거나 소박맞아 쫓겨날 경우 친정에 반납해야 했다. 유일하게 인정받는 상속은 남편의 재산이었고, 이 또한 부부 사이에 아들이 있을 경우에만 해당되었다.

아크레아의 법률상 여성은 작위와 영지를 상속받지 못한다.

상속만 못 받는다.

룩소스 1세는 그 점을 노려 폴리아나에게 작위와 영지를 하사했다. 상속과 하사는 다르다, 이 꼰대들아!

성문화되지 않은 부분을 노린 날치기 수여에 원로들이 탐탁지 않은 심기를 내비쳤다.

"여자에게 작위라니 있을 수 없는 일입니다!"

"게다가 후작이라니, 너무 과합니다."

"다수의 영지를 하사하시는 것은 부조리합니다!"

"이런 식으로 하실 줄이야…… 법에 구멍이 있었습니다."

"여자를 기사로 만들고 전장에 내몰 줄 누가 알았겠습니까. 이게 다 멍청한 에하스 놈들 때문입니다."

"여자까지 전장에 내몰다니, 고자 새끼들."

법이 미비해 벌어진 결과다. 원로들은 반대해서 황제와 반목하는 대신 다른 방안을 강구했다.

"연약하고 모자란 여성의 몸으로 공을 세웠으니 더욱 감탄할 일입니다. 이 노구는 놀랐습니다."

시이제 후작이 허허 웃었다. 룩소스 1세는 그가 꺼낼 본론을 기다렸다.

"윈터 여후작을 시작으로 앞으로 더욱 스스로의 힘으로 공을 세워 활약해 영지와 작위를 받는 현명한 여인들이 늘지 않을까 합니다. 그런데 폐하, 그들의 사후 상속은 고려해 보셨습니까?"

"아니다. 시이제 후작에게 고견이 있다면 들어보고 싶구나."

"고견은 아니고 의문이옵니다. 작위를 가진 귀족이 사망할 경우 상속은 후계자의 몫, 만일 작위와 영지를 지닌 귀부인이 혼인한 상태에서 사망할 경우 상속은 누가 1순위옵니까?"

룩소스 1세는 금방 생각을 마쳤다. 남편이 상속할 수 있게 되면 마누라 죽이고 재산과 작위 가져올 놈들이었다.

"부인은 상속받지 못하는데 남편은 상속받으면 불공평한 일 아니겠느냐. 남편도 받지 못하게 하자."

비록 문자로 규정한 법은 아니되, 황제의 발언이니 영향력이 크다. 이렇게 여성이 작위를 받았을 경우의 상속기준이 정해졌다.

귀족들의 노림수야 뻔했다. 그들은 향후 폴리아나 외에 새로운 여자 영주가 등장하지 않으리라 판단했다.

예외는 유일로 족했다. 폴리아나가 불임이라는 소문은 은연중에 퍼져나가고 있었다. 소문이 사실이라면 폴리아나는 혼인해도 후계자 없이 사망한다. 그러면 작위와 영지는 다시 국가에 귀속될 것이다.

만약 양자를 들여 후계를 이어도 그것은 귀족 남성이여야 한다. 결과적으로 남자가 작위를 얻었다. 1대만 참으면 여자가 후작위에 오른 것도, 대영지를 여러 개 거느린 것도 흐지부지되었다.

작위 문제가 해결되자 귀족들은 대영지 하사를 트집 잡았다. 룩소스 1세는 기가 막혔다. 그 땅은 황제의 땅이지 그들의 땅이 아니다. 사유재산을 어떻게 쓰느냐는 주인의 몫이다. 타인이 왈가왈부할 일이 아니다.

늙은이들은 룩소스 그 영토를 정복할 때 아무 도움도 주지 않았다. 그러니까 같이하자고 했을 때 도와줬으면 그들에게도 영지가 돌아갈 것 아닌가. 사심을 가득 담아 하사한 거면 억울하지나 않다.

룩소스 1세는 폴리아나를 마음 속 깊이 사모하고 있다. 그러한 사모의 마음도 부정하고 철저하게 공과로 나눠 하사한 영지다.

룩소스 1세는 원로들을 노려보고 또 노려봤다. 원로의 주축인 시이제 후작가만 해도 벤티에 경이 하사받은 대영지가 있었다. 마치

하나도 못 받은 것처럼 구는 게 꼴 보기 싫었다.

'작위 개편 얘기 꺼내면 입에 거품들 물겠군.'

다음으로 황제가 진행할 일은 귀족 작위의 개편이었다. 룩소스 1세는 아크레아의 군제 개편엔 성공했다. 영지와 귀족 작위 개편도 성공했으나 반쯤의 성공에 불과하다. 그가 완벽하게 황가의 소유로 못 박은 건 새로 복속한 영토에 해당한다. 아크레아의 영지는 황제도 손을 못 대고 있었다.

귀족제도 그렇다. 공후백자남. 귀족의 오등작은 아크레아에서 유명무실했다.

왕족이 받는 작위가 공작인 건 타국과 같았다. 하지만 귀족의 세분화가 진행된 중부와 남부에 비해 북부의 귀족 작위는 큰 의미를 발휘하지 않았다. 작위의 등급과 실제 권력이 비례하지 않았던 것이다.

본래 작위는 영지와 한몸이다. 후작령의 영주는 후작, 백작령의 영주는 백작. 나라마다 차이가 있으나 아크레아도 단순하게 보자면 저러했다.

새로이 신하가 된 중부와 남부의 귀족 작위는 룩소스 1세 맘대로 주무를 수 있었으나 북부를 건드리진 못했다.

룩소스 1세는 갑자기 늘어난 신하들을 보다 효율적으로 통제, 관리하고 황제의 영향력을 늘리기 위해 공후백자남의 차이를 분명히 하기로 계획했다. 군대식 계급을 귀족 작위에도 적용하는 것이다.

모든 귀족의 위에 황제가 있으며, 작위는 상속이 가능하나 전처럼 고정되진 않는다. 본인의 행동에 따라 작위가 강등될 수도 있고 승급할 수도 있었다.

이미 정복지에선 시행되고 있다. 성문법으로도 개정할 작정이다. 늙은이들이 따라 주느냐가 문제였다.

성문화된 법이여도 사람들이 법을 어기면 실정법으로서 효력이 유명무실하다. 젊은 귀족들은 대부분 황제의 뜻에 찬동할 것이다. 아마 공을 세우면 더 높은 작위를 얻을 수 있을 미래를 노리겠지.

하지만 더 올라갈 데 없는 늙은이들은 젊은 것들을 휘어잡기 위해 반대할 테고.

'머리가 아파.'

적들 앞에서 약한 티를 내선 안 된다. 룩소스 1세는 근심걱정 다 덜어 둔 듯 선량한 미소를 지었다.

황제가 골치를 썩일 때, 폴리아나도 골치가 아팠다. 휴가를 끝내고 나니 할 일이 산더미였다. 일이 너무 많아 기가 차서 그녀는 우크 경을 잡았다.

"일 안 했나?"

"억울합니다, 대장님. 자이노 경과 함께 최대한 처리했습니다."

"그런데 왜 저렇게 쌓였어?"

황제가 명령한 친위대원 확충과 성의 경비 강화. 룩소스 1세는 천도할 예정이기에 친위대원 확충은 이사간 다음 하자고 말했다. 그 전에 후보라도 뽑아 두자는 의견에 후보자를 받았는데 지원자가 엄청났다.

나나바에 잔류한 친위대와 원정을 떠났던 친위대가 합쳐졌다. 폴리아나의 부하는 두 배가 되었고 일은 열 배가 늘었다.

상세한 체계는 이사간 다음 잡자는 황제의 의견이 아니었다면 일거리는 더 늘어났을 것이다. 폴리아나는 암담해졌다. 대장급 책임자가 더 필요했다.

'이상하다. 귀족은 무력 봉사 말고 일하는 거 아닌데 왜 나는 일을 하지.'

정체성 혼란이 그녀를 뒤흔들었다.

룩소스 1세를 곤란하게 한 폴리아나의 거처는 나나바 성의 친위대 숙소로 정해졌다. 주택을 구입해도 좋지만 곧 이사갈 것을 아니 괜히 돈 쓸 필요 없었다. 수도는 지가가 비싸다. 무의미하게 돈을 쓸 거면 차라리 자선을 베푸는 쪽이 평판에도 좋았다.

"이게 누구야, 윈터 후작님 아니야."

숙소로 이동하는 폴리아나와 마주친 하우 경이 히죽히죽 웃으면서 인사했다.

"흠! 아직 확실해진 거 아니야."

룩소스 1세의 마음속에선 공과가 분명해졌건만 관계자도 아닌 것들이 설치고 다닌다. 본격적인 논공행상이 아직이기에 폴리아나는 영지만 먼저 하사받았다.

룩소스 1세가 이참에 귀족계급을 확실히 구분 지으려 해서 작위 못 받고 포상만 받은 이들이 수두룩했다. 폴리아나는 후작위를 받을 게 확실시되고 있었다.

오등작의 구분을 확실히 하려는 황제의 의도를 보았을 때, 후작이라면 귀족으로서 최고였다. 가문의 시조는 한 단계 높게 쳐 주는 관습을 보자면 공작에 필적했다.

폴리아나는 작게 웃었다.

"리보 백작가의 영식께서 입이 싸면 안 되지."

바우팔로 경은 백작위를 받으리란 소문이 있었다. 바우팔로 경의 공적이 폴리아나보다 못하지 않다. 그런데 그가 후작위를 받지 못한 건 출발선이 달랐기 때문이다. 룩소스 1세가 본래 에하스의 귀족인 폴리아나의 신분을 참작해 줬다.

단순하게 보면 리보 가문에서 마음 상해할 일이다. 하우 경은 실망하지 않았다. 그는 약삭빠르게 생각했다.

'공을 더 세우면 후작이 될 수 있다.'

황제의 의도대로 작위가 개편되면 이후의 귀족들은 더 작위 승급을 위해 황제에게 충성하고 봉사할 것이다.

영주의 소유였던 영지는 황제의 소유가 되어 장기대여 형식으로 바뀌고 사병도 국가가 통솔한다. 작위까지 황제가 쥐락펴락하니 그야말로 황제 폐하 만만세였다.

"오늘 나온 얘기 들었어? 얼른 결혼 안 하면 윈터 후작가가 1대로 끝나겠어."

"결혼 안 해."

"그럼?"

폴리아나는 영지와 작위엔 미련이 없었다. 하지만 룩소스 1세에게 받은 성은 아까웠다. 황제가 그녀를 거둔 계절을 기억하자며 붙여준 이름, 윈터.

폴리아나가 하우 경에게 제안했다.

“나중에 둘째나 셋째 자질 아깝다 싶으면 나한테 넘겨.”

“엄청 솔깃한 제안이었어.”

하우 경이 바로 혹했다. 폴리아나가 으름장을 놓았다.

“자질 부족한 아이는 사양이야. 다른 사람들에게도 말하고 다녀야겠다. 후보가 늘면 경쟁도 치열해지겠지.”

비록 자식이 없어서 남의 자식에게 넘겨야 해도 그냥 줄 수는 없다! 자격을 증명해라!

폴리아나의 포부에 하우 경이 공감한 듯 고개를 끄덕였다.

“그렇지, 공짜로 주면 귀한 줄 몰라.”

“폐하께 직접 받은 성을 아무에게나 물려줄 순 없지. 외모 반반하고 인품 성실하고 능력도 인증되어야 해. 출신은 말할 것도 없지.”

“그런 점에서 나나 도나우 아이들은 합격이네!”

하우 경이 자신만만해서 외쳤다. 폴리아나는 그와 즐겁게 대화를 이어 갔다. 하우 경은 기사단을 그만둘 예정이라고 말했다.

“아깝지 않아?”

“출세는 남부에서도 할 수 있어. 대장이 돌아오기 전에 도망가야 해.”

하우 경과 친분이 깊어진 마호갈 경이 슬퍼할 일이었다.

“그렇구나. 남부로 가겠지…… 도나우도 가겠네?”

“가지 그럼. 아버지랑 어머니도 다 같이 이주하는데.”

예상한 일이다. 섭섭해도 어쩔 수 없었다. 폴리아나가 섭섭하다고 말하자 하우 경이 그녀의 어깨를 두드렸다.

“너무 쓸쓸해하지 마. 앞으로 바빠지면 그럴 틈도 없을걸.”

말이 씨가 된다더니. 폴리아나의 친위대장직이 확정되면서 반으로 갈라진 친위대의 반목이 눈에 띄게 늘었다. 자이노 경과 우크 경. 둘 중 한 명이 대장이 될 걸로 예상해 눌려 있던 반목이 폴리아나의 등장에 폭발한 것이다.

여자를 대장으로 따르다니. 불알 떼라.

폴리아나를 대장으로 잘 모시고 있던 친위대원들이 묵과하기 어려운 발언이었다.

우리 대장님이 뭐 어때서 부들부들. 우리 대장님은 진짜 너희들 불알 뗄 분이시다.

대놓고 싸움은 하지 않아도 언성을 높이는 광경이 목격되었다. 군기 잡는 일이 시급했다. 그런데 일이 좀 바빠야 말이지. 자이노 경만 해도 폴리아나에게 불만이 많은데 꾹 참고 일하고 있는 형편이다.

폴리아나를 볼 때마다 금줄도 같이 노려보는 것이, 불만의 이유를 물어볼 필요도 없이 자명하다.

"이런 데에 개구멍이 있었다니."

"대장님 눈썰미가 정말 대단하십니다. 여기에 이런 게 있는 건 어떻게 아셨습니까?"

"감이다."

"역시 여자의 육감은 대단합니다."

폴리아나는 성벽 곳곳을 수색한 끝에 개구멍을 찾아 막았다. 성의 보안을 장담하던 잔류파는 기가 죽었다.

폴리아나를 따르는 원정파만 신이 나서 그녀를 치켜세웠다. 폴리아나는 아무래도 좋았다.

"더 있을 수 있으니 수색을 확실히 해."

"네, 알겠습니다!"

“그리고 성문 경비를 기사로 바꿔라. 경비병으로 하니 신분파악이 어렵다.”

“기사가 그런 하찮은 일을 할 수는 없습니다.”

“폐하의 집을 지키는 일이다. 하찮은 일은 하나도 없다.”

이번에도 기사들의 반응은 둘로 나뉘었다. 군말 없이 따르는 쪽과 불만이 많아서 투덜거리는 쪽.

본래 친위대의 규율은 엄격하다. 군기가 가장 빡센 부대로도 불리는데 불만이 터져 나오는 것 자체가 기강이 해이해진 증거였다.

그동안 쉬었던 걸 보상하라는 것처럼 일감이 쉴 새 없이 쏟아졌다. 전쟁 때보다 지켜야 할 구역은 늘었고 경비해야 할 장소도 늘어났다.

신경 쓸 건 많고 경계해야 할 인원은 늘어났는데 불어난 부하의 절반은 말을 안 듣는다. 폴리아나의 짜증은 차곡차곡 적립되었다. 그나마 낙이 있다면 매일 보는 룩소스 1세의 미소다.

‘진짜 잘생기셨다.’

10년을 보아 온 얼굴이어도 전장과 왕성의 차이가 존재했다. 룩소스 1세는 본래 스스로의 미모를 가꿀 줄 알고 미용에도 신경을 쓴다.

그래도 전장에 데려간 시종 몇이 가꾸는 것과 왕성에서 수십의 손길을 받는 건 느낌이 달랐다. 나날이 빛을 발하는 황제의 외모에 기사들만 신이 났다.

우리 황제 폐하 미모는 세계 제일!

“짐의 얼굴을 보고 생각나는 게 없나?”

“아름다우십니다!”

폴리아나가 주먹을 불끈 쥐었다. 다른 기사들도 같이 쥐고 합창했다. 아름다우십니다! 황제는 자신이 바라는 대답이 그게 아니었다는 듯 다시 물었다.

“그거 말고?”

‘너무 예쁘다고 해서 마음에 안 드시나?’

폴리아나는 외모 칭찬의 방향을 바꿨다.

“턱이 강인하십니다! 처음 뵈었을 때보다 남성적인 매력이 늘어나셨습니다! 듬직한 어깨와 등 근육이 보기에 좋습니다!”

“이렇게 잘생긴 남자를 보고 뭔가, 다른 마음이 생기진 않느냐?”

“모시게 되어 영광입니다!”

룩소스 1세는 떨떠름한 기색을 애써 감췄다. 동일한 말을 침대에서 들으면 참 기쁠 일이다. 그러나 황제가 폴리아나를 아무리 열심히 살펴봐도 사심이나 흑심을 찾지 못했다.

룩소스 1세가 더 분통 터지는 일은 폴리아나가 그보다 못생긴 남자 앞에선 가끔 얼굴을 붉힌다는 점이다.

친위대원들 중엔 미남이 많은데 가끔 그런 기사들이 폴리아나에게 장난 식으로 아가씨 대접을 하면 폴리아나는 은근슬쩍 좋아했다. 황제는 그게 화가 났다.

폴리아나 윈터는 룩소스 1세를 남자로 보지 않는다. 그게 문제다. 포기한 건 포기한 거고, 좋아하는 여자가 남자로 봐 주지 않는 건 또 다른 문제.

굉장히 사리에 맞지 않는 생각이란 걸 알면서도 룩소스 1세는 차곡차곡 치밀어 오르는 울화를 적립했다.

사이좋은 주종은 나란히 짜증과 울화를 적립하고 있었다. 그것이 언제 터질지는 당사자만 알아서 그렇지.

룩소스 1세를 뒷목 잡게 만든 일은 따로 있었다. 래비 경의 부인이 폴리아나에게 들이밀었다는 선 자리에 황제는 혈압이 치솟아 의자에서 벌떡 일어날 뻔했다. 간신히 참았기에 눈치챈 자는 없었다.

'손주 있는 오십 대에 재혼으로 보낼 거면 짐이 후궁 삼고 만다.'

룩소스 1세는 밤잠을 설치며 고민한 끝에 포기를 좀 더 쉽게 하기 위해 폴리아나를 결혼시키는 건 어떨지 생각했다.

그가 납득할 수 있는 좋은 남자와 폴리아나가 결혼한다면? 폴리아나는 행복해지고 룩소스 1세도 그녀를 포기할 수 있게 되어서 행복해진다.

포기가 힘들어도 폴리아나가 행복해지는 걸로도 만족할 수 있으니 폴리아나 혼자 좋고 룩소스 1세 홀로 슬픈 일이었다.

룩소스 1세는 은근슬쩍 주위 기사들에게 폴리아나의 남편감으로 괜찮은 남자가 없는지 묻고 다녔다. 돌아오는 대답이 오십 대 재취와 별 차이가 없었다. 도토리 키재기로 고만고만했다.

룩소스 1세는 그로선 드물게 불편한 심기를 고스란히 드러냈다. 루조 공작은 바빠 죽겠는데 맞선에 열을 올리는 황제에게 대놓고 얼굴을 구겨 보였다. 황제는 사촌 동생의 무례를 탓하지 않았다. 대신 보고서를 향해 열을 냈다.

"이게 다 뭔가?"

"명하신 후보감입니다."

"짐은 분명히 좋은 남자라고 말했다."

"폴리아나 경과 억지로 명령을 하지 않고 결혼할 만한 남자는 이 정도입니다."

“다 나이가 많거나 재가잖아! 심지어 폴 경보다 집안과 재산이 뒤떨어지는 자가 태반이다!”

“폐하께서 폴리아나 경에게 대단한 영지를 하사하신 덕분에 그녀보다 재산이 많은 남자가 드뭅니다. 그리고 그렇게 돈 많은 남자가 왜 폴리아나 경과 결혼하려 하겠습니까? 눈이 있고 귀가 있는데.”

룩소스 1세는 분통이 터졌다. 뭐라 말은 못하고 황제는 퍽퍽 답답한 가슴을 쳤다. 그의 폴 경은 알고 보면 귀여운데 남자들이 죄 눈이 삐어서 그 사실을 몰라 줬다.

“짐이 총애하고 작위도 줄 것이고 영지도 더 하사할 것인데도?”

“결혼하는 순간 돈 보고 달려든 한량 소리 들을 텐데 누가 청혼하겠습니까.”

룩소스 1세는 이마를 짚었다. 황제의 총애와 약속된 승진. 귀족의 결혼은 얼굴보다 가문과 권력, 재산을 더 따지니 그렇게까지 떨어지는 조건은 아니라고 여겼다. 하다못해 부인의 연줄을 통해 황제의 눈에 들려는 야망 있는 젊은이가 있을 법도 한데 말이다.

“폴리아나 경이 그렇게 나쁜 조건은 아니지 않느냐. 짐이 이렇게 총애하고 있음에도…… 남자에겐 좋은 조건이건만 여자라는 이유로 순식간에 기피대상이 되다니. 정말 놀라운 일이군.”

“어쩔 수 없습니다.”

“하다못해 권력이나 재물에 눈먼 잘생긴 놈은 없는 것이냐.”

“송구하오나 폐하. 폴리아나 경이 불임이란 소문이 있습니다.”

“…….”

루조 공작은 룩소스 1세의 침묵에서 답을 얻었다. 소문이 아주 헛소문은 아니었다. 지난한 전투 속에서 폴리아나가 내상을 입은 적도 적지 않다.

본인 입으로 대놓고 생리 안 한다고 인정했으니 그걸 들은 사람들과 건너건너 전해 들은 사람이라면 다 알고 있었다.

아크레아에서 아이를 낳지 못하는 여자는 평생 독신으로 살거나 창녀가 된다. 귀족이라면 그나마 다행으로 후계자가 있는 집안에 후처로 들어가는 수도 있다. 그게 가장 안정적인 삶이었다.

여자가 박색인 건 봐줘도 애 못 낳는 건 못 봐주는 아크레아에서 불임은 황제의 총애도 가릴 수 없는 중대한 결격 사유였다.

룩소스 1세도 그런 것을 고려해 폴리아나를 포기했다. 남 말할 처지가 아니었다.

룩소스 1세가 맞선 자릴 알아보는데 동료 기사들도 끼어들었다. 이러니저러니 해도 결혼하고 가정이 있어야 행복하다는 것이 모두의 지론이다.

기사들은 10년을 함께 싸운 전우가 폐기물 취급 받는 걸 못 견뎌 했다. 이성적으론 이해하는데 감성적으론 납득이 안 된다. 그래서 동생이나 형을 들이밀었다.

폴리아나 경이 결혼도 못 해 보고 죽으면 처녀귀신이 되어서 제국을 수호할 거야.

폴리아나는 기가 막혔다. 바빠 죽겠는데 상대적으로 한가한 동료들이 없는 시간도 가져갔다. 대놓고 시작하는 맞선이 싫다면 우연을 가장한 만남으로 만나 보라는데 그게 가능해야 말이지. 그리고 제국 수호하면 좋지 뭐.

우연한 만남을 가장한 맞선은 대부분 좋지 않게 끝났다. 첫눈에 퇴짜 맞아 폴리아나는 분노했다. 분노를 달래고자 쓸데없는 짓을 하는 자도 생겼다.

“어쩔 수 없군. 폴리아나 경, 정 갈 데가 없으면 나랑 결혼합시다.”

폴리아나가 용맹하게 주먹을 쳐들었다.

우정 중에서 가장 짠한 게 전우애라고. 동정인지 뭔지로 청혼하는 새끼들을 패는 것도 한두 번이다. 심지어 셋 중 둘은 다시 돌아와서 생각해 보니 안 되겠다고 퇴짜를 놨다.

다른 하나는 결혼 못 하는 폴리아나가 너무 불쌍하니 1년만 결혼했다가 이혼하자는 막말을 했다. 실제로 미혼녀보단 이혼녀가 낫긴 하다. 귀족이라면.

아무리 그래도 그렇지.

결혼은 어차피 연애와 다르니 적당히 결혼하는 것도 괜찮지 않을까 잠깐 혹한 폴리아나를 비웃기라도 하는 듯했다.

“진짜 작작들 하시오!”

“그치만!”

“그치만이고 저치만이고! 내가 결혼을 하든 말든! 애를 낳든 못 낳든!”

잔소리 잔소리 잔소리 잔소리.

아오, 이 잔소리꾼들!

폴리아나가 부들부들 떠는 동안에도 미혼 기사들의 혼담은 착착 진행되고 있었다.

정복지로 발령받으면서 현지 귀족과 결혼하는 것이 나을 수도 있다. 그러나 역시 결혼은 문화가 잘 맞는 자국민이 제일인 법.

봄도 아닌데 나나바엔 춘풍이 회오리처럼 둥글게 둥글게 불었다. 떠나가지 않고 내내 맴도는 봄바람 가운데 폴리아나를 향한 공격은 멈추지 않았다.
폴리아나는 질식사하기 일보직전이었다.
덤으로 자이노 경도 폴리아나의 신경을 슬슬 긁었다. 그녀가 뭐라도 하나 실수하면 그걸 꼬투리 잡기 위해 눈에 불을 켠 게 훤히 보였다.
여자를 대장 삼을 수 없다는 소리는 아이노 경이 돌아오면서 쏙 들어가 그나마 다행이었다.
자이노 경은 형인 아이노 경이 폴리아나를 동료 기사로 대우하자 성별 문제는 거론하지 않았다. 승진 자리를 뺏긴 라이벌 취급을 해서 그렇지.

폴리아나는 아이노 경과 마주쳤다. 그가 부재한 동안 많은 일이 있었다. 대장이 부재한 동안 기사단은 기쁨의 술잔을 들었고 부대장 마호갈 경의 위장을 긁었다.
장기간 황제의 곁을 비우면서 어디서 뭘 하다 왔는지. 황제에게 제대로 보고도 안 했지만 아이노 경은 늘 당당했다. 지금도 보라.
“기강 잘 잡으시오.”
그가 저지른 죄는 생각 안 하고 폴리아나부터 탓하고 있었다.
‘재수 없는 새끼.’
아이노 경이 인상을 썼다. 폴리아나도 인상을 썼다. 인상파 두 사람이 미간 주름을 깊고 굵게 잡았다.

"경이야말로."

실력만 보고 뽑은 기사단원은 아이노 경의 말은 잘 듣고 마호갈 경의 말은 안 들었다. 아이노 경이 부재한 동안 마호갈 경은 집에도 못 가고 기사단원들을 관리했다. 혼자 잔소리 듣는 게 싫었던 폴리아나가 아이노 경을 공격했다.

"경은 결혼 안 하시오?"

"아무나 골라잡으면 되오."

아이노 경은 철벽 방어를 보였다. 폴리아나의 공격은 효과가 없었다. 이어지는 아이노 경의 자기자랑.

"마흔까지 미혼을 즐기다 골라서 결혼해도 되고."

마흔까지 독신을 즐기다가 십 대 소녀와 결혼하겠다는 아이노 경의 반응은 아주 재수 없었다. 이야기를 전해 들은 룩소스 1세도 동일한 반응을 보였다.

"그거 변태 아니냐. 마흔에 십 대면 짐이 아크레아를 떠날 때 그 소녀는 태어나지도 않았다."

안 그래도 현재 아크레아엔 결혼 문제가 심각하다. 남자들은 자기 나이가 몇이건 어린 여자를 찾았고 때를 놓쳐 노처녀가 된 여자의 수가 상당했다.

고위 귀족들은 그런 경우가 없는데 룩소스 1세를 따른 하위 귀족과 준귀족, 기사계급에 평민들이 문제였다. 남자들이 돌아오면서 성비가 맞을 줄 알았는데 이 인간들이 연하만 고집했다.

나라에 독신남녀가 많으면 국운이 기운다. 결혼 문제에 민감하게 반응하는 룩소스 1세도 미혼이다. 그러나 그는 바빠서 안 하는 거다. 황제는 당당했다.

룩소스 1세는 13살 소녀와 혼인하려 한 삼십 대 귀족의 혼담을 불허하고 치를 떨었다.

“조혼을 금지하고 위아래로 20살 이상 차이 나는 결혼을 아예 법으로 금지해야겠느니. 세상에 변태가 이렇게 많을 줄 몰랐다.”

어차피 귀족의 결혼엔 사랑이 낄 자리가 없다. 다 집안과 재산, 서로의 이득을 보고 하는 결혼. 어린아이들끼리의 조혼은 그나마 낫다 싶은데 나이차가 극심한 혼인은 황제가 보기에 도리에 안 맞았다. 그런 식으로 조금씩 법을 뜯어고치려던 룩소스 1세는 다시 좌절했다.

할 일이 너무 많은데 여기서 법까지 건드렸다간 노년에 놀 일이 막막하다.

노세 노세 늙어서 노세. 젊어 고생도 하기 싫은 것을 그놈의 원대한 꿈으로 대륙을 정벌했다. 이제는 사후 무너지지 않을 제국을 위해 천도해야 하는 상황.

본래 법이란 것이 단숨에 만들 수 있는 것도 아니고, 땅이 넓고 다양한 나라를 흡수했기에 그런 점들도 고려해야 한다.

역사적 사례만 보아도 국법은 건국으로부터 3대나 5대 정도 후에 완성되었다.

“짐은 게으르지 않다. 짐은 절대 후손에게 귀찮은 일을 미루는 게 아니야. 짐은 이미 제국을 위해 많은 일을 했다.”

“훌륭하십니다.”

황제가 괴로워할 땐 칭찬을 하면 된다. 그럼 룩소스 1세는 다시 기운을 차리고 열심히 일했다.

"그래도 다 변태는 아닙니다."

전사자의 부인과 자식을 책임지기 위해 과부와 결혼하는 청년들도 있었다. 또는 전우의 시집 못 간 누이와 딸을 책임지는 자도 속출하니 노처녀의 상당수가 구원받았다.

룩소스 1세는 그들의 신의를 칭찬하고 결혼 선물을 지급했다. 그런 자들이 있어 나라의 미래가 밝았다.

폴리아나와 가볍게 사담을 나누는 걸로 휴식을 끝마친 황제가 루조 공작을 불렀다. 탈모에 좋다는 광합성을 하던 루조 공작이 퀭한 안색을 하고 황제의 부름에 달려왔다. 룩소스 1세는 제국을 위해 머리숱의 반절을 바친 사촌 동생이 안쓰러워 울 뻔했다.

"짐이 약조하마. 일이 끝나면 공작을 놔주겠다."

"진심이시죠?"

"황제는 한 입으로 두 말하지 않는다."

루조 공작이 기록관들에게 목에 핏대까지 세워 가며 외쳤다.

"적어! 다 받아 적어! 토씨 하나 놓치지 말고 적어라!"

폴리아나는 그 모습을 안쓰러이 바라보다 두 남자 앞에서 물러났다.

'그놈의 일은 왜 해도 해도 줄지를 않아.'

루조 공작의 소년기 초상화를 본 이후 폴리아나도 공작에게 연민의 정을 품게 되었다. 그녀 또한 만만찮은 과업에 시달리고 있었다. 검을 들지 않는 전장에서도 전우의 정이 싹텄다.

'귀한 분들도 저리 열심이신데.'

폴리아나는 마음을 다잡았다. 아무리 일이 바빠도 그렇지. 재수 없는 인간에게 부하들 기강 지적을 받다니. 얼마나 기강이 허술하면 이런 일이 발생했겠는가.

일이 바쁘고 낯설다는 이유로 불성실하게 임한 것이 아닌지 의심이 된다. 언제 적의 습격을 받을지 몰라 경계하며 자는 전장도 아니다. 잘 거 다 자고 먹을 거 다 먹고 있는데 시간이 부족하다는 건 말이 안 됐다.

결심을 했으면 실천에 옮기는 게 그녀의 성격이었다. 폴리아나는 바로 친위대를 소집했다. 최소한의 호위를 남겨 두고 모조리 소집했다.

그녀의 밑에서 굴러 본 유경험자들은 미리 마음의 준비를 했다. 훈훈한 외모의 건장한 청년들이 일시에 하늘을 올려다보고 땅을 걷어찼다.

'저 새끼들이 건방져서 우리까지 구르는구나!'

원정파의 눈에 살기가 어렸다. 그들은 원망의 눈초리를 나나바 잔류파와 자이노 경에게 보냈다.

궁극적으로 보면, 그들을 잡는 폴리아나가 원망이 대상이 되어야 한다. 군대의 특성상 패는 상관보다 원인을 만든 동료가 미움받았다.

친위대는 군기가 세다. 대장이 여자이고 외국인이라는 이유로 흔들릴 군기라면 바닥부터 고쳐야 한다. 바로 오늘이 서열을 재확인하는 날이었다.

하늘에 해는 쨍쨍했고 장소는 왕성의 연무장. 한 명이라도 폴리아나의 명령을 거역하는 순간 항명죄로 감옥에 끌려가 태형을 선고받을 상황이었다.

"요즘 살 만한가 보지? 우리 부대가 가장 기강이 해이하다 소리를 내가 누구에게 들었는지 아나? 아이노 경이다. 기사단과 합동 훈련이라도 해야 정신 차릴 텐가?"

"시정하겠습니다!"

"잘못했습니다!"

사나이의 사과가 땅을 울렸다. 흙먼지가 피어오르는 사이로 폴리아나가 외쳤다.

"불만이 있다면 얘기해라. 성심성의껏 반영하겠다. 내가 여자라서 불만이면 너희들 불알을 터트려 똑같이 만들어 주마. 내가 외국인이라 마음에 안 든다면 제국에 역심을 품은 걸로 알고 즉결 처형하겠다. 또 무엇이 문젠가. 내 신분? 무력? 불만이면 폐하께 고해라."

이렇게 하는 게 더럽고 치사한 건 폴리아나도 잘 안다. 몇 년 전에 룩소스 1세가 폴리아나에게 공포와 권위로 짓누르는 것으론 부족하다는 사실을 일깨워 줬다. 시간이 부족하고 자꾸 자기들끼리 다투지만 않았던들 최선책을 두고 차선책을 택할 리 없다.

"시정하겠습니다악!"

"시정하면 들은 욕이 없어지나!"

"기회를 주시면 최선을 다하겠습니다!"

"최선은 없어! 한 번만 더 지적이 들어오면 그땐 내가 사생결단 내겠다. 알겠나?"

"네! 알겠습니다!"

원정파가 진심을 다해 외치자 잔류파도 마음이 흔들려 같이 외쳤다. 우크 경이 폴리아나에게 추가로 고개 숙였다.

말 잘 듣던 부하의 사죄에 폴리아나는 깨달았다. 그녀의 마음이 조금 성급해져 있었다. 우크 경을 비롯한 부하들이 실망하지 않은 게 다행이었다.

'진짜 못났다.'

돌아서는 그녀의 뒤로 우크 경과 자이노 경이 부하를 갈구기 시작했다. 내리갈굼은 내리사랑처럼 좋은 것도 아니다. 그런데도 끊어지지 않는 폭력의 연쇄.

'아 씨.'

폴리아나는 참지 못하고 근처의 정원수를 폭행했다. 왼손, 오른손, 왼발, 오른발. 정원사가 보면 눈물지을 폭행이었다.

"대장님, 잠시 괜찮으십니까."

식물 폭행에 여념이 없는 폴리아나를 자이노 경이 불렀다. 폴리아나가 돌아보자 자이노 경이 끼고 있던 장갑을 벗었다. 자이노 경이 장갑을 폴리아나에게 내밀었다.

"저는 불만 있습니다."

그렇게 말로 설명해 주지 않아도 불만 많아 보였다. 폴리아나와 마주친 순간부터 주욱 자이노 경은 그녀의 제복에 달린 금줄에서 시선을 뗀 적이 없었다.

자이노 경의 경우엔 불만의 원인이 명확해서 좋았다.

'이 장갑은 뭐지.'

친형인 아이노 경보다 상식인이라는 점에서 폴리아나는 자이노 경을 높이 평가했다. 아이노 경을 형으로 뒀으면서 인성이 파탄나지 않았다는 건 칭찬받을 만한 일이다. 폴리아나는 내밀어진 장갑의 의미를 파악하지 못하고 물끄러미 바라봤다.

'설마 그건 아니겠지.'

폴리아나가 아는 자이노 경은 그 정도로 상식이 부족하지 않았다. 말과 주먹이 같이 나가는 상식인이었다.

'설마 이 인간도 몰상식은 아니겠지.'

폴리아나의 몸이 흠칫 떨렸다. 두려움 때문이었다.

"뭐하자는 건가."

"성별과 무력, 신분 모두 불만 없지만 하나 불만 있습니다. 짬입니다. 기사 대 기사로 친위대장직을 놓고 결투를 청합니다, 폴리아나 경."

자이노 경의 나이가 폴리아나와 동갑. 그는 폴리아나와 군 경력도 비슷하고 더 오래 아크레아에 봉사했다.

자이노 경은 확신했다. 그가 형처럼 룩소스 1세의 원정을 따라갔다면 친위대장직은 자신의 몫이었다고.

폴리아나가 군기를 잡고 있을 때엔 분위기를 깨지 않기 위해 나서지 않았지만 사실은 불만사항이 있었다.

'옘병.'

설마 했던 그게 맞았다. 폴리아나는 진지한 얼굴로 장갑을 받아 들었다. 자이노 경이 굳은 입매로 고개를 끄덕였다.

"대장님의 명예를 실추할 생각은 없습니다. 당연히 제가 이길 거라는 생각도 하지 않습니다. 우크 경과 다른 기사들이 말하길, 대장님은 수단 방법을 가리지 않는다고 들었습니다. 결투에서도 그런 걸 정하지 않고 수단 방법을 으악!"

폴리아나가 장갑으로 자이노 경의 얼굴을 후려쳤다. 자이노 경은 장갑 손가락 끝에 눈을 맞을까 봐 뒤로 물러났다. 폴리아나가 좇아가서 계속 때렸다.

수단 방법을 가리지 않는다는 말대로, 그녀의 손이 가차 없이 움직였다. 설마 했는데 이놈도 정상이 아니었다.

"대장직이 장난이오? 폐하께서 정해 주시는 직위를 결투로 바꿔? 폐하께서 원정 내내 가장 많이 한 말이 뭔지 아시오? '로망스 좀 작작 읽어'였소. 장난해? 내가 장난 같냐? 응? 내가 장난 같아?"

"악! 죄송, 죄송합니다!"

폴리아나는 불시의 공격으로 자이노 경을 구석으로 몰아넣는 데 성공했다. 듣고 보니 그녀의 말에 틀린 데가 없었다. 자이노 경은 반항하지 못하고 맞다가 명령대로 움직였다.

앉아, 일어서, 왼발, 오른발, 열, 차, 열, 차, 동작 봐라.

숙련된 솜씨로 자이노 경을 굴리던 폴리아나는 인기척에 놀라 멈췄다. 다른 사람 앞에서 친위부대장이 바닥을 구르는 모습을 보일 순 없었다. 자이노 경이 언제 굴렀냐는 듯 일어났다.

"대장님, 큰일 났습니다!"

달려온 친위대원이 폴리아나에게 보고했다.

"도나우 경이 내브킨 경을 폭행했습니다!"

자이노 경을 장갑으로 패면서 풀었던 울화가 다시 쌓였다. 폴리아나는 뒷목을 잡았다.

그녀는 은퇴 안 할 거란 말을 취소하고 영지로 내려가고 싶어졌다.

상관과 부하는 보고를 받자마자 현장으로 달려갔다. 빠른 출동에도 불구하고 현장 상황은 보고받은 내용과 달랐다.

보고받은 것은 1 대 1 선임 폭행인데 현장에서 목격한 것은 패싸움이니, 어허, 이를 어찌할까.

황제의 친위대가 아예 대놓고 패를 갈라 싸우고 있는 모습에 자이노 경이 뒷목을 잡았다.

"이 새끼들!"

"일동 차려엇!"

폴리아나가 목이 터져라 소리쳤다. 전장에서 하도 악을 쓰는 바람에 거칠어진 여성의 목소리가 연병장을 갈랐다.

멱살 잡고 서로를 붙들던 기사들의 움직임이 멎었다. 싸울 땐 흥분해서 생각하지 못했으나 폭행을 멈춘 순간 다들 깨달았다.

음경 됐다.

기사 몇이 다가와 변명을 하려 했으나 폴리아나는 그들도 공평하게 가죽장갑으로 뺨을 후렸다. 철썩 철썩. 죽은 가죽과 산 가죽이 부딪치는 소리가 찰졌다.

"싹 다 지하 감옥에 처넣어. 보고는 이후에 받는다."

지은 죄를 알고 있기에 반항하는 기사는 없었다. 다들 고개를 깊게 숙이고 일렬로 서서 지하 감옥으로 걸어갔다.

자이노 경이 뒤처지는 놈들에게 발차기를 날렸다. 폴리아나는 그를 불렀다.

"너도 들어가."

"……저 말씀이십니까?"

"들어가 새끼야."

잘 못 들었습니다 소리가 튀어나오는 순간 너는 내게 불알을 까일 것이다.

폴리아나가 보내는 시선에 자이노 경이 경례했다.

"명령 이행하겠습니다!"

자이노 경은 눈치를 보다가 폴리아나의 손에 들린 가죽장갑을 응시했다. 폴리아나가 가죽장갑을 면상에 집어 던지자 자이노 경이 바닥에 떨어진 장갑을 주웠다.

그 모습이 금화를 적선 받은 거지처럼 황공해하는 태도여서 폴리아나의 혈압을 조금 낮췄다. 폴리아나는 사건이 터지자마자 보고하러 달려온 기사에게 우크 경의 행방을 물었다.

"부대장은 폐하의 호위를 서러 갔습니다!"

"그래, 아이노 경 있지? 그에게 내가 부탁할 게 있다고 전해라. 전한 다음 너도 들어가."

보고한 기사의 눈이 흔들렸다.

"저도 말입니까?"

'나는 왜?'

사건이 터지자마자 대장님을 찾아 빠르게 움직였는데 왜 나도 지하 감옥에?

억울함이 묻어나는 표정에 폴리아나는 현실을 일깨워 줬다.

"여긴 군대다."

'시발.'

다 같이 엿 먹으면 몰라도 혼자 엿 먹는 법은 없는 잔혹한 세계. 기사가 죽상을 쓰고 아이노 경을 찾아 뛰어갔다.

상황을 정리한 폴리아나가 느리게 뒷목을 잡았다. 마음의 안정을 위해 후후하하 심호흡했다.

친위대 소속 기사의 3분의 1이 지하 감옥에 갇힌 초유의 사태는 '그' 아이노 경조차 당황하게 했다.

"싸그리 영창 보내라는 의미는 아니었는데?"

아이노 경은 자기가 한 말 때문인가 싶어서 괜히 억울해졌다. 선임 친위대장으로서 기강 좀 잡으라는 말은 했다. 그 정도는 얼마든지 할 수 있는 참견 아닌가?

그의 아우 자이노 경이 지하 감옥에 투옥되었다는 얘기는 별다른 감흥을 주지 못했다.

'살면서 감옥도 가 보고 그러는 거지 뭐.'

아이노 경이 보기에 세상 모든 기사는 약해 빠졌다. 어차피 약해 빠진 것, 폴리아나의 근성이 자이노 경보다 나았다.

친위대장감은 폴리아나 경이다. 그래서 아이노 경은 폴리아나에게 별다른 불평을 하지 않았다.

"부탁이 무엇이오?"

"잠시 폐하의 경호를 맡아 주시오."

폴리아나가 아이노 경에게 황제의 경호를 부탁했다. 아이노 경은 흔쾌히 승낙했다. 그는 기사단장을 맡고 있지만 기사단이 정식으로 창단되지 않아 그고 단원들이고 모두 한가했다.

군인은 놀리면 안 된다. 몸에 먼지가 앉지 않도록 부지런히 움직여야 했다. 할 일이 생긴다면 좋은 일이다.

연좌제의 힘으로, 근무를 서느라 패싸움의 존재조차 몰랐던 친위대원들까지 지하 감옥으로 들어갔다. 울상을 지은 귀족 청년들이 질서정연하게 지하 감옥으로 들어가는 건 좋은 구경거리였다. 흔치 않은 광경을 보러 인파가 몰려 감옥 앞이 북새통이었다.

"대장님, 감옥이 부족합니다."

"땅 파."

군대 보급의 기본이 뭐다? 자급자족이다. 부족하면 만들면 된다. 바우팔로 경의 조언을 금과옥조처럼 섬기는 폴리아나가 삽질을 명령했다.

들어갈 지하 감옥이 부족하면 땅을 파서 만들면 된다. 삽을 들고 자기가 수감될 감옥을 만드는 기사들은 여기가 산지옥인지 의심했다.

폴리아나는 바로 감옥에 들어가 죄인을 문초하지 않았다. 일단 지은 죄를 반성할 수 있는 명상의 시간을 제공했다.

명상의 시간은 참으로 적절하게도 사흘이었으며 그 기간 동안 기사들은 식사도 제대로 못 하고 다리도 제대로 뻗지 못한 채 지하 감옥과 토굴의 추위를 견뎠다.

사흘이 지난 뒤 폴리아나는 일단 밥을 먹였다. 그리고 보고를 받았다.

"그래서, 무슨 일이 있었지?"

보고는 군번 순으로 받았다. 다른 사람은 끼지 않은 1 대 1 독대였다. 일단 보고를 받은 다음엔 스스로 밝힌 죄질에 따라 감옥으로 돌아갈지, 아니면 나갈지 결정하게 했다.

"타인의 증언으로 여죄가 밝혀져도 다시 처넣진 않겠다. 그러니 마음대로 해라."

대다수는 지은 죄를 인정하고 감옥으로 돌아갔다. 폴리아나는 지하 감옥에서 일반 감옥으로 수용 장소를 변경했다. 대충 스무 명 정도에게 보고를 받고 나니 그 날의 사건이 대략적으로 그려졌다.

내막은 이렇다. 폴리아나가 군기를 잡느라 기사들을 쪼았다. 폴리아나가 자리를 뜨자 우크 경과 자이노 경이 군기를 잡느라 기사들을 굴렸다.

우크 경이 일 때문에 자리를 비우고 자이노 경이 폴리아나에게 결투 신청을 하느라 자리를 비우자 이번엔 고참들이 후임들 군기를 잡느라 기사들을 굴렸다.

아름다운 내리갈굼이다. 여기까진 문제가 없었다. 기사들은 밥술 뜰 힘도 없어서 연병장 바닥을 기어 다녔다. 그리고 다 함께 군기를 잡힌 덕분에 나름 돈독한 정도 생긴 상태였다.

술이나 한잔할까? 어디가 좋지? 우리 집으로 와! 경의 집은 너무 명문가라 몰려가기 부담되오. 너 허리와 다리 힘이 좋던데 내 매제로 들어오지 않겠어? 여동생 예쁘냐?

그렇게 화기애애한 대화가 오가던 중 본격적인 사건이 발생했다.

“와 씨, 대장님. 저 성질 누가 데려가.”

상관 욕을 하는 건 하나로 뭉치기에 좋은 대화 주제이다.

폴리아나를 모욕하는 데에 기사들이 쌍심지를 켜도 이런 식의 욕은 다른 대장들도 흔히 받았다. 그래서 분위기는 나쁘지 않았다.

폴리아나가 만만치 않은 상대임을 깨달은 잔류파는 그녀를 모욕하기보단 대충 성질 더러운 대장으로 받아들였다. 농담은 술술 터져 나왔다.

“역시 노처녀로 죽어 아크레아의 수호 귀신이 될 분이시다.”

"왜, 여기도 데려가겠다고 했다가 나무에 매달린 놈 있는데!"

일전에 폴리아나에게 청혼했던 녀석이 주목받았다. 그놈은 그땐 농담 욕심이 너무 컸었다며 손을 저었다. 다들 황제를 경호하면서 몹쓸 농담만 배우고 있었던 것이다.

동료들이 농담도 급이 있다며 다시 한 번 문제의 기사를 나무에 매달려고 했다.

그때 내브킨 경이 말했다.

"그것도 괜찮네. 직장에선 상관, 집에선 부인. 대문 들어서자마자 나한테 존댓말 쓰고 상하관계가 역전되지 않소."

딱 여기서 멈췄어도 아크레아 역사에 길이 남을 '친위대 단체 영창 사건'은 벌어지지 않았을 것이다.

"대장한테 청혼이나 할까? 침대에서 서방님, 서방님 소리 하는 거 밑에 깔 수 있잖아."

도를 넘어선 농담에 다른 기사들의 얼굴이 싹 굳었다. 점잖게 타이르려는 사람이 나서기 전, 도나우 경이 누구보다 빠르게 내브킨 경의 턱주가리를 날렸다.

선빵 맞은 내브킨 경은 반사적으로 도나우 경을 걷어찼다. 쓰러진 도나우 경이 주위 기사들 위로 밀려났다. 피하지 못한 기사 둘이 깔렸다.

"무슨 짓이야!"

깔린 기사들이 내브킨 경에게 항의했다.

"무슨 짓이오!"

"도나우 경이 갑자기 날 쳤잖소!"

"경의 말이 심했잖아!"

패는 둘로 갈렸다. 내브킨 경의 말이 심했고 대장이 모욕당했다고 여긴 자와 먼저 폭력을 쓴 도나우 경 쪽이 나쁘다는 쪽.

쓰러졌던 도나우 경이 다시 내브킨 경에게 달려들어 척추를 접어버림으로써 본격적인 난투극이 벌어졌다. 초창기엔 패가 명확히 갈렸다. 원정파와 나나바 잔류파. 그러나 서로 친분이 있는 사이도 있고 형제도 존재하기에.

저 새끼가 형을 패니 내가 저 새끼를 팬다. 저 새끼가 내 친구를 패네? 그럼 나는 널 팬다.

시간이 지나면서 원정파와 잔류파의 경계가 희미해지고 종국엔 집단 난투극이 되었다.

혼란스러운 와중에 내브킨 경만 죽어라 공격한 도나우 경의 활약이 눈부셨다. 과연 불알이 까여도 황제를 지킬 기사다웠다.

문제의 내브킨 경은 감히 폴리아나 앞에서 얼굴도 들지 못했다.

'에라 인간아.'

당사자를 똑바로 보지도 못할 담력으로 왜 그런 말을 했는지. 무기징역을 자처하는 그를 폴리아나는 일반 감옥으로 올려 보냈다.

군번 순으로 심문을 하다 보니 도나우 경의 차례는 상당히 뒤쪽이었다. 도나우 경의 상태는 그리 좋지 않았다.

내브킨 경과 도나우 경을 비교했을 때 내브킨 경이 더 강하다. 체급 차가 있고 기술도 내브킨 경이 더 좋았다. 맞아 가면서 때렸다는 표현이 적절했다.

비실비실 걸어오는 도나우 경을 확인한 폴리아나는 울컥했다.

누가 봐도 도나우 경이 더 많이 맞았다. 눈탱이는 밤탱이가 되고 피멍이 얼룩덜룩했다. 봐 줄 만하던 얼굴이 팅팅 부어서 피멍과 딱

지가 내려앉았고 쌍코피를 안 닦아서 인중에 피딱지가 남았다.

송곳니가 하나 빠져서 입을 열 때마다 보기 흉했다. 어금니가 하나 부족한 폴리아나는 이 사이로 바람 빠지는 고통을 잘 알았다.

"보고해라."

"……."

"보고해라."

"……."

"맞을래?"

"드릴 말씀이 없습니다."

잘못했다는 어투가 아니어서 폴리아나는 귀를 의심했다. 잘못해서 드릴 말이 없습니다가 아니다. 할 말이 없어서 드릴 말이 없다니? 바닥에 엎드려 빌어도 모자랄 판에?

"도나우, 왜 그랬냐."

"……."

"내 대신 화내 준 건 고맙다. 그런데 방식이 잘못되었잖아. 너희들 로망스 좋아하잖아. 거기 나오는 것처럼 건틀렛이든 장갑이든 던져서 맞추면 될 걸 왜 그랬어."

"그냥 화가 났습니다."

"내가 그런 모욕 듣는 게 처음도 아니고."

"모욕에 익숙해져서 어쩌시려고요!"

도나우 경이 버럭 성질을 냈다. 폴리아나의 눈이 토끼처럼 동그래졌다. 도나우 경이 폴리아나에게 따지듯 말했다.

"익숙해져서 좋으십니까? 안 아프셔서 좋으십니까? 그런 거에 익숙해지신 게 자랑스럽습니까? 모욕에 익숙한 누님이셔서 좋겠습니다? 아주 좋겠습니다?"

"없는 자리에선 나라님 욕도 한다. 나도 친위대장이 된 후론 명예를 깎는 자를 응징하고 있다. 너도 알잖아."

"도대체 왜 누님이 그런 음담패설 주인공이 되어야 하는 겁니까!"

도나우 경이 외쳤다. 폴리아나는 감탄했다. 사흘 굶다 밥 한 끼 먹였는데도 쌩쌩했다. 이것이 젊음인가!

도나우 경이 폴리아나의 손을 잡아챘다. 그가 외쳤다.

"저와 결혼해 주세요!"

심문실 밖에서 대기하고 있던 기사들은 단체로 사레 들렸다. 켁켁거리는 소리가 지하에 울렸다. 도나우 경은 계속 뭐라고 외쳤다.

"존댓말 안 쓰셔도 돼요! 집에서도 대장처럼 계세요! 기사 계속하셔도 되고 저보다 상관이라고 이상한 말 안 하겠습니다! 아이 없는 것도 괜찮고 성도 제가 갈, 으악!"

"이런 미친 새끼. 누굴 은혜 원수로 갚는 년 만들려고."

폴리아나에게 명치를 찍힌 도나우가 명치를 잡고 바닥을 굴렀다. 폴리아나가 냉정하게 바닥을 구르는 의동생을 응시했다.

"간수! 이거 치워!"

폴리아나가 간수를 시켜 그를 내보내려 하자 그는 손을 뻗어 폴리아나를 잡았다.

"나쁘지 않은 제의잖아요!"

폴리아나에게도 이유가 있었다. 그녀는 이런 호구 반대였다.

"바우팔로 경이 퍽이나 좋아하시겠다!"

"아버지는 제가 설득할게요!"

"좋은 집안이랑 혼담 오가는 게 무슨 막말이야!"

"그 아가씨들 좋아하지도 않으니까 괜찮아요!"
"그럼 나는? 나는 좋아해?"
"예?"
도나우 경의 얼굴이 굳었다. 바로 대답하지 못한다는 점에서 100점 만점에 1,000점 감점. 어떤 의미에선 음담패설보다 질이 나쁜 발언이었다.
음담패설은 폴리아나를 해하지 못하지만 도나우 경의 청혼은 폴리아나와 바우팔로 경의 사이를 음해할 수 있기 때문이다.
"끌고 가!"
간수가 들어와 도나우 경을 포박했다. 얼음처럼 굳어 버린 도나우 경에게 폴리아나가 엄중히 선고했다.
"대장을 우롱한 죄로 지하 감옥 일주일."
땅땅땅. 형을 선고한 폴리아나가 다음 군번을 불렀다. 뒤이어 들어온 기사가 눈을 반짝반짝 빛냈다. 사흘 굶었는데 생기가 돌았다. 하여간 젊음이 좋았다. 그가 입을 여는데 하는 말이 가관이었다.
"도나우 경이랑 혼담 오가는 집이 어딥니까?"
숨이 막혀 폴리아나는 주먹으로 가슴을 쳤다.
"나 진짜 영지로 내려갈까."
"가시면 안 됩니다, 대장님! 잘못했습니다!"
폴리아나는 밀려오는 두통, 편두통, 치솟는 혈압에 머리를 싸맸다. 답이 없었다.

문제의 도나우 경 청혼 사건은 일파만파 퍼졌다. 프로포즈를 목격한 사람은 간수, 친위대원이 전부였는데 워낙 인상 깊은 장면이었던지라 목격한 친위대원이 감옥에서 재회한 동료들에게 열심히 입을 털었다. 친위대원들은 면회 온 가족에게 입을 털었다.

폴리아나가 딱히 제지하지도 않았기에 소문은 빠르게 퍼져 나갔다. 대부분 상관을 존경하는 도나우 경의 의롭고 고운 마음씨를 칭찬하는 내용이었다.

추녀 상관이 상심하지 않고 음담패설에서 벗어날 수 있도록 청혼하는 청년 기사. 사랑하지는 않아도 존경하는 마음으로 하는 청혼. 나름 신선한 미담이었다.

미담은 황제의 귀에까지 들어갔다. 소문이 아니더라도 친위대 전원이 투옥당한 사건이다. 황제에겐 빠른 속도로 보고가 올라가고 있었다.

"도나우 경이 폴에게 청혼을?"

"폐하, 표정. 표정 관리."

룩소스 1세의 손에 들려 있던 서류가 구겨졌다. 자리를 박차고 일어나려던 룩소스 1세를 진정시킨 사람은 아이노 경이었다.

'병이 깊네.'

아이노 경은 심각해졌다. 룩소스 1세가 나라 잃은 표정을 짓고 있었기 때문이다. 시간이 지나면 나아질 줄 알았는데 그가 자리를 비운 동안 병은 악화되어 있었다.

아이노 경의 지적에 룩소스 1세가 마른세수를 했지만 표정은 별반 달라지지 않았다.

코에몽 강에서 진군이 막혔을 적에도 황제는 저런 표정을 짓지 않았다. 저렇게 나라 잃고 집 잃고 가족 잃은 표정은 짓지 않았단 말이다.

포기한다 포기한다 말만 그럴싸했지 정작 폴리아나는 룩소스 1세의 모든 것이 되어 가고 있었다.

황제의 증세는 아이노 경이 부재한 사이 더 심각해졌다. 무슨 일이 있었는지 벽치기를 찬양하는가 하면 좋아하는 사람이 생기면 반드시 벽치기를 하라고 주절거렸다.

'벽을 왜 치라는 거야?'

좋아하는 사람이 생기면 청혼을 해야지 왜 벽을 쳐.

룩소스 1세는 폴리아나에 관한 시안이면 횡설수설이 많아져 하는 말을 이해하기 어려웠다. 그나마 아이노 경이 짐작하는 것이라곤 폴리아나의 스트레스 해소법이었다. 폴리아나는 스트레스 풀 일이 생기면 주위 식물과 건물을 폭행했다.

"폴이, 폴이 결혼을……."

'글렀다.'

룩소스 1세가 나라에 집, 가족도 모자라 영혼까지 뺏긴 표정을 지었다. 그대로 절망의 나락으로 떨어지기 전 아이노 경이 황제를 낚아챘다.

"마저 읽으소서. 폴리아나 경은 거절했습니다. 상관 우롱죄로 일주일 영창입니다."

맑은 소리, 고운 소리 영창.

서류를 확인한 황제의 얼굴에 삶의 의미가 돌아왔다. 만면에 미소를 머금으니 흡족한 마음을 주위 사람까지 알 정도였다.

아주 좋아 죽었다. 울다가 웃으면 엉덩이에 뭐가 난다는데 룩소스 1세는 양심이 없었다. 주위에 아이노 경만 있어서 가능한 비양심적 행동이었다.

룩소스 1세가 티가 날 정도로 좋아하자 아이노 경은 허탈해했다.

"행복을 빌어 줄 거라지 않으셨습니까?"

"물론 빌어 줘야지!"

백배 양보해서 봐도 사랑하는 여인의 행복을 빌어 준다는 사람의 표정이 아니었다.

아이노 경이 거울을 가져왔다. 황제에게 들이대자 룩소스 1세는 거울 속 얼굴을 보며 생글생글 웃었다.

"짐이 잘생긴 것은 짐이 제일 잘 안다."

"……."

"하하, 좋아하지 않는 여성에게 존경심을 이유로 청혼하다니. 거절당해 싸지! 암 그렇고말고! 폴 경은 정말 확고한 뚝심이 있단 말이야. 짐의 마음을 사로잡은 여성다워."

누구는 좋아하는데도 고백하지 못하고 누구는 좋아하지 않으면서 다른 감정을 이유로 청혼할 수 있다. 이 불공평하고 불합리적인 사태에 대해 룩소스 1세는 불만이 많았다.

그래도 폴리아나가 청혼을 거절했고, 거절에서 그치지 않고 처벌까지 했다는 점이 황제의 눈길을 사로잡았다.

폴리아나의 존재 자체가 심금을 울리다 못해 두근거리게 만들고 있으니.

룩소스 1세는 빠른 속도로 침울해졌다. 표정 변화 속도가 겨울의 아크레아 설산 같았다. 30분 전에 맑았다가 갑자기 눈보라가 몰아치고 10분 만에 안개가 끼고 다시 20분 맑게 개는 하늘이 여기에 있다. 황제의 얼굴이 딱 그 짝이었다.

아이노 경은 거울을 치우지 않았다. 덕분에 황제는 변화무쌍한 자신의 얼굴을 모두 목격했다.

'이러면 안 되는데.'

황제로서 이러면 안 되는데 말이다.

룩소스 1세는 심호흡을 하고 선량한 위정자의 가면을 뒤집어썼다. 돌아온 황제의 미소에 아이노 경이 거울을 치웠다.

"진정되셨습니까?"

"아직."

"중요한 게 청혼 건이 아닌 건 알고 계시리라 생각합니다."

"그래, 짐도 안다."

친위대가 모조리 지하 감옥 신세를 진 초유의 사태다. 귀족들의 불만은 하늘을 찔렀고 발생 원인인 친위대장의 책임을 물어 해임하라는 요청이 빗발쳤다.

룩소스 1세는 바쁘다는 핑계로 귀족들의 알현 요청을 모두 거절해 시간을 벌었다. 곧 한계에 다다를 것이다.

룩소스 1세는 보고서를 노려봤다. 당초 친위대 집단 난투극 건을 보고받았을 때에도 황제는 폴리아나에게 모든 걸 맡겼다. 이번에도 같다. 도나우 경의 청혼 건에 마음이 혼잡한 것과 별개로 황제는 폴리아나를 믿었다.

이번 사태도 폴리아나의 생각이 있어 처리한 일이니 황제가 수습하는 것이 마땅했다. 그의 심기가 상한 건 다른 이유에서다.

'정말 이렇게 신경이 쓰이다니.'

룩소스 1세의 시선이 청혼 건에서 떨어지지 않았다. 고정된 시선과 다르게 마음은 바람 만난 조각배처럼 흔들렸다.

상관이 계속 결혼과 관계된 모욕을 받는다. 결혼하면 해결될 일이다. 그러니까 내가 청혼하자!

제 한 몸 희생해 청혼을 하겠다는 상냥함이 황제 보기에 몹시 거슬렸다. 어릴 때부터 봐 와 귀여운 도나우 경이 벌써 청혼을 할 정도로 성장했…….

'잠깐.'

룩소스 1세는 미간을 좁혔다. 있는 힘껏 얼굴을 구겨 주름살을 늘리는 황제를 보고 아이노 경은 한숨만 쉬었다.

병이 깊었다. 다른 사람들이 있을 땐 안 이러겠거니 믿고 내버려 두는 게 나았다.

'진심이라면?'

룩소스 1세의 등뼈에 얼음송곳처럼 차가운 것이 박혔다. 그 자리에 굳은 황제가 아이노 경에게 물었다.

"도나우 경이 진심이면 어찌해야 하는가?"

알고 보면 귀여운 폴리아나를 룩소스 1세 외의 남자가 알아차렸다면 어째야 하는가. 좋은 남자(호구) 생기면 결혼하라고 했는데 그게 실제로 벌어지면 어째야 하는가. 룩소스 1세는 답을 찾지 못하고 무작정 질문부터 했다.

"어찌해야 하느냐?"

"깽판?"

룩소스 1세의 손에 잡힌 잉크병이 아이노 경에게 날아갔다. 아이노 경은 보지도 않고 잉크병을 잡아 책상 위에 고이 올려놨다.

"폐하. 진정하십시오. 이렇게 감정적인 동요는 폐하답지 않으십니다."

"짐다운 게 어떤 것인가!"

"방금과 같은 유치한 말을 하지 않으시는 것이옵니다."

이런 건 너답지 않아.

나다운 게 어떤 건데!

사춘기를 지날 때에도 하지 않았던 유치한 대화가 오갔다. 룩소스 1세와 아이노 경의 눈이 부딪쳤다.

그렇게 둘 중 아무도 말을 먼저 하지 않는 시간이 지났다. 대략 30분 정도 흐른 뒤에 아이노 경이 말했다.

"정 그렇게 힘드시면 그냥 후궁으로."

"아니다. 그럴 수는 없다. 멀쩡한 호구에게 청혼도 받았는데 황후도 아니고 후궁이라니. 말도 안 된다."

"할 수만 있다면 황후로 들일 생각이십니까."

"아하하하."

룩소스 1세가 느닷없이 광소했다. 감정의 폭이 미친년 널뛰는 것보다 정신없었다.

"뭐가 그리 즐거우십니까."

"상상해 보라. 내 옆에 황후가 되어 선 폴 경을 떠올려 봐. 정말 안 어울리지 않느냐. 너무 안 어울려. 그렇게 안 어울릴 수가 없어."

광소가 울먹임 비슷한 소리로 바뀌는 데엔 오랜 시간이 걸리지 않았다.

룩소스 1세가 얼굴을 가렸다.

"나가라, 이노."

아이노 경은 황제의 명령을 씹었다. 그는 룩소스 1세를 이해하지 못했다.

"정 힘드시면 꼬시십시오. 폐하께서 못 할 일이 뭐 있습니까. 폴리아나 경이야 언감생심 감히 폐하와 그런 사이가 될 수 있다고 꿈을 못 꾸니 이성으로 여기지도 않을 뿐입니다. 폐하께서 먼저 마음을 털어놓고 접근하면 분명."

"분명 무어. 그래서 무어해. 후궁으로 들여라?"

"왜 나한테 짜증이야."

언제 무슨 일이 있어도 룩소스 1세의 편을 자처하는 아이노 경이 오만상을 찌푸렸다.

친구의 짜증에 룩소스 1세도 울적한 마음에서 조금 벗어났다. 룩소스 1세가 미안한 마음에 헛기침했다. 아이노 경도 찌푸린 얼굴을 펴기 위해 거울을 보고 표정을 가다듬었다.

다시 심통 맞은 얼굴을 되찾은 아이노 경이 룩소스 1세에게 이렇게 말했다.

"포기할지 말지 확실히 해 주십시오. 소신이 따르기 힘드옵니다."

"짐은 그녀의 행복을 바란다."

"그럼 포기하시는 걸로."

"짐과 함께하면 그녀가 행복할 수 없다는 얘기로 들리는구나, 이노."

"영민하십니다."

룩소스 1세가 다시 우울의 바다에 빠져 허우적거리기 전에 아이노 경이 대화 주제를 바꿨다. 아주 약간. 관심사에서 너무 동떨어지면 낚이지 않을 테니 아주 약간만 방향을 틀었다.

“도나우 경 정도면 폐하께서 찾으시는 배우자감으로 적절하지 않습니까?”

“도나우 경이라…….”

룩소스 1세의 손가락이 책상 위를 두드렸다. 깊이 생각할 때 보이는 버릇이었다.

“오히려 찾으시던 권력과 재물에 눈 먼 잘생긴 놈보다 낫습니다.”

“이노.”

룩소스 1세가 근엄하게 말했다.

“그래서 짐은 더 배알이 뒤틀리는 것이다.”

아이노 경은 이럴 때 어떤 표정을 지어야 할지 몰라 고개를 돌렸다. 룩소스 1세도 말해 놓고 민망해 헛기침만 계속했다.

누가 들으면 황제가 감기라도 걸렸나 의심할 정도로 격렬했던 헛기침은 조금씩 잦아들었다.

‘답이 없구나.’

사람의 마음엔 정말 답이라는 게 존재하지 않았다. 서른이 넘어 그걸 실감하고 있는 황제나 지켜보는 아이노 경이나 참 막막했다.

답이 없었다.

룩소스 1세가 폴리아나를 소환했다. 폴리아나는 올 것이 왔다는 표정으로 이를 악물었다.

난투극이 벌어진 이유가 어쨌건 대장인 그녀의 책임이다. 연좌제는 부하들 사이에만 해당되는 것이 아니다. 그 위로도 해당된다.

금줄이 달린 친위대장 제복을 반납할 수도 있는 중대사건이다. 폴리아나는 이미 옷 벗을 각오를 하고 있었다.

도나우 경이 단순 폭행 사건을 벌였다고 보고를 받았을 적만 해도 옷 벗을 각오는 하지 않았다. 그러다 친위대원의 3분의 2가 난투를 벌이는 현장을 목격하자 그녀의 등골이 싸늘해졌다.

아크레아의 미신처럼 한 많은 처녀귀신이 그녀의 등에 휘휘 바람이라도 불어넣은 듯 전신의 피가 식었다.

음경 된 건 친위대원만이 아니었다. 룩소스 1세의 친위대장 폴리아나 윈터에겐 좆이 없음에도 불구하고 좆같은 일이 벌어졌다.

"폴리아나 윈터, 부름을 받고 왔습니다."

바싹 긴장해 그녀의 입속 침이 말랐다. 목이 타는 와중, 룩소스 1세는 뜬금없는 얘기부터 꺼냈다.

"경이 청혼을 받았다는 이야기를 들었다."

"네, 그렇습니다!"

'내 긴장을 풀어 주시려나 보다.'

폴리아나의 입안에 침이 약간 돌아왔다. 그녀의 긴장을 풀어 주려고 농담할 거리부터 꺼내는 룩소스 1세의 태도를 보아하니, 옷은 벗어도 황제의 신임은 이상 무인 듯하다.

옷이야 벗었다 다시 입으면 되고, 옷 색이 바뀌는 건 크게 문제될 일이 아니다. 금줄이 사라지고 줄 없는 옷을 입어도 괜찮았다. 폴리아나가 걱정한 것은 룩소스 1세의 신용을 잃는 일이었다. 폴리아나는 적잖이 안심했다.

"도나우 경 정도면 괜찮지 않느냐?"

룩소스 1세가 질문했다. 은밀히 떠보는 의도가 가득했으나 폴리아나는 이미 농담으로 받아들이고 있었다.

꽉 찬 직구를 던져도 흘려버리는 사람에게 은밀히 돌려 물어봐야 통할 리 없다. 아이노 경이 두 손으로 코와 입을 막았다. 숨 막혀 죽는 한이 있어도 웃음소리를 막아야 했다.

'웃으면 안 돼.'

아이노 경이 인내하는 동안 절친한 벗 황제도 인내하고 있었다.

'질투하면 안 돼.'

룩소스 1세는 도나우 경의 청혼 건을 가급적 긍정적으로 검토했다. 질투하는 마음을 억누르고자 일부러 중립적 입장을 취한 룩소스 1세는 이것저것 조건을 따졌다.

도나우 경은 차남이다. 가문을 이을 필요가 없다. 성을 갈아도 괜찮다고 직접 말한 것으로 플러스 100점!

폴리아나와 의남매의 연까지 맺은 사이니 그녀에 대해서도 잘 알고 있다. 새삼 이혼을 요구를 하거나 뒤통수 칠 걱정 안 해도 된다.

호구가 스스로 잡혀 어장에 들어가려 한다. 제법 잘 어울리는 커플이라 룩소스 1세는 마음 상했다.

좋아했다가 시무룩해졌다가를 반복하는 황제를 보고 폴리아나 홀로 의아해했다.

아이노 경은 결국 참지 못하고 빵 터졌다. 혼자 배를 잡고 웃는 아이노 경의 존재도 의아하게 여길 요소였다.

"아이노 경은 왜 저럽니까?"

"기사단 창설이 코앞이라 정신이 조금 나갔네."

"바쁜데 제가 과한 부탁을 했군요."

"아니오, 안 바쁘…… 푸흐."

아이노 경은 차마 친구 얼굴을 바로 보지 못했다. 유독 황제를 외면하려는 움직임에 폴리아나가 인상을 썼다.

'최근에 폐하께 엿 먹인 일이 있나? 왜 저렇게 좋아해.'

직접 엿은 안 먹였지만 실시간으로 엿 먹는 걸 구경하는 중이다. 삽질과 엿 섭취를 병행하는 룩소스 1세의 사정을 폴리아나가 알 길이 없었다.

룩소스 1세는 괜히 애가 닳아 폴리아나에게 재차 질문했다.

"괜찮은 청혼 같은데, 거절인가?"

"당연히 거절입니다."

룩소스 1세는 폴리아나의 단호한 모습에 안심했다. 그리고 자괴감을 느꼈다.

'이런 내가 싫다.'

아이노 경은 웃겨서 죽으려고 하는 중이었다. 룩소스 1세는 친구가 했던 말을 떠올렸다.

'이래서야 깽판 안 놓을 자신이 없다.'

무슨 핑계를 대서라도 방해하고 훼방 놓을 것 같다. 그리고 그것이 가능한 권력자인 스스로가 무섭다.

'아아!'

룩소스 1세는 자괴감에 휩싸였다. 권력자의 사랑이 마냥 좋은 것은 아님을 실시간으로 깨닫는데, 더 슬픈 사실은 권력자가 자신이라는 사실이다. 사랑받는 여인은 아무것도 모르고 그저 충성심 가득한 눈빛을 보낼 뿐.

"조호은 사람 있으면 즈브라고 짐이 므르지 아났나."

앞부분은 삑사리가 나고, 뒷부분은 이를 악무느라 발음이 샜다.

폴리아나는 룩소스 1세가 많이 피곤하거나 아이노 경에게 엿 먹은 게 분명하다는 판단을 내렸다. 물론 그녀가 룩소스 1세에게 맛있는 엿을 가득 고아 조청 상태로 퍼 담아 주고 있음을 전혀 깨닫지 못했다.

"괘씸하지 않습니까."

"괘씸?"

"과할 정도로 참하고 좋은 아가씨와 혼담이 오가고 있는데 좋아하지 않는다고 혼담을 차고, 제겐 청혼하니 이게 말이 되는 일이옵니까. 좋아하냐 물으니 대답도 못하고 깜짝 놀라기만 했습니다. 아무리 귀족가 결혼에 감정이 없다지만 빈말로라도 사랑한다 고백하는 마당에 청혼을 해 놓고서 좋아한단 말에는 대답을 못하다니, 아주 무례합니다. 결국 홧김에 청혼하는 것 아닙니까. 나중에 후회하고 질질 짜는 거 보기도 싫고 바우팔로 경과 래비 경을 마주하기도 어렵습니다. 좋은 상대가 아닙니다."

"도나우 경이 좋아하는데 놀라서 말 못 한 걸 수도 있지 않느냐."

"그래도 거절입니다. 혼담은 부모님 의사가 첫 번째입니다. 저야 부모님이 안 계시니 제 마음대로 원하는 사람과 결혼할 수 있겠습니다만 바우팔로 경과 부인이 잘 계시지 않습니까."

귀족의 혼담은 윗사람이 정해 준 대로 따른다. 폴리아나도 귀족이기에 연애결혼은 낯설고 좋아하는 사람과 결혼한다는 일은 더 이상했다.

제일 좋은 것은 역시 결혼을 하고서 부부끼리 사이가 좋아지는 것이다. 연애는 결혼 후에. 그게 이 세상의 상식이었다.

가끔 용자들이 '사랑'을 이유로 차이 나는 결혼을 했다. 폴리아나는 그런 용자가 아니었다.

룩소스 1세는 위로 올라가려는 입꼬리를 억눌렀다. 입꼬리는 눌러도 볼 근육은 못 눌러서 황제의 볼이 부들부들 떨렸다.

"도나우 경과 결혼하면 경에게 좋은 일 아니냐."

"다른 사람과 하면 했지 도나우 경과 하우 경은 절대 안 됩니다."

"왜 그런가."

"바우팔로 경을 볼 면목이 없습니다. 그리고 둘은 동생이란 느낌이 더 강합니다."

가족처럼 느껴져 법적 가족이 되는 걸 거부한다. 폴리아나의 확고한 의지는 기어이 황제를 웃겼다. 룩소스 1세는 자꾸 풀리는 얼굴 근육을 다잡았다.

"그럼 거절이로구나."

"재고의 여지도 없습니다."

어디 할 짓이 없어서 의누나에게 청혼을 한단 말인가. 가족끼린 그런 짓 하는 게 아니다. 폴리아나는 단호했다.

호구를 자처하는 마음은 고맙다. 그러나 그렇게 좋은 호구라면 괜히 힘든 길 걷지 않도록 좋은 아가씨와 짝을 지어 주는 것이 그 호구를 아끼는 일이 아닐까.

'부모 같네.'

결국 폴리아나도 비카 부인이나 래비 경과 비슷했다. 소중한 사람들이 정해진 행복의 길을 걷길 바란다. 그녀와 같은 규격 외의 존재와 얽혀서 좋을 게 없었다.

'괘씸도 하고.'

생각해 주는 마음은 고마우나 괘씸하다. 그러니까 지하 감옥 일 주일!

"그럼 이제 본론에 들어가자꾸나."

폴리아나가 소소한 사담으로 풀려 있던 척추를 바로 폈다. 룩소스 1세에겐 지금까지의 이야기가 본론이었다는 사실을 그녀는 죽었다 깨도 모를 것이다.

모든 사실을 알고 있는 아이노 경 홀로 웃음과 무서운 사투를 벌였다.

나나바 성엔 달리 영창이라는 장소가 존재하지 않는다. 영창이 존재하는 건 사실 국경 지역의 병영이다. 그러나 안에 들어간 죄인의 직업에 따라 일반 감옥이 영창으로 변신할 수도 있는 법. 현재 나나바 성의 감옥과 지하 감옥은 영창으로 사용되고 있었다.

친위대원들은 사흘간 지하 감옥에서 절식을 병행한 명상의 시간을 보낸 뒤 대장과 독대했다. 그리고 일반 감옥으로 옮겨 수감되었다.

도나우 경은 좋아하냔 질문에 바로 대답하지 못한 괘씸죄로 다시 지하 감옥으로 끌려갔다. 감옥이란 곳의 시설이 좋을 리 없다. 게다가 함께 부둥켜안고 체온을 유지할 동료들도 사라져 버려 도나우 경은 얼어 죽지 않기 위해 감방 안을 뱅뱅 돌았다.

식사라도 나오는 게 다행이었다. 본래 수감자의 식사는 직접 마련하거나 돈을 주고 구입해야 한다. 실제로 벌을 지어 수감된 것이 아닌 응징하는 의미였으므로 식사가 제공되었다.

수감자용 식단이 아닌 것이 감지덕지였다. 원래는 감방 이용료(!)도 지불해야 하는데 무료로 쓰고 있으니 더더욱.

부단히 몸을 움직여도 체온을 올리는 데엔 한계가 있다. 그리고 잠을 자는 동안엔 체온 보전이 어려워 잠도 잘 이룰 수 없었다.

식사 없는 사흘은 정말 명상을 하기 딱 좋은 시간이었고, 추가된 일주일은 아무 생각 없이 고생하기 딱 좋았다.

'뇌가 텅 빈 것 같아.'

춥다는 생각 외엔 아무것도 떠오르지 않는 상황. 도나우 경은 후회했다.

'대체 뭘?'

후회하면서 무엇을 후회하는지 모르는 오류. 감정은 마음을 잠식해 터져 나갈 듯 흐르는데 정작 머리는 그게 뭔지도 몰라서 엉뚱한 명령만 내렸다.

춥지? 뛰어! 아무 생각도 하지 마! 이대로 일주일만 버티고서 전처럼 돌아가는 거야!

도나우 경은 몰랐다. 왜 그때 말문이 막혔을까?

그는 폴리아나를 좋아한다. 이성의 애정은 아니더라도 의누나이자 대장으로 존경하고 따르고 좋아했다.

그런 감정을 기반으로 하는 청혼이 아예 없는 것도 아니다. 존경하는 사람의 누이나 딸과 결혼하는 건 대부분의 기사들이 갖고 있는 낭만이었다. 다만 폴리아나는 여자라 누이와 딸을 찾지 않고 본인이 청혼의 대상이 된 것이다.

곧이곧대로 좋아한다고 말하면 상관 우롱죄로 갇히지도 않았을 것이다. 의누나가 그의 감정을 오해할 리도 없다.

'오해?'

도나우 경의 의식이 가물가물해졌다. 이대로 쓰러져도 죽지는 않는다. 간수들이 그의 상태를 확인하러 간간이 들렀다.

말초에 동상이 걸리겠지만 아크레아에서 동상은 누구나 살며 한 번은 걸리는 흔한 질환이었다. 손가락과 발가락을 절단할 정도의 최악의 사태가 되기 전 간수가 챙겨 주겠지.

가물가물한 도나우 경의 의식 끝에 폴리아나가 잡혔다. 나는 행복하다며 웃는 그녀의 모습이 왜 떠오르는 것일까. 도나우 경은 이유를 알지 못했다.

그래서 그의 첫사랑은 실패했다.

"……경!"

"도나우 경, 괜찮으세요?"

"일어나! 일어나아! 면회 왔다!"

시끄러운 소리들이 도나우 경의 잠든 의식을 깨웠다. 도나우 경의 정신이 조금씩 깨어났다.

'지하 감옥은 면회가 금지되는데? 설마 진짜 죽은 거야?'

장가도 못 가고 죽는 건 싫었기에 도나우 경은 눈을 번쩍 떴다.

지하 감옥과 절대 어울릴 것 같지 않은 두 여성이 도나우 경의 시야에 들어왔다. 비카 가문의 쌍둥이 영애 박시와 바니사가 도나우 경과 눈이 마주치자 반가워했다.

"깨어나셨군요."

"깜짝 놀랐어요."

"하우 경, 아우 분이 깨어나셨어요."

"상태를 확인해 보세요."

"두 분, 여긴 어떻게……."

박시와 바니사가 도나우 경의 손을 잡고 있는 게 느껴졌다. 그러니 꿈은 아니다. 곧 이어 도나우 경의 형인 하우 경도 시야에 들어왔다.

하우 경은 동생이 눈 뜬 걸 확인하자마자 주먹을 휘두르려다 두 아가씨를 보고 참았다. 그가 동생의 안부를 물었다. 일부러 낮게 깐 목소리는 느끼하고 내용은 가식적이었다.

"몸은 좀 괜찮니?"

상냥한 형을 연기하는 하우 경의 모습은 가식이 넘쳐흘렀다. 너무 재수 없어서 도나우 경의 전신에 닭살이 돋았다.

"의사를 불러와야겠어요."

"아직 안색이 안 좋으세요."

"제가 불러오겠습니다!"

박시와 바니사의 말에 하우 경은 상관 명령이라도 들은 것처럼 튀어나갔다.

늘 유들유들하게 할 일을 빠져나가고 요령 있게 뺀질거리던 형의 변모에 도나우 경은 감탄했다. 래비 경을 존경해도 저 정도는 못한다. 아가씨들이 마음에 든 게 틀림없었다.

하우 경은 도나우 경과 다르다. 형제라서 생김새는 비슷한데 성격이 많이 달랐다. 장남은 보통 근엄하고 진지하다는데 하우 경은 어릴 때부터 유들유들했다.

요령이 좋아서 장난을 치고도 혼자 빠져나갔다. 그러면서 또 검술에 재능이 있었다. 도나우 경에게 있어선 늘 부럽고 질투가 나는 형님이시다. 미워할 수 없다는 점이 더 얄미웠다.

바우팔로 경은 본래 도나우 경을 종자로 받아들일 생각이 없었다. 리보 가문의 가계 형편상 아들 둘을 모두 기사로 키우는 건 금전적으로 한계였다.

그리고 도나우 경은 하우 경처럼 유망주로 주목받지도 못했다. 성격과 재능이 행정 쪽에 있으니 문관 시험을 봐서 봉사하는 게 어떻겠냐는 아버지의 제안을 막아 준 건 하우 경이었다.

하우 경은 빚을 져서라도 도나우 경이 원하는 대로 해 주자고 말했다. 돈은 자기가 출세해서 갚으면 된다고 말이다.

"이것 좀 드세요."

"저희가 가져왔어요."

박시가 물에 포도주를 조금 타서 도나우 경에게 건넸다. 바니사는 남은 물은 손수건에 적셔 그의 얼굴을 닦아 줬다.

도나우 경은 처음 자매를 보자마자 떠올렸던 것이 기억났다. 지하 감옥에 있어선 안 되는 아가씨들 아닌가.

"여긴 어떻게 오셨습니까?"

면회가 안 되는 건 둘째 치고 도나우 경을 찾아올 사람들이 아니다. 하우 경은 형이니 찾아올 수 있다 쳐도 박시와 바니사는 공식적인 혼담이 오가지 않는 상태. 그런 상황에서 미혼 아가씨들이 도나우 경의 감옥 면회를 온 것은 평판에 해가 되는 일이었다.

박시와 바니사는 생글생글 웃었다.

"하우 경이 찾아뵙는다고 하기에 저희도 같이 가자고 졸랐어요."

"이런 기회가 아니면 언제 지하 감옥을 구경해 보겠어요."

보통의 레이디라면 지하 감옥 구경을 원하지 않는다. 박시와 바니사는 영 좋지 않은 상태의 도나우 경이나 구역질이 나오는 주위 환경에 그리 구애받지 않았다.

비명을 몇 번 지르기는 했는데 대부분 벌레의 등장이 원인이었다. 감옥의 썩는 냄새와 진물, 바닥에 고인 오물이 치마 끝을 적시고 있었다.

도나우 경은 자매에 대한 인식을 정정했다. 이 아가씨들도 보통은 아니었다.

"옷이 더럽혀지십니다. 와 주신 것만으로도 감사하니 이만 나가시는 게……."

"괜찮아요, 빨면 되는 걸요."

"냄새가 빠지지 않으면 버려서 걸레로 쓰면 되어요."

쌍둥이에겐 치마와 구두가 더러워지는 것보다 중요한 일이 있었다. 둘은 도나우 경의 더러운 손을 꽉 잡고 물었다.

"갇힌 이유에 대해선 저희도 소문을 들었답니다."

"폴리아나 경에게 청혼하셨다죠."

"아……."

도나우 경은 그제야 그녀들을 보자마자 해야 할 말을 찾았다. 잡힌 손이 거북하여 뒤로 빼려고 했는데 손이 빠지지 않았다.

'손이 안 빠져?'

도나우 경은 놀란 마음을 진정시켰다. 예상보다 많이 지친 모양이다. 아가씨들 손아귀 힘에서도 벗어나지 못하는 걸 보면.

도나우 경이 다시 물을 청하자 박시가 얼른 물병을 입에 대 줬다. 그는 목을 축인 뒤 바로 말했다.

"죄송합니다."

비공식이어도 혼담이 오가는 사이였다. 당사자들이 모두 알고 있는 상태에서 타인에게 청혼한 것은 뺨 맞아도 싼 무례다.

박시와 바니사는 도나우 경의 사죄에 손사래를 쳤다. 청혼 자체에 개의치 않는 태도였다.

"괜찮아요, 그러실 수도 있죠."

"도나우 경을 비난하는 소문은 없어요."

"다들 대견해하는걸요."

"할아버지도 굉장히 칭찬하셨답니다."

충직한 젊은이의 이야기는 어르신들의 마음에 쏙 드는 법. 도나우 경의 청혼 건은 신선한 미담으로 떠돌고 있기에 쌍둥이 자매의 평판에 해가 가지 않았다.

래비 경은 오죽 화가 났으면 그랬겠냐고 웃어 넘겼다. 비카 부인은 젊을 땐 그렇게 성급한 마음에 하는 청혼도 있는 법이라고 고개를 끄덕였다.

박시와 바니사는 부정적인 마음보단 호기심이 더 앞섰다.

"거절당하셨다죠?"

"어쩜, 좋은 마음에 한 청혼인데."

"왜 바로 좋아한단 대답을 못 하셨어요?"

"맞아요, 거짓말로라도 하셨어야죠."

남성이 여성에게 청혼했다. 여성이 남성에게 묻는다.

"나 좋아해?"

이때 남성이 할 대답을 고르시오. 주관식 100점 만점.

도나우 경은 출제자의 심기를 불편하게 하는 답을 썼다. 하다못해 길게 써서 앞뒤 꽉꽉 채우고 답안지를 한 장 더 채우는 성의도 없었다.

구구절절 편지를 쓰는 요령도 없었다. 그 결과는 말할 것도 없다. 감점 1,000점.

도나우 경의 성급했던 청혼은 돌아올 수 없는 강을 건넜다.

자매의 질문은 도나우 경도 고민하고 있던 것이다. 도나우 경은 저도 모르게 심각한 얼굴이 되었다. 자매도 심각한 표정을 지었다.

"폴리아나 경을 싫어하세요?"

"거짓말도 못 할 정도였나요?"

도나우 경은 즉각 부정했다.

"그게 아닙니다! 제가 누님을 싫어할 리 없지 않습니까!"

"그런데 왜 대답을 못 하셨나요?"

"하면 어째서 바로 말하지 못하셨나요?"

"저희에게 말하셔도 소용없는걸요."

"저희가 전해 드리기에도 너무 늦었어요."

도나우 경은 솔직히 털어놓았다. 폴리아나가 물은 좋아함의 의미가 이성적인 연애감정이었기에 놀라서 대답하지 못했노라고. 도나우 경은 정말 폴리아나를 좋아하지만 이성적인 연애감정은 아니었다.

그 얘길 들은 쌍둥이의 표정이 묘했다.

"왜 그러십니까?"

"남자들은 좋아하지 않는 여자가 모욕당하는 게 화가 나 청혼할 수 있나요?"

"남자들은 좋아하지 않는 여자가 모욕당하는 것에 분개하나요?"

"말씀 드렸지만 제가 누님을 좋아하는 건 어디까지나 존경심으로."

"도나우 경, 이런 말씀을 드려도 좋을지 모르지만요."

"저희가 듣기엔 경이 마음을 자각하지 못한 것 같아요."

"경의 행동만 보면 폴리아나 경을 연모하고 계신걸요."

"폴리아나 경에게 사랑에 빠지신걸요."

"그럴 리 없습니다!"

쌍둥이 자매의 말에 도나우 경이 화를 냈다. 화를 내면서 같이 손도 휘두르려 했으나 자매에게 잡힌 손은 빠지지 않았다.

"왜 그럴 리 없나요?"

"좋아해선 안 되나요?"

"제가 누님을 좋아할 리 없습니다! 왜냐면!"

"함께 오랜 시간을 보냈잖아요."

"서로에 대해서도 잘 알고요."

"마음이 갈 수도 있죠."

"이상하지 않은걸요."

"그건 아닙니다. 제가 누님을 좋아하는 건 어디까지나 경애의 의미입니다."

도나우 경은 어쩐지 변명에 급급해졌다. 그가 폴리아나를 이성적으로 좋아하지 않음을 증명하기 위해 그녀와의 인연에 대해 주욱 설명했다.

그녀와 있었던 일, 그녀와 함께 보낸 시간, 그녀를 생각하는 마음까지. 시작은 재수 없는 꼬맹이였다. 지금은 같이 일하는 기사이고 의남매다. 이 관계에 남녀의 연정이 낄 수 없었다.

박시와 바니사는 도나우 경의 변명을 경청했다. 그녀들은 곧 도나우 경의 변명이 비겁한 변명임을 알아챘다.

"이런 말은 실례지만 도나우 경."

"경의 이야기는 폴리아나 경을 좋아해선 안 된다는 것처럼 들려요."

"왜 좋아해선 안 되는 거죠?"

"어째서요?"

'도나우 경은 폴리아나 윈터를 이성적으로 좋아하지 않는다'가 아니다. '도나우 경은 폴리아나 윈터를 이성적으로 좋아해선 안 된다'가 맞았다.

도나우 경은 말도 안 되는 이야기라며 화를 내려 했다. 그런데 입술과 혀가 굳은 것처럼 움직이지 않았다. 벙어리가 된 도나우 경을 박시와 바니사가 위로했다.

"어쩜 제 마음도 모르고, 가엾어라."

"마음도 깨닫지 못하셨군요."

아가씨들의 상냥한 위로 도나우 경의 얼굴이 일그러졌다. 그는 참회하듯 고백했다.

"실례라고, 실례가 된다고……."

어째서 이렇게 깨닫는 게 느렸을까. 그는 쥐구멍이라도 있으면 들어가고 싶었다.

도나우 경은 자매의 질문공세에 시달리고 나서야 자신의 마음을 알아차렸다.

그는 폴리아나 윈터를 좋아했다. 가족으로, 상관으로, 전우로, 그리고 이성으로.

도나우 경은 아주 늦게서야 스스로의 마음을 되짚어 볼 수 있었다. 언제부터 좋아했느냐는 중요하지 않았다. 도대체 왜 그걸 실례라고 여겼는지가 중요했다.

어째서 남자가 여자를 좋아하는 것을 실례라고 생각했을까? 도대체 왜?

도나우 경은 폴리아나가 기사로서 인정받기 위해 노력하고 힘들어하는 모습을 가까이서 지켜봤다. 아마 그래서였을 것이다.

폴리아나에게 연심을 품는 것이 그녀를 모욕하는 일이라 여겨졌다. 그녀에게 고백하는 건 그녀를 인정하지 않는 걸로 생각했다.

"모욕이라고 생각했습니다. 아마, 아마 그래서……."

"그건 이상한 말이네요, 도나우 경."

"맞아요, 이상해요."

박시와 바니사가 동시에 말했다.

"좋아하는 마음이 어째서 무례이고 실례겠어요. 강요하지 않는다면 고마울 뿐이지요. 도나우 경, 폴리아나 경은 기사이지만 동시에 레이디랍니다."

폴리아나 윈터는 여자다. 폴리아나 윈터는 기사다. 그녀와 누구보다 친하게 지내면서도 도나우 경은 둘을 함께 보지 못했다.

그 결과 성급한 청혼을 하고, 가차 없이 차였다. 변명의 여지가 없었다. 유죄가 맞다.

자각과 실연, 청혼 중에서 청혼이 가장 빨랐다. 그 다음이 실연, 마지막이 자각이다. 남들과 정반대의 순서로 걸었다.

그 사실을 깨달은 도나우 경의 안색은 정신을 잃기 전보다 더 안 좋아졌다.

"지금이라도 고백해야!"

오해를 풀어야 했다. 시간이 흐를수록 오해를 풀기 어려웠다. 도나우 경이 몸을 일으키려는데 쌍둥이 자매가 안타까워했다.

"늦었어요, 도나우 경."

"네에, 늦었답니다."

"네?"

얼떨떨해하는 도나우 경에게 쌍둥이 자매가 친절히 설명했다. 가족도 아닌 그녀들이 지하 감옥에 면회를 올 수 있었던 이유.

"경의 아버님이 저희에게 청혼서를 보내셨어요."

"이제 서류상 약혼 관계여요."

"서류가 오가기 전의 청혼이야 문제될 건 없지만."

"그 다음의 청혼은 문제가 많겠죠?"

박시와 바니사가 천사처럼 웃었다. 도나우 경의 등 뒤로 한기가 지나갔다.

도나우 경은 그녀들의 부드러운 손에서 벗어나려고 힘을 줬다. 전력으로 근육을 사용했는데 빠져나갈 수 없었다.

도나우 경은 래비 경을 닮아 참 목청이 좋은 아가씨 둘을 보았다.

래비 경을 닮은 건 목청만이 아니었다.

폴리아나 윈터는 친위대 집단 난투극과 영창행의 책임을 물어 대장직에서 해임되었다.

우크 경과 자이노 경도 같이 옷을 벗었고 친위대원 몇이 사임했다. 룩소스 1세가 정무로 근심하는 와중 벌어진 난투극이기에 그들이 황제의 신임을 잃었다는 소문이 돌았다.

비슷한 시기에 논공행상이 1차적으로 끝나 폴리아나 윈터는 윈터 후작이 되었다.

그걸 기뻐하고 축하해 주는 이가 없었다. 폴리아나가 성내를 걸으면 궁인들이 슬금슬금 그녀를 피했다.

후작이 되었어도 언제 작위가 하락할지 모르는 상황이다. 외국인 출세의 대명사로 초고속 출세기를 걷던 그녀에게 닥친 비극에 사람들은 입방아 찧기 바빴다.

친위대의 푸른 제복이 아닌 그냥 튜닉과 바지를 입은 폴리아나의 행색을 두고 사람들이 수군거렸다.

"저런 차림으로 성에 오다니."

"조만간 작위도 뺏길 게 분명해."

"이래서 여자는 안 돼."

"비어 있는 친위대장과 부대장 자리에 누굴 추천하지?"

시이제 후작은 손 안 대고 코 푼 결과에 만족했다. 기사가 가질 수 있는 최고의 명예직에 외국인 출신이, 그것도 계집이 앉아 있는 게 눈엣가시였다.

이번 난투극에 그도 적극적으로 항의했다. 만족할 만한 결과가 흡족했다. 얼마나 만족했는지 그의 영지에서만 생산되는 얼음포도주를 친우들에게 선물했다. 그들은 귀한 술을 즐기며 웃고 떠들었다.

"이제 폐하께서도 어떤 게 옳은 건지 깨달으셨겠지."

비록 계집에게 후작위를 주는 건 막지 못했으나 곧 계급이 내려갈 것이다.

시이제 후작이 냉소를 지었다. 부사령관으로 참전한 그의 손자 벤티에 경은 영지를 하사받는 선에서 그쳤다. 이미 후작가라는 이유였다.

세키 후작가가 공작가로 승급하고 루조 공작이 루조 대공이 되었건만.

'아무래도 좋아.'

룩소스 1세와 시이제 후작. 죽을 날 받아 놓고 사는 건 후작이다. 후작은 성급해지려는 마음을 다잡았다.

황제가 후작가를 견제해도 조만간 후작가가 적이 아님을 깨달을 것이다. 같은 배를 타고자 하는 마음을 왜 모르시는지. 애석하기 짝이 없는 일이었다.

그런 모든 불신을 종식시킬 최강의 패가 후작가에 존재했다.

자고로 동맹 중에 최고를 혼인동맹으로 친다.

시이제 후작이 먹이를 찾은 뱀처럼 웃었다.

친위대장직에서 해임되면서 폴리아나는 성의 숙소를 사용할 수 없게 되었다. 그녀는 빠르게 짐을 챙겨 여관으로 이사했다.

오랜 군 경력으로 짐은 단촐했다. 들어올 때와 나갈 때의 모습이 다르니 내성 문을 지키던 경비병이 혀를 끌끌 찼다.

폴리아나는 여관 창문으로 나나바 성의 첨탑을 보았다.

'다시는 저기서 근무할 수 없겠지.'

미련이 없는 대신 아쉬운 마음이 생겼다. 이런 식으로 그만두게 될 줄은 몰랐기 때문이다. 폴리아나는 짧은 기간이었으나 그녀의 일터였던 나나바 성을 향해 작별인사를 했다.

14. 후궁의 여기사

14. 후궁의 여기사

어느 날, 룩소스 1세가 간편한 차림으로 외유를 나갔다. 황제를 따르는 건 아이노 경을 비롯한 측근 겸 벗으로 대우받는 자들이었다. 소수의 인원만 동행한 외출이었다.

사냥 가시나?

다들 룩소스 1세가 국무에 지쳐 휴식을 취하기 위해 사냥을 나갔다고 생각했다. 아무렴, 그렇지 않고서야 그렇게 단출한 인원만 데리고 나갈 리 없기 때문이다.

단출한 건 인원만이 아니었다. 행장도 조촐했다. 룩소스 1세의 간편한 옷차림, 황제를 따르는 이들의 간단한 무장과 짐. 각자 하나씩 챙긴 검과 활만 아니라면 어디 나들이라도 갈 차림새였다.

아침에 나간 룩소스 1세는 하루가 지나도록 돌아오지 않았다. 나바의 사람들은 걱정하지 않았다. 룩소스 1세가 가도를 벗어나 목격되는 정보가 없어도 괜찮았다.

사냥은 가도 근처에서 하는 게 아니다. 인적이 드문 숲과 산으로 들어가 산짐승의 길을 걷는 것이 사냥이었다.

다른 나라는 어떨지 몰라도 아크레아의 사냥은 하루 이틀로 끝나지 않는다. 토끼와 다람쥐, 새와 같은 소형동물들은 단기간에 잡고, 사슴과 곰, 멧돼지와 같은 축생은 며칠의 준비 기간을 두고 색출한 뒤 사냥감이 지칠 때까지 뒤를 밟았다.

룩소스 1세는 나나바로 귀환한 후 내내 왕성에서 두문불출했다. 아직 젊은 황제가 답답해서 바람을 쐬고 싶어 할 법했다. 사냥이 평균 소요시간보다 오래 걸리는 일도 있을 법하다.

태평하게 황제의 귀환을 기다리던 나나바의 사람들에게 전서구가 날아왔다. 룩소스 1세의 친필과 옥새가 찍힌 전서는 한 가지 사실을 공포했다.

아크레아 제국의 수도를 나나바에서 야파로 옮긴다.

날치기 작위 수여, 영지 하사에 이은 날치기 천도였다. 룩소스 1세의 날치기 천도는 몰아치는 북풍과 눈보라보다 빠르고 기민했다.

천도 찬성파와 반대파를 막론하고 머리를 쥐어 싸맸다. 뒷목 잡고 쓰러지는 원로가 속출했다. 시이제 후작은 크게 한 방 먹었음을 알고 입꼬리를 올려 웃었다.

반대파는 세상천지에 이런 천도가 어딨냐고 항의했다. 룩소스 1세는 어느 때보다 강하게 밀어붙였다.

그는 이 날치기를 위해 몸을 숙이고 있었다. 그가 조용히 국정이나 보고 있던 것은 천도를 하기 위한 추진력을 얻기 위해서였던 것이다.

"짐이 곧 제국이니라. 짐이 있는 곳이 곧 수도다."

천도란 무엇인가. 나라의 중심을 옮기는 일이다. 평범한 사람들에게도 이사를 하는 일은 간단하지 않다. 먼저 땅을 고르고, 집을 고르고, 짐을 옮기고, 사람이 살 수 있게 만든 다음 가장 마지막에 주인이 옮긴다.

룩소스 1세는 반대로 움직였다. 속내가 뻔히 보였다. 황제가 먼저 움직였으니 남은 이들이 따라 움직이길 원하는 것이다.

국정은 홀로 할 수 없기에 몇몇 문관들이 반대했다. 조상 대대로 살아온 땅을 버리고 낯선 곳으로 이주하는 일은 보통 큰일이 아니었다.

룩소스 1세는 그들의 사임 의사를 낼름 받아들였다.

"여기에도 일할 자는 많다."

제국에 봉사하는 영광을 유지하기 위해선 이사해야 했다. 울며 겨자 먹기로 이사하는 자들은 대부분 젊었다.

좀 더 나이든 자들은 나나바에 남아 살아온 터전을 지키기로 결정했다. 나나바가 수도의 상징을 상실했어도 황제를 배출한 도시임은 변하지 않는다. 북부 아크레아 지역의 중요 행정도시인 것도 변하지 않았다.

이주가 어려운 건 삶의 기반과 권력의 기반을 구 아크레아 왕국에 두고 있는 원로와 고위 귀족이었다. 황제를 따라 원정에 나섰던 자들은 남부와 중부에 영지를 받았다.

새 거점이 생겼으니 이주는 쉬웠다. 그러나 아크레아의 기존 실세였던 원로와 귀족들의 영지는 아크레아 왕국의 국경을 넘지 않는다.

그들이 우물 속에서 땅을 갈라먹고 있을 때 황제와 측근들은 바다에서 해류를 경계로 영역을 가르며 놀고 있었다.

아직 주인 없는 땅이 많다. 그걸 받으려면 황제와 좋은 사이가 되거나 모두가 인정할 공을 세워야 한다.

원로들은 결국 아크레아 지방에서 안주하는 쪽을 택했다. 그들은 늙었고 이웃 지방으로 옮기는 것도 힘에 부쳤다.

원로들은 치솟는 혈압에 주치의를 찾았다. 황제가 그들을 대놓고 물 먹였다. 물은 건강에 좋으니 많이 많이 마시고 골로 가라는 친절에 다들 감읍한 마음 이기지 못하고 부들부들 떨었다.

룩소스 1세는 대놓고 측근들만 데리고 이사 감으로써 그들에 대한 신뢰를 증명했다. 루조 대공이 끼지 못한 건 사촌 동생에게 북부를 맡겼기 때문이다.

폴리아나는 룩소스 1세가 데리고 이동한 측근에 해당되었다. 그러다 보니 뒤늦게 야파에 도착한 지인들의 불평불만을 들어야 했다.

"어떻게 일언반구 없이 숨기실 수 있소?"

"너무하시오!"

"경을 데려가고 나는 안 데려가 주시다니. 크흑. 폐하, 너무하십니다."

"폴 경, 제가 집 사는 걸 말리셨어야죠! 번 돈 다 부어서 집 샀더니 천도입니까!"

집 사는 걸 못 말린 건 미안했다. 하지만 폴리아나라고 뭘 어떡하란 말이냐. 측근 중 측근만 아는 기밀이었던 것을.

서운함을 숨기지 않고 표출하는 지인들 앞에서 폴리아나는 당당했다. 그녀에겐 변명할 핑계거리가 있었다.

폴리아나도 당일까지 몰랐다.

"미안하오. 실은 나도 당일 알았소."

천도 자체야 어지간한 인물들은 다 안다. 막연하게 몇 달, 몇 년 뒤를 예상해서 그렇다.

당일의 사정은 이렇다.

폴리아나는 말을 타고 나나바를 빠져나와서야 지금 그들이 천도 중이라는 사실을 들었다. 그녀도 적잖이 기가 막혔고 놀랐다. 그 날인 이유는 더 기막혔다.

"왜 하필 오늘이십니까?"

"오늘이 손 없는 날이다."

그 얘길 듣자마자 이마를 짚었다. 미신 좋아하는 북부 남자란.

사냥꾼 출신들이 많고 기후가 시시때때로 바뀌며, 지형이 험난하고 삶이 척박해서 그런지 아크레아의 남자들은 유독 미신을 좋아했다.

룩소스 1세와 벗인 아이노 경은 정도가 심한 편에 속했다. 이전엔 다들 저 정도일 것이라 예상한 폴리아나다. 하지만 이젠 안다. 저 둘이 정도가 심했다.

"너무 맹신하시는 것 아닙니까?"

"조심해서 나쁠 건 없지 않느냐."

몇 곳의 후보지 중에서 룩소스 1세가 심사숙고 끝에 결정한 장소가 야파였다. 구 비크파 왕국의 옛 수도가 제국의 새 수도가 되었다. 폴리아나는 야파 성 하면 떠오르는 게 있어 황제를 놀렸다.

"왕과 왕녀가 원혼이 되어 찾아오면 어쩌시려고요?"

갈리 3세와 귀족들이 벌거벗겨져 성벽에 매달려 죽었다. 그렇게 죽은 이의 수가 백이 가깝다. 가끔 성벽 주위에서 귀곡성 같은 것이 들려온다는 소문도 있다. 주제도 모르는 갈리는 그렇다 치고 어려서 죽은 왕녀가 가끔씩 등장해 흐느낀다는 소문이 파다했다.

다른 곳도 많은데 일부러 야파로 정한 것은 성의 위치와 구조 때문일 것이다. 미신 좋아하는 룩소스 1세라면 귀신 나오는 곳은 당연히 제외할 줄 알았기에 폴리아나는 의외라고 생각했다.

"귀신 안 나오는 성이 어딨느냐?"

룩소스 1세가 같잖다는 듯 웃었다. 성에서 살아 본 사람의 말이라 그런지 신빙성이 넘쳤다.

폴리아나는 금방 수긍했다. 세상에 사람 안 죽은 집이 어디 있으며, 시체 묻히지 않은 땅이 어디 있겠는가. 과연 황제 폐하께선 현명하셨다.

룩소스 1세와 일행들은 유쾌하게 말을 몰았다. 다들 친분이 깊고 같은 주인을 모시는 동료다. 천도 중이라는 사실도 잊을 만큼 즐겁고 소풍 나온 것처럼 한가했다.

마냥 기뻐할 수는 없었다. 원정에서 돌아오는 길이 즐거웠듯, 이후에 더 바쁠 걸 다들 알았다.

룩소스 1세는 야파 성에 황제의 기를 꽂았다. 버려지지 않기 위해 허겁지겁 야파로 이주한 귀족, 신하들 앞에서 황제가 선언했다.

"친위대를 해산하고 근위대를 새로이 창설해 황족과 성을 수호하노라. 옛것을 잊기 위해 근위대를 1근위부터 3근위로 나누며 아이노 세키 경을 1근위대장으로, 폴리아나 윈터 후작을 2근위대장으로, 자이노 세키 경과 우크 트레이 경을 3근위대장으로 임명한다."

황제의 뒤에 금줄 달린 푸른 제복을 착용한 폴리아나가 섰다. 주종의 얼굴은 철면을 깐 듯 뻔뻔했다. 사람들의 항의도 소용없었다.

친위대의 인력 부족 호소가 받아들여져 근위대는 전신인 친위대의 세 배 규모로 창설되었다.

제1근위대, 제2근위대, 제3근위대가 새로이 생겨났다. 1근위대의 대장은 아이노 경. 실력만 보고 뽑는 기사단이 주인공이다.

2근위대의 대장은 폴리아나. 2근위대는 황족의 호위와 경호를 담당한다.

3근위대의 대장은 자이노 경과 우크 경. 3근위대는 황성과 수도인 야파의 경비 및 치안을 담당했다. 맡은 구역이 넓어지는 만큼 대원의 수도 제일 많았다. 그래서 두 명이 대장직을 맡았다.

황제가 야파를 수도로 결정하자 야파에 사람이 몰렸다. 국명을 아크레아로 하고 수도를 야파로 두어 북방 사국, 중앙 사국, 남부 중소 국가의 이름을 지워 버리니, 바야흐로 새 시대, 아크레아 제국의 시작이었다.

날치기 천도로 귀족들의 기를 죽여 놓은 상태에서 2차 논공행상이 이뤄졌다. 폴리아나는 개편된 오등작을 기준으로 후작위를 확정받았다.

그녀가 집단난투극으로 후작위를 빼앗길 거라 예상한 자들은 침음을 흘렸다. 너무 과하다는 항의가 빗발쳤으나 반대파의 의견은 황제에게 닿지 않았다.

룩소스 1세가 대공 작위를 통치가문의 혈통인 자만 받을 수 있게끔 정해 뒀기에 귀족으로선 두 번째로 높은 계급이었다. 그녀의 위에 존재하는 자들은 구왕족과 황족이 전부이며, 공작위를 약속받은 건 세키 가문이 유일했다.

가문의 시조는 작위보다 한 단계나 두어 단계 높게 쳐주는 관습을 고려하면 그녀는 공작이나 마찬가지였다.

폴리아나는 두 팔을 번쩍 들었다. 새로 바뀐 귀족제도 만만세였다. 권력은 정말 멋졌다.

권력의 단맛에 얼큰하게 취한 폴리아나를 음해하려는 세력이 있었다.

나나바에 엉덩이를 붙인 원로들이 폴리아나를 공격했다. 그녀의 공적에 비해 후작위는 과하다는 것이다.

룩소스 1세는 귓등으로도 듣지 않았다. 황제는 포상에서 사심을 배제했다. 여자라서 더 힘든 길을 걸어온 폴리아나를 존중하고 이해하기 때문이다.

그가 사랑하는 여자는 그저 '인정'받기 위해 생존했다. 이제 간신히 인정받기 시작했는데 그것을 그가 망칠 수 없었다.

그래서 룩소스 1세는 가능한 공정하게 공훈을 포상했다. 논공행상을 같이한 자들도 그걸 알아 원로의 공격은 효과가 없었다.

폴리아나보단 시이제 후작가가 공작가가 되지 못한 건에 사심이 가득했다. 벤티에 경은 시이제 후작의 사후 공작위를 약조받았기에 실제론 상심하지 않았다. 주위를 속이기 위해 실망한 척, 상심한 척 연기에 힘썼다.

룩소스 1세는 상심한 벤티에 경을 위로하는 척하면서 행정직의 수장 재상직을 제안했다. 벤티에 경은 이미 좋은 건 남들이 채 갔으니 어쩔 수 없다는 듯 재상직을 받아들였다. 짜고 치는 판이 폴리아나 보기 좋았다.

제1근위대는 아이노 경을 대장으로 둔 집단이다. 인성, 출신, 신분을 가리지 않고 오로지 실력만 보고 선발한 최정예로, 부단장을 맡고 있는 마호갈 경의 위장이 편안할 날이 없었다.

인성과 실력이 정비례하는 경우가 드문지 다들 성격이 안 좋았다. 폴리아나가 보기엔 신기했다. 아이노 경이 어디서 딱 자기 같은 인간들만 데려왔기 때문이다.

그러한 인간 말종 집단이지만 그 집단이 아크레아의 첫 기사단인 건 불변의 사실이다.

기사단의 정식 창단일. 기념비적인 날 룩소스 1세는 어느 때보다 아름답게 웃으며 벗의 안부와 축복, 새로이 탄생하는 기사단의 영화를 기원했다.

유독 아름다워 모두의 의지를 채워준 황제의 미소는 기사단의 상징이 등장하자마자 물에 탄 설탕처럼 사라졌다.

기사단의 상징은 개다. 충성스럽고 용맹하고 주인을 배신하지 않았다. 룩소스 1세가 특히 좋아하는 동물이기도 했다.

룩소스 1세는 눈을 비빈 뒤 다시 봤다. 그는 친구의 배신을 믿지 못하고 물었다.

"개는 어디 있느냐?"

기사단의 상징이랍시고 등장한 동물은 귀엽고 털이 복슬복슬한 개가 아니라 아주 흉측한 괴물 도마뱀이었다! 룩소스 1세가 가끔 악몽에서 만나는 그놈!

심지어 크기는 기절할 정도로 컸다. 원정길에 봤던 악어는 새끼였나 의심이 들 정도로 거대하고 흉측했다.

정말 용 소리 나올 정도로 큰 악어를 원형 그대로 가죽을 벗겨 개에게 입혀 놓은 것이다.

아이노 경이 악어 얼굴을 들추자 아래에 엎드려 있던 개가 비죽이 고개를 내밀었다. 소리 없는 비명을 지르던 황제가 개를 보고 안정을 되찾았다.

아이노 경이 므스멜 숲에서 사냥한 거대 악어를 자랑했다.

"기사단의 상징 악어개입니다. 개와 악어의 장점을 두루 갖춘 폐하의 검이 되겠습니다."

내가 요즘 너에게 엿을 안 먹인 거 같아서 준비해 봤어.

아이노 경의 성격을 아는 사람들은 그가 황제를 떠나 있던 이유를 알아차렸다. 저 악어를 잡기 위해, 황제 엿 먹이기 위해 므스멜 숲에서 버텼던 것이다.

룩소스 1세가 아이노 경에게 삿대질했다. 보는 눈이 많아 파충류 혐오증을 티내지 못했다.

아이노 경의 엿 제공은 끝나지 않았다. 아이노 경이 수신호를 보내자 기사단원이 깃발을 들었다. 바람에 깃발이 펄럭였다.

제1근위대의 상징이자 기사단의 상징이 수놓인 깃발이 만천하에 공개됐다. 개 다리 달린 악어가 참으로 위풍당당했다.

악어를 처음 보는 북부출신 귀족들은 그 흉측함과 무시무시한 이빨, 방어력 높아 보이는 가죽에 감탄했다.

"참으로 위엄이 넘칩니다."

"아주 훌륭한 상징입니다. 따로 겹치지도 않습니다."

악어를 본 적 있는 중부와 남부의 귀족들도 감탄했다.

"저렇게 큰 악어는 처음 봅니다."

"용 아닙니까?"

"용이네, 용이야."

"저 귀한 걸 개에게 씌우다니."

이 엿을 먹이기 위해 아이노 경은 잠도 못 자고 므스멜에서 사냥을 했나 보다.

아이노 경은 장난을 쳐 놓고도 한없이 진지했다. 속내야 어쨌든 표정이 진지했기에 룩소스 1세도 따라서 진지해졌다. 멱살을 잡는 건 둘만 남았을 때나 할 수 있는 일이다.

훗날 '황제의 검'으로 불리게 될 아크레아의 첫 기사단의 상징은 악어가죽을 뒤집어쓴 개로 정해졌다. 당대의 사람들은 참신한 상징 선정에 감탄을 금치 못했다.

후대의 사람들도 초대 단장 아이노 경의 선구안에 감탄을 금치 못했다. 왜냐하면 제1근위대는 이후 개 같은 성질머리와 악어 같은 흉포함으로 이름을 떨쳤기 때문이다.

폴리아나는 축하 연회에서 몰래 아이노 경을 질타했다.

"너무한 것 아니시오."

"폐하께서 요즘 내게 더 너무하고 계시고 있소."

아이노 경의 말엔 폴리아나도 긍정했다. 룩소스 1세가 바쁘고 휘하의 사람들도 바쁘다. 황제가 일을 쉬지 않으니 도무지 쉴 틈이 없었다.

폴리아나는 일이 바빠 너무한다고 이해했다. 아이노 경은 비밀을 공유한 죄로 하소연 상대가 되어 주어야 함을 의미했다.

아이노 경은 폴리아나의 오해를 정정해 주지 않았다. 그녀는 계속 모르는 편이 이로웠다. 그녀에게나, 룩소스 1세에게나.

아이노 경의 시선이 황제에게 닿았다. 세상에 하고 많은 여자들 중에 굳이 저런 여자에게 마음을 내준 친구의 심사야 그 알 바 아니다. 룩소스 1세가 먼저 밝히지 않는 이상 폴리아나는 평생 그의 연심을 모를 것이다.

'사랑이 뭔지.'

사랑이 뭔지. 마음은 또 뭔지. 그리고 결혼은 또 뭔지. 아이노 경은 생경한 기분에 주위를 둘러봤다.

주위의 동료들과 부하들이 결혼함에 따라 아이노 경 또래의 미혼남이 계속 줄어들었다. 마흔까지 버티겠다는 말을 할 때만 해도 그럴 자신이 있었다. 그러다 아이노 경은 곧 깨달았다.

같이 놀 상대가 없었다.

급하게 결혼한 청춘남녀는 비슷하게 아이를 가졌다. 결혼한 시기가 비슷하다 보니 아이를 갖는 시기도 다들 비슷비슷했다. 신혼 때야 총각 시절처럼 놀 수 있다. 하지만 부인이 임신하는 순간 가정은 임부를 중심으로 돌아간다.

그와 비슷한 수준의 남자들은 모두 결혼했다. 미혼인 자들은 대부분이 부하였다. 루조 공작같이 불우한 경우는 제외한다. 공작은 바빠서 같이 놀지도 못하지만.

"결혼식을 보지 못해 아쉽겠소."

"솔직히 조금 아쉽습니다. 대신 선물이라도 많이 보내려 합니다."

"지금쯤 어디에 있을까 궁금하지 않소?"

"행군보다 느릴 테니 아마……."

마호갈 경과 폴리아나가 남부에서 치러지는 합동결혼식을 주제로 이야기꽃을 피웠다.

하우 경과 도나우 경이 비카 가문의 쌍둥이 자매와 결혼하면서 남부에 영지를 받아 함께 내려간 건 다들 알고 있는 사실이다. 왕복에만 시간이 제법 걸려서 친분이 있어도 가지 못하는 자들이 많았다. 제국이 안정되고 난 이후라면 다들 시간을 낼 수 있겠으나 지금은 아니니까.

아이노 경은 뺀질거려도 실력은 괜찮았던 하우 경을 떠올리고 입맛을 다셨다. 결원이 생겼으나 일이 급해 보충하지 못하고 창설식을 했다. 남부로 떠난 뺀질이를 채울 사람이 필요했다.

마호갈 경도 곧 은퇴할 것이다. 사람이 없어 붙잡아 두고 있었다. 새 기사가 필요하다.

친위대나 근위대의 일원은 명문가의 자제로 골라 뽑는다. 그렇기에 은퇴도 빨랐다. 집안 좋고, 능력 좋고, 성품 좋고, 인물까지 출중한 남성이 평생직장으로 삼는 직업이 아니었다. 그보다는 젊은 시절 잠깐 왕족에서 봉사하고 궁정에서 근무해 인맥을 넓히고 스스로의 실력을 증명해 내는 통과 과정에 가깝다.

군대에 뜻이 없다면 늦어도 서른 중후반에서 은퇴한다. 본래 노동이란 영지 없는 자들이나 하는 것. 진정한 귀족이라면 관직이 없어도 영향력 있는 발언을 하고, 일하지 않아도 일하는 자보다 부유해야 하는 법.

귀족들 사이엔 그런 의식이 팽배해 있다. 무가가 아니고선 직업에 연연하지 않았다.

'나는 이렇게 머리가 아픈데.'

아이노 경은 다시 황제에게 눈을 돌렸다. 룩소스 1세는 귀족들과 이야기하면서 힐끔힐끔 폴리아나를 훔쳐보고 있었다. 다른 사람은 몰라도 아이노 경의 눈엔 다 보였다.

마호갈 경은 유부남에 아이도 딸려 있다. 부부 금슬은 좋은 편이며 폴리아나도 마호갈 경을 남자로 안 본다. 그런데도 황제는 둘에게서 눈을 떼지 못했다. 둘이 무슨 얘기를 하는지, 뭐가 그렇게 재밌어서 웃는지 궁금해 죽어 갔다.

아이노 경은 결론을 내렸다. 악어 보고 떠는 게 불쌍해 한 대쯤은 맞아 줄 생각이었다만 멱살 붙잡혀 주는 선에서 끝내야겠다.

아무리 생각해도 너무한 건 그가 아니라 룩소스 1세였다.

천도와 논공행상 같은 중요도 높은 일들이 처리됨에 따라 다른 일들도 함께 해결되기 시작했다.

대륙일통이란 대업을 달성한 후 동면을 취하는 곰처럼 나나바에서 움직이지 않던 황제가 움직였다. 그것은 대륙의 사람들에게 신호를 보내는 종소리와 같았다.

각지에서 지역을 대표하는 공물과 미녀를 야파로 보냈다. 황제가 부인으로 삼으면 좋고, 삼지 않더라도 지역을 각인시킬 수 있다면 좋다.

제국의 황제는 미혼이다. 이보다 더 딸을 가진 부모의 마음을 울리는 달콤한 말이 없을 것이다.

하우 경이 결혼하고, 도나우 경이 결혼하고, 비크 경이 결혼하고, 우크 경이 결혼했다. 황제도 결혼해야 했다.

각지의 유력자들은 그들이 보낸 여자가 황제의 부인이 되길 바랐다. 황후가 어렵다면 애첩도 좋았다. 그렇게 보내지는 미녀를 룩소스 1세는 엄격하게 걸렀다.

너무 어리면 제외. 13세 소녀를 데리고 온 사절은 황제의 진노 앞에서 입성도 허락받지 못하고 쫓겨났다. 엽색을 혐오하는 룩소스 1세가 치를 떨었다.

"지들이 변태라고 짐도 변태인 줄 알아!"

대륙의 윤리가 이렇게 바닥에 떨어져 있다니! 황제가 진노하여 가이드라인을 규정했다.

20세 이하 사절. 약혼 파기하고 오는 아가씨도 사절. 이팔청춘이 가장 아름답다는 건 위아래 나이차가 띠동갑을 넘지 않았을 때 할 수 있는 이야기다.

아흔 가까운 나이로 16세 소녀를 찾는 늙은 변태, 중년 변태들이 세상에 이렇게나 많았다. 룩소스 1세가 일찍 모친을 잃어 중년 부인 취향이라는 소문이 파다하게 퍼졌다.

황제는 야파 성을 여자로 가득 채우려 드는 변태들을 막기 위해 정식으로 후궁 후보만 받겠다고 포고했다.

예쁘면 한미한 가문의 여식이라도 보내려 들던 움직임이 잦아들었다. 엄선된 레이디들이 각자의 사명을 지고 고향을 뒤로 했다.

폴리아나는 엄선된 레이디는 아니지만 그녀의 사명을 지고 룩소스 1세의 앞에 섰다. 황제가 그녀에게 새로 조성되는 후궁의 경비

책임을 맡긴 것이다.

대륙 각지에서 지역과 가문의 염원을 진 고귀한 레이디들이 야파로 입성한다. 레이디는 결코 혼자 움직이지 않는다. 황제의 부인 후보로 엄선된 레이디니 딸린 식솔도 어마어마했다.

최소한 세 명의 시녀, 열 명의 하녀, 두 명의 호위기사, 네 명의 시종, 일곱 하인, 시동, 마부, 유모까지. 많은 인원이 일시에 입성한다.

모두 아크레아의 만년설처럼 하얗고 깨끗한 마음의 소유자이길 바라는 건 무리였다.

“대륙 각지에서 레이디와 시종, 시녀들이 오고 있다. 개중 흉심을 품은 자도 분명 있겠지.”

개중에 첩자나 암살자가 섞여 있을 가능성도 적지 않았다. 후궁은 그들이 숨기에 가장 적절한 장소였다. 그리고 제 얼굴에 침 뱉기라 말하기 어려우나 첩자와 암살자는 아크레아에서도 보내질 것이다.

“네. 각별한 주의와 감시가 필요합니다.”

“장기적인 밑작업을 하려 드는 자도 있을 게다. 그런 의미에서 짐은 경에게 후궁의 경비 책임을 맡기고 싶다.”

룩소스 1세는 폴리아나를 좋아한다. 사랑하는 여자에게 부인들 경호를 부탁하는 건 아무리 생각해도 모양새가 이상했다.

하지만 룩소스 1세는 폴리아나가 이 일의 적격자라고 믿었다. 이런 말을 하면 폴리아나는 분명 지긋지긋해할 것이나.

“경이 여자라서 경계를 풀 테지.”

“폐하의 말씀이 옳습니다.”

황제의 근접호위는 근위대가 누리는 최고의 명예이고 영예이다.

근위대가 인기 있는 이유가 황제를 호위할 수 있기 때문인데 그러한 장점이 사라지면 별다른 이점이 없었다.

차라리 일을 때려치우고 영지로 내려가 소일하는 게 나은 제안.

폴리아나는 룩소스 1세의 믿음을 저버리지 않았다.

“신에게 맡겨 주십시오.”

“섭섭하지 않느냐?”

“어떤 방식이든 좋습니다. 폐하께 이 한 몸 바쳐 봉사할 수 있다면 저의 기쁨이고 영광입니다.”

룩소스 1세의 호위는 1근위대가 맡았다. 폴리아나는 영 미덥지 못한 눈으로 아이노 경을 바라봤다. 실력은 믿음직스러우나 황제의 벗이라는 빌미로 일을 벌여 주군의 정신건강엔 좋지 않은 위인이다.

“잘 부탁드리오.”

“본래 하던 일. 후작은 걱정 마시오.”

나는 기저귀 찰 때부터 얘를 지켰다.

친한 건 아는데 장난을 쳐 싸서 못 믿겠다.

아이노 경과 폴리아나가 눈싸움을 벌였다. 룩소스 1세는 외면당하는 슬픔에 두 기사의 주의를 끌었다.

“음, 목 근육이 땡기는구나.”

아이노 경이 황제의 뒤로 이동해 목과 어깨를 주물렀다. 한 발 늦은 폴리아나가 질시에 찬 시선을 보냈다. 황제의 총애를 다투는 모습에 룩소스 1세는 외면당한 슬픔에서 회복했다.

“혹시 모르니 말을 맞춰 두자. 경은 뭔가 잘못해서 후궁 경비를 맡는 벌을 받은 것이다.”

"죄목은 무엇으로 할까요."

명예가 실추되는 공작이나 반역만 아니라면 무엇이든 좋았다. 폴리아나가 용맹하게 주먹을 불끈 쥐자 아이노 경이 냅다 말했다.

"폐하 얼굴에 구토?"

폴리아나의 얼굴이 하얗게 질렸다. 룩소스 1세의 옥안에는 아니지만 보는 앞에서 술 마시고 추태 벌인 전적이 있기 때문이다.

룩소스 1세는 뭐 그런 걸로 그러냐는 듯한 표정을 지었다. 황제가 손을 휘저었다.

"경, 누차 말하지만 술 마시고 사고 치면 짐이 수습해 주겠다."

그녀 마음에 들지 않는 반응이었다. 누가 보면 매일 사고 치고 주정부리는 줄 알 것 아닌가.

"아니…… 내가 맨날 주정 부리는 것도 아니고. 다른 경들에 비하면 주사 암전한 것 아니오?"

황제에게는 못 따지고, 폴리아나가 아이노 경에게 항의했다. 아이노 경이 표정으로 말했다.

니가?

'개새끼야.'

폴리아나의 주먹이 울었다. 황제 앞에서 주먹다짐해 봐야 아이노 경에게 일방적으로 구타당한다. 황제와 연합해서 공격해도 승산이 없으니 밑지는 장사였다.

폴리아나는 명예회복을 포기하고 그러겠노라 말했다.

"알겠습니다."

충직한 기사가 꾸벅 인사하고 떠났다. 임무가 변경되었으니 안 그래도 바쁜데 일이 더 늘어나게 된 것이다. 솔직히 룩소스 1세 한 명을 호위하는 일이 몇 명이 될지 모르는 후궁을 보호하고 사람을 감시하는 일보단 쉬웠다.

오랜만에 룩소스 1세의 호위가 된 아이노 경은 황제의 의사를 떠봤다.

"괜찮으십니까?"

"괜찮지 않으면 어쩔 것이냐."

룩소스 1세의 시선은 폴리아나가 떠난 자리에 고정되어 있었다.

대륙의 지배자가 되어 놓고 좋아하는 여자와 결혼 못 하는 모순이 아이노 경은 탐탁지 않았다. 그가 생각하기에 룩소스 1세는 원로와 폴리아나를 대할 때 지나치게 몸을 사렸다.

아이노 경이 그 점을 지적하자 룩소스 1세가 솔직하게 심정을 토로했다.

"그럼 좋은 기억 있는 노인네들 모두 죽이랴. 슬퍼할 걸 알면서 억지로 안으랴. 이노, 사람이 그러는 게 아니다. 짐은 이미 많은 피를 흘렸다. 욕심에 더 흘렸다가 돌아올 수 없게 될까 두렵구나."

"소신이 있지 않습니까. 폐하의 아이노, 폐하께서 그릇된 길을 걸으시면 망설임 없이 베겠습니다."

어릴 때나 지금이나 룩소스 1세는 아이노 경에게 약해빠져 지켜 줘야 할 놈이다. 지켜 줘야 할 놈이 나쁜 놈이 되는 순간 베겠다는 말이 황제가 듣기에 썩 좋았다. 룩소스 1세가 한탄했다.

"짐은 결백해야 하는데 폴 경에겐 늘 미안한 일만 저지르는구나. 이번 일도 아닌 척하지만 섭섭할 텐데."

남들은 자세한 사정을 모른다. 그렇기 때문에 폴리아나에게서 황제의 총애가 떠났다고 볼 수도 있는 사안이었다.

아직 제대로 자리 잡지도 못한 충신을 흔드는 게 미안해 룩소스 1세는 거듭 한숨을 내쉬었다.

폴리아나가 황제의 명령을 전달하자 제2근위대 소속 기사들은 실의에 젖었다.

그들은 황제 폐하를 직접 모신다는 자부심에 찬 청년들이었다. 황제의 부인을 모시는 것 또한 명예로운 일이나 황후가 아닌 후궁이다. 황제와 비교할 수 없었다.

청년들의 실망과 서운함은 대장에게 향했다. 다행히 폴리아나를 비난하는 자는 없었다. 대신 부하들은 대장을 걱정했다.

그들이 아는 대장은 알에서 깬 새끼 오리처럼 황제를 따라다니고 하늘의 신처럼 황제를 모셨다. 도대체 무슨 사고를 쳤는지!

“대장님, 또 술 드시고 개 되셨습니까?”

“폐하 앞에서 주정 부리셨죠?”

“…….”

화도 못 내고 폴리아나는 입을 꽉 다물었다. 황제와 말 맞춘 대로 토했다고 하지 않았는데 부하들이 알아서 해석하고 있었다.

‘왜 다들 저딴 것만 생각하는 거야. 나쁜 새끼들.’

폴리아나는 억울했다. 룩소스 1세가 술 먹고 사고 치면 뒷수습을 해 주겠다 말한 뒤로 폴리아나는 개가 될 때까지 술을 마시지 않았다……고 확언하긴 좀 그렇고.

어쨌든 그녀의 양심을 걸고 막나가진 않았다. 원정이 끝난 후엔 술자리를 즐기던 황제가 바빠져 횟수도 줄었다.

시트린 성에서 황제가 그녀의 등을 두드려 준 일화가 널리 퍼져서일까. 거짓말 안 해도 알아서 해석해 주고 소문내 주니 편하긴 한데 기분이 이상했다.

'새끼들, 입은 진짜 싸.'

여자 셋이 모이면 접시가 깨진다고 한다. 남자 셋이 모여도 별로 다르지 않았다. 아무 술집만 들어가도 더럽게 시끄럽다. 그리고 직업적 특성이 있는 건지 모르겠는데 군인들은 특히 입이 더 쌌다.

근엄하고 입이 무거운 군인 같은 건 로망스에나 나온다. 실제로 진중한 성격의 군인이 있어도 뒷담하는 건 똑같았다. 어찌나 상관욕을 잘 하는지.

어느새 소문 속 폴리아나는 만취한 상태에서 황제의 멱살을 잡고 짤짤 흔들다 구토한 대역죄인이 되어 있었다.

'그러고 보니 폐하와 대작한지도 오래됐네. 아이노 새끼는 가끔 마시는 것 같던데.'

비죽이 섭섭한 마음이 고개를 쳐들었다.

폴리아나가 룩소스 1세의 총애를 받아도 어릴 때부터 우애를 다진 벗과 같지 않다. 게다가 그녀는 성별이 여자라 전장에서처럼 대작할 수도 없었다. 보는 눈을 신경 쓰고 황제의 체면을 신경 써야 했다.

폴리아나는 고개 들이미는 서운한 마음을 냅다 짓밟았다.

대다수의 국가에서 일부일처제를 권장한다. 그러나 경우에 따라 법은 일부일처제인데 지배 가문에 한해 눈감아줄 때가 있었다. 룩소스 1세도 그런 경우였다.

지역과 가문, 성품과 외모를 보고 선발한 열 명의 레이디 중에서 세 명이 황제의 후궁으로 발탁되었다. 본래는 열 명 모두 후궁으로 들이라는 것을 황제가 치를 떨며 "짐이 후대에 어찌 기록되겠느냐!" 반대한 끝에 이룬 결과다.

그렇게 선정된 레이디는 북부의 토리, 중부의 스트라, 남부의 레베카였다. 부인의 수를 줄이기 위해 용 쓴 룩소스 1세이나 각 지역을 완전히 외면하긴 어려웠다. 선정 과정엔 벤티에 경의 입김이 들어갔다.

황비가 선정되기 전의 으슥한 밤. 남자 셋이 밀실에 모여 쑤군덕거렸다. 룩소스 1세, 벤티에 경, 아이노 경이었다. 실상 의논하는 이는 룩소스 1세와 벤티에 경이고 아이노 경은 호위로서 자리를 지켰다.

"토리는 반드시 비로 들이셔야 합니다."

날치기 천도와 날치기 작위 수여에 이은 날치기 국혼. 룩소스 1세가 현재 유일한 후계자이자 황족인 루조 대공을 오스의 공주와 혼인시키면서 북부 귀족들의 불만이 팽배했다. 벤티에 경이 강조했다.

"이쯤에서 한 발짝 물러나 주심이 현명합니다."

"토리 시이제 영애. 일전에 본 적이 있었지."

"네. 할아버지도 이 일을 위해 준비한 아이입니다."

"짐보단 경이 더 오래 보았지. 벤티, 네가 보기에 어떻더냐."

룩소스 1세는 토리에 대한 인상이 흐릿했다. 어떤 용도로 길러진 아가씨인지 알기에 그것에 대해 노여워했지 정작 당사자는 제대로 보지 않았다.

잠시 토리와 같은 저택에 머물렀던 벤티에 경이 그녀에 대한 인상을 밝혔다.

"착하고 순종적이며 얌전한 레이디입니다. 할아버지가 직접 데려오셨으니 알 만하지 않습니까."

말하자면 일등 신붓감. 시이제 후작의 노림수대로 따라 주는 게 마음에 안 들지만 룩소스 1세도 알았다.

이쯤에서 한 번은 굽혀 줘야 아크레아 지방이 조용해질 것이다. 벤티에 경이 룩소스 1세를 설득했다는 공적이 있어야 후작을 계속 속이기도 쉬웠다.

"흐음."

황제가 고심했다. 토리가 아닌 레이디라면 하나로도 괜찮다. 하지만 토리를 뽑았으니 반드시 다른 레이디가 있어야 한다.

중부에선 오스의 왕녀가 루조 대공과 혼인했다. 그런 점을 고려해 남부에서 한 명만 더 선정하면 되지 않을까.

벤티에 경이 고개를 저었다.

"폐하. 가장 많은 충돌이 있었던 지역이 중부이옵니다. 농민들은 폐하를 칭송하나 패잔병 중엔 제국을 원망하는 자가 있습니다. 정원하시면 중부에서 하나, 남부에서 하나를 택하십시오."

가만히 듣고 있던 아이노 경이 농담했다.

"영웅은 호색입니다, 폐하. 폐하시라면 천 명의 미녀를 거느려도 불만이 없을 겁니다."

"천 명이라니. 매일 한 명씩 찾아가도 3년이 더 걸리는구나."

굳이 하루에 한 명만 찾아갈 필요 없이 하루에 여러 명 찾아가거나 한 번에 열 명과 뒹굴면 되는데, 라는 말을 하면 그 즉시 황제와 평생 얼굴 마주하지 못할 것이다. 아이노 경은 말을 삼켰다.

고작 이 정도 농담으로도 정색하는 분이셨다. 전에도 그랬지만 좋아하는 여자가 생기고선 더 심해졌다.

하지만 좋아하는 여자 냅두고 다른 여자와 결혼하기 위해 의논하는 꼬라지를 보라지.

룩소스 1세는 양 손바닥을 펼쳐 손가락을 꼽았다. 숫자 7을 표현한 황제가 참으로 소박하고 가정적인 발언을 했다.

"3일에 한 번씩 찾아가 일주일에 두 번은 보고 남은 하루는 짐이 홀로 보내기 딱 좋지 않느냐."

하는 꼬라지가 모두 기가 찼다.

"모두 폐하의 여인입니다. 그렇게 공평함을 강조하실 필요는 없습니다."

"짐의 부인이니 그리해 줘야지. 아내에게 박하게 굴면 못 쓴다."

"그건 폐하의 말씀이 옳소."

부인 있는 벤티에 경이 그렇다니 그런가 보다. 총각 아이노 경이 물러났다.

결국 중부에선 몽쉐임의 왕녀 스트라가 선정되었다. 중부의 서부와 동부의 균형을 맞추기 위해서였다.

남부에선 자치를 인정받은 속국 출신을 제외했다. 이후 인품과 나이 등을 고려해 구 나니쿤 왕실의 왕녀 레베카가 선정되었다.

룩소스 1세는 선정된 후보들 중 레베카를 제외하면 모두 너무 어리다는 태도를 고수했다. 벤티에 경은 황제의 연상 취향이 사실일지도 모른다는 생각을 했다.

세 명으로 줄인 레이디를 보고 벤티에 경이 말했다.

"북부에서 아크레아 출신으로 더 들이라 말이 나올 수도 있겠습니다."

"이 이상은 양보 못 한다."

가끔 룩소스 1세는 원로들이 너무 신기했다.

'도대체 뭘 믿고?'

룩소스 1세는 무력으로 대륙을 통일했으며 여전히 군사력을 손에 쥔 권력자다. 원로들이 사병을 키워 봐야 대륙에 퍼져 있는 제국 군대와 맞서는 건 불가능한 일.

동향이라 봐준다고 믿는 것일까? 아니면 나이가 많아서 봐준다고?

실제로 나이가 많아서 봐주는 것도 어느 정도는 사실이다. 기다리면 죽을 텐데 굳이 나서서 손에 피를 묻힐 필요는 없다.

룩소스 1세는 대륙을 정벌하며 남들은 일생 짊어지지 못할 업을 쌓았다. 거기에 노인네를 추가해도 별로 무겁게 느껴지진 않을 것이나, 남들이 보기엔 무거워 보일 것이다. 피로 물든 황좌보단 피를 숨긴 황좌를.

"아마 토리를 황후로 들이라고 말할 수도 있겠습니다."

"황후는……."

룩소스 1세가 말꼬리를 흐렸다. 동시에 안색이 어두워졌다. 아이노 경은 하루에도 수차례씩 터지려는 웃음을 참기 위해 옆구리를 꼬집었다.

오호 통재라! 그의 근육질 몸은 체지방이 존재하지 않아 잡히는 것이라곤 겉가죽뿐이라 꼬집어도 안 아팠다. 벤티에 경이 갑자기 전신을 뒤트는 아이노 경을 보고 놀랐다.

"아이노 경이 왜 저럽니까?"

"이노가 요즘 허파에 바람이 들어서 그렇다."

"폴리아나 경이 아이노 경이 요즘 이상하다고 말하더니, 사실이었군요."

"음, 유독 폴 경 앞에서 저러긴 하네. 그리고 황후는……."

룩소스 1세가 이마를 문질렀다. 과로하고 피곤하고 부쩍 미간을 좁히다 보니 주름이 잡히려는 게 느껴져 신경 쓰였다.

펴져라, 주름.

"지금 바로 정하면 여기저기 시끄러워질 테니 후계자의 생모로 정하자."

"암투가 있을지도 모릅니다."

"있어 봐야 셋 아닌가."

맞는 말이라는 듯 벤티에 경이 고개를 끄덕였다.

대화를 끝낸 벤티에 경이 3명의 초상화를 남겨 놓고 떠났다. 아이노 경은 나가지 않고 창가에 서 성을 순찰하는 보초들의 이동 속도와 순찰 구역을 지켜봤다. 룩소스 1세는 잠들지 못하고 남은 안건을 처리했다.

"폐하."

"왜 그러느냐."

"만에 하나 말이옵니다."

"만에 하나?"

"황비 세 분이 황녀만 낳으면 어떻게 하실 겁니까? 아무리 애를 써도 황자가 하나도 나오지 않으면?"

"그럼 부인을 또 들여야지."

"그게 후궁의 존재 이유입니다. 잊지 마십시오, 폐하."

"짐도 안다."

대륙 최초의 제국을 세웠어도 정당한 후계자가 없으면 다시 분열될 것이다. 그렇기 때문에 후계자는 반드시 필요했다.

보통 후계자가 아니라 모두가 인정할 수 있는 정당한 후계자, 룩소스 1세의 피를 이은 아들. 황제가 아직 젊어 그 부분을 우려하는 목소리는 없다.

당연한 얘기가 당연한 듯 오가고 아이노 경이 황제를 놀렸다.

"지금 소신이 선 자리에 폴리아나 경이 있었으면 참 좋으셨겠습니다."

"좋고말고. 분명 짐은 참지 못했을 것이다."

"폴리아나 경이 불임만 아니었어도 안 참으셨겠네요."

"그건 아니다……."

룩소스 1세가 아이노 경이 선 자리를 응시했다. 눈빛은 쓸데없이 아련했다.

만일 폴리아나가 불임이 아니었다면 룩소스 1세는 폴리아나에게 황후를 약속했을까? 처음엔 그렇게 생각했다. 그러나 지나고 깨달았다. 황비에서 황후로 바뀌어도 폴리아나의 불행은 여전하다는 사실을.

룩소스 1세가 아는 폴리아나 윈터는 매일 수련에 힘쓴다. 그녀의 손은 거칠어 만지면 까실까실한 부분이 있다. 그녀는 자유롭게 말을 타고 대로를 돌아다니며 거침없이 주먹을 휘둘렀다. 기르면 색이 짙어져 금발이 될 밀짚 색 머리칼은 늘 귀밑을 넘어서지 않는다.

룩소스 1세는 그런 폴리아나 윈터를 사랑했다.

창가에 선 인물 뒤로 보이는 밤하늘엔 별이 가득 박혔다. 늘 거기에 있는 별처럼 폴리아나도 늘 룩소스 1세의 뒤에 있을 것이다.

"짐은 그녀의 행복을 바라."

미련이 뚝뚝 떨어지는 얼굴을 할 거면 고백이라도 해 보든지. 지랄도 풍작이었다.

아이노 경은 차마 일그러지는 얼굴을 황제에게 보일 수 없어 고개를 돌렸다.

밤하늘 별은 무수해 쏟아질 것처럼 빛나는데, 으슥한 밤 대륙의 지배자는 지랄염병을 떨고 계셨다.

룩소스 1세의 부인들이 왕성의 규방이라 할 수 있는 후궁에 짐을 풀었다.

폴리아나는 미리 전달받은 인원과 차이가 있는지 검토하고 서류에 적힌 본인이 맞는지 점검했다. 셋 모두 긴장했는지 시녀가 옆에서 부축하고 있었다.

폴리아나는 토리 시이제와 안면이 있었다. 그녀의 친척들이 룩소스 1세와 되도 않는 줄다리기를 하는 건 차치하고, 토리 자체는 사랑스럽고 아름다운 아가씨였다. 전형적인 아크레아의 미인상으로 조용하고 온순해 보이는 것이 특징이었다.

몽쉐임의 왕녀 스트라는 부인 중에서 가장 어렸다. 다른 여자와 같이 한 남자를 남편으로 둬야 하는 것이 낯설어서일까. 스트라의 눈 밑에 어두운 그늘이 드리워져 있었다.

중부는 여기사를 명예직으로 인정하고 있고 풍요로운 환경에서 기사도가 발달해 레이디들에 대한 대우가 대륙에서 제일 좋은 편이다. 스트라는 불안한 기색을 감추기 위해 애써 웃었다. 시녀들이 극진히 모시는 걸 보면 아랫사람에게 함부로 하는 성격은 아닌 것 같았다.

남부의 소국 나니쿤의 왕녀 레베카는 부인 중 최연장자였다. 하지만 몸집은 셋 중에 제일 작고 가녀렸다. 토리는 전형적인 북부의 미인으로 훤칠하고 늘씬한 몸매를 자랑해 토리 옆에 선 레베카가 연하로 보였다.

긴 여행에 지친 레베카를 시녀 둘이 달라붙어 부축했다. 폴리아나가 미리 전달받은 사항을 떠올렸다.

'몸이 약하다고 했던가.'

너무 병약하여 아이를 낳지 못할 정도가 되면 꺼려지나, 적당히 병약한 미인은 나름의 매력이 있는 법이다.

'모두 미인이라 좋다.'

미인을 좋아하는 근위대장은 혼자 남자 씨익 웃었다. 폴리아나는 황비마마 세 분이 모두 마음에 들었으나 가장 환영받는 인물은 토리였다.

실상, 셋 중에선 토리의 신분이 제일 낮다. 하지만 황실에서 근무하는 궁인들은 후궁에 들어선 부인 중 토리를 가장 환영했다. 아크레아 출신이라는 것이 이점으로 작용했다.

타국에 시집온 기분인 둘과 다르게 토리는 자국 군주와 혼인하는 영광을 누리게 된 것이다. 토리와 함께 온 시녀들이 야파에서 근무하고 있던 시녀들과 반갑게 인사하고 후궁을 장악했다. 스트라와 레베카의 시녀들은 아크레아 시녀들의 눈치를 살피며 후궁을 탐색했다.

여장을 푼 황제의 부인들이 가장 먼저 만난 사람은 의사였다. 찾아온 궁의는 두 명이었다. 한 명은 폴리아나도 아는 자다. 궁의 레디칼 남작. 다른 한 명은 처음 보는 의사였다.

'저 사람이 부인과 전문의?'

나이 지긋한 늙은 의사는 흔치 않은 부인과 전문의였다.

의사라는 대부분의 기술직, 전문직과 마찬가지로 오랜 수습기간을 거친다. 일단 독립하면 먹고 사는 데 지장 없을 정도로 고수익을 올리고 없어서 못 데려가는 인기 직군이다. 하지만 독립하기까지 오랜 기간이 걸리고 재화가 많이 필요했다.

기본적인 외상과 질병은 남녀 모두 동일해 배우기가 쉽고 써먹을 데도 많다. 하지만 임신, 출산, 그 외 여성에게만 달린 생식기와 관련된 부인과는 전문으로 하는 의사의 수가 적었다. 돈 없는 여성은 산파를 찾아가기 때문이다.

귀족 여성들도 의사에게 진찰받길 꺼려서 수요가 적다. 그러니

자동적으로 부인과 전문의의 수도 적어졌다. 룩소스 1세는 결혼할 준비를 하면서 귀한 부인과 전문의도 데려와 궁의로 임명했다.

두 궁의는 셋 모두 큰 질병 없이 건강하고 피로에 지쳤으니 쉬라는 처방을 내렸다. 그 정도는 폴리아나도 내릴 수 있었다.

쉬기 위해 각자의 처소로 부인들이 이동했다. 폴리아나도 다시 한 번 내부를 둘러보려 하는데 부인과 전문의가 그녀를 불러 세웠다.

"폐하께서 후작님도 진찰하라 하셨습니다."

"나는 건강하다."

나이 지긋한 의사는 말하기 어렵다는 걸 이해한다는 듯 진중한 표정으로 응대했다.

"후작님의 소문에 대해선 알고 있습니다. 이 김에 진찰을."

"기왕 진찰받을 거면 다른 게 궁금하다."

"네?"

폴리아나가 진찰실을 둘러봤다. 상관의 눈치에 부하가 진찰실을 나갔다. 의사 두 명과 그녀만 남았다. 궁의들은 당황하지 않았다. 그녀는 10년도 넘게 전장에서 활약했다. 과거에 입은 부상이나, 후유증이 있을 법도 하다.

폴리아나는 바로 말하지 못했다. 경험 많은 두 의사는 침착하게 기다렸다.

"내가 예전에 치질을 앓은 적이 있다. 꽤 고생했지만 완치했다고 믿었지. 그런데 얼마 전 치질이 불치병이란 얘기를 들어서……."

다행히 치질은 두 의사에게 익숙한 질환이었다.

"혹 불편하십니까?"

치질은 재발이 쉽다. 일단 매일 볼일을 보며 환부를 건드리게 된다. 앉아 있는 시간이 길 경우 압박이 가해진다. 특정 요인이 없다면 생활습관으로 생긴 병이기에 습관도 고쳐야 한다.

"불편하진 않다."

불편함이 없었기에 폴리아나는 완치되었다고 믿었다. 과음한 다음날 피를 볼 때는 아주 가아끔 가뭄에 콩 나듯 있었다. 그 정도는 다른 동료들도 마찬가지였기에 심각하게 보지 않았다. 그런데 치질이 불치병이란 얘기를 들으니 그간 무심하게 넘겼던 증세들이 심각하게 다가왔다.

폴리아나가 바지를 벗었다. 레디칼 남작은 당황하고 부인과 전문의는 놀라지 않았다. 그는 진찰을 끝내고 안심해도 된다고 말했다.

"관리 잘하고 계십니다. 과음하지만 마세요."

폴리아나가 바지를 올리자 그제야 눈을 가리고 있던 레디칼 남작이 얼굴을 들었다. 나이 지긋한 부인과 전문의가 그녀에게 권했다.

"겸사겸사 그쪽 진료도 받으시는 건 어떠십니까."

"그쪽은 괜찮다. 쓸 일도 없고, 불편하지도 않고."

"제가 듣기로 후작께서 불순이 심하시다고."

그래서 룩소스 1세가 진찰을 명령한 것이다. 겉으로 보기에 건강해도 속이 어떨지 모르니까.

"가벼운 질문만 받아 주십시오."

내키지 않으나 폴리아나는 성실히 질문에 답했다. 레디칼 남작은 민감한 질문이라 생각했는지 자리를 비켰다.

후작의 지위에 올랐어도 여자는 여자. 석녀는 동정의 대상일 수밖에 없다. 일등공신에 고위 귀족, 황제의 신임, 다 가졌기에 석녀라는 불명예는 더욱 부각되었다.

아이가 필요 없어도 다들 안다. 못 낳는 것과 안 낳는 게 다름을.

의사는 폴리아나의 극심한 생리 불순에 대해 이것저것 캐물었다. 신경 쓰지 않았기에 가끔 피가 비쳐도 그게 생리를 한 건지 하혈이 지속된 것인지 몰랐던 폴리아나는 좋은 환자가 되어 주지 못했다.

"조기 폐경을 의심했으나 솔직히 후작님의 건강상태를 보아 폐경은 아닙니다. 아마 영양 불균형과 극심한 스트레스로 인한 불순으로 예상됩니다. 혹도 의심됩니다. 좀 더 제대로 진료하면 불순의 원인을 알아 치료도 시작할 수 있습니다."

"의사로서 걱정하는 마음은 알고 있으나 괜찮다."

"후작님 의향이 그러시다면 저도 어쩔 수 없지요……."

의사가 아쉬워했다. 치료엔 환자의 의사가 중요한데 치질은 고칠 마음 만만이어도 생리 불순은 고칠 마음이 없으니 억지로 치료할 수도 없는 노릇이다.

"하지만 몸 상태가 이상하시면 바로 의사를 찾아 주십시오. 동료들에게 듣자 하니 기사님들은 아파도 참다가 악화되는 경우가 많다고 합니다."

금방 고칠 병을 참다가 골병 만드는 경우를 폴리아나도 종종 봤다. 날 궂으면 끙끙 앓는 자들이 한둘이 아니고 술 마시다 위아래로 피 쏟는 놈도 많았다.

젊은 나이에 사선을 넘다 보니 다들 골병 하나씩은 지고 살았다. 폴리아나도 슬슬 관절이 아파 오니 남 얘기가 아니었다.

폴리아나가 궁금한 건 결국 치질 얘기였다. 완치는 불가능하나 어떻게 하면 완치인 것처럼 살 수 있을까. 폴리아나의 의문에 의사는 술 작작 처마시라는 조언을 아끼지 않았다.

금주라니. 폴리아나는 얼굴을 구겼다. 그건 불가능했다.

대화를 끝낸 둘은 문을 열어 진찰실을 나왔다. 자리를 비켜 줬던 레디칼 남작이 청년 한 명과 대화하고 있었다. 폴리아나가 처음 보는 남자였다.

부인과 전문의가 청년에게 반갑게 인사했다. 청년도 꾸벅 고개 숙였다. 레디칼 남작이 청년을 말렸다.

“먼저 후작께 인사 올려야지. 후작님, 제 제자인 프라우입니다.”

프라우가 의사에게 인사할 때보다 더 낮게 고개 숙였다. 선량해 보이는 인상의 남자였다.

키는 그리 크지 않고 근골도 그다지 매력적이지 않았다. 활동적이지 않은 편인지 살집이 있었다. 폴리아나의 부하가 저런 꼴로 어슬렁거리면 바로 성벽에서 밀어 버렸겠지만.

‘의사니까.’

의사는 검을 들고 싸우지 않는다. 의료용 칼을 들고 병마와 싸운다. 그들의 전장은 날쌘 손놀림이 필요해도 날쌘 발놀림은 필요 없었다.

궁의의 제자라면 의사. 의사와 안면을 터서 손해 보진 않았다. 폴리아나는 남자를 자세히 살폈다. 남자가 공손히 인사했다.

“후작님을 뵙습니다. 프라우 스네크입니다.”

“폴리아나 윈터다.”

“제국의 영웅인 후작님을 뵙게 되어 영광입니다. 초면에 이런 말을 드려 믿지 않으시겠으나 평소 존경하고 또 뵙고 싶었습니다. 이렇게 우연히 만나게 되다니 일생의 영광으로 삼겠습니다.”

‘아부 잘하네.’

폴리아나가 프라우에게 가진 일말의 호감이 푸쉬식 식었다. 의사들이 흔히 보이는 직업정신 가득한 선량한 미소가 그녀 마음에 들었으나 입 발린 소리는 질색이었다.

그녀가 룩소스 1세의 측근이다 보니 설탕발림질을 하려는 놈들이 꼭 있었다. 그거 들어서 기분 좋고 싶으면 부하들 일렬종대로 세워 놓고 명령하면 그만이다.

폴리아나는 그대로 프라우를 지나쳐 가려 했다. 그 순간 프라우가 말했다.

"소문보다 아름다우시네요."

'잠깐, 이런 아부는 못 들었어.'

폴리아나의 외모는 장님이 아니고서야 다들 안다. 그녀 본인도 잘 알았다. 그래서 폴리아나는 외모 칭찬엔 민감하게 반응했다.

일단 상대의 시력이 정상인지 확인했다. 만약 정상이라면 입에 침도 안 바르고 거짓말하고 아부를 떠는 새끼이기 때문에 상종도 하지 않았다.

프라우가 한 말의 중점은 '소문보다' 부분이다. 폴리아나에 대한 소문은 요염한 미녀에서 괴물도 도망갈 박색의 양극화를 보였다. 프라우가 괴물급 추녀의 소문을 들었다면 '소문보다' 아름답다는 아부성 거짓말이 아니다.

폴리아나가 그의 표정을 확인했다. 여전히 선량했다. 분위기와 얼굴 하나는 정말 선량해 보이는 남자였다. 상대의 적의를 누그러뜨리니 의사를 하기에도 적당했다.

폴리아나가 노했다고 여긴 레디칼 남작이 남자를 거들었다.

"후작님, 아부가 아니라 진짜일 겁니다. 프라우가 가끔 후작님이 세운 공을 보고 감탄했습니다. 만나 뵙고 싶다는 얘길 하기도 했습니다."

전쟁영웅 동료들은 다 겪는 일이다. 폴리아나 혼자 낯설어하면 촌스러워 보일 수 있다는 생각이 그녀를 급습했다. 폴리아나는 대수롭지 않다는 듯 고개를 끄덕였다.

"음, 그래. 다음엔 입조심해라."

"감사합니다, 후작님. 스승님, 전 이만 가 보겠습니다."

프라우가 바쁜 걸음으로 사라졌다. 폴리아나는 그에 대한 만감이 교차했다. 일단 가장 먼저 놀랐던 부분에 대해 언급했다.

"스네크 백작가의 남자가 의사를 하나?"

스네크 가문은 아크레아에 익숙하지 않은 폴리아나도 이름을 알고 있는 집안이다. 벤티에 경이나 래비 경, 아이노 경 정도의 대단한 명문가는 아니어도 제법 명성이 있었다.

근골이 부족해도 의사와 같은 노동을 할 처지는 아니다. 의학에 관심이 있고 조예가 깊어도 취미 선에서 끝내는 게 귀족. 노동은 토지 없는 자들의 일이며 직업은 왕가에 봉사하는 기사, 시종이 아니면 좋은 대접 못 받는다.

"오남입니다."

레디칼 남작의 대답이 그녀가 가진 모든 의문을 불식시켰다. 제법 괜찮은 가문이라 해도 다섯 번째 아들에게까지 챙기는 건 어렵다. 작위와 영지는 가문의 주인 한 명이 독식하고 나머지는 가문을 위해 봉사하거나 각자 먹고 살 길을 찾아 떠난다.

아들 셋까지는 어떻게 돌봐도 다섯은 힘들었다. 의사는 나쁘지 않은 선택이었다. 기사나 행정관보다 못하지만 대신 더 안정적이니.

'스네크의 프라우라…….'

퇴근하고 자택에 돌아간 폴리아나는 묘한 감정에 사로잡혔다. 전투 경험이 많아도 근골이 좋지 않은 여자 몸으로 동년배의 남자는 상대하기가 쉽지 않다. 그런데 프라우한텐 이길 수 있을 것 같았다.

그런 느낌이 전해졌다. 프라우가 손에 검을 들어도 그녀가 쥐어 팰 수 있다는 확신이. 그런 약자의 냄새가.

의사가 말해 주기로 나이는 그녀와 동갑이었다.

'문관들도 비슷했지.'

맨날 보기를 기사들만 보니 잊고 있었는데 세상엔 약한 남자도 존재했다. 남자는 무조건 강해야 해서 다들 숨기고 있을 뿐이다.

'비리비리해서 한 대 치면 바로 쓰러지겠던데.'

폴리아나와 친분이 있는 기록관 모모만 해도 그렇다. 폴리아나와 다른 기사들이 언성을 높이면 자기가 싸우는 것도 아니면서 깜짝 놀랐다.

'그렇게 약한 남자라 그런 말도 하나?'

남자가 여자더러 존경한다니. 제정신이 아니다. 직업이 의사인 걸 모르면 의사를 찾아가라고 말할 정도의 대사건이다.

어머니도, 할머니도 아닌 여자를 존경한다니. 고추 떼 버리라 소리가 바로 튀어나올 얘길 주위 사람이 다 알 정도로 떠들었다니. 그저 놀라웠다.

잠자리에서 계속 뒤척이던 폴리아나가 되새겼다.

"존경이라……."

기사 아닌 남자에게 들은 이야기여서일까. 그 말은 유독 폴리아나를 사로잡고 놔주지 않았다.

침대에서 뒤척이던 그녀가 벌떡 일어나 거울로 향했다. 폴리아나는 거울 앞에 서서 평생을 달고 산 얼굴을 관찰했다.

'음, 옛날보단 나아졌지.'

옛날엔 지금보다 심했다. 폴리아나가 두 주먹을 불끈 쥐었다. 못생기긴 해도 보고 욕할 얼굴은 아니었다.

일단 깔끔함에서 합격에 제복에서 추가점이 붙는다. 여자로 생각하면 문제가 많아도 인간으로 보자면 문제가 없었다.

서른에 접어든 나이는 이전보다 이점으로 작용했다. 사람들은 어린 여자의 외모엔 민감하게 반응해도 어느 정도 나이든 여자의 미추엔 관대해지는 경향이 있으니까.

그런 의미에서 폴리아나는 미간에 깊게 패인 주름이 마음에 들었다. 인상 쓰고 다니느라 생긴 깊은 주름이 그녀의 위엄을 높여 주고 있었다.

'깊어져라.'

폴리아나는 손가락으로 살을 밀어 주름이 더 깊게 패이도록 했다. 인상을 쓰지 않아도 주름이 자리를 잡길 바라면서.

황제는 부인이 될 레이디들을 위해 성심껏 연회를 준비했다. 낯선 성에서 연회를 준비하느라 담당자의 노고가 컸다.

룩소스 1세는 세 명과 한 번씩 춤을 췄다. 순서는 공평하게 나이순이었다. 한 번으로 끝내면 정이 없기 때문에 한 번씩 더 줬다.

룩소스 1세의 손을 잡은 그녀들은 정말 기쁘다는 얼굴로 환히 웃었다.

'정말 기쁜 것일지.'

그녀들은 일생 남자에게 속내를 보이지 말라는 교육을 받고 자랐다. 방긋 웃고 있는 지금도 속으론 싫어서 엉엉 울고 있을지 누가 알까?

룩소스 1세만 해도 춤추고 있는 지금, 상대에게 집중하는 것처럼 보여도 속으론 딴생각을 하고 있는데.

'실례로다.'

룩소스 1세의 시선은 어쩔 수 없이 마음에 품은 여인에게 향했다. 폴리아나는 제2근위대 대장으로서 연회에 참석해 사교에 힘쓰는 중이었다.

먼저 동료들이 접근했다. 다음으로 제2근위대에 근무하는 자식을 둔 부모들이 접근했다.

저희 자식 잘 부탁드립니다.

네네, 걱정 마십시오.

룩소스 1세가 일관되게 총애를 표현한 성과가 드러나기 시작했다. 폴리아나가 근접호위에서 물러나 후궁 경비책임자가 되었어도 사람들은 그녀를 얕잡아 보지 않았다. 만만치 않은 인물임을 인식한 것이다.

그들의 머릿속에서 폴리아나 윈터 후작은 외국인 출세의 상징이요, 황제의 왼팔 혹은 오른팔이요, 죽는 날까지 권세를 누릴 공신이었다.

"후궁에서 금방 나오실 겁니다. 술주정 갖고 오래 끄시겠습니까."

그녀에게 말을 거는 사람마다 술주정 타령을 했다. 폴리아나는 활짝 웃으며 맹세했다. 앞으론 술 작작 마셔야지.

지켜지지 않을 맹세였다.

아이노 경이고 폴리아나고 기본 표정이 뚱하다. 사교를 위해 억지로 웃는 얼굴이 낯설어 룩소스 1세는 그녀에게서 눈을 떼지 못했다.

"폐하?"

"아, 미안하오."

"윈터 후작을 근심하세요?"

"후작은 짐이 걱정할 필요 없는 무인인데 왜 그런 말을 하는가?"

"궁정의 싸움에서 검을 휘두를 수 없음을 압니다. 다들 입안에 보이지 않는 검을 숨기고 다녀요."

"하하, 그건 괜찮다. 제국의 궁정은 아직 그 정도로 세련되지 않았거든."

아크레아 궁정의 돌려 까기는 중부와 남부에 비하면 우스운 수준이다. 어린아이 장난과 비슷했다.

남부 출신의 레베카가 생각하는 정도로 고상하지도, 교활하지도 않았다. 그나마 있는 것이라곤 권력 쥐고 놓기 싫어서 땡깡 부리는 늙은이들 정도?

상대를 깎아 내리고 싶어 하면서 하는 일은 암살, 질시, 대놓고 항의하고 모욕하기 정도에서 그친다. 누명을 씌우려는 계략도 존재하지 않으니 룩소스 1세에겐 참으로 좋은 일이었다.

전시의 정보조작과 선전엔 능하면서 정치 문화적으로 늦된 모국은 때로 황제를 웃게 만들었다.

'다들 순진해선.'

"편하고 좋은 일은 금방 익숙해지죠."

룩소스 1세의 미소에 찬물을 끼얹는 말이었다. 순진한 아크레아의 귀족들도 곧 깨달을 것이다. 스스로 공을 세우는 것보다 상대를 깎아내리는 일이 더 쉬움을.

정말이지 그가 쉴 틈을 주지 않았다. 레베카가 룩소스 1세를 세심하게 관찰했다.

"혹 옥체가 미령하시면 춤을 그만두고."

"아니, 괜찮소. 짐은 춤을 좋아해. 꽤 즐겁다오. 왕녀는 어떤가."

"저도 즐겁습니다."

룩소스 1세는 거짓말을 했다. 사실은 즐겁지 않았다. 그는 좋아하는 여인이 있고 그녀와 결혼하지 못한다.

귀족과 왕족의 혼인에 감정을 끼워 넣어 무엇 할까. 왕자로 태어나 세자로 살고, 왕이 되고 황제가 되면서 룩소스 1세는 나쁜 남편은 되지 말자고 다짐해 왔다. 어차피 정략결혼, 같이 살 부인과 담을 쌓으면 서로 슬픈 인생 아닌가.

그런 다짐을 할 때는 이렇게 애닳는 사랑을 하게 될 줄 몰랐던 것이다.

얻지 못해 더욱 애달픈가, 아니면 원래 사랑이 이러한가. 곧 있으면 결혼하니 부인들에게 잘해 줘야 하는데 시선은 자꾸 폴리아나를 향해 움직였다. 그러니 미안한 마음에 즐겁지 않다.

'좋아하는 여자를 두고 다른 여인과 결혼하려니. 이것도 못할 짓 아닌가.'

아이노 경이 들었으면 지랄염병 한다고 투덜거렸을 속내였다.

본인이 즐겁지 않기 때문일까. 룩소스 1세는 레베카 또한 거짓을 말한다고 생각했다.

"억지로 즐겁다고 말하지 않아도 된다."

"아니여요. 저는 정말 기쁘답니다."

"이유를 물어도 되겠는가."

"여인의 행복은 좋은 남편을 만나 아이를 낳고 가정을 꾸리는 것이라 말합니다. 여인으로 태어나 행복을 논하려면 최고의 신랑감과 혼인하면 되겠지요. 폐하의 부인이 되는 순간, 놀라지 마셔요. 저는 세상에서 가장 복 많은 여인이 된답니다."

"짐이 최고의 신랑감인가?"

"역사에 길이 남을 최고의 신랑감이셔요."

레베카가 숨 쉬듯 웃었다. 동생이 물에 빠져 죽어 울던 중에도 그녀는 그렇게 웃을 수 있었다. 그렇게 교육받았다.

레베카에게 들어온 혼담 중에서 이 혼담이 가장 격이 높았다. 비록 중혼해야 하는 처지이나 어차피 남자들은 부인 외의 여자를 찾는다. 결국 그렇게 될 인생이라면 귀족의 부인보단 왕의 부인이, 왕의 부인보단 황제의 황비가 나았다.

레베카는 황후까진 바라지 않았다. 아마 아크레아 출신의 토리가 황후가 되지 않을까?

황비에 머무르는 신분이나 룩소스 1세와 결혼하는 순간 그녀는 대륙에서 가장 고귀한 3명의 여인 중 하나가 된다. 레베카의 미모, 성품, 자질에 이르기까지, 모든 것들을 재평가받을 것이다.

아름답고 가문 좋은 아내는 성공한 남자를 재는 척도. 역으로 보면 성공한 남자는 여자에게 있어서도 성공의 척도가 되었다.

레베카는 만천하에 인정받은 것이다. 그녀의 미모와 가문과 자질이 황제의 부인이 될 만할 정도로 우수하다고.

이 사회에서 여자가 스스로를 인정받기 위해선 남편을 잘 만나야 한다. 남편의 격이 곧 그 여자의 계급이 되었다.

"폐하의 부인이 될 수 있어 소녀는 정말 행복하답니다."

레베카는 단 두 마디를 했을 뿐이지만 그것은 황제의 죄책감을 덜어 주는 데 일조했다.

룩소스 1세가 서류로 그녀들을 뽑았듯, 그녀들도 룩소스 1세를 황제로 보았다. 정략혼이 다 이런 것이지. 여기서 서로 감정 상하지 않고 존중해 주며 살면 그걸로 좋은 인생 아니냐.

룩소스 1세가 진심을 담아 웃었다. 그녀들이 일방적으로 손해 보지 않는 관계라는 점은 황제에게 적잖은 위안을 주었다.

연회가 끝난 늦은 밤, 룩소스 1세는 폴리아나와 독대했다. 폴리아나가 이를 벅벅 갈았다.

"제가 무슨 소릴 들었는지 아십니까?"

"무슨 소릴 들었는가."

"폐하께서 아크레아를 차별하시고 중부와 남부를 편애한다는 불평불만이 많다고 합니다. 이번 혼인 건으로 더 불만이 늘었다나요."

소문을 말해 준 사람이 이랬다 카더라 용법을 쓰지만 않았어도 후려 팼을 것이다. 폴리아나가 아쉬운 마음에 허공에 주먹을 날렸다.

룩소스 1세는 기왕 이렇게 된 거 연회 중 떠오른 일을 처리하자고 마음먹었다.

그가 폴리아나에게 손짓했다. 폴리아나가 가까이 다가갔다. 룩소스 1세는 그녀에게 얼굴을 붙이고 은밀히 속삭였다.

“눈치 빠르고 동작이 재빠른 이를 모르느냐. 최근 할 일 없어서 심심해 몸부림치는 자면 더 좋다.”

룩소스 1세의 눈에 띈 능력 있는 인재들은 모두 적재적소로 이동했다. 황제의 머릿속에 새로 떠오르는 인물이 없으니 새 인물을 뽑아야 했다.

폴리아나는 최근 팅자탱자 놀고 있는 이들을 헤아리다 한 명을 떠올렸다.

“잉그레터 자작가의 디크 경이 동작이 재빠릅니다. 술 취하면 직선으로 달리는 버릇이 있는데 아무도 못 따라잡습니다.”

“짐이 원하던 인물상은 아니나 빠르다니 좋구나. 입은 무거우냐?”

“취해도 이마만 깨먹지 입은 안 놀립니다. 폐하, 따로 하명하실 일이 있으시다면 소신이…….”

“아니야, 급한 건 아니다.”

룩소스 1세가 빙그레 웃었다.

“짐이 조금 세련되어지려고 그런다.”

좋고 편한 게 있다면 마땅히 대륙의 지배자인 그부터 누려야 하지 않겠는가. 그것이 마땅한 일이었다.

시간은 흐르고 흘러 대망의 결혼식 전날, 룩소스 1세는 거창한 총각 파티 대신 벗과 술잔을 기울였다.

룩소스 1세는 과음하지 않았다. 과도한 음주로 결혼식 당일 신랑이 휘청거리면 꼴사납단 이유였다.

룩소스 1세의 기분은 과히 나빠 보이지 않았다. 아이노 경은 그 점을 의아하게 여겼다.

'지랄염병 안 떠네?'

"우울해하실 줄 알았습니다."

"짐이? 왜 그렇게 여겼나."

"최근 들어 부쩍 여인의 심경에 관심을 두셨습니다. 다른 여자와 남편을 공유해야 하는 공주들에 대해 연민이라도 가지실 줄 알았습니다만, 소신의 오산이었나 봅니다."

"미인에 어린 아내는 남자의 능력을 자랑하는 수단이지. 짐도 그럴듯한 상패일 수 있단 사실을 깨달아서 그렇다."

"소신이 아둔해 폐하께서 말씀하시는 바를 모르겠습니다."

룩소스 1세는 웃었다. 어리고 아름다운 아내는 남자가 얻는 상패다. 세상이 남자 위주로 돌아가도 절반은 여자의 세계다. 여자들의 세계에선 그 역도 가능했다.

그저 가볍게 틀어 보기만 해도 가능한 발상의 전환이었다. 그 가벼운 전환을 하지 못하는 자들이 기득권자라 그렇지.

잘난 남편이란 잘난 여자가 얻는 상패와 같은 것이다. 남자들이 부인을 선택하기에 상패가 아니라는 주장도 있을 수 있다. 하지만 여자는 남들보다 우월하기에 선택받았다. 그러니 승자의 상패는 틀린 말이 아니다.

토너먼트에서 우승한 챔피언이 메달과 트로피를 받는 것처럼 결혼시장에서 우승한 여자는 잘난 남편을 상으로 받았다.

그러니 상패의 역할에 충실하자.

룩소스 1세는 잠들기 직전까지 거울을 들여다보고 피부상태를 점검했다.

결과적으로 결혼식 당일. 황제는 눈부신 미모를 뽐냈다. 결혼식의 주인공은 신부라고들 하는데, 신부들이 베일을 벗어도 미모에 놀라는 사람이 없었다. 하객들은 룩소스 1세의 얼굴에 적응되어 버렸다. 그러니 옆에 선 신부들이 평범해 보였다.

황실 화가들은 다시 울먹였다. 그들은 다시 황제의 얼굴 부분에 금칠을 하는 굴욕을 맛봤다.

두려움과 긴장으로 밤잠을 설친 신부들과 다르게 황제는 잘 먹고 잘 자 얼굴에 광채가 흘렀다. 눈부신 외모가 내뿜는 광채는 루조 대공의 넓은 이마에 반사되는 태양광과 비슷했다.

좋은 날이었다. 햇빛이 따사롭고 미리 잡아 풀어 둔 새들이 지저귀며 노래했다. 하객 중 몇의 머리에 똥을 싸고 날아가는 사태가 발생하긴 했지만 그야 얼마든지 웃어넘길 수 있는 해프닝이었다.

폴리아나는 경호책임자로서 바빠 제정신이 아니었다. 경애하는 주군의 결혼식을 감상할 시간은 그녀에게 주어지지 않았다.

폴리아나는 결혼식에 참석하지 않고 바쁘게 움직였다. 수상한 인물은 없는지, 수상한 물건은 없는지, 음식과 술들은 모두 괜찮은지, 벌레는 꼬이지 않는지, 그녀의 책임하에 놓인 일부터 그녀의 책임이 아닌 일까지.

신경 쓸 게 너무 많아서 폴리아나의 정신이 혼미해졌다.

"내 결혼도 아닌데 이렇게 바쁘다니!"

폴리아나는 하늘에 대고 주먹질을 했다. 남의 결혼인데 이렇게 바쁘면 본인 결혼일 땐 얼마나 바쁠까?

식이 끝나고 열린 피로연에서 먹은 케이크가 그녀의 점심 겸 저녁이 되었다. 아침을 든든히 먹었길 망정이지. 굶주린 후작은 게 눈 감추듯 빠른 속도로 케이크를 해치웠다.

'대단해.'

그래도 그녀는 사정이 나았다. 세 명의 새신부들은 어제 저녁부터 물 한 모금 마시지 못한 채 버티고 있었다. 그냥 서 있기도 현기증이 나고 힘들 텐데 춤까지 추고 있었다.

새신부란 게 뭔지. 음식을 먹으면 배가 나오는 게 당연한데 그게 보기 흉하다고 단식까지 하다니.

케이크를 모두 먹은 폴리아나가 매서운 눈으로 연회장을 구석구석 살폈다. 식이 끝났다고 안심하긴 이르다. 술이 들어오고 사람이 많아졌다. 그러니까 더 신경 써야 했다.

아이노 경만 해도 술 한 모금 입에 담지 않고 폴리아나의 반대편에서 먹이를 노리는 호랑이의 눈으로 사람들을 훑어보고 있었다.

폴리아나의 시선을 눈치챈 아이노 경이 그녀를 봤다. 그녀와 그의 눈이 허공에서 부딪쳤다.

폴리아나는 춤추는 사람들을 피해 아이노 경 쪽으로 이동했다.

경비책임자 두 사람은 조용히 대화를 나눴다.

아이노 경은 시종이 먹기 편하게 가져다준 샌드위치를 건넸다. 폴리아나가 고맙게 받았다. 진수성찬을 앞에 두고 샌드위치를 씹는 둘에게 시종이 안쓰러움 가득한 시선을 던졌다.

정작 폴리아나와 아이노 경은 별다른 생각이 없었다. 일하는 중에 금주는 당연하다. 음식에 신경을 빼겨서야 쓰나.

낮에도 날이 좋더니 밤이 되어선 바람이 불어도 하늘이 맑았다. 하늘에 뜬 별은 대낮처럼 환하게 태우는 횃불에 묻혀 자취를 감췄다. 정원수 그림자에 누군가 숨어도 움직이는 순간 발각될 것이다.

피로연에 참석한 사람의 얼굴은 대충 눈에 익었기 때문에 폴리아나는 출입을 반복하는 시종과 시녀, 하인, 하녀들에게 집중했다.

아이노 경의 시선은 룩소스 1세에게 고정되어 떨어지지 않았다.

"수상한 건 없소?"

"없소."

언제부터였을까. 계급이 같아져도 한때 상관이었던 사람에겐 반드시 존댓말을 사용하던 폴리아나가 아이노 경에게만 하오체를 쓰게 된 것은.

그건 아마 아이노 경이 그녀를 걸레 취급했을 때부터, 아니 코뼈가 부러졌을 때, 아니 빠져서 허전한 어금니에 대한 원한.

"이쪽도 이상 무."

"안심하긴 이르오. 피로연은 사흘 동안 이어지니."

"응."

대화 도중 아이노 경이 갑자기 눈살을 찌푸렸다.

폴리아나가 깜짝 놀라 같은 방향을 보고 안심했다. 루조 대공이 머리에 기름을 발랐는지 유난히 눈이 부셨다. 레이디들이 걸친 보석 장신구보다 더 빛 반사가 잘됐다.

대공비와 춤을 춘 뒤 황제와 담소를 나누는 모습이 보기에 좋았다. 옆에 나란히 있으니 닮은 구석이 있었다. 결혼하고 살이 빠지고 안색도 좋아져 예전 모습을 찾은 것은 축하할 일이다.

'머리는 회생불능인가.'

참으로 안타까웠다. 아이노 경이 들러리를 고사하는 바람에 하마터면 대머리가 들러리를 설 뻔했다. 룩소스 1세가 들러리를 세우지 않았기에 망정이지.

폴리아나는 아이노 경의 풍성한 머리숱을 보고 질문했다.

"어째서 들러리를 서지 않았소?"

폴리아나가 아는 아이노 경은 들러리도 서고 경비책임도 맡겠다고 땡깡을 부릴 인간이다. 나는 능력이 있어서 둘 다 잘할 수 있다고 바락바락 우길 위인이 경비에 집중하기 위해 들러리를 고사한 게 신기했다. 아이노 경을 아는 사람이라면 다들 신기하게 여겼다.

개중엔 아이노 경이 황후가 아닌 황비이기에 들러리 서기 싫어 고사했다고 말하는 사람도 있었다. 그것은 아이노 경을 잘 모르는 사람의 주장이다.

아이노 경이라면 황비든 황후든 전부 다 자기가 들러리 서겠다고 우길 인간이었다.

아이노 경이 누구냐. 아크레아 최강의 기사, 무패의 기사, 룩소스 1세의 오른팔, 죽마고우이자 절친한 벗이 아닌가. 누가 뭐라 해도 아이노 경은 룩소스 1세의 베스트맨이었다.

"폴리아나 경 결혼식에선 들러리 서 줄 테니 아쉬워하지 마시오."

'말 돌리긴.'

폴리아나는 깊게 파고들지 않았다. 아이노 경이 의외의 행동을 벌인다면 이유는 하나다. 룩소스 1세.

황제가 들러리를 세우지 않은 이유가 있을 존재할 것이다. 부인을 한 번에 세 명이나 들이는 결혼식이라 들러리를 세우지 않았을 수도 있고, 신랑 측 들러리를 세우면 신부 측 들러리까지 세워야 하기에 복잡해서 아예 빼 버렸을 수도 있다.

"폐하가 결혼을 하시는군……."

"당연한 일이오."

"경은 정말 아무 생각도 안 듭니까?"

폴리아나는 의아해졌다. 룩소스 1세가 결혼하는데 그녀가 생각할 게 뭐 있단 말인가.

룩소스 1세가 그녀에게 후궁의 경비를 맡겼으니 그에 대한 생각이라면 많다. 황제의 결혼에 대해선 당연히 벌어져야 할 일이 벌어졌다는 감상이 전부였다.

룩소스 1세가 그녀처럼 결점 많은 인간인 것도 아니다. 아이노 경의 질문은 정말 뜬금없었다. 대답할 가치조차 느껴지지 않았다.

'잠깐.'

폴리아나가 손으로 입을 막았다. 그녀의 표정을 본 아이노 경이 의아해했다.

"트림이라도 합니까?"

"경 설마 설마 했는데 정말로."

폴리아나는 너무 놀라 표정을 수습하지 못하고 얼굴을 가리기에 급급했다.

그 동안 룩소스 1세와 아이노 경의 사이가 보통 우정은 아니라는 인식은 있었다. 그러나 설마 이 정도로 찐한 감정이었을 줄은!

그런 건 미처 상상하지 못했기에 폴리아나는 당황했다.

"아이노 경, 결혼을 안 하는 게 그런 이유였소? 폐하는 아시오? 아, 아니 알고 계시니까 이런 말을 하는, 아니 그러니까 폐하도 같은 마음이신 거요?"

'이런 젠장. 뭐라고 말을 하지?'

남자만 모인 폭력 가득한 집단에서 동성의 성관계는 쉽게 관찰된다. 폭력과 성욕 해소를 넘어 전우의 정이 애정으로 바뀌는 일도 흔했다.

결혼하고 나서도 관계를 유지하는 기사들도 가끔 있었다. 북부에선 흔하지 않으나 중부에선 유행한 적도 있다.

농담 삼아 룩소스 1세와 아이노 경의 관계가 수상하다는 말을 하긴 했다. 그런데 진짜였을 줄이야!

폴리아나의 표정 변화로 그녀가 하는 생각을 파악한 아이노 경이 주먹부터 내질렀다.

폴리아나는 준비자세도 없이 날아오는 강력한 공격을 급하게 피했다. 연속공격이 들어오지 않은 건 아이노 경이 장소를 의식해서다. 폴리아나가 벽에 달라붙었다.

"비밀로 붙이겠소."

"그거 아니오."

"군대 기밀처럼 발설하지 않겠소."

"아니라니까."

"부하 중에 가끔 있었소이다. 가아끔. 가아아아아끔."

"아니야!"

"진짜 아닙니까?"

"아니오."

이 악물고 말하는 폼이 거짓말을 하는 것 같지는 않다. 폴리아나가 미심쩍은 눈길을 주자 아이노 경이 다시 주먹을 들었다.

황제의 결혼식 피로연장에서 두 근위대장이 주먹다짐을 하면 참 보기 좋겠다, 그지?

의심을 풀지 못하던 폴리아나는 곧 깨달았다.

누군가 그녀에게 황제와 그렇고 그런 사이 아니냐고 물으면 굉장히 기분 나쁠 것이다. 어느 감정이든 극에 달하면 다 사랑과 비슷해 보이는 법.

그녀의 충심이 그런 식으로 오해받으면 기분이 상할 일이기에 폴리아나는 아이노 경의 부정을 이해했다.

아이노 경은 진심으로 소름이 돋아 팔을 벅벅 긁었다. 닭살이 오도도 올라와 그가 느낀 징그러움을 전달했다.

폴리아나는 바로 사죄했다.

"경이 이상한 질문을 해서 그랬소. 갑자기 그런 건 왜 물으시오."

"……."

아이노 경은 언제부턴가 자연스럽게 남 탓을 하게 된 폴리아나를 노려봤다.

처음 만났을 때만 해도 남 탓하지 않고 묵묵히 노력하던 여자였다. 지금은 권력을 쥐고 닳고 닳아서 그런지 은근슬쩍 남에게 미뤘다. 잘되면 내 덕. 못 되면 남 탓.

그래도 이런 사적인 일에서만 남 탓을 하니 다행이다. 바꿔 보면 그만큼 아이노 경과 친분을 쌓았다는 증거이기도 했다.
"그냥 경은 여자니 다른 감정이 들었는지 궁금한 것뿐이오."
"남자고 여자고 다를 것 있겠소. 폐하의 기사인 것 매한가지. 여자라고 늘 남자보다 감정과잉이라는 편견을 버리시오."
"경이 피도 눈물도 없는 건 잘 알고 있소."
"아니 다행이네."
룩소스 1세가 대륙을 일통하고 해안가 절벽에 서서 고개를 숙인 그날. 유일하게 울지 않은 폴리아나더러 독하다고 치를 떤 인간이 한둘인가. 어떻게 그 상황에서 눈물 한 방울 보이지 않느냐고 신기해한 사람들이 많았다.
이후 기사들은 암암리에 폴리아나를 이렇게 불렀다.
피도 눈물도 없는 여자.
폴리아나는 새로 생긴 별명을 듣자마자 대갈통에 눈물만 든 남자 새끼들이라고 응수했다.
너희들 두개골 안의 절반은 눈물, 절반은 콧물로 이뤄져 있지! 이 코찔찔이들!
거기에 기사들이 뭐라고 반박했더라. 콧물을 빼고 가래침으로 바꿔 달라고 했었나.
"경은 누구보다 폐하와 가까운 여자니까, 그래서 물어본 거요."
"난 폐하의 기사요. 경과 다를 건 없소."
아이노 경은 폴리아나가 신기했다. 신기해도 너무 신기했다.
룩소스 1세는 대륙의 유일한 지배자이며 잘생기고 건강한 청년이다. 그런 청년이 호의를 갖고 유난히 친절하게 특별대우를 해 주는데 정말 여자로서 아무 감흥도 없는 것일까?

룩소스 1세를 남자로 보지 않아도 가끔은 두근거리고 그래야 하는 게 아닐까?

룩소스 1세의 첫사랑 비슷한 게 될 뻔했던 소녀는 사소한 친절에 기고만장해 왕세자비가 될 것처럼 굴었다.

룩소스 1세가 대단한 친절을 베푼 것도 아니었다. 다른 여성보다 아주 조금 더 호의를 갖고 상냥하게 대했다. 아이노 경에게 보이는 호의에 비하면 대단한 것도 아니었다.

그럼에도 불구하고 소녀는 룩소스 1세의 호감을 눈치챘다. 주위 사람들도 모두 알고 그녀를 추켜세웠다.

룩소스 1세가 폴리아나 윈터에게 보이는 총애를 보라. 그 각별한 관심과 애정은 정녕 폴리아나의 목석같은 심장을 두드리지 못한단 말인가?

황제가 감추려고 애쓰긴 해도 완벽하게 감추지 못해 가끔은 티가 나는 것을?

폴리아나는 목 근육을 풀었다. 아이노 경이 그녀를 집요하게 노려보고 있었다. 뭐라도 대답을 해야 할 것 같아서 그녀는 룩소스 1세를 응시했다.

새신부와 춤을 추는 황제는 새신랑다워 보였다. 무슨 말이냐 하면, 썩 즐거워 보이지도 행복해 보이지도 않았다는 말이다.

그래도 부인들을 대하는 얼굴엔 책임감이 서려 있었다. 눈물을 보인 스트라를 달래는 모습에서도 최선을 다하겠다는 의지가 느껴졌다.

불현듯 폴리아나는 우는 자신을 달래는 룩소스 1세를 상상해 봤다. 너무 어울리지 않아 실소가 나왔다.

그녀도 시력 멀쩡한 사람이라 황제를 보고 두근거리는 때가 있었다. 황제가 보내는 신임이 애정으로 느껴질 때도 있었다.

어리석은 착각이라 깊게 생각하진 않았다. 마음에 담지도 않았다. 룩소스 1세와 그녀는 실로 사이좋은 주종이었다.

거기에 이성간의 애정 같은 게 껴서야, 망령된 생각일 뿐이다.

그런 의미에선 안심이었다. 룩소스 1세는 절대 폴리아나를 여자로 좋아할 리 없다.

폴리아나는 언감생심 룩소스 1세를 노리지도 못하니 둘은 언제까지고 사이좋은 주종으로 남을 수 있었다. 룩소스 1세가 그녀를 여자로서 배려는 해 줘도 연심 품을 여자로 대하는 것도 아니다.

폴리아나가 10년 동안 황제에게 보인 못난 꼴이 참 많았다. 연심을 품었어도 정이 떨어질 정도로 많고 흉했다.

룩소스 1세는 연회장 가운데에서 빙글빙글 춤을 춘다. 폴리아나는 벽에 붙어 샌드위치를 씹고 있다. 이곳이 그녀의 자리였다. 그 이상은 바라지도 않았다.

폴리아나는 한참을 고민한 끝에 간신히 한 마디 뱉었다.

"감개무량?"

우리 폐하가 결혼을 하셨어요!

너무나 기쁘다는 듯 생긋 웃는 폴리아나 덕분에 아이노 경은 이마를 짚었다.

눈이 삔 건 룩소스 1세가 아니라 폴리아나였나 보다.

룩소스 1세는 세 명의 부인을 공평하게 대하려 노력했다. 황비 세 명은 황제의 대우에 만족했으나 그녀들의 뒷배, 출신지에선 공평함에 불만을 품었다.

아크레아 출신들은 주장했다. 동향의 토리 황비를 더 대우함이 옳다.

중부의 출신들은 주장했다. 중부의 세금이 제국에 이득이 되니 중부의 스트라 황비를 더 대우함이 옳다.

남부 출신은 주장했다. 우리는 정복지와 속국이 어우러져 있으니 더 대우해서 안정을 꾀함이 옳다. 그러니 레베카 황비를 더 대우하라.

룩소스 1세는 주장했다. 남의 집안일에 신경 꺼라.

황제도 마냥 편하지는 않았다. 집안일을 나랏일처럼 여기고 참견하는 자들이 많았다.

후궁에선 나름의 소요가 벌어졌다. 아크레아의 선왕비가 젊은 나이에 세상을 뜨고 제국엔 안주인이 없었다.

루조 선대공비는 북부의 대공령에서 움직이지 않고 있으니 황실엔 웃어른도 없는 상황. 황제의 먼 친척인 시녀장이 애를 써도 직접 치고 박고 싸우지 않으니 한계가 있었다.

황비를 경호하는 제2근위대원들은 고귀한 여인들이 벌이는 기싸움에 벌벌 떨었다.

호환마마보다 무서운 후궁암투가 개막하려는 것이다!

"대장님이 어떻게 해 보시죠?"

"내가 왜?"

"가장 신분 높은 여자잖아요."

"장난하냐."

아크레아 제국에서 가장 권력 있는 여성이 윈터 여후작이다. 하지만 폴리아나의 권력과 황비의 권력은 범위가 달랐다. 사는 세계도 달랐다.

폴리아나라고 부하들과 다르지 않다. 그녀는 말로만 듣던 후궁암투가 눈앞에서 벌어지는가 싶어 흥분을 감추지 못했다.

황비와 그 세력들 사이에 흐르는 기류는 기사들의 목숨을 건 결투와 다르지 않았다. 각자의 명예와 생사, 가문까지 건 다툼을 지켜보는 근위대원들의 위장만 난도질당했다.

다행히 어리석은 수를 쓰는 사람은 없었다. 어디까지나 기 싸움에서 그쳤다.

모두의 기대(?)와 다르게 기 싸움은 초반만 반짝하고 끝났다. 토리는 아크레아 왕국 출신, 스트라는 중부라는 홈그라운드 배경, 레베카는 연장자라는 장점이 있었지만 최종적으론 토리의 압승이었다.

본래 나나바에서 근무하다 야파로 이주해 온 시녀들 시녀들이 토리의 편을 들어주는 데다 토리에게 익숙한 아크레아의 궁중 예절과 문화는 다른 이들로 하여금 그녀를 신뢰하게 만들었다.

레베카가 몸이 약해 기 싸움에 심기를 소모하느니 조용히 지내겠다는 의사를 비침으로써, 스트라가 얌전히 2위의 자리를 받아들였다. 여기까지 대충 2개월이 소모됐다.

룩소스 1세는 가능한 황비를 공평하게 대하려 애썼다. 애쓴 보람이 있어 공평하게 자주 찾아보지 못했다.

황권을 강화한 황제 앞에 놓인 것은 대륙 전역의 행정이다. 국정에 몰두한 황제에게 신혼의 달콤함은 입에 들어간 꿀처럼 흔적도 없이 사라졌다.

당초 룩소스 1세는 3명의 부인을 두고 알량한 숫자놀음을 계획했다. 일주일은 7일. 그러니 일주일에 두 번씩 찾아가면 된다.

실로 미래를 예측하지 않은 어리석은 계산이었다.

현실은 일주일에 한 명 찾아가기는커녕 한숨 돌릴 틈도 없었다.

황제가 바쁘니 후궁들도 총애의 꿈을 버렸다. 일주일 내내 기다려도 간신히 식사 한 끼 같이할 수 있는 남편보단 미우나 고우나 매일 얼굴을 마주보는 비슷한 처지의 여성과 교류하는 게 나았다.

덕분에 폴리아나는 인생 최고의 인기를 구가하고 있었다. 상대가 여자에 유부녀라 그렇지.

호위해야 할 황비마마들께서 보내주는 호의를 폴리아나는 기쁘게 받아들였다. 연령대가 다르고 출신지가 다르고 관심 분야가 달라 초창기엔 어색함이 가득했다. 서로서로 배려해 주니 사이는 금방 가까워졌다.

고귀한 여자 넷은 주로 레베카의 응접실에 모여 다과를 즐겼다. 남부의 사탕무와 사탕수수, 달콤하고 진한 맛의 과일을 위시한 간식거리에 누가 정한 것도 아닌데 그렇게 되어 버렸다.

"제가 아는 부인이 사윗감으로 게리 경을 점찍으셨더라고요."

"그 새끼 도박합니다. 뇌에 곰팡이가 핀 부류예요."

"후작, 귀한 정보 감사해요. 제가 부인에게 알려야겠어요."

폴리아나는 아크레아의 귀족 사교계에 그럭저럭 자리 잡는 데 성공했다. 위의 대화 예시를 보아 알 수 있듯, 혼기 찬 자식이 있는 귀부인들은 폴리아나에게 사윗감을 어떻게 생각하느냐 묻길 즐겼다.

폴리아나는 댁들 남편이나 나나 보는 눈 비슷하다고 거절했지만 귀부인들은 고개를 저었다.

그래도 여성분이니 더 보는 눈이 있으시겠죠.

그렇게 몇 번 뇌에 곰팡이 핀 놈들을 경고하고 성실한 놈을 추천했다. 어느 사이엔가 폴리아나는 혼담을 나누기 전 반드시 들러야 할 필수코스가 되어 있었다.

마냥 귀찮기만 한 일은 아니었다. 그녀나 룩소스 1세나 연애 애기를 좋아했고 귀족의 혼사는 대부분 정략혼, 가문끼리의 동맹과 같으니 그런 정보를 파악해 황제에게 보고하는 건 적잖은 도움이 되었다.

나름의 고급 정보인 것이다. 재미까지 있으니 금상첨화.

그렇게 폴리아나의 집무실엔 부디 얘기 잘해 달라는 뇌물성 선물이 쌓였다.

시간이 지났지만 나아지지 않는 아크레아 출신 고위 귀족의 사병 문제. 정보원을 통해 들은 현황은 더 심각했다. 전쟁이라도 일으킬 심사인지 사병의 무장이 만만치 않았다.

'도대체 왜 짐을 못 잡아먹어 안달인 게야.'

쯧. 황제가 불편한 심기를 이기지 못하고 혀를 찼다. 시종장 체일이 휴식을 권했다. 룩소스 1세가 노여움이 담긴 목소리로 말했다.

"짐이 어찌 쉬겠느냐!"

권력의 대가로 일이 쌓인다. 무릇 군주는 군림하여 노동하지 않으나 나랏일을 그렇게 팽개칠 것이면 대륙통일도 하지 않았다.

룩소스 1세는 착취당하는 백성을 가엾게 여겨 구해 낸 자비로운 군주를 표방했다. 실제로 그의 성격은 폭군과 거리가 멀었다.

그는 천년제국을 꿈꾸지 않는 대신 노세 노세 늙어서 노세의 청사진을 그렸다. 지금 행정을 제대로 잡지 않으면 늙어서도 못 놀고 일에 쫓기다 죽을 것이다.

일은 많고 인력은 부족했다. 문관들이 처리한 안건을 훑어보는 것만 해도 상당한 시간이 소요됐다.

룩소스 1세는 부아가 치밀었다. 그가 이렇게 열심히 일하고 있는데 그의 기반이 되어야 할 아크레아 지역이 시끄럽다.

도대체가 황제를 뭐로 생각하고 있는지, 오히려 남부가 조용해 룩소스 1세에게 마음의 안정을 심어 주고 있으니.

"도대체가!"

황제의 손이 책상을 쳤다. 내리친 힘에 문관들이 놀라 어깨를 움츠렸다. 재상이 된 벤티에 경이 황제를 달래러 나왔다.

룩소스 1세는 눈을 가느다랗게 떴다. 그는 부끄러웠다.

'내가 공연히 이들에게 분풀이를 했구나.'

빠른 판단 하나에 수만의 목숨이 왔다 갔다 하는 전시도 아닌데 과한 반응이었다.

룩소스 1세는 잠시 휴식을 선언했다. 황제의 스트레스를 이해한 벤티에 경이 권했다.

"대련이라도 하시겠습니까?"

"대련 좋지! 아니, 아니다."

'벤티에 경이 창을 들면 이길 확률이…….'

황제가 망설이자 시종이 말했다.

"아이노 경을 불러올까요?"

"아니다. 이노도 됐다."

"폐하, 명하시면 상대가 되겠습니다."

황제를 수호하는 1근위대원이 부복했다. 황제가 가볍게 고개를 저어 거절했다. 실력만 보고 뽑은 개같은 성질에 악어 같은 흉포함은 대련과 어울리지 않았다.

대련에서 진다고 화를 내는 성미는 아니나, 맞으면 화낼 것 같다.

룩소스 1세는 어떻게 하면 기분이 좋아질까 고심하다 결국 한 명을 떠올리고 말았다.

"후궁에 가겠다."

언제 피곤에 지쳐 성을 냈냐는 듯. 후궁에 가겠다는 황제의 얼굴엔 미소가 가득했다.

폴리아나는 같이 검이나 휘두르자는 황제를 반겼다.

"아이노 경은요?"

"그 녀석은 짐을 상대할 때도 적당히를 모른다."

졌다고 성내고 맞았다고 화낼 나이는 지났지만 아이노 경의 사전엔 '적당히'가 미등재 단어였다. 상대가 황제든 모시는 주군이든 대련에서도 가차 없이 몰아붙이고 이겼다.

룩소스 1세도 재능이 없는 편은 아니다. 하지만 아이노 경의 재능 앞에서 황제는 처참히 무너졌다.

그냥 지는 선에서 끝나면 좋은데 아이노 경은 꼭 대련이 끝난 다음 사람 혈압을 올렸다.

'세상에 이렇게 약한 새끼가 있다니, 역시 내가 지켜 줘야 해.'

딱 이런 표정을 지어서 황제가 느끼는 패배의 굴욕감을 배가시켰다.

"제1근위대 아무나 잡으시지 않고요."

"그 녀석들도 다 대장을 닮아 가나 보다."

룩소스 1세의 눈이 애수를 띄었다. 대장을 닮아 점점 성격이 괴팍해지는 1근위대원들의 소문은 유명하기에 폴리아나가 고개를 끄덕였다. 황제의 말을 풀이해 보자면.

"저는 폐하를 이길 수 없으니 일부러 찾아오신 겁니까. 폐하, 너무하십니다."

"짐이 이기려고 경을 찾아온 게 아니야!"

"농담입니다."

결사적으로 부인하던 황제의 몸에서 힘이 빠졌다. 폴리아나가 으흐흐 웃었다. 2근위대는 나날이 몹쓸 농담을 던지는 대장에게서 물러났다.

폴리아나의 근무지가 후궁이라, 졸지에 부인들 앞에서 룩소스 1세는 재롱잔치를 하게 되었다. 주종이 몸을 푸는 동안 시종과 하인들이 바쁘게 움직였다. 황비와 시녀들이 앉을 자리를 마련하고 친막을 쳤다.

"폴 경이 농담이 많이 늘었어."

"다아 폐하의 은총이십니다."

폴리아나가 시험 삼아 검을 휘둘렀다. 룩소스 1세가 기사를 칭찬했다. 일선에서 물러나고 검의 날카로움을 잊은 자들이 있었다. 전쟁이 끝난 뒤에도 하루하루 정진하는 모습은 참된 기사의 귀감이었다.

대련의 시작을 알리는 손수건이 바닥에 떨어졌다. 룩소스 1세의 선공을 폴리아나가 받아 내다 옆으로 흘렸다.

"이전보다 힘이 붙었구나."

"의사가 말하기로, 여자는 이십 대보다 삼십 대와 사십 대에 근력이 더 나아진다고 합니다!"

"신기한 일이로다!"

폴리아나가 진심으로 하는 공격은 룩소스 1세에게 닿지 못했다. 강해지는 근력도 남자를 이길 수는 없었다. 체중이 늘어 힘이 더 실려도 룩소스 1세는 한 손으로 막아 냈다.

정공법으로는 절대로 승리할 수 없다. 그래서 폴리아나는 상대를 부상 입히지 않고 억류하는 검술을 배우지 않았다. 그런 고수의 기술은 아이노 경, 래비 경 같은 사람들을 위한 것.

폴리아나에게 허락된 것은 치명적인 부상을 입히거나 전투를 불가능하게 만드는 검술이었다. 악명이 치솟는 데 일조도 했고.

대련에 적절하지 않으나 10년 정도 검을 섞은 룩소스 1세에겐 그것도 무력했다.

늘 아이노 경과 비교되어서 그렇지 룩소스 1세도 훌륭한 검사다. 폴리아나가 전력을 다해 공격해도 그에겐 약간 격렬한 운동 정도에서 그쳤다.

검이 부딪칠 때마다 레이디들이 약한 비명을 질렀다. 철이 부딪치는 소리에 익숙하지 않은 그녀들의 귀를 쇳소리가 괴롭혔다.

"꺄악, 윈터 후작!"

날 없는 검이 빠르게 움직여 피부를 갈랐다. 룩소스 1세의 검이 폴리아나의 얼굴에 상처를 냈다. 구경꾼들이 비명을 질렀다. 스트라 황비가 울먹였다.

"여자 얼굴에 상처가……."

이 정도 작은 상처가 대순가. 더 심한 흉터도 있는데.

폴리아나는 대련을 속행하려 했다. 그러나 황제가 검을 거뒀다.

"폴 경, 상처를 치료하도록 해라."

"하긴, 근위대장 얼굴에 생긴 지 얼마 안 된 생채기가 있는 건 꼴사납죠."

폴리아나가 멋대로 납득했다. 시녀들이 손수건과 약, 깨끗한 거즈를 가지고 왔다. 물로 환부를 씻고 약을 바르네 마네 번잡스러워졌다.

폴리아나는 눈치를 살피다 빠져갈 구멍을 찾았다.

"여기서 이러느니 일찍 퇴청하겠습니다."

황비와 룩소스 1세가 그녀를 붙잡았다. 폴리아나가 그들의 손길을 거절했다.

폴리아나의 얼굴에 음흉한 미소가 잠깐 머물렀다 사라졌다.

그녀도 눈치가 있다. 대낮에 남편 얼굴 보기 힘든 부인들 위해 자리를 비켜 줄 생각이었다. 아닌 게 아니라, 룩소스 1세의 근처에 있는 부인들의 얼굴이 밝았다.

그녀가 자리를 피해 주지 않으면 부부끼리의 대화보단 주종의 대화가 주가 되어 버렸다.

'빨리 황녀님 보고 싶다.'

최근 추가된 그녀의 소원이다. 황비들이 모두 미인이니 엄마를 닮았든 아빠를 닮았든 미인 황녀님이 태어날 것이다.

그렇게 태어난 황녀님을 금이야 옥이야 애지중지할 걸 생각하면 폴리아나는 행복했다. 누가 들으면 니 애나 낳아서 키우라고 할 소원이었다.

"후작님."

상처가 당기는 것도 잊고 히죽히죽 웃고 있는 폴리아나를 시녀한 명이 불러세웠다. 시켈이었다.

노처녀가 된 김에 평생 독신 선언을 한 시켈 잉그레터는 신분이 다소 처짐에도 불구하고 토리의 시녀로 근무했다.

잉그레터 가문의 삼형제가 모두 룩소스 1세를 따라 출정했고 각자 한자리씩 맡을 예정이라 노처녀 눈치도 안 줄 텐데 독신 선언을 한 그녀에게 대해선 소문이 끊이지 않았다. 부정적 소문이 대부분이라 폴리아나는 걸러 들었다.

그녀는 잉그레터 가문의 에이비디 형제를 알고 팀의 '시크'를 담당하는 시켈과도 안면이 있었다. 폴리아나가 아는 시켈은 세간에 떠도는 부정적 소문과 거리가 있는 아가씨였다.

살갑게 굴고 붙임성 있는 성격은 아니나 은연중에 주변인을 신경 써 주는 시켈의 성격이 폴리아나의 마음에 쏙 들었다. 그래서 둘이 만나면 폴리아나가 먼저 아는 척하는 편이었다.

시녀로 근무하지만 신분이 어정쩡해 하녀와 시녀 사이에서 겉도는 시켈은 그녀의 호의를 고맙게 받아들였다.

"후작님, 얼굴 상처에 약을 바르셔야죠."

"괜찮아, 시켈 양. 약 발랐어."

"붕대를 안 감으셔서 처치 안 한 상처라고 생각했어요."

"얼굴이 그래서 불편하지. 상처 크기에 비해 피는 많이 나고 붕대 감기도 마땅찮거든. 이 정도면 금방 딱지가 지니 괜찮아."

"전 또, 의무실로 가시는 줄 알았네요. 폐하께 가시나요?"

"빠져나오는 길이야. 가족들끼리 보낼 시간이 너무 부족한 것 같아서."

시켈과 대화하던 폴리아나는 그녀의 옷차림이 약간 흐트러진 걸 알아챘다.

귀신은 속여도 폴리아나는 못 속인다. 친위대가 된 이후 폴리아나는 꾸미는 것과 깔끔한 것, 각 잡힌 것의 차이와 중요성을 깨달았다. 대장위에 오르고 난 뒤엔 그녀 스스로의 옷매무새는 물론이고 부하들의 비행과 방종도 잡아내야 했고.

그렇게 길러진 안목은 구겨졌다 펴진 옷은 귀신같이 알아차렸다.

뿐이랴. 시켈의 두 볼이 미세하게 상기되어 있고 호흡도 거칠었다. 폴리아나는 시켈을 데리고 복도 구석으로 이동했다.

“시켈 양. 혹시 신변에 불미스러운 일이 있었나? 그럼 내게 알려주게. 알다시피 후궁의 경비는 내 책임이야.”

“후작님이 염려하실 일이 아니어요. 후궁에서 생긴 일도 아니고요.”

폴리아나는 용맹하게 주먹을 들었다. 혼기 지난 노처녀라고 만만해서 건드리는 새끼가 있으면 바로 목을 절단 낼 기세였다.

“혹시 어떤 놈팡이가 문제를 일으켰거든 솔직하게 말해. 때려 줄테니.”

“제가 이미 팼어요.”

시켈이 자랑스럽게 오른손바닥을 들어 보였다. 손바닥은 달아오른 얼굴보다 더 붉었다.

그녀가 직접 응징했다니 폴리아나가 이 이상 참견하는 것도 과했다. 시켈은 어이가 없다는 듯 말했다.

“때리니까 제게 뭐라고 했는지 아세요?”

“뭐라고 했어?”

“내 뺨을 때린 사람은 네가 처음이야.”

폴리아나의 얼굴이 구겨졌다. 그녀는 시켈이 안전한지 다시 살폈다. 다행히 시켈은 어이가 없어 보인다 뿐이지 무사했다.

"그거 미친놈 아냐?"

"제 말이요."

"그런 미친놈이 내성을 돌아다니다니. 아는 사람이야? 내가 처리를……."

"뺨을 때렸는데 명예까지 실추할 순 없죠. 어쨌든 다시는 상종을 안 하려고요."

"좋은 생각이야. 만약에 또 치근대거든 거길 찍어 버려. 책임은 내가 질게."

자랑스러운 아크레아 제국의 제2근위대장으로서 그런 미친놈을 묵과할 수 없는 노릇이다. 폴리아나는 열심히 시켈에게 긴급 호신술을 가르쳤다.

거시기를 찍는 건 누구나 할 수 있다. 중요한 건 마음가짐이다. 여자들은 사람을 때릴 기회가 적어 자기도 모르게 때리기 직전 힘을 뺀다.

남자를 그렇게 때리면 역효과로 분노만 사서 역공당하기 쉽다. 그러니 진짜 죽여 버릴 기세로 차라. 근력 부족해서 안 죽는다.

정 못하겠으면 비명을 질러라. 레이디로서의 명예는 실추되어도 추행은 막을 수 있을 것이다.

피가 되고 살이 되고 경험 가득한 조언에 시켈이 진지하게 고개를 끄덕였다.

며칠 뒤, 폴리아나는 룩소스 1세와 함께 아이노 경의 문병을 갔다. 폴리아나는 별생각 없었으나 룩소스 1세는 진지했다. 진지가 과해 울먹였다. 룩소스 1세의 눈가엔 촉촉한 물기가 서렸다.

"폐하, 고정하십시오. 중병이 아니라 낙마해 근육통이 왔다지 않습니까."

"짐이 이노와 알고 지내면서 그놈이 아픈 걸 본 적이 없느니라."

검에 옆구리를 관통당해도 말을 타고 전력 질주하던 위인이다. 낙마해서 뼈가 상한 것도 아닌데 침대에 누워 자리보전하고 있다니 폴리아나로서도 걱정이 앞섰다.

황제는 불안해서 울먹거리지 집사는 제대로 말을 안 하지, 폴리아나마저 덩달아 불안해져 안 좋은 상상만 이어 갔다.

아이노 경의 침실 문을 열기 직전 폴리아나와 룩소스 1세는 마음의 준비까지 마친 상태였다. 멀쩡한 아이노 경의 안색은 이미 둘의 눈에 들어오지 않았다.

"이노!"

룩소스 1세가 열정적으로 충신의 이름을 부르고 뛰어가 아이노 경을 안았다. 폴리아나는 뒷짐을 지고 구경했다. 그녀의 눈에도 슬슬 물기가 서리기 시작했다.

사정을 파악한 아이노 경이 룩소스 1세에게 베개를 집어 던진 건 30분 뒤의 일이다.

원숭이도 나무에서 떨어질 때가 있다. 그 아이노 경이 낙마해 거시기를 부딪칠 줄 누가 알았을까.

폴리아나는 부상 부위를 들은 이후 웃음을 참지 못했다. 한동안 아이노 경이 폴리아나만 보면 허파에 바람 든 사람마냥 웃더니 이번엔 그녀 차례였다. 다행히 같이 웃어 주는 룩소스 1세가 있어 외롭지 않았다.

허파에 바람 든 주종은 서로를 부여잡고 큭큭 웃었다. 웃다가 지쳐 울먹이자 아이노 경은 베개를 집어 던졌다. 베개에 힘이 실려 꽤 묵직했다. 폴리아나는 몸으로 룩소스 1세를 감싸고 웃었다.

"나가!"

기어이 축객령이 떨어졌다. 절대 안정을 취해야 할 환자를 비웃은 대가치곤 가벼웠다.

걱정이 컸기에 웃음도 컸던 황제가 후련한 얼굴로 아이노 경의 집을 나왔다.

"짐의 소원이 이루어졌도다."

"이미 이루셨잖습니까."

"언제나 빌었다. 저 재수 없는 새끼가 뒤로 넘어져 코가 부러지는 날이 올 거라고. 빌었고, 빌었노라. 운동신경이 좋아 넘어지면 구르고 텀블링하던 놈인데 기어이 이런 날이 왔구나. 으하하하하!"

"기분이 좋아 보이십니다."

"그러는 후작은 왜 쪼개느냐."

알면서. 폴리아나가 음산하게 웃었다. 룩소스 1세는 대륙의 군주답게 호탕하게 웃었다.

"으흐흐흐."

"으하하하하!"

믿음직스러우나 때로, 아니 아주 자주 재수 없는 새끼에게 닥친 비극적 사건에 주종은 십 년 스트레스를 풀었다.

타인의 불행은 나의 행복. 아이노 경의 명예를 위해 소문내지 못하는 게 아쉬울 뿐이다.

어쨌거나. 아이노 경의 부상은 룩소스 1세에게 깊은 인상을 남겼다.

룩소스 1세는 국정에 처박은 일상에 휴식 시간을 집어넣었다. 남자 나이 삼십 대. 아직 정정하고 스스로 생각해도 건강한 육신이다. 마흔이 오지 않았으니 한창이라 해도 과언이 아니었다.

그러나 남자 나이 삼십 대. 곧 있으면 마흔이 되고 근력과 체력, 정신력 모두 이십 대 시절과는 달랐다.

룩소스 1세는 대륙의 황제이며 유일한 지배자이고 황손이 없었다. 후계자라고 할 만한 위인은 루조 대공 하나뿐이다. 이런 상황에서 황제인 그가 급서하면?

하나가 되었던 대륙은 다시 산산조각 날 것이다. 후계자가 어릴 때 사망하는 것도 피해야 했다. 정통성이 있어도 뒷받침되어 줄 권력이 없으면 허수아비 신세를 면치 못하니.

룩소스 1세는 십 대에 즉위했다. 이미 알 거 다 아는 거시기에 털 난 나이였다. 그런데도 주위 귀족과 원로들은 어린 왕 무시하길 밥 먹듯 했다. 루조 대공이 뒷배가 되어 줘도 대머리라 후견인의 위엄이 안 산다.

주위에선 한숨 돌리고 살자는 황제의 변화에 찬성표를 던졌다. 옆에서 보면 걱정될 정도로 의욕을 보였기 때문이다.

할 일이 많다고 황제가 그걸 다 해치울 필요는 없다. 적당히 아랫것들에게 맡기면 된다. 은근히 완벽주의자적 기질이 있는 룩소스 1세가 그걸 못 참았을 뿐이다.

본래 노동이란 상속받을 토지 없는 가난한 놈들이나 하는 미천한 일. 국정은 노동이라 볼 수 없으나 황제든 왕이든 군주가 할 일은 문관들이 처리한 안건을 가결하는 것이다.

룩소스 1세처럼 대륙의 행정체계를 통일하고 기록물을 남기며 지역별 세금 문제로 골머리를 앓을 필요가 없었다.

무엇보다 주위 사람들을 두렵게 만든 것은, 룩소스 1세가 성실히 국정에 임하다 대공처럼 되는 것이었다.

룩소스 1세의 신하들은 군주의 찬란한 금발을 사랑했다. 건강한 모발이 힘을 잃고 가늘어지고 푸석해지다 결국 뿌리째 뽑히는 일은 사양이었다.

지상에 강림한 천사 같았던 유년기를 지나, 한 번이라도 본 사람은 극찬하게 만드는 소년기에서 누구라도 얼굴을 붉히고 찬양하게 만든 청년기에 이르기까지.

황제의 미모는 모두의 자랑이고 자부심이었다. 제국의 신하들은 황제가 이대로 미중년이 되어 미노년이 되길 간절히 소망했다.

대머리라니, 사도다.

차라리 본인들 머리가 빠졌으면 됐지 룩소스 1세의 금발이 털갈이하는 골든리트리버처럼 숭풍숭풍 빠지는 건 못 보겠다는 의견에 따라, 룩소스 1세는 한숨 돌리고 때로 외출할 수 있는 여유를 벌었다.

황제가 도시에서 맡기 어려운 숲의 냄새에 가벼운 미소를 지었다. 폐부에 스며드는 자연의 냄새가 피로를 날렸다.

황제의 사냥에 따라온 측근들도 함께 웃었다. 바람이 없어 사냥하기 좋은 날이다.

"오랜만에 나오니 좋구나."

날치기 천도 이후 룩소스 1세는 외출할 때마다 꼬리를 붙여야 했다. 오늘은 정말 사냥을 나왔으니 꼬리도 알아서 떨어져 나갔지만 황제는 새삼 착잡했다.

이렇게 군주에 대한 믿음이 부족해서야 쓰나. 자업자득인 것도 모르고 그가 가볍게 투덜거렸다.

"홀가분하게 외출하기 참 힘드노라."

"그러게 말입니다. 뭔 따라붙는 인원이 많은지."

"또 천도할 리 없는데 말이죠."

그의 성정을 알고 동조하는 자들이 앞 다퉈 말했다. 그러나 소수정예 사냥에 불만을 품은 신하도 있었다.

"위험합니다."

폴리아나가 운을 떼자 근위대 몇이 고개를 끄덕였다. 황제의 안전을 위해서라면 다소 번잡스러워도 인원이 많은 편이 안전하다.

폴리아나가 그렇게 말하자 룩소스 1세가 변명했다.

"그렇게 하면 짐승 다 도망가느니."

"아이노 경도 없고."

폴리아나는 투덜거리다가 스스로 자존심 구겼다. 부끄러운 일이나 아이노 경의 존재유무는 룩소스 1세를 호위할 때에 있어 큰 변수였다.

'개똥도 약에 쓰려면 없다더니.'

낄 데 안 낄 데 가리지 않고 늘 황제의 곁에 붙어 다니던 아이노 경이 없으니 기분이 묘했다.

룩소스 1세와 다른 근위대원도 폴리아나와 같은 심정이었나 보다. 기사단원은 대장님 안 계신 기쁨을, 근위대원은 이길 수 없는 괴물에게 은연중 보내고 있었던 신뢰를 자각하고 자존심 상했다.

룩소스 1세는 아이노 경이 침대에 누워 있을 때 놀러 나와 더 신나하는 눈치였다.

황제가 우겼다. 박박 우겼다. 사냥은 떼로 하는 게 아니라고 징징 우겼다. 황제는 아무도 못 말렸다.

아크레아의 침엽수림이 아닌 중부지방의 활엽수림이다. 사냥감도 평소 잡던 것과 달랐다. 무엇보다 사냥을 온 장소가 므스멜 숲이라는 것이 측근들을 꺼림칙하게 만들었다.

룩소스 1세는 사서 걱정한다고 신하들을 핀잔했다.

“숲을 정비하고 있어 괜찮다.”

제국의 수도가 바뀌었으니 대규모 토목 공사는 예정된 수순이다. 돌과 목재를 얻기 위해 므스멜 숲은 가장자리부터 나무를 베어 가고 있었다. 인구가 급증되니 숯과 장작도 필요했다. 전처럼 인적이 드문 위험한 숲이 아닌 것이다.

사실은 이 또한 룩소스 1세가 앓는 골칫거리 중 하나였다. 나무를 지나치게 많이 베어 숲이 훼손되면 숲 자체가 고사해 버린다.

중부에서 므스멜 숲이 기여하는 바가 크니 벌채와 사냥도 계획적으로 이뤄져야 했다. 나무는 심으면 그만이나 숲은 사라지면 회생이 불가능하다. 숲을 관통하는 길을 닦자는 안건을 물린 것도 그 때문이다.

“숲은 인체와 닮지 않았느냐. 손톱은 깎으면 자라도 손을 잘리면 새로 돋지 않는다. 치명상을 입으면 사망에 이르지. 숲을 죽이는 건 가장 어리석은 짓이다. 사냥꾼은 숲에 기대 살아가지.”

인기척에 놀라 날아오르는 새를 향해 룩소스 1세가 시위를 겨누고, 당긴 뒤에 놓았다. 생각만큼 하늘 높게 올라가지 않는 화살에 룩소스 1세는 아쉬운 입맛을 다셨다.

“역시 아크레아 궁이 제일이다.”

“중부에선 쓰기 어렵습니다.”

새가 떨어지면 물고 오려 한 사냥개도 주인처럼 입맛을 다셨다.

사냥 실적은 대단치 않았다. 한숨 돌리고 바람이나 쐬자는 의도였기에 실망할 일도 아니었다. 룩소스 1세 홀로 투덜거렸다.

'이노를 데려올 걸 그랬나?'

얘는 왜 필요할 땐 옆에 없니.

룩소스 1세는 믿었다. 아이노 경을 데려왔으면 자랑스럽게 성으로 가져갈 사냥감 하나는 건졌을 것을.

주인이 바빠 뱃살이 늘어진 사냥개처럼 룩소스 1세의 솜씨도 녹슬었다. 하필 시간 나는 측근들도 훌륭한 사냥꾼은 못 되었다. 폴리아나는 활솜씨가 별로였고. 며칠 동안 숲에 머무르면 뭐라도 잡을 확신은 있다. 시간이 없어서 그렇지.

룩소스 1세 다음으로 사냥에 공을 들이는 건 폴리아나였다. 폴리아나는 뭐든 잡아서 그간 받은 손수건 답례를 해야 했다.

황비를 시작으로 야파의 레이디라면 한 번쯤 윈터 후작에게 손수건을 선물한 역사가 있다. 그녀들에게 말만으로 인사하길 한두 번이지.

깃 예쁜 새라도 잡아서 깃털을 몽창 뽑든, 다람쥐라도 산채로 잡든 해야 했다. 계속 손수건과 꽃, 향수, 화장품, 옷, 구두를 받아선 체면이 안 서는 것이다.

영지에서 보내오는 특산품으로 돌려막는 것도 힘들었다. 아가씨들에게 유황을 줄 수도 없는 노릇 아닌가. 그녀에게 전해지는 선물은 모두 사람의 정성과 손길이 닿은 것인데 폴리아나는 답례할 게 만만치 않았다.

재력으로 얻은 물건들은 폼이 안 났다. 그렇다고 보석을 구입해 돌리자니 돌린 인물의 수가 꽤…….

'황비 세 분에 시녀들에, 시녀장 줄 것도 챙겨야 하고! 박시랑 바니사도 철마다 뭘 보내 주니까!'

보석만 주느냐? 세공도 해야 한다. 세공비도 만만치 않았다. 폴리아나의 영지는 부유해도 보고서로만 세출을 전달받으니 직접적으로 와 닿지 않았다.

역시 이럴 때 제일 만만한 게 직접 사냥한 동물이다. 낚시도 좋으나 레이디들이 좋아하지 않았다.

토끼라도 잡으면 발은 잘라 부적을 만들기 좋고, 가죽은 벗겨 뭐라도 만들며, 고기는 먹는다.

폴리아나는 그렇게 화살을 뿌리고 한 마리도 못 잡았다. 다른 사람들은 토끼나 새와 같은 소동물을 잡아 사냥 공쳤다고 투덜거리는 시점에까지.

사실은 여자 선물로 보석과 사냥감 외에 떠오르는 게 없는 시점에서 글러먹었을지도.

"아, 오늘 사냥 텄네."

"숲 들어오기 전에 오줌을 안 싸서 그래."

"짐이 누차 말하지 않았느냐! 사냥 전에 속을 비우라고!"

'배부른 인간들.'

폴리아나는 질시에 차 그들을 보았다. 사냥이 최고의 유희를 넘어 생존의 영역이었던 아크레아인들과 비교하면 속만 쓰린 걸 그녀도 안다.

그러나 하나도 못 잡으니 열불이 났다. 그래도 도마뱀은 잘 잡는데!

도마뱀을 잘 잡으면 뭐하나. 가을에 접어들어 바람이 쌀쌀해지니 파충류들이 자취를 감춘 것을.

결국 폴리아나는 빈손으로 터덜터덜 돌아갔다. 토끼로 스튜를 끓일 테니 먹고 가라는 황제의 권유에 그녀는 집이 아닌 성으로 향했다.

말머리를 나란히 하고 주종은 두런두런 대화를 나눴다. 그걸 방해하지 않으려고 다른 사람들은 느리게 말을 몰았다.

"표정이 안 좋구나. 잡을 때가 있으면 공치는 날도 있는 법이다."

"뭐라도 하나 잡아 황비마마들께 선물하려고 했는데……."

룩소스 1세가 묘한 시선으로 폴리아나를 응시했다. 사랑하나 가질 수 없는 여자가 부인들과 사이가 좋으니 남자로서 기분이 기묘했다.

첩들끼리 사이가 좋으면 남자가 복이 많다고 하는데 이건 뭐라고 불러야 하는 것일까.

'짐은 어째서 너를…….'

대로를 지나 내성문에 들어서고 중앙정원에 가까워지자 사람들이 건물에서 뛰쳐나와 황제를 반겼다. 룩소스 1세가 짜증 냈다.

"짐이 어디 도망가느냐."

도망은 안 갔다. 이사를 했지.

경비를 서던 근위대원이 일행이 도달하는 걸 기다리지 못하고 달려왔다.

"무슨 일이냐?"

"폐하! 폐하! 폐하!"

"그래, 숨 돌리고 말하거라."

"스트라 황비가 회임했습니다!"

룩소스 1세의 세상이 기울었다. 쿵! 룩소스 1세가 말에서 떨어졌다.

바닥에 드러누운 룩소스 1세 때문에 폴리아나와 근위대원들이

기겁했다. 룩소스 1세는 바닥에 떨어진 충격인지 아버지 된 충격인지로 정신을 못 차렸다.

"폐하! 괜찮으십니까!"

룩소스 1세는 한숨을 쉬더니 바닥에서 일어나 몸에 묻은 흙을 털었다. 그가 침착한 어조로 말했다.

"경거망동하지 말거라."

너무 놀라 말에서 떨어진 사람 입에서 나올 말은 아니었다. 룩소스 1세는 한술 더 떠 말에 오르지 않고 후궁 쪽으로 걸어갔다.

폴리아나는 직감했다. 황제 폐하께서 일부러 저러는 게 아니심을. 너무 놀라 말에 타는 것도 잊어버린 것이다.

훈련받은 군마는 기수가 떨어지자 제자리에 서서 꿈쩍도 하지 않았다. 폴리아나는 말고삐를 쥐고 달래 말을 움직였다.

천천히 걷다가 결국 뛰기 시작한 황제를 보고 폴리아나도 같이 달리려고 했다. 현관 앞에서 어두운 안색을 하고 있는 체일이 아니라면 그랬을 것이다.

왕의 시종에서 황제의 시종이 된 체일은 야파 성의 시종장도 겸임하고 있었다. 그의 안색이 어두우니 뭔가 있었다. 폴리아나는 황제를 부하들에게 맡기고 체일에게 질문했다.

"왜 그러시오, 시종장?"

"첫 아이니 길조입니다만, 너무 성급하면 역으로 불안하지 않으십니까?"

"남녀 모두 건강하고 젊으니 이상하지 않고, 기뻐서 말을 흘려 성 전체에 퍼진 것 아니오? 궁의는?"

폴리아나가 은근슬쩍 체일을 타박했다. 모름지기 규방의 일은 외부에 나오지 않는 게 제일이다.

황비의 회임이라는 예민한 문제를 제 구역에서 움직이지 않는 근위대원이 알고 있는 것이 말이 되나? 어디의 누가 소문을 냈는지 몰라도 정말 입 싼 놈이었다.

"지금 진료 중입니다."

둘은 함께 후궁 쪽으로 움직였다. 후궁에 궁의 고용인들이 죄 몰려 있었다. 후궁 출입을 허가받지 못한 자들은 입구 근처에서 서성이고 안에서 물어다 주는 소식에 촉각을 곤두세웠다.

사람이 모여 수군거리는 통에 혼잡스러웠지만 폴리아나가 등장하자 깔끔하게 인파가 둘로 갈라졌다. 권력의 참맛이란 이런 것. 바다는 둘로 못 갈라도 인간 바다는 둘로 가르는 꿀맛.

"오오."

시종상 체일이 치켜세워 주사 폴리아나가 어깨를 으쓱였다.

그때 후궁 쪽이 다시금 소란스러워졌다. 체일 시종장이 어두운 안색의 후궁 시종을 불러 캐물었다. 시종이 잽싸게 대답했다.

"상상임신이었다고 합니다."

폴리아나는 김이 샜다. 룩소스 1세가 낙담했을 게 안 봐도 훤했다.

"좋다 말았네."

"슬슬 바빠지시겠습니다, 후작님."

"응?"

"상상임신을 할 정도로 세 분은 임신을 원하고 계십니다. 곧 후궁의 암투가 시작될 겁니다. 한 남자를 두고 벌어지는 처절한 물밑 암투! 후궁은 아주 무서운 공간입니다!"

"……진심이오, 시종장?"

"농담입니다. 어쨌든 바빠지실 겁니다."

체일 시종장이 근무지로 돌아갔다. 도망가는 쪽에 가까웠다. 폴리아나는 옆에 있는 시종에게 체일이 근래 읽는 책의 종류를 물었다. 시종은 힘차게 대답했다.

"황제 폐하의 혼인 이후 후궁 암투물을 즐겨 읽으십니다!"

"에라이."

폴리아나의 주먹이 벽을 쳤다. 그녀의 몸이 부들부들 떨렸다.

연애소설에서 나올 법한 대사를 치며 레이디를 추행하는 미치광이가 궁을 활보하고 황제의 시종장은 일의 진중을 알면서도 몹쓸 농담을 던진다.

기사들은 로망스에 사로잡히고 미친놈은 연애소설과 현실을 구분하지 못하고 시종장은 소설 속 암투와 계략이 현실에서도 판치길 바라고 있다.

'소설을 모조리 태워 버리든 해야지!'

폴리아나는 깨닫지 못했다. 그녀의 생각이 저들과 별반 다르지 않다는 것을. 오히려 아주 폭력적이어서 룩소스 1세가 경악할 종류임을.

소설은 또 하나의 다른 세계. 로망스에 등장할 법한 군주가 황제로 군림하고 연애소설의 이응도 모르는 모태솔로이면서 연애소설 단골대사를 뱉는 일도 벌어지는 법이다.

픽션은 논픽션을 뛰어넘지 못한다. 일례로 폴리아나와 룩소스 1세는 소설 주인공 같은 삶을 살고 있으니.

폴리아나는 옷을 갈아입고 일터로 향했다. 임신인 줄 알고 좋아했던 스트라는 궁의의 진단에 충격 받아 서글프게 울었다.

룩소스 1세가 토리와 함께 부인을 달래고 다독였다. 레베카가 보이지 않아 폴리아나가 두리번거렸다. 눈치 빠르게도 시켈이 알려줬다.

"레베카 황비마마는 몸이 불편해 쉬고 계셔요."

"또?"

시녀장과 시녀들이 모조리 스트라를 달래느라 몰려 있어 레베카 쪽엔 사람이 없을 것이다. 궁의도 모두 이쪽에 와 있었다.

폴리아나는 레베카의 처소로 이동했다. 달래는 일 같은 건 자신이 없다. 말주변이 부족해 위로의 말도 자신이 없었다. 그렇게 슬퍼할 일인지 의문이 들기도 했다. 그러니까 아픈 사람 외롭지 않게 해 줄 작정이었다.

레베카의 침실로 가니 그녀의 시녀가 눈에 띄게 좋아했다.

'소외감이 들었나 보네.'

사안이 사안이다 보니 레베카의 시녀 중 몇 명도 자리를 비운 상태다. 폴리아나 같았으면 아픈 주인 두고 어딜 쏘다니냐고 경을 쳤을 것이다. 부하들이 그랬으면 전부 거꾸로 매달기 형벌이다.

"레베카 님은 괜찮으신가?"

"약한 감기입니다. 심려 마십시오."

폴리아나의 질문에 시녀가 아닌 엉뚱한 남자가 대답했다.

폴리아나는 대답을 한 남자가 누군지 한참을 고민했다. 사람 얼굴 기억하고 구분하는 것도 호위기사의 본분이라 사람을 대할 때 눈여겨봤던 적도 있지만 전부 과거 얘기다.

제국의 후작이고 대장씩이나 되어서 상대가 먼저 자기소개를 해야지, 폴리아나가 알아보기 위해 노력하는 건 시간낭비였다.

남자는 사람의 경계를 누그러뜨리는 분위기의 소유자였다. 잘생기지 않은 얼굴에 살집이 있고 근골이 뛰어나지 않은 몸매가 맨손으로 싸워도 이길 수 있을 것 같다는 생각이 들었다.

'아.'

맨손으로 싸워도 이길 것 같다는 확신을 심어 준 남자. 프라우스네크였다.

프라우는 여전히 서글서글하니 사람 좋은 미소를 짓고 있었다.

'착각이 아니었어.'

폴리아나는 잘못 기억한 게 아니었음을 다시금 확신했다. 그녀가 패면 반항도 못하고 맞을 것 같은 남자였다.

두 번째 만남에서 폴리아나는 확신했다. 유순한 인상에 폴리아나와 팔씨름을 하면 간단히 이길 것 같은 근육 없는 물렁살까지.

믿음직스러운 면도 없다. 대신 평범한 목소리와 환자를 대하는 온화함이 의사라는 직업에 어울렸다.

"다시 뵙게 되어 영광입니다."

"자네가 레베카 님을 진찰하고 있었나?"

"네. 들어가셔도 괜찮습니다."

프라우가 문에서 비켜섰다. 폴리아나가 침실로 들어가려 하자 그가 문을 잡아 줬다. 시종도 아니면서 저자세로 나오는 게 신선했다.

기사들이나 귀족들도 레이디에게 이정도 배려를 해 주긴 한다. 그러나 폴리아나는 동족으로 인식하는 건지, 제3의 성으로 보는 건지 이런 배려를 해 주지 않았다.

폴리아나는 뜻밖의 일에 놀라 고맙다는 말도 못하고 침실로 들어갔다.

레베카는 베개에 기대 앉아 있었다. 작은 몸집의 그녀가 큰 침대에 누워 있으니 베개에 파묻힌 것처럼 보였다.

그녀가 폴리아나의 등장에 반갑게 인사했다. 폴리아나도 정중한 인사를 하고 레베카의 안부를 물었다. 레베카가 가볍게 고개를 저었다.

"그냥 감기몸살이여요. 저보단 스트라가 걱정이죠."

스트라는 토리와 룩소스 1세의 품에서 울고 있었다. 폴리아나는 그게 그렇게 울 일인가 싶었다.

'유산한 것도 아니고.'

"그렇게 기뻐했는데."

레베카가 기침과 같은 한숨을 내쉬었다.

몇 시간 전만 해도 스트라는 활짝 웃었다. 생리가 몇 달 동안 없었고 입덧도 시작했으니 확실한 것 같다고 말했다.

설마 상상임신이라고는 그녀도 예상하지 못했을 것이다.

"금방 회임하실 겁니다."

대수롭지 않은 일이다. 진짜 임신이었다면 좋았겠지만 아니어서 크게 아쉽지도 않았다.

'사산 아닌 게 어디야.'

정말 유산이었다면 슬프고 눈물 지을 일이다. 고작해야 상상임신이었다.

사실 폴리아나로선 스트라가 그렇게 상심할 필요가 있나 의문이었다. 불임 판정을 받은 것도 아니다.

그녀들의 나이가 아직 젊고 혼인하고 1년이 안 지났다. 그렇게까지 간절하게 아이를 원할 필요는 없었다.

"그러게 말입니다."

"많이 슬퍼하나요?"

"폐하께서 달래 주고 계십니다."

혼인 후 3년 동안 아이가 없으면 석녀 소리를 면치 못한다. 하지만 아직 2년도 넘게 남았는데 벌써부터 그렇게 애간장 태울 필요가 있을까?

스트라의 건강을 걱정하나 그녀의 마음은 걱정하지 않는 게 티가 났을까. 레베카가 폴리아나를 향해 애매하게 웃었다.

환자의 미소는 보는 이에게 다양한 감정을 전달했다. 폴리아나는 뜨끔해서 시선을 피했다.

"후작께선 별일 아니라고 보시는군요."

"다들 건강하시고 나라 안팎으로 조용하니 금방 회임하실 겁니다."

"폐하께서도 그리 여기시나요?"

"폐하는 다정하신 분이니 저보다 더 안타깝게 여기실 겁니다."

"그래요. 폐하는 다정하고 상냥하시죠. 정말 좋으신 분…… 저희보다 후작을 더 총애하시니, 후작의 추측이 맞겠지요."

"레베카 님."

모욕받았다고 느낀 폴리아나가 얼굴을 굳혔다. 레베카가 손을 그녀를 향해 뻗었다. 폴리아나는 그 손을 마주 잡았다.

부드러운 여자의 손은 미열로 평소보다 뜨거웠다.

"경과 폐하의 사이를 모욕하려는 게 아니었어요. 군신의 총애를 의미한 거니 노여워하지 마세요."

"그럴 리 있습니까."

"부인은 다시 들이면 되나 충신은 다시 얻기 힘드니까요."

레베카가 씁쓸하게 웃었다. 폴리아나의 손에 힘이 빠지자 레베카가 손을 거두어 갔다. 레베카의 시선은 이불 위로 옮겨갔다.

"후작께선 남자로 태어나길 바라신 적이 있으신가요?"

"없습니다."

종종 듣는 질문이었다. 남자가 되고 싶지 않아? 그럴 때마다 폴리아나는 단호하게 대답했어. 그런 생각 해 본 적 없어.

그녀가 대답하면 질문자들은 항상 놀랐다. 질문자들은 늘 그녀에게 되물었다.

'그렇게' 살고 있으면서?

그들이 말하는 '그렇게'는 어떤 의미일까.

폴리아나가 걸은 불행의 길에서만 들은 질문이 아니었다. 룩소스 1세의 기사로서 성공가도를 걷고 있을 때에도 그녀는 동일한 질문을 들었다.

어째서일까. 전장의 가혹함은 남녀노소 공평한데 어째서 그녀에게만. 죽음을 앞둔 전사들은 여자가 되었으면 싸우지도 않고 좋았겠네, 그런 생각을 하지 않는다.

"저는 늘 상상했어요. 제가 남자로 태어나면 어땠을까. 오라버니가 계시니 왕위를 이어받긴 어렵고, 가진 능력에 따라 살겠구나. 남자로 태어났다면 뭘 갈고 닦아 익혔을까. 부왕께선 어느 영지를 하사해 주셨을까.

전 어릴 때부터 욕심 많고 이기적인 계집애라 소릴 들었죠. 계집애가 왜 이렇게 욕심이 많니, 간식은 오빠에게 양보하렴. 계집애가 왜 영지를 받고 싶어? 시집 잘 갈 생각이나 하렴.

많이 가지려면 시집을 잘 가야 해요. 전 폐하의 부인이 되었죠."

폴리아나는 레베카의 이마에 손을 가져갔다. 미열이었다. 폴리아나가 느끼기엔 미열이지만 당사자인 레베카는 힘들었나 보다.

열로 흐려진 시야가 보여 폴리아나는 레베카의 말을 건성으로 들었다. 환자가 횡설수설하는 건 몇 번 겪어 본 일이었다.

'욕심이 많다라…… 그런 건 못 느꼈는데.'

후궁의 연장자로서 먼저 나서서 베풀고 다른 황비에게도 친절하다. 폴리아나는 황제의 말을 떠올렸다.

룩소스 1세는 세 명의 부인과 많은 시간을 공유하지 못했다. 그보다 폴리아나가 황비들과 보내는 시간이 많을 것이다. 그래도 부부는 부부.

남편으로서 부인에 대해 알아챈 사실이 적지 않은지 가끔 폴리아나에게 이런 저런 얘기를 했다.

룩소스 1세는 말했다. 토리는 총명하고, 스트라는 성품이 고우며, 레베카는 야망을 품었다고.

여자와 야망은 같이 둘 수 없는 조합이다. 폴리아나가 그것이 좋은 일이냐 묻자 룩소스 1세는 빙그레 웃었다.

폴리아나는 이후 황제의 말을 이해하지 못하고 미제로 남겨 뒀다. 욕심과 야망. 어울리는 조합이었다.

"저는 대륙에서 가장 고귀한 여인이 되었어요. 여자로서 이보다 성공한 삶이 있을까요? 저는 미모와 혈통, 성품 등 여자를 판단하는 조건에 합격해 이 자리에 서 있는 거죠. 모두에게 인정받은 거예요. 그래도 사실은 싫었어요. 남자로 태어났으면 이것보다 더 나은 인생이 기다리고 있었을 테니까."

통치권을 잃어 왕가에서 귀족으로 격하된 가문의 차자보단 황제의 황비가 낫다. 폴리아나는 반박하려다 참았다. 그녀는 레베카의 말을 계속 건성으로 듣고 넘겼다. 열이 심한가 싶어 이마를 짚어 보는 일만 반복했다.

"제가 어리석었어요. 남자로 태어나지 않아도 칼자루를 쥘 수 있었는데……."

이 세계에서, 이 땅에서 여자의 행복이란 무엇일까. 여자의 욕심이란 무엇일까.

남부의 여권은 북부보단 낫다. 동시에 별 차이 없었다. 대륙의 모든 여자들에게 결혼은 인생의 가장 큰 과업이다. 결혼을 하고, 아들을 낳느냐로 인생이 갈렸다.

남편의 사랑을 받는 게 인생의 행복이라기엔 인생은 너무 길다. 여자는 늙으면 노인이 되고 남자는 언제까지고 남자다.

여자의 욕심은 또 어떻고? 꽉 차 가득한 창고, 건강한 아이, 남편의 애정이 여자가 욕심 낼 수 있는 전부다.

남자는 대륙통일의 꿈을 꿀 수 있고 출세의 꿈, 신분상승의 꿈을 꿔도 되나 여자에겐 모두 허락되지 않았다.

그녀들이 꿀 수 있는 가장 큰 꿈은 자식이 왕이, 황제가 되는 것이다. 그러면 그게 가장 성공하고 행복한 여자의 인생이다.

레베카는 성공한 여자 반열에 올랐다. 비록 남편의 얼굴을 자주 보지 못하고 다른 여인과 공유해야 하는 슬픔이 있어도 그녀는 행복했다.

의식주는 태어날 때부터 근심의 대상이 아니었다. 정숙하지 못한 생각이지만 잠자리에서도 불만은 없었다. 후궁들 간에 미약한 서열이 세워져도 괜찮았다.

욕심 많은 레베카는 여자로서 최고의 자리에 올랐다. 그녀의 야망을 성취했다. 입가에 미소가 떠나지 않는 날이었다.

"윈터 여후작의 위세가 대단하네요."

"그래도 안쓰러워요. 박색에 불임에 미혼이잖아요."

토리와 스트라가 나눈 대화에 악의는 존재하지 않았다. 폴리아나를 깎아내리려는 마음도 없었다.

둘의 대화를 듣는 순간 레베카는 깨달았다. 레베카가 폴리아나를 본 직후 내내 부러워하고 있었음을.

여자에겐 칼자루가 허용되지 않는다. 그것이 세상의 진리이자 상식, 사회적 법칙.

레베카가 남자들이 쥔 칼자루를 보고 그저 부러워할 때 폴리아나는 제 힘으로 칼을 쥐었다. 레베카가 사회의 규칙대로 칼이 그녀의 것이 될 수 없음을 믿고 있었을 때 폴리아나는 진창을 구르면서도 칼을 놓지 않았다.

사람이, 사회가 폴리아나에게서 칼을 빼앗으려 했지만 그녀는 뺏기지 않았다. 그리고 모두에게 인정받는 상태에서 칼과 한 몸이 되는데 성공했다.

레베카는 전율했다. 스스로의 어리석음과 닫힌 시야를 깨달았다.

저것이 진짜 성공이었다. 진정한 출세였다. 황제에게 성을 받고, 영지를 받고, 작위를 받고, 총애를 받는다. 후궁에 틀어박혀 아이를 낳고 못 낳고로 남은 생을 점치는 인생이 아닌.

결혼한 상대에 따라 바뀌지 않는 독립적인 인생.

저런 인생도 있었다.

여기사가 주인공인 로망스가 있었다. 레베카는 모두 이야기 속

주인공이기에 가능한 일이라고 생각했다.

로망스는 로망스, 소설은 소설. 현실과는 다르다. 음유시인이 읊는 로망스의 배경은 어딘가 먼 왕국, 먼 미래, 혹은 먼 과거. 멀다는 말은 현실에 존재하지 않고 평생 볼 일 없다는 말과 같다.

“사람들은 소년에게 야망을 가지라 말해요. 문법책에서 소년은 늘 야망을 갖고 소녀는 항상 리본을 찾거나 강아지를 안고 있어요. 소년의 욕심은 부추겨지고 소녀의 욕심은 억눌려요. 계집아이가 낼 수 있는 욕심은 보석, 예쁜 드레스, 잘생긴 남편에 제한되죠.

전 제게 허락된 것만 욕망했어요. 아름다운 보석, 수십 명의 손이 닿은 로브, 대륙에서 가장 고귀한 남성까지. 그런데 사실은, 더 욕심내도 되었던 거예요. 주위에서 뺏으려 들어도, 허락할 수 없다고 말해도 시도는 해 볼 수 있던 거였어요.”

폴리아나는 머리가 아파 왔다. 레베카가 그녀에게 말하고자 하는 걸 추측할 수 없었다. 열 때문에 정신이 혼미해 살아온 이야기를 하나 싶더니 이제는 욕심 이야기를 하고 있다.

레베카의 손은 열심히 이불을 쥐어뜯었다. 이 대화가 편치 않다는 증거였다. 폴리아나는 레베카의 목을 걱정했다. 목소리가 낮은 것이 내일이 되면 팍 잠겨 버릴지도 모른다.

“레베카 님, 이러다 목이 상하십니다. 제게 하고 싶은 이야기가 있으시면 다 나으신 뒤 하세요.”

폴리아나가 의자에서 일어나려 하자 레베카가 붙잡았다. 힘이 약해 뿌리칠 수 있음에도 폴리아나는 그러지 못했다.

폴리아나가 한숨을 쉬고 레베카의 손을 잡아 뗐다.

“물 가지러 가는 겁니다.”

폴리아나가 데운 물을 가져와 건넸다. 레베카가 양 손으로 조심스럽게 잔을 잡았다. 잠긴 목이 약간 풀렸다.

"뭔지 모르지만 제게 하고 싶은 말이 있으신 거죠. 다 나으신 뒤에 하시면 안 되나요?"

"지금이 아니면 저는 못 할테니까."

아파서 흐릿해진 이성과 격해진 감정이 교차하는 날. 끝없는 자책과 자기혐오로 얼룩진 날이 아니면 꺼낼 수 없는 이야기다.

레베카에게 결코 득 되지 않는 이야기다. 폴리아나는 후작이요, 황제의 총애를 받는 근위대장이었다. 그녀와 사이가 틀어지면 레베카만 손해였다.

그런데도 이 이야기를 꺼내는 것은 폴리아나가 여성이며, 기사이고, 후작이기 때문이다.

"여자의 성공과 출세, 행복엔 처음부터 벽이 있었죠. 그 벽을 넘지 않는 이상 우리는 새장 속 새일 뿐이에요. 그리고 그 벽은 도전자를 용서하지 않아요. 그러니 아무도 도전하지 않죠. 사실은 다들 그게 벽인지도 몰라요. 우리를 지켜 주고 보호해 주는 방벽으로 여기죠.

후작은 그 벽을 넘는 데 성공하셨어요. 벽 밖의 남자들은 혼란스러워했죠. 후작을 배제하려 들었을 거예요. 다시 벽 안으로 들어가라 윽박지르고 협박하고 물리적인 폭행도 감행했겠죠. 후작은 돌아가지 않으셨어요. 버티고 버티셔서 벽 밖에 머무는 걸 용인받으셨어요. 그 와중에 성별을 잃으셨죠."

"전 여잡니다."

폴리아나가 처음으로 미간을 좁혔다. 피할 수 없으니 즐기라고,

내내 레베카의 말을 건성으로 듣던 그녀가 보인 첫 반응이었다.

"이런 말하기 송구하나 전 단 한 번도 성별을 잊은 적 없습니다. 머리를 짧게 자르고 바지를 입고 검을 들었다고 해서 그게 남자처럼 군다고 생각하지 않습니다."

"네, 저도 동의해요. 제가 말하는 건 다른 부분이에요."

"하면 어느 부분입니까?"

"동병상련이라 하죠."

레베카의 고개가 아래로 푹 꺾였다. 폴리아나가 놀라서 그녀의 이마를 받쳐 베개에 뒷머리를 기댈 수 있도록 조치했다. 레베카가 작은 감사 인사를 전했다.

"사람은 비슷한 구석이 있으면 더 공감을 잘하기 마련이에요. 예를 들어, 그래요. 귀환병은 부상이 심한 상이군인을 보고 가엾게 여겨요. 그렇지만 후작께선 스트라의 이야기를 듣고 어떻게 생각하셨나요?"

아무것도.

굳이 찾아보자면 실망. 아쉽고 실망한 것이 전부다.

'아.'

폴리아나는 그 순간 깨달았다. 그녀가 스트라 황비의 상상임신을 대수롭지 않게 여기고 그걸 레베카 앞에서 완벽하게 감추지 못한 것. 그것이 이 길고 긴 이야기의 원인이었다.

레베카가 고운 얼굴을 일그러트리며 웃었다. 늘 고상한 레이디의 미소를 잃지 않던 그녀답지 않았다.

"어찌 생각하셨나요?"

황족이 늘지 않는다니 아쉽구나. 실망이로구나. 제대로 알아보고 얘기하지 왜 일을 크게 벌이셨담.

상상임신이 정말로 있는 거였구나. 가능한 거였구나. 왜 저렇게 우시지? 아이가 죽은 것도 아닌데.

어디 다치신 것도 아니고 착각에서 벌어진 헤프닝 같은 건데 뭐가 그리 서러우실까.

폐하가 고생이 많으시네. 그게 저렇게 울 일인가. 하여간 스트라 님도 원체 성정이 약하셔서 큰일이야.

입 밖에 담지 못할 생각들을 폴리아나는 솔직히 말하는 우를 범하지 않았다. 그녀가 적당히 말하려는데 레베카가 대신 말했다.

"스트라를 전혀 동정하지 않으시죠. 유산도 아니고 상상임신인데 고작 그 정도로 왜 저러나 하셨죠."

정답이었다.

폴리아나가 자신의 볼을 매만졌다. 어지간해선 표정 변화가 없다고 자부했건만 오늘따라 적나라하게 속내가 까발려졌다.

휴. 폴리아나가 한숨을 쉬고 이 일을 대수롭지 않게 여긴 이유를 말했다.

"황비마마들이 모두 젊고 건강하십니다. 설령 스트라 님께 문제가 생겨도 레베카 님과 토리 님이 계시니."

레베카가 폴리아나의 말을 끊었다.

"제발요. 건강하고 젊은 여자가, 결혼하고 아직 1년도 보내지 않은 새신부가 상상임신을 할 정도로 간절하게 아이를 원하는 이유를 한 번이라도 생각해 보셨나요?"

"그건……."

"네, 맞아요. 우리가 가진 것 중 가장 값진 건 푸른 피가 흐르는 혈통과 그걸 이어나갈 질, 자궁, 난소여요. 이보다 값진 것이 없죠. 여자는 아이를 낳기 위해 필요한 존재니까, 그렇게 보여지는 데 익숙해요.

같은 여자끼리도 그렇게 대해요. 대를 잇기 위한 도구, 아들을 낳으면 훌륭한 여자, 아이를 많이 가지면 복 많은 여자. 여자라서 여자에게 더 악랄해질 때도 있고 여자라서 여자에게 더 약해질 때도 있어요.

그렇지만 윈터 후작님. 후작께선 벽 밖의 남자들과 똑같이 생각하시지 않았나요?"

폴리아나 윈터는 여자다. 폴리아나는 단 한 번도 스스로의 성별을 잊은 적이 없었다. 그녀는 태어났을 때부터 지금까지 항상 여자였다. 앞으로도 그녀는 여자로 살다 여자로 죽을 것이다.

남자처럼 바지를 입어도, 남자처럼 검을 늘어도, 남자처럼 머리를 잘라도 폴리아나 윈터의 성별은 여자였다. 누구도 부정할 수 없었다.

폴리아나는 한 번도 그런 말에 흔들린 적 없었다.

이때까지는.

폴리아나가 불임이어도, 유방이 떨어져 사라져도 그것이 폴리아나의 성별을 바꾸지는 않는다. 폴리아나는 단 한 번도 의심한 적이 없었다. 이런 주제로 말문이 막힌 적도 없었다.

그녀 홀로 당당하다면 모두 괜찮았다. 폴리아나가 여자가 아니라고 말하는 자에겐 개새끼야 소새끼야 욕을 날렸다. 불알을 걷어찼다.

말을 잃은 폴리아나에게 레베카가 지난했던 대화의 결론을 밝혔다.

"제가 주제넘었다는 걸 알아요. 완벽한 이해와 공감을 바라는 게 아니에요. 아주 조금만. 스트라의 상실과 슬픔을 알려 해 주시면 안 될까요?"

레베카는 욕심쟁이. 그래서 더 말하고 만다.

"벽 안의 사람들을 생각해 주세요! 후작이 사실은 벽 안의 존재였다는 걸 잊지 말아 주세요. 벽을 뚫어 달라는 게 아니고 비법을 공유하자는 게 아니에요. 사실은 뚫어 주셨으면 좋겠어요. 하지만 그건 일을 떠넘기는 거죠. 칼자루는 직접 찾아 쥐지 않으면 의미가 없으니까."

커졌던 목소리가 조금씩 줄어들더니 마지막에 목에 꽉 막혀 나오지 않았다.

황제의 부인이 제국의 후작에게 동정과 공감을 구걸했다. 모순적인 상황에서 두 여자는 나란히 침몰해 갔다.

레베카는 과부하 걸린 머리를 감쌌고 폴리아나가 그녀를 위해 다시 잔에 물을 채웠다.

폴리아나는 바로 의자에 앉지 못하고 이를 악물었다. 그녀의 안에서 뜨거운 무언가가 나오려다 막혀 들어갔다.

이유는 알 수 없지만 눈물이 날 것 같은 기분에 폴리아나가 침실을 빙빙 돌았다. 한참을 돈 끝에 폴리아나가 토해 냈다.

"전 여잡니다."

"네. 후작께선 여인이세요. 이전에도, 앞으로도, 유일한 예외가 되실 거예요."

"제가 맹세코 여자라는 사실을 외면하거나 잊으려 들지 않았고…… 우월감 같은 것도 가진 적 없고……."

"알아요."

폴리아나는 경비 책임자로서, 스트라는 경호받는 사람으로서 공적이고 사적인 관계를 이어 왔다.

서로를 과하게 의식해 예의 차렸다. 주위 시선에서 자유롭지 못했다. 소탈한 진실보단 과장된 체면치레가 이어졌다. 그렇지만 진심이었다.

사회가 용납하는 규격 외의 존재이나 폴리아나는 여자다. 굳이 다른 여성들과 선을 긋는다고 생각하진 않았다.

하지만 인식하지 않았다 뿐이지 사실은 폴리아나도 어렴풋이 담을 쌓고 있었다.

나는 그녀들과 달라. 그녀들은 나와 달라. 남자들은 폴리아나를 제3의 성별 취급하지만 여성들도 다르지 않았다. 오히려 같은 여자로서 공감대를 형성해 달라는 레베카의 호소가 낯설 정도로.

폴리아나 윈터 후작은 특별하다. 대륙의 정세가 안정되면 두 번 다시 그녀와 같은 케이스는 나오지 않을 것이다.

유일하기에 인정되고 받아들여졌다. 제2의 폴리아나가 등장할 수 없는 걸 알기 때문이다.

불운과 행운, 노력과 기회. 모든 게 맞아떨어져 발생한 하나의 예외가 또 다시 등장하는 건 기적에 가까웠다.

폴리아나는 그렇게 힘들게 지금의 자리에 올랐다. 그러면서 바꿔 보겠다는 생각을 하지 않았다.

내 딸은 안 되기 때문이다.

박시와 바니사를 봐 놓고서도 여전히 생각해 본 적 없다. 무언가 불공정하고 불합리한 게 있다면 개선하려 애쓰는데 그녀의 인생에 대해선, 그녀 외의 세계의 반절을 차지하는 그녀들의 생에 대해선 당연한 것이라 여겼다.

세상이 약자에게 잔인한 걸 알면서 약자가 왜 약자인지 생각해 보지 않았다.

할 필요가 없었다. 폴리아나는 썩어도 귀족으로 태어났고 의식주의 빈곤을 경험하지 않았다.

그렇게 진창을 굴렀어도 그녀는 가진 자였고 지금은 완벽하게 강자의 반열에 올라섰다.

폴리아나는 이기적이다. 그녀는 욕심이 많은 인간이다. 그녀는 이제 간신히 권력을 손에 쥐었고 가시밭길 아닌 평탄한 대로에 섰다.

그녀 마음 내키는 대로 마음껏 말채찍을 후려칠 수 있는 탄탄대로가 펼쳐졌다. 그녀의 인생은 이제 시작이었고 늙어 죽을 때까진 50년은 남아 있었다.

여생을 다시 자갈길을 구를 수 없지 않은가. 약자를 돌봐 그녀에게 이득이 남지도 않는데.

폴리아나는 포기하지 않는 삶을 살았지만 감히 그런 길을 걸을 용기는 없었다. 폴리아나의 인생에 도움이 되지 않으며 주군께도 도움 되지 않는 험하기만 한 길이다.

폴리아나는 룩소스 1세에게 충성과 함께 목숨을 바쳤다. 그녀의 인생은 그렇게 쓰일 수 없었다.

레베카는 그녀에게 벽을 부숴 달라 청하지 않았는데 폴리아나의 사고는 거기까지 뻗었다. 레베카가 이야기해 주기 전까지 스트라의 슬픔에 대해 일절 공감하지 못했던 반성적 사고의 여파일까.

"후작은 언제나 우리에게 진실하셨죠. 최선을 다해 주셨어요. 그게 얼마나 도움이 되는지 모르실 거예요."

"레베카 님, 저는 언제나."

"언제나 노력하세요. 그래서 질투가 나요."

폴리아나가 뻗은 손 위에 레베카의 손이 살포시 얹혔다. 레베카가 마지막으로 부탁했다.

"아시는지 모르겠지만 우리 중에 스트라가 후작을 가장 좋아해요. 그런데 후작께서 스트라를 너무 안 좋게 보시니까 그게 신경 쓰였어요. 저는 그러니까, 후작처럼 독립적이지 못하니까요, 그러니까…… 죄송해요. 저는 제 하소연을 하고 있었네요. 이걸 다 들어 주시다니 정말 후작께선 사려 깊으시고 상냥하세요."

아예 잠겨 버린 목소리가 사죄의 말을 전했다.

폴리아나는 그녀의 손 위에 얹힌 여자의 손이 전해 주는 감각을 느꼈다. 부드럽고, 뜨겁고, 매끈하고, 잔 상처 하나 없는 조각 같은 손이었다.

폴리아나의 손과 다르다. 살아온 과정이 너무 달라 두 여자의 손은 확연한 차이를 보였다. 그렇지만 공통점이 있었다.

둘 다 여자의 손이었다.

몸이 아픈데 흥분해 가며 대화를 했기 때문일까. 레베카의 미열이 조금 더 높아졌다. 미열로 부를 수 없는 그냥 열이 되었다.

폴리아나는 지쳐서 쓰러진 레베카를 뒤로 하고 침실을 나왔다.

레베카보단 덜하지만 심적으로 지친 폴리아나 앞에 프라우가 나타났다.

"아직 안 갔나?"

"후작님을 기다리고 있었습니다."

평소라면 남자가 그녀를 기다린 이유에 대해서 생각해 볼 여유가 있었을 텐데.

프라우에겐 안타까운 일이나 폴리아나는 심적으로 지친 상황이라 그런 쪽으론 머리가 안 돌아갔다.

폴리아나는 반색하고 프라우를 반겼다. 프라우도 덩달아 반색했다.

"마침 잘됐다. 레베카 님의 열이 더 올랐으니 가 보도록."

"……알겠습니다. 후작님도 살펴 들어가십시오."

프라우가 눈에 띄게 기운을 잃고 폴리아나에게 인사했다. 폴리아나는 건성으로 인사를 받았다.

대화하는 사이 시간이 얼마나 지났는지 폐문 시간이었다. 폴리아나는 근위대 숙소 쪽으로 가려다 발을 돌렸다.

얼른 자고 싶은데 근위대 숙소로 가면 부하들이 귀찮게 굴 게 뻔했다. 지금 같은 상황에서 귀찮게 굴면 생트집 잡아 족칠 것 같으니 사전에 예방해야 했다.

제2근위대장의 권력으로 내성문은 못 열어도 쪽문은 열 수 있다. 폴리아나는 멍하니 생각했다.

'권력 좋아.'

집에 가는 길은 때로 너무 길다. 거리는 똑같으니 다 마음에서 비롯되는 차이이다.

집에 들어서도 피곤에 지친 폴리아나를 반기는 이 아무도 없었다. 화롯불은 꺼진 적 없이 활활 타오르고 폴리아나를 위한 따뜻한 목욕물과 음식이 준비되어 있었다. 그러나 가족은 없었다.

집사가 주인에게 모아 둔 편지를 전달했다. 목욕을 하고 늦은 저녁 식사를 하던 폴리아나는 편지 뭉치를 보고 슬쩍 웃었다.

래비 경, 바우팔로 경, 하우 경, 도나우 경, 박시와 바니사까지. 일가족이 보낸 편지 뭉치에 절로 미소가 나왔다.

식사를 마치고 침대에 누운 폴리아나는 가장 먼저 친애하는 의동생의 편지를 뜯었다. 도나우 경은 의누나의 안부와 폐하의 안부, 동료들의 안부를 묻고 남부와 그의 근황을 전했다.

무엇보다 기쁜 소식이 있었다.

"쌍둥이라 그런가."

쌍둥이라 생리 주기가 비슷해서일까. 박시와 바니사가 비슷한 시기에 임신했다는 기쁜 소식이었다.

편지 왕래가 잦아도 일가족이 한 번에 편지를 보내는 일은 없었다. 갑작스러운 편지 뭉치의 이유가 밝혀지는 순간이었다.

폴리아나는 기쁜 마음으로 박시와 바니사의 편지를 뜯었다.

다들 행복하게 지내고 있었다. 편지만으론 정확한 사정을 파악하기 어렵지만 남부와 수도를 왕복하는 전령도 별문제 없다니 편지와 다르지 않을 것이다.

래비 경과 바우팔로 경은 할아버지 되는 기쁨을, 하우 경은 제정신으로 쓴 것 같지 않은 행복을 글로 표출했다. 사실 도나우 경의 편지도 마침표가 다 위로 올라간 것이 멀쩡한 정신으로 쓴 것 같진 않았다.

제일 얌전한 게 박시와 바니사의 편지였다. 쌍둥이 자매는 임신의 두려움과 애 엄마가 된 기쁨, 자매가 비슷하게 임신해 서로 의지가 되고 안심도 된다는 내용을 보냈다.

폴리아나는 편지를 봉투에 접어 넣었다. 피곤하니 답장은 내일 쓸 계획이다.

'선물을 뭘로 하지.'

후작의 지위가 있는데 보통 선물론 약하다. 집사에게 맡기자니 정성도 부족했다.

내일 또 여기저기 캐묻고 다녀야겠구나. 폴리아나는 침실 천장을 멍한 눈으로 응시했다.

정말 기쁜 소식이라 춤이라도 춰야 하는데 출 기운이 나지 않았다. 뜨거운 물이 눈가를 엄습하기 전 폴리아나는 팔로 눈을 가렸다.

그녀는 이 땅에 존재한 적 없는 모든 아이를 위해 울었다.

룩소스 1세는 계속 스트라 황비의 곁에 머물렀다. 늘 국정을 중시하던 황제의 자상한 태도에 성의 모든 여자들이 감탄했다.

그녀들은 룩소스 1세와 같은 남편을 만나지 못한 걸 한탄하고 안타깝게 여겼다.

"폐하는 정말 다정하세요."

"다른 남자들 같으면 뭐 그깟 걸로 왜 그러냐고 그랬을 텐데."

다른 남자는 멀리 있지 않고 가까이에 있었다. 수도 많았다. 도처에 널려 있었다. 복귀한 아이노 경은 심드렁한 얼굴로 말했다.

"진짜 임신한 것도 아닌데 아직도 폐하를 잡아 두고 있어?"

이 말을 전해들은 룩소스 1세는 복귀한 벗을 가볍게 타일렀다.

"그런 말 말거라. 상상임신이 무어냐. 임신과 비슷한 증세를 보이는 것 아니냐. 실제로 몸이 힘든데 결실이 없으니 얼마나 안타까우냐."

"엄살로 보입니다."

룩소스 1세가 보란 듯이 한숨을 쉬었다. 땅이 꺼져라 푸욱 쉬니 주위 시종들이 깜짝 놀랐다. 룩소스 1세가 뒷짐을 지고 진지한 얼굴로 하늘을 올려다봤다.

"푸닥거리라도 해야겠다."

아이노 경이 급하게 룩소스 1세를 만류했다. 룩소스 1세가 미신 좋아하는 걸 하늘이 알고 땅이 알아도 성에서 대놓고 푸닥거리를 할 순 없었다.

"폐하, 부적은 몰라도 푸닥거리는 아니 되옵니다."

"네가 낙마하고 짐이 낙마하고 부인은 상상임신에, 임산부를 모욕한 이노는 앞으로 3년간 재수가 없을 테니 푸닥거리라도 해야지. 아, 폴 경도 기운이 없어 보이더구나."

룩소스 1세는 푸닥거리해야 하는 이유를 손가락까지 꼽아가며 늘어놨다.

아침에 출근한 폴리아나가 영 기운 없어 보이는 것이 룩소스 1세의 마음에 걸렸다. 아이노 경이 황제의 말에 딴죽을 걸었다.

"임산부를 모욕한 적 없사옵니다."

"아직 증세가 낫지 않았는데 환자와 임산부가 다른 게 무어냐.

이노, 맘 좀 곱게 써라. 그러니까 네가 말에서 떨어진 게야."

아이노 경이 욱해 사실을 밝히려다 간신히 참았다.

말에서 떨어지긴 개뿔. 차마 남들에게 사실을 밝힐 수 없었을 뿐이다. 실은 꽤 깊은, 그러나 남들은 관심 없을 그런 사연이 있었다.

룩소스 1세는 오랜만에 친구 입을 틀어막은 기쁨에 휘파람을 불다 멈췄다. 푸닥거리 전에 휘파람을 불면 재수가 없었다.

쌍둥이의 임신 소식은 황제의 귀에도 들어갔다. 하필 이런 때가 아니라면 좀 더 기뻐했을 소식이라 아쉬움이 남았다.

룩소스 1세는 궁인들을 불러 스트라의 귀에 들어가지 않도록 신신당부했다.

정무를 어느 정도 해치우고 다시 스트라를 위로하기 위해 움직이는 룩소스 1세의 뒤를 아이노 경이 불만 가득한 얼굴로 따라갔다.

룩소스 1세는 길목에서 마주친 시켈에게 반갑게 인사했다.

"잉그레터 영애, 본성에 볼일이 있느냐."

"황공하옵니다, 폐하. 동생을 보러 가는 길입니다."

"음, 그래. 스트라는 어떻지?"

"어제보다 안정되셨습니다."

"가던 길 가 보거라."

"예."

시켈이 꾸벅 인사하고 빠른 걸음으로 둘을 지나쳐 갔다.

룩소스 1세는 다시 이동하려다 말고 걸음을 멈췄다. 그의 뒤에 선 아이노 경의 표정이 어째 이상했다. 표정이 아니고 행동도 이상했다.

아이노 경이 좀 재수 없고 때로는 무례해도 명문가의 장남으로서 몸에 박힌 예의에 어긋나게 군 적이 없었다.

시켈이 하녀와 시녀의 중간 어드메에서 헤매는 중이어도 명색이 성에서 일하는 시녀다. 게다가 시켈의 남자 형제들이 모두 룩소스 1세의 기사로 봉사하고 있었다.

비크 경은 아이노 경의 부하이기도 했다. 아이노 경이 제멋대로 살기는 해도 부하의 누이에게 인사도 안 하는 막돼먹은 인간은 아니었다.

"잉그레터 영애를 모르느냐?"

말하면서도 룩소스 1세가 의아해했다. 모를 수가 없었다. 동료들이 모두 장가가는 바람에 유일하게 총각으로 남은 아이노 경. 노총각 아이노 경이 부하들 집에 쳐들어가는 바람에 기사들 원성이 대단했기 때문이다.

쳐들어가는 집에서 비크 경의 집이 빠졌을 리도 없나. 아이노 경의 얼굴 근육이 굳었다.

"모르는 사람입니다."

"비크 경이 소개시켜 주지 않더냐? 이런, 이제 얼굴 봤으니 잊지 말거라. 시켈 잉그레터 양이다. 자주 마주쳤을 텐데?"

"저런 말 같은 여자 모릅니다."

아이노 경의 표정 연기는 훌륭했으나 내숭이 부족했다. 차라리 능글맞게 시켈에게 인사하는 편이 나았을 것이다.

얼굴은 관심 없다고 말하고 있고 눈도 룩소스 1세를 향해 있으나 아이노 경의 귀는 시켈의 가벼운 발소리에 맞춰 움찔했다.

룩소스 1세는 과히 총명하여 벗의 심기를 빠르게 눈치챘다. 룩소스 1세가 두 손으로 입을 가렸다.

대박 사건의 귀환이었다.

폴리아나와 룩소스 1세는 사사로운 연애담을 좋아한다. 이런 방면에서 취미가 잘 맞는 군주와 기사는 귀족들의 정략혼에서도 불타는 사랑의 가능성을 점치며 체면을 잊고 즐거워했다.

본래 서로에게 비밀이 없기는 하지만 재밌는 일을 들었으면 반드시 상대와 공유했다. 재밌는 건 공유하면 더 재밌으니까!

스트라를 위로한 룩소스 1세는 아이노 경을 떼놓고 폴리아나부터 찾았다. 폴리아나는 사정을 전해 듣자마자 입을 가렸다.

'대박 사건!'

폴리아나의 눈이 토끼처럼 동그래졌다. 룩소스 1세의 눈도 마찬가지였다.

"말도 안 돼. 시켈 양과 말입니까? 아이노 경이, 시켈 양과?"

"짐이 봤다."

"대박."

폴리아나가 흥분해서 두 주먹을 불끈 쥐었다.

이런 말 하면 도나우 경과 박시, 바니사에게 미안한 일이나, 솔직한 심정으로 이 일이 더 재밌었다. 이미 결혼한 사람 이야기는 가정파탄이 아니고서야 흥미롭지 않기 때문이다.

행복한 가정사는 다 비슷해서 재미없다! 연애 얘기는 이루어지기 전이 제일 재밌다고!

"확실합니까? 아, 폐하를 의심하는 게 아닙니다. 그런데 아이노 경이 연애라니 어쩐지 안 어울려서……."

"알고 있는 레이디를 처음 보는 사람인 척하고, 말 같다는 모욕까지 하는데 이노답지 않은 행동이었다. 호감이든 악감정이든 뭔가 있던 게 틀림없어."

'말 같다니?'

폴리아나는 듣자마자 떠오르는 기억에 말을 잇지 못했다. 룩소스 1세가 아는 거 있으면 빨리 공유하자고 그녀를 닦달했다.

폴리아나는 아이노 경이 와병하기 전 시켈과 나눈 대화를 재빨리 털어놨다.

"어떤 미친놈이 연애소설 대사를 읊으며 성을 돌아다니고 시녀에세 수작을 거나 했너니…… 아이노 경입니다. 틀림없습니다. 소신이 또 그러면 사타구니를 찍어 버리라고 조언을 좀 했거든요. 아이노 경이 시켈 양에게 개수작을 부리고 시켈 양이 소신의 조언대로 행동했다면…… 침대에서 일주일 간 못 일어날 만합니다."

그렇게 과한 억측이 아니었다. 무엇보다 낙마를 핑계 삼은 아이노 경이 시켈을 말 같다고 말한 부분에서 추리 종료였다.

충격 자체는 크지 않았을 것이다. 다만 그 자존심에 작업 건 여자에게 당했다는 점에서 정신적 충격으로 와병할 만했다.

룩소스 1세는 벽 잡고 웃느라 바빴다. 내 뺨을 때린 건 네가 처음이라니. 친구의 입에서 나왔다고는 믿을 수 없는 대사였다.

"이노가. 으허허허, 이노가 크헉, 쿨럭, 쿨럭."

"폐하, 너무 과하게 웃으셨습니다. 괜찮으십니까?"

"이노가 으허허허헉."

폴리아나가 말릴 정도로 행복에 겨워 용틀임을 한 끝에 정신을 차린 황제가 눈가에 고인 눈물을 닦았다. 그는 두 충신을 입에 침이 마르도록 칭찬했다.

"윈터 후작과 이노가 짐에게 주는 기쁨이 크도다. 진정 짐의 복이야."

이게 욕인지 칭찬인지. 어쨌든 폴리아나는 황제가 기쁘면 그녀도 기뻤다.

둘은 순수하게 대박 사건 자체를 기뻐했다. 연애 사업을 훼방 놓거나 적극 밀어 주는 일은 하지 않는다. 청춘 남녀의 연애야말로 다른 사람이 끼어들지 않는 숭고한 영역으로 남겨 두는 편이 좋았다. 그리고 그편이 더 재밌었다.

룩소스 1세는 안 그런 척하던 친구의 첫 연애가 그저 웃겼고, 폴리아나도 비슷했다. 하필 상대가 시켈이라는 점이 더 웃겼다. 룩소스 1세가 폴리아나를 증인으로 두고 호언장담했다.

"짐이 맹세한다. 이노가 잉그레터 영애의 마음을 사로잡는 데 성공하면 무슨 수를 써서든 결혼할 수 있게 해 주겠다."

룩소스 1세가 자랑하는 무패의 기사 아이노 세키. 정치적 안정을 위해서 정략혼을 시키는 것이 황제에게 이득이나 룩소스 1세는 신분의 차이가 있는 결혼을 허락하겠다고 흔쾌히 말했다.

"헌데 폐하. 아이노 경이 가볍게 생각하는 것일 수도 있습니다. 너무 성급하시옵니다."

"폴. 이노가 자길 두 번이나 때린 여자를 그냥 둘 위인으로 보이느냐."

폴리아나의 고개가 좌우로 움직였다. 고개를 설레설레 저은 폴리아나가 입을 벌려 치아를 내보였다.

"이 어금니와 코뼈. 아이노 경 작품입니다."

"그래. 잘 아는구나."

몸으로 겪어 봤으니 폴리아나가 누구보다 잘 알았다. 아이노 경은 여자든 남자든 뼈를 바를 각오로 패는 인간이었다.

그런 인간이 뺨을 치고 불알 찬 여자를 내버려 두다니. 진정한 트루 러브였다. 아니면 대단한 약점을 잡혔거나.

"그러고 보니 겹경사가 벌어진 집안에 줄 선물은 정했느냐?"

"아직 못 정했습니다."

"애 아비가 이 빠진 채로 돌아다니면 보기 안 좋으니 상아 틀니라도 선물하지 그래?"

"아이를 위한 선물을 주려 합니다."

"그럼 틀니는 짐이 선물하겠노라."

폴리아나는 안쓰러운 마음에 룩소스 1세를 응시했다. 그녀의 주군께선 농담과 더불어 선물 센스도 영 좋지 못했다.

폴리아나는 선물을 의논할 상대 리스트에서 룩소스 1세를 과감하게 지웠다.

폴리아나가 진지하게 선물 고민을 하는 걸 지켜보는 룩소스 1세는 그저 흐뭇했다. 아침엔 표정이 좋지 않아 걱정되었더니 금방 떨쳐냈다. 룩소스 1세가 아는 폴리아나 윈터는 참 강한 사람이었다.

'역시 사랑이 최고다.'

사랑은 위대하여 본인은 물론이고 타인도 웃게 만든다.

룩소스 1세의 입가에서 미소가 사라졌다. 스트라의 상상임신 건은 그의 몸만이 아니라 마음도 바닥에 뚝 떨어트렸다. 사랑하는 마음은 자유이나 포기하기로 결정하지 않았나.

그가 할 수 있는 유일한 일은 폴리아나의 행복을 비는 것. 폴리아나가 행복하다면 룩소스 1세는 괜찮았다.

안주인이 있는 가정이라면 이웃과 동료에게 보내는 선물 선정은 안주인의 몫이 된다.

평민일 경우 수를 놓은 옷이나 옷감일 수 있고, 음식일 때도 있었다. 계급이 올라가면서 장인에게 주문 제작한 물건이 될 수도 있고 진귀한 물품이 될 때도 있었다.

남자에게 보내는 선물은 폴리아나도 대충 고를 줄 안다. 그러나 이건 아이를 위한 선물이었다.

래비 경과 바우팔로 경의 인망을 보아 상당한 선물이 도착할 건 예정된 결과다. 윈터 후작가의 명예가 달린 일이었다. 절대 고만고만한 선물을 보낼 수 없다.

심지어 애 아빠 중 한 명과는 의남매지간. 다른 애 아빠와도 거의 의남매 비슷한 상황. 어떻게 보면 태어날 아이들에게 폴리아나는 의고모님이신 것이다!

'내가 고모라닛!'

폴리아나가 소리 없는 비명을 지르면서 주먹으로 벽을 쳤다. 난

데없는 벽 폭행에 시녀들이 움찔 놀랐다. 편지를 읽었을 때 느끼지 못했던 기쁨이 뒤늦게 몰려와 폴리아나를 덮쳤다.

'끼아아악! 내가! 고모라니잇!'

이복동생이 있어 이모 소리 들을 각오는 되어 있었다. 그런데 고모라닛!

폴리아나의 발광은 벽을 십여 회 구타한 뒤에 멈췄다. 그녀의 숨이 거칠었다.

'애는 좋은 거구나.'

거리를 나가도 어디서나 아이를 볼 수 있다. 폴리아나는 아이를 어려워하지만 보는 건 좋아했다. 거리의 아이들이 표출하는 귀여움은 아는 사람의 아이만큼 각별하지 않았다.

태어나지 않은 아이들이 그녀에게 준 기쁨과 행복, 설레임의 열 배, 백 배를 표현할 선물을 해야 했다.

폴리아나는 궁에서 마주치는 사람마다 선물 선정에 대한 고충을 토로했다. 부하들은 도움이 안 됐다. 다들 집에 가서 엄마에게 물어본다고 했다. 동료들도 도움이 안 됐다. 다들 집에 가서 부인에게 물어본다고 했다. 폴리아나는 못마땅해 혀를 찼다.

'지지리 못난 새끼들.'

남 말할 처지가 아니다. 폴리아나도 마땅히 떠오르는 게 없어 캐묻고 다니는 것이니. 차이가 있다면 폴리아나는 집에 물어볼 사람이 없어서 밖에서 물어보고 다닌다는 점이다.

최종적으로 폴리아나는 토리를 찾아갔다. 황제의 선물은 룩소스 1세가 직접 고른다고 했으니 토리는 한가했다. 세 명의 황비 중에서 토리를 찾아간 건.

첫째로, 스트라는 선물 고민할 상황이 아니고.

둘째로, 레베카와는 어제 일로 찾아가기 어려우며.

셋째로, 토리는 아크레아 출신이니 좀 더 도움이 될 것 같았기 때문이다.

실제로 토리 황비는 폴리아나가 선물에 대해 의견 구한 걸 명예롭게 여겼다. 폴리아나는 그럴 의도가 없었으나 그녀가 토리를 실세로 인정해 줬다고 여겼기 때문이다.

폴리아나로선 아무래도 좋았기 때문에 정정하지 않았다. 좋은 게 좋은 거였다.

토리는 폴리아나가 생각하지 못한 것부터 예상한 물건까지 다양하게 제시했다. 대단한 선물은 준비하는 데 시간이 걸리니 성의표시부터 하는 게 우선이라는 이야기로 시작했다. 토리는 뜻밖의 이야기를 꺼냈다.

"쌍둥이일 수도 있으니까요."

토리가 얌전하게 웃었다.

"쌍둥이!"

쌍! 둥! 이! 폴리아나는 의자에서 벌떡 일어날 뻔했다.

토리의 말이 맞았다. 쌍둥이가 자주 태어나는 집안이 있다. 토리는 주문제작한 아이 용품을 차이를 두지 말고 동일하게 맞춰 열 세트 정도 보내자고 제안했다. 폴리아나의 마음에 쏙 들었다.

"쌍둥이가 아니어도 아이 물품은 쓰다 보면 부족해지죠. 비슷한 시기에 태어날 아이들이니 서로 물건에 대한 질투도 있을 거구요. 같은 물건을 쓰면 그런 면에서 안심이죠. 그리고……."

토리가 남들 듣지 못하도록 목소리를 낮췄다.

"두 리보 부인도 좋겠죠."

"박시와 바니사 말입니까."

"장남와 차남에게 들어오는 선물엔 차이가 생겨요. 비카 가문의 이름이 있으니 비카 총독을 보고 보내는 선물은 차이가 크지 않을 테지만 리보 가문에 보낸 선물엔 차이가 있을 걸요. 후작께선 차남과 더 친밀하시죠? 친분을 고려하면 차남 댁에 더 성의를 보이는 게 맞지만…… 부인이 쌍둥이니까요. 두 부인의 성정이야 옳고 바른 분인 걸 알아도 혹시 모를 일은 대비하는 게 좋을 것 같아요."

토리가 다소곳이 두 손을 모았다. 그녀의 목소리가 더 낮아졌다. 폴리아나가 토리의 말을 듣기 위해 목을 쭉 뺐다.

"그리고 만약에 여자 쌍둥이가 태어나면 얼마나 상심이 크겠어요. 성별에 관계없이 쓸 수 있는 아이용품으로 동일하게 열 세트를 보내는 게 좋지 않을까요."

쌍둥이는 재수 없다. 오랜만에 듣는 이야기였다. 요즘은 아들 쌍둥이는 좋아하고 여자 쌍둥이도 집안에 아들이 있으면 그러려니 하는 추세다. 그러나 맏딸이 딸 쌍둥이라면 여전히 재수 없다 여기고 침을 뱉었다.

폴리아나는 결심했다. 재수 없다고 하는 새끼가 있으면 의고모가 다 패 주겠노라고.

애는 태어나지도 않았는데 쌍둥이로 여기는 설레발이었다. 토리가 세심하게 이것저것 설명해 주고 같이 고민해 준 덕분에 폴리아나는 훌륭한 선물 목록을 작성했다.

흡족했다. 이제 막강한 재화와 권력의 힘으로 기간에 맞춰 선물을 준비해 남부로 보내면 끝이었다.

"정말 감사합니다."

말로 끝내지 않고 현물로 성의를 보내야 할 정도로 신세졌다. 토리는 그런 말 말라며 수줍게 웃었다.

"북부 사람끼리 뭉쳐야죠."

토리로선 동지의식을 다지자는 의사였지만 마지막 말은 하지 않는 게 나을 뻔했다.

토리의 말은 폴리아나는 룩소스 1세와 체일 시종장의 말을 떠올리게 하는 계기가 되었다.

'파벌이라.'

줄타기는 군대에서도 횡행하고 실제로 인생과 직결되는 중요한 일이다. 군대에서도 흔한데 사회에선 더 흔하다. 어느 쪽으로든 다문화 수용정책을 펼치려는 황제의 의도완 맞지 않았다.

아크레아 출신들은 제국의 근본을 아크레아로 여겼다. 아크레아의 문화가 제국의 문화이고 아크레아가 제국의 정신적 중심임을 강조했다.

룩소스 1세의 날치기 천도가 아니었다면 대륙 최북방의 아크레아를 대륙의 중심으로 주장했을지도 모른다.

본래 아크레아 지방은 황제의 무조건적인 지지세력이어야 하지만 귀족들과 황제는 서로를 견제하고 있다. 귀족의 절반은 황제로 돌아섰으나 실질적으로 왕과 권력을 양분하고 있던 원로원과 고위 귀족들은 여전히 황제와 동급에 서려 했다.

고향이자 태어나 자란 곳이 정신적 지주가 되긴 커녕 반목하고 있다는 점은 황제의 몇 안 되는 불운이었다.

기반 없는 권력은 불안정하다. 황제도 그걸 알고 아크레아와 그의 불화가 세간에 알려지지 않도록 신경 썼다.

그러한 일환으로 '왕의 방'을 야파로 옮기지 않았다. 나나바가 여전히 아크레아 황실의 고향이며 중요한 위치임을 물적 증거로 남긴 것이다.

황족들은 조상을 기념하고 기억하기 위해 일생에 한 번 반드시 나나바를 찾아야 했다. 그 정도면 나쁘지 않다.

라는 건 어디까지나 룩소스 1세의 생각이다. 아크레아의 고위 귀족과 원로는 대부분 불만을 품었다. 코에몽 강 북쪽까지가 그들이 동류라 여길 수 있는 한계선이었던 모양이다. 아니면 폴리아나의 권력에 굴복한 것일 수도 있고.

폴리아나는 어색하게 웃었다. 토리가 도움이 되어 기뻤다며 그녀를 배웅했다.

'골치 아프네.'

문화야 향락적이고 사치스러운 중부가 앞선다. 남부는 상업이 발달했다. 북부는 임업과 사냥, 광물자원이 있고 대륙 통일한 것으로 무력을 증명했다(폴리아나는 에하스와 쿠크다 같은 뻔한 국가도 있었음을 애써 무시했다).

정복지는 얌전히 몸을 사리고 아크레아는 정복당한 적 없어 기세가 대단했다. 룩소스 1세는 남은 평생을 그것들을 다독이는 데 써야 할 것이다.

날치기 천도와 작위 개편 정도론 기가 꺾이지 않았다.

폴리아나는 스트라를 찾아가 그녀를 위로했다. 하루 종일 룩소스 1세가 위로해 주고 다독여 준 끝에 스트라는 많이 안정된 상태였다.

폴리아나의 방문을 스트라가 눈에 띄게 좋아해서 폴리아나의 등

줄기에서 미약한 죄책감이 뛰놀았다.

"폐하도 다정하시지만 후작께서도 정말 상냥하세요."

폴리아나는 스트라의 말 뒤에 생략된 문장을 알았다.

역시 같은 여자라 알아주시는군요.

'으아아아아. 죄송해서 얼굴을 못 들겠어.'

레베카와 대화하기 전까진 스트라가 엄살 떤다고 생각했다. 죄책감이 좀 더 강하게 그녀의 등줄기를 타고 뛰놀았다.

폴리아나는 그간 큰 착각을 하고 있었다. 미녀 셋에게 둘러싸여 공평하게 친절하고 진심어린 호의를 보여 주고 있다고 믿었다.

그래. 주고 있었다. 당연한 일을 가지고 대단한 걸 베푸는 것처럼 굴었다. 알량한 우월감 같은 걸 갖고 있었을지도 모른다.

'쓰레기잖아!'

적자생존의 법칙이래도 쓰레기는 있었다. 늘 혐오하던 부류와 비슷하게 행동했다는 생각이 들자 폴리아나는 무지하게 부끄러워졌다.

"조금 더 쉬십시오, 스트라 님."

"벌써 가시나요?"

"피곤하신데 무리하지 마세요."

폴리아나는 스트라의 몸 상태를 걱정하는 척하면서 빠져나왔다.

레베카가 말했다. 셋 중에서 스트라가 그녀를 제일 좋아한다고. 그 말을 들으니 정말 그렇게 보였다.

어제 하루 종일 울어 부은 스트라의 눈두덩이가 창끝이라도 되는 것처럼 폴리아나를 찔렀다. 아주 미묘한 죄책감이 밑바닥부터 기어 올라왔다. 밀려오는 자괴감에 피로가 쌓였다.

'오늘은 퇴근을 일찍 할까.'

그녀가 성실근무, 초과근무를 때려치우면 제2근위대원들이 장갑을 던지며 환호할 것이다. 세상에서 제일 좋은 시어머니는 돌아가신 시어머니고, 세상에서 제일 좋은 대장은 자리에 없는 대장이었다.

대박 사건으로 들떴던 기분이 낮게 가라앉았다. 폴리아나가 퇴근 준비하자 근위대원들이 반색했다.

일찍 퇴근하려는 폴리아나를 레베카가 찾아왔다. 시녀를 대동하지 않은 황비의 등장에 폴리아나는 반사적으로 레베카를 부축했다.

'아 왜! 누워 계시지 좀!'

일 때문에 출근을 했어도 그녀를 만날 마음의 준비는 되어 있지 않은 상태였다. 스트라를 찾아간 것도 반드시 그렇게 해야겠다고 어젯밤 다짐했기 때문이다.

죽을 용기와 사과할 용기는 있어도 레베카를 찾아갈 용기는 없었다. 폴리아나는 레베카에게서 얼굴을 돌렸다.

'어떤 표정을 짓지. 아 씨, 일단 영업용.'

폴리아나는 충성스럽고 성격 있어 보이는 제2근위대 대장의 가면을 썼다.

"레베카 님. 몸이 상하십니다."

"후작께 사과하고 싶어서요."

"시녀를 시켜 부르면 되실 일입니다."

"사과는 하는 사람이 찾아가야죠."

어제 레베카가 열에 들떠 한 말들은 남이 들어서 좋을 게 하나도 없었다. 그녀가 하겠다는 사과 역시 사방이 뚫리고 지나가는 사람이 있는 공간에서 나누기엔 적절치 않았다.

폴리아나는 결국 레베카를 부축해 자리를 옮겼다. 레베카는 폴리아나의 집무실도 괜찮다고 말했다. 폴리아나는 레베카를 그녀의 침실로 몰았다.

팔짱을 끼고 몸을 붙여 레베카의 몸에서 나는 미열이 폴리아나에게 고스란히 전해졌다.

'감기도 안 나으셨으면서.'

옷 너머로 전해지는 체온이 어제보다 높았다. 레베카의 처소로 가니 시녀가 놀라서 뛰어왔다. 폴리아나는 레베카가 홀로 다니는 걸 저지하지 않은 근위대의 얼굴을 기억했다.

대장이 엄숙하게 선언했다.

"내일 보자."

그 말에 기사들이 쓰러졌다.

"헙!"

"대장님! 저희는!"

"차라리 지금 처벌해 주십시오!"

"대장님 제발! 잘못했습니다!"

사형 선고라도 받은 것처럼 울부짖는 근위대의 모습은 구경하기 힘든 진풍경이라 궁인들이 몰려왔다.

근위대는 체면과 명예도 잊고 내일 지옥은 너무 무서우니 오늘 지옥 보내 달라 애원했다. 폴리아나가 그들을 무시하고 떠나자 기수 높은 근위대원들이 달려왔다.

"하하하, 경들. 참전 안 해서 그런지 군기가 버들버들 수양버들 같소이다."

"아주 낭창낭창한 것이 서 있는 법이 없네?"

"아하하하하하하하."

근위대원들은 웃음소리와 함께 사라졌다. 자리에 있던 모든 사람들이 그들의 명복을 빌었다.

레베카의 응접실에 들어가자 레베카는 사람을 모두 물렸다. 직접 다과를 준비하는 그녀를 보고 폴리아나는 초조해졌다.

어떻게 레베카를 대할지 결론을 내리지 못한 상황에서 차를 마시고 싶지 않았다. 부하들 사이에 끼어 와하하하 웃고 싶다는 생각이 간절했다.

'필요 없다고 할까.'

주인이 직접 차를 내오는데 거절한다. 그건 다시는 그 집에 발붙이지 못할 수도 있는 무례다. 그런데 폴리아나에겐 그럴 수 있는 권력이 있었다.

권력은 참 무서웠다. 할 수 있는 일, 할 수 없는 일, 해선 안 되는 일의 경계를 흩트렸다. 사람을 되기 싫었던 유형으로 만들어 놓고 자각도 못 하게 했다.

'무리는 하지 말아 주면 좋겠는데.'

레베카는 아직 다 낫지 않은 상태다. 원래 건강 체질이 아니어서 기초체력이 부족했다. 미열에도 어지럼 증세를 호소하고 작은 환경 변화에도 예민하게 반응했다. 늘 온난다습한 남부에서 사계절 변화가 뚜렷한 중부로 이사한 여파인지 감기를 달고 살았다.

폴리아나의 앞에 그녀가 좋아하는 단 음식들이 차곡차곡 쌓였다. 맛과 향이 진한 남부의 과일, 말려서 설탕을 뿌려 튀긴 과일, 당밀과자. 그 외 다양한 다과들.

후궁의 지체 높은 네 여자는 이 단맛에 끌려 레베카의 응접실을 주 모임 장소로 삼았다. 평소라면 서너 가지만 꺼내 왔을 텐데 준비된

다과를 모두 내온 시점에서 레베카 또한 긴장하고 있는 걸 알렸다.

다과를 모두 내온 레베카가 고개를 깊게 숙여 사죄했다.

"정말 죄송합니다."

"그러지 마세요."

"아니요, 정말 죄송합니다. 제가 어제 후작께 투정 부린 것 모두 기억하고 있어요. 말도 안 되는 투정이었죠. 후작께서 자리를 박차고 나가지 않으신 게 신기할 지경이네요. 맞아요, 제가 어제 정말……."

다시 말이 길어지려 한다. 폴리아나는 냉정하게 레베카의 말을 끊었다. 레베카가 내준 차는 건들지 않았다.

"용서랄 것까지 있습니까. 솔직히 어제 제게 하신 말들의 태반은 건성으로 넘겼습니다. 이런 일로 심력을 낭비하지 마시고 편히 쉬십시오. 전 이만 가 보겠습니다."

이유는 모르겠지만 폴리아나는 부끄러웠다. 스트라의 웃는 모습에 느꼈던 죄책감이 레베카를 보자 더 심해졌다.

그녀는 부끄럽고 또 화가 났다. 어제 레베카는 폴리아나에게 심한 말을 했다. 그게 심한 말이 될 수 있었던 건 어느 정도 사실이었기 때문이다.

폴리아나는 외면하지 않았다. 외면은 그것의 존재를 알고 있을 때 가능한 것이다.

폴리아나는 완벽하게 인식하지 못한 걸 레베카가 끄집어내 폴리아나 앞에 들이밀었다. 폴리아나는 이번엔 정말로 외면을 선택했다.

외면은 도주와 닮았다. 전략상 도주는 최상책, 책임을 피하기 위한 도주는 최하책.

도주하는 지휘관을 레베카가 붙잡았다. 그녀가 남성이고 이곳이 전장이었다면 대단한 무훈이었을 것이다.

"정말 죄송해요, 후작. 아무에게도 말하지 못하는데 어제는 말할 수 있을 것 같았어요. 말해야 할 것 같았어요! 그건 제 입장이지 후작의 입장인 아닌데 제가 멋대로 말해 버렸……네요."

아무에게도 말하지 못할 말.

그 말이 폴리아나를 붙잡았다. 폴리아나는 생각했다. 어제 레베카가 한 말은(절반은 건성으로 넘겼지만) 충격적이었다.

누구도 폴리아나를 잡아 놓고 그런 말을 하지 못할 것이다. 아니, 그런 생각을 하지도 않을 것이다. 폴리아나의 주위는 모두 남자. 친구, 동료, 주군까지 남자 일색이다. 귀부인, 레이디, 시녀, 황비들과 좋은 관계를 유지해도 깊은 교류를 맺는 건 모두 남자였다.

오로지 벽 안의 사람만 그런 말을 하고 그런 생각을 토로한다. 벽 밖의 사람은 그녀들의 불만을 모른다.

여기서 폴리아나가 나가 버리면 레베카는 다시는 그녀에게 이와 관련된 이야기를 꺼내지 않을 것이다. 그러면 폴리아나의 삶엔 평화가 돌아올 것이다.

폴리아나는 레베카가 한 말을 떠올렸다. 황비 중에서 스트라가 제일 폴리아나를 좋아한다던 그 말. 그녀가 스트라를 찾아갔을 때 유난히도 밝게 웃던 미소.

기타 유력자나 중부 출신 귀족들의 방문보다 폴리아나를 반겼던 내막엔 폴리아나가 스트라가 느낀 슬픔을 공유하고 공감해 줄 것이란 믿음이 있었다.

폴리아나는 물론이고 주위의 누구도 품지 않았던 새로운 견해.

다들 귀담아 들을 필요 없다 주장하는 여자의 말. 여자의 생각.

그러나 계집의 생각은 어머니의 생각이고 여자의 말은 할머니의 말이다. 그녀들은 모두 누군가의 딸이고 누이이고 어머니이고 할머니였다.

어머니 하시는 말씀 틀린 게 없다면서 여자의 말을 귀담아 듣지 말라니. 이 무슨 모순된 말이냐고.

그래서 폴리아나는 결심했다. 레베카가 하는 말을 모두 듣기로.

아무에게도 못 할 말. 하지만 폴리아나에게 해 버린 말.

'다 듣겠어.'

폴리아나의 태도가 바뀌자 레베카가 침착함을 되찾았다. 레베카는 숨을 골랐다. 하고 싶은 말이 많은데 그녀의 안에선 정리되지 않은 상태다.

어제 폴리아나에게 그런 말을 하고 얼마나 후회했던가. 잠도 이루지 못하고 열이 올라 비몽사몽한 상태에서 자기혐오에 시달렸다.

자기혐오.

이것이 레베카가 폴리아나에게 기나긴 이야기를 꺼내게 된 원인이다.

레베카가 입을 꾹 다물었다. 청자의 자세를 취한 폴리아나를 보자마자 그녀는 알았다. 비록 엉망일지라도 그녀에겐 청자가 필요했다.

스트라의 임신 소식이 들려왔을 때 레베카가 한 말이 이러했다.

"그것 참 잘된 일이네요."

기뻐서 주체를 못 하겠다는 듯 레베카는 활짝 웃었다. 아픈 와중에도 미소 짓는 모습이 가녀린 아름다움을 뽐냈다. 시녀들이 옆에서 종알거렸다.

"질투 나지 않으세요?"

"황제 폐하께 후사가 없으신데 기쁜 일이고말고."

시녀들은 경쟁자가 임신했는데도 친자매의 임신소식처럼 반기는 레베카의 관대한 마음을 찬양했다.

룩소스 1세가 아직 건장하나 제국의 후계자가 없는 상태. 스트라가 임신했다면 그건 마땅히 기뻐해야 할 일이다.

비단 황제의 아이라서가 아니다. 부정의 결과물이 아니라면 아이는 늘 반겨야 할 존재였다.

나 외의 사람이 남편의 아이를 임신했지만 기뻐해야 한다. 레베카는 그렇게 배웠다. 배우지 않았더라도 세상이 그걸 요구했다.

열이 오른 레베카를 돌보던 의사들이 모두 스트라를 찾아갔다. 임신 문제이니 부인과 의사 외엔 필요치 않을 텐데 모두 떠났다.

레베카는 어쩔 수 없다고 생각했다. 후궁보다 황제의 후계자가 귀하다. 자잘한 병에 시달리는 후궁보다 임신 소식이 알려진 후궁의 건강이 더 중요했다.

당연한 일이다. 투정부리면 안 된다. 레베카는 그렇게 배웠다.

앓아누운 와중에도 그녀는 생각했다. 이래서 아이는 꼭 필요해. 아들이 필요하다. 딸은 쓸모가 없다. 딸을 낳고 즐거워하는 건 건강한 장자를 낳은 뒤에나 보일 수 있는 사치다.

어느새 레베카는 어머니와 비슷한 생각을 품고 있었다. 다들 그렇게 딸에서 어머니가 되어가는 걸까. 레베카는 여자지만 딸을 필요 없다고 여긴 스스로의 생각에 의문을 품지 않았다. 약간 소름이 돋았지만 무시했다.

이어 스트라의 상상임신 소식이 전해졌을 땐 안타까웠다. 도대체 얼마나 절박했으면. 얼마나 원했으면. 스트라의 처지가 레베카와 다르지 않다. 그녀에게 벌어진 일은 레베카에게도 동일하게 생길 수 있었다.

만약 레베카가 그랬다면. 그럼 스트라도 레베카를 안타까워하고 동정하고, 상상임신에 안도하겠지.

임신했다는 말을 들었을 때 순수하게 기뻐할 수 없다. 상상임신 소식을 듣자 안도하는 자신이 있다. 자기혐오로 얼룩져 끔찍하단 생각으로 머리가 꽉 차 있을 때 폴리아나가 방문했다. 레베카가 외롭지 않도록, 소외감을 느끼지 않도록 찾아와 준 그녀가 레베카는 지독하게 부러웠다.

폴리아나는 순수하게 스트라의 임신을 기뻐했을 테지. 상상임신에 안도 같은 건 하지 않았을 테지.

폴리아나라면 상냥한 스트라 앞에서 당당하게 기뻐하고 당당하게 위로했을 테지.

그런데 폴리아나의 언동에서 상상임신을 대수롭지 않게 여기는 티가 났다. 스트라가 과하게 상심했다고 보는 태도가 느껴졌다.

'그래선 안 되는데.'

레베카 자신이야 이렇게 겉과 속이 다른 여자다. 병약함을 무기로 표리부동한 마음을 감추고 있으나 스트라는 정말 천사처럼 착하고 다정했다. 그런 스트라를 가엾게 여겨 주길 바랐다.

그래서 꺼낸 이야기는 이상한 곳으로 빠졌다. 중심을 잡지 못하고 주제도 없이 이야기가 떠돌았다. 변명을 하자면 그렇다. 레베카는 이런 말을 다른 사람에게 해 본 적이 없었다. 자기 생각을 정리해서 말하는 법을 배운 적이 없다.

여자는 주장을 하는 존재가 아니라 남자의 주장에 순종하는 존재다. 생각을 한 시간도 얼마 되지 않았으니 머릿속에서 정돈될 리 없고 거기에 더해 자기혐오와 열이 얼룩져 모든 게 엉망이었다.

위장 속의 음식을 게워 내듯이 떠오르는 감정과 생각을 모조리 뱉어낸 다음엔 후련함은커녕 후회만 남았다.

레베카는 폴리아나에게 여자가 아니라 남자처럼 군다고 말했으나 정작 폴리아나를 여자로 보지 않은 건 그녀였다.

이 어리석음의 결과는 무엇으로도 보상할 수 없다.

여기에서 끝나는 줄 알았던 레베카의 고백이 이어졌다. 내내 깔려 있던 혐오를 약간 누그러뜨리고.

"정말 어리석은 말을 해 버렸어요. 벽은 혼자서 부수면 안 돼요. 그러면 벽 안의 사람, 밖의 사람 모두에게 공격받을 거예요. 벽을 나가는 건 스스로 해야 하는 일이여요. 원하는 게 있다면 직접 나서서 얻어야 하는 거죠.

후작께선 아무것도 하지 않으셔도 괜찮아요. 왜냐면, 그냥 계신 것만으로도 충분하거든요. 저는 후작을 뵙고 이런 괘씸한 생각을 품게 되었어요. 후작께선 우리에게 보여 주셨어요. 여자도 벽 밖으로 나갈 수 있다는 걸. 그 상징으로 충분해요."

고백을 마친 레베카가 숨을 몰아쉬었다. 폴리아나는 손가락으로 찻잔을 건드렸다.

레베카가 말을 저렇게 해도 그녀는 움직일 수 없다. 가장 지고한 여성으로서의 지위가 그녀를 억압하는 족쇄기 때문이다.

그녀는 가장 이상적인 여성임을 인정받아 룩소스 1세의 부인이 되었다. 그녀가 바라는 걸 얻으려면 이상적 여성을 버려야 한다. 그러면 지위 또한 폴리아나가 찻잔에 넣는 사탕 조각처럼 녹아 없어질 것이다.

체제에 순응해 레베카는 그녀가 말하는 벽 안의 세계에서 최고의 권력과 지위를 손에 넣었다. 그런데 더 바라다니. 레베카는 그녀 말대로 욕심쟁이였다.

"그렇게 위험한 얘기 아무한테도 하지 마십시오."

"안 해요! 누구에게도 한 적 없어요! 동생에게도, 어머니에게도, 그런데 후작께 해 버렸네요."

황제의 부인이 품기엔 지나치게 위험한 생각이다.

그녀가 바라는 건 변화다. 룩소스 1세는 간신히 제국을 지탱하고 있다. 여기서 변화가 더 일어나면 황제는 과로사해서 죽을지도.

폴리아나가 내내 건드리지 않고 있던 찻잔을 건드렸다. 사탕 집개로 사탕을 집어 차에 넣었다.

퐁당퐁당, 황제의 대륙통일 후 단 걸 얻기가 쉬워졌다. 폴리아나는 그게 제일 좋았다. 레베카는 사탕무와 사탕수수가 지력손실이 커 대규모 농사를 짓는 건 불가능하다고 말했다. 대신 과일들이 설탕처럼 달아서 괜찮았다.

폴리아나가 찻잔을 입으로 가져갔다. 차는 엄청나게 달아 입술과 혀에 들러붙었다.

"저도 누구에게 한 적 없는 이야기를 해 볼까 합니다."

레베카의 자기혐오 얘기를 들으니 폴리아나도 떠오르는 기억이 있었다.

사실은 기억 속 깊은 곳에 침잠해 있던 과거다. 레베카가 아니었다면 그냥 그렇게 잊혀질 기억이었다.

폴리아나가 막 백인대장이 된 시절에 벌어진 일이다. 그녀의 부하 병사 두 명이 창부를 강간했다. 여자는 아크레아 군과 계약한 포주 소속이 아닌 인근 지역의 창부였다.

룩소스 1세는 민간 약탈과 강간을 금지해 엄히 다스렸으나 지역의 창관 방문까지 금지하진 않았다. 강간당한 창부는 당일 몸이 안 좋아 일을 쉬고 있었다. 병사들의 요구를 거부하자 병사들은 그녀를 강간하고 화대를 치렀다.

병사들은 화대를 치렀으니 강간이 아님을 주장했다. 사실 여기서 끝났다면 이 일이 폴리아나의 귀까지 들어오지도 않았을 것이다.

일이 커진 건 창부가 그 일로 심하게 앓다 사망한 것이 계기다. 포주는 창부의 몸값을 요구하러 아크레아 진지까지 찾아왔다. 정말 간덩이가 부은 자였다.

포주는 창부가 죽었으니 살해 사건이라 주장했다. 병사들은 창부를 샀을 뿐이니 결백함을 주장했다.

창부 살해는 군법으로 금지되어 있으며 민간인 살해와 죄질을 비슷하게 본다. 무죄와 살인죄로 극과 극이 되는 사건이라 병사들은 예민하게 굴었다.

폴리아나로 말하자면 대수롭지 않게 보았다. 창부 하나 죽었다고 세상이 개벽하지도 않잖아?

물건을 팔 생각이 없는 상점 주인을 힘으로 눌러 강제로 물건을 뺏은 것은 절도다. 후에 물건 값을 줘도 절도다.

폴리아나는 그런 생각에 입거해 사건을 강간으로 보았다. 창부가 죽은 건 재수 없는 일이고, 어쨌든 병사들이 창부를 힘으로 누른 건 당사자들도 인정한 사실이니까.

포주는 그럭저럭 만족하고 돌아갔다. 창부 강간을 인정해 준 사실 자체에 고마움을 느꼈다.

불만은 병사들에게서 튀어나왔다. 폴리아나가 여자라 여자 편을 들어 준다는 것이다.

'에라이 씨발놈들.'

창부에게 일말의 감정이나 흥미도 없던 그녀로선 당황스러운 일이었다.

여자라고 욕먹는 건 익숙하지만 이젠 이런 식으로도 먹어야 하나.

폴리아나는 절대 창부 편에 서지 않았다. 오히려 창부 하나 때문에 병사 둘이 징계받는 걸 아깝게 생각했다.

몸 파는 여자가 강간 좀 당했다고 앓다 죽을 건 뭐고, 주위에 하소연할 건 뭐란 말인가. 그래도 가능한 공정하게 판결하려 했는데 결과가 이 모양이다.

단지 여자라는 이유로 폴리아나는 공정하게 판결할 권리를 상실했다.

폴리아나가 어떤 생각에서 판결을 내렸는진 중요하지 않았다. 그들은 폴리아나가 여자라는 점에 집중했다.

여자라서 여자에게 이로운 판결을 내렸다. 창부처럼 몸을 굴리니 창부 편을 들었다. 닳아빠진 죽은 년 때문에 창창한 청년 둘의 인생을 망친다.

여자이기 때문에. 바로 여자라서 가능한 공정하게 판결하려던 그녀의 힘을 쭉 빼는 말들이었다.

불만이 커지자 결국 래비 경과 바우팔로 경의 귀까지 이야기가 전해졌다. 래비 경은 펄쩍 뛰었고 바우팔로 경의 경우도 비슷했다.

둘은 병사 둘에게 창부 살해죄를 적용해 징벌했다. 폴리나아의 판결에 말 많고 탈 많던 입들이 쏙 들어갔다. 그 일은 폴리아나에게 묘한 불쾌감을 남기고 종결되었다.

폴리아나는 창부를 동정해야 했을까? 단지 같은 여자라는 이유로? 어차피 어떤 판결을 하든 욕 먹을 거 창부를 동정해 더 이로운 판결을 내려야 옳았던 것일까?

폴리아나는 여유를 가진 뒤에야 알았다. 그녀가 지레 겁먹어 당당하지 못했음을. 지금의 그녀라면 병사들을 말이 걷어차게 한 다음 살인죄로 처분했을 터다. 과거의 그녀는 그러지 못했다. 그게 잊으려고 해도 가끔 생각났다.

누구에게도 해 본 적 없는 이야기다. 잊고 있었고 할 필요를 못 느꼈다.

그리고 내심 그녀도 알고 있었다. 이런 얘기를 꺼내 봐야 그녀가 들을 이야기는 '역시 여자는 어쩔 수 없어.'라는 사실을.

"다른 사람에게 말한 건 이번이 처음입니다."

폴리아나는 차를 마셨다. 바닥에 녹지 않고 가라앉은 사탕 조각이 입안으로 굴러 떨어졌다. 혀가 떨어질 것처럼 달았다.

"레베카 님은 제가 남자의 시선으로 본다고 하셨습니다. 저는 그렇지 않다고 생각합니다. 저는 그러니까, 군인의, 기사의 눈으로 세상을 봅니다.

기사와 군인 모두 남자이기에 남자의 시선과 다를 게 뭐냐 싶으실 겁니다. 그렇지만 제겐 아닙니다. 저는 그냥 제 시선으로 세상을 보는 겁니다. 당연히 놓치는 것도 보기 싫어서 안 보는 것도, 제

멋대로 편하게 해석하는 것도 있습니다.

레베카 님은 여자가 약하니 불쌍하다고 하셨지만 사실은 강자도 불쌍합니다. 남자라고 다를 건 없습니다. 남자는 술을 싫어하면 안 되고, 남자는 야한 얘기를 싫어해선 안 됩니다. 남자는 가정적인 면모를 보이면 재수 없단 소릴 듣고 아내에게 잘해 주면 거시기 떼 버리란 얘기를 듣습니다. 남자는 울면 안 되고 뭐 그런 거 많이 들어보셨잖습니까. 제가 남자 편을 들려는 게 아닙니다."

중요하니까 한 번 더 말했다.

"남자 편을 드는 게 아닙니다. 여자 편을 들려는 것도 아닙니다. 저는 굳이 남자와 여자를 가를 필요가 있는지 궁금합니다. 둘은 적이 아닙니다. 여자는 남자가 없으면 생존이 불가능하다고 말하지만 사실은 남자도 마찬가지입니다. 여자 없이 살아 보라고 하면 다들 비명부터 지를 겁니다. 제가 여성성을 잃고 남자처럼 생각하는 것도 아닙니다. 저는 기사답게 굴고 저답게 생각합니다. 인간으로서 말입니다. 이권을 쥔 권력자로서 사는 겁니다."

그러니까 동정하지 않겠다. 대신 이해하려 노력해 보겠다.

폴리아나는 서른 넘게 살았으나 아직 모르는 게 많았다. 어쩌면 그녀가 볼 필요 없는 세계, 알 필요 없는 세계일지도 모른다. 이제껏 그래왔듯 보이지 않으니 없는 걸로 여기고 무시하는 게 답일지도 모른다.

그쪽이 더 살기 편하겠지. 어제처럼 자려고 누웠다가 우는 일도 없을 테지. 그렇지만 들어 버린 걸 어쩌겠나.

폴리아나는 결심을 굳히기 위해 말했다.

"그러니 앞으로도 남에게 못할 말 다 해 주십시오."

"네?"

"엉터리여도 좋습니다. 하고 싶은 말이 생기면 모두 해 주십시오."

레베카의 발언에 폴리아나는 상처받았다. 그러나 폴리아나의 일부를 바꿔 놓은 건 부정하지 못한다.

폴리아나는 스스로의 정체를 깨닫고 있었다. 룩소스 1세는 왕에서 황제로 변모해 제국을 이끄느라 두문분출한다. 아이노 경은 제국의 첫 기사단을 맡아 바쁜데 심지어 연애질도 하고 있다. 도나우 경과 하우 경은 결혼해서 애 아빠가 되었다. 벤티에 경은 재상이 되었고 부관이었던 우크 경은 승진해 근위대장이 되었다.

권력자의 단순한 유희? 변덕? 어느 쪽이든 좋다. 레베카가 해 준 말은 폴리아나의 인생에 변화의 바람을 불러왔다.

변화는 좋은 쪽인지 나쁜 쪽인지 확실하지 않다. 하지만 폴리아나에게 새로운 견해를 주시해 준 건 사실이다.

지휘관으로서 다양한 견해를 듣는 건 중요했다. 수용할 필요까진 없다. 알아 두기만 하면 된다. 그걸로 충분했다.

레베카는 놀라며 고개를 저었다.

"아니에요, 그럴 수는, 그렇게 관대하게 용서하지 마세요."

"제가 언제 용서한다고 말했습니까?"

"용서하고 계시잖아요."

일부러 아픈 몸을 이끌고 찾아와 사과하는 것은 계획한 것이었을까? 아무래도 좋았다. 폴리아나는 기이하게도 그런 레베카에게 호감을 가졌다. 상대가 밑바닥을 보여 주고 폴리아나에게 껄끄러운 부분을 꼬집었는데도 그것이 불쾌하고 혐오스럽지 않았다.

"아무한테도 얘기 안 할 테니까 앞으로도 계속 그런 얘기 해 주시겠습니까?"

"네?"

순간 레베카는 폴리아나에게 사람의 추악한 자기고백을 듣고 좋아하는 악취미가 있나 의심했다. 폴리아나가 손을 내저었다.

"대신 제 말도 들어 주셔야 합니다. 저도 할 말 못 할 말 다 할 겁니다. 제가 그 동안 얼마나 많은 걸 품고 살았는지 모르시죠?"

폴리아나가 쥐어 팬 초목의 원한만큼 그녀의 원한도 깊었다. 개새끼 소새끼 말새끼, 속으로 부른 송아지 강아지 망아지는 얼마나 많으며, 속으로 걷어찬 불알은 일개 대대를 넘어 왕국을 건설했다.

누구에게도 밝힌 적 없는 본심, 누구에게도 해 본 적 없는 이야기. 친한 사이라서 더 할 수 없었던 나쁜 속내와 도덕적, 윤리적으로 지탄받을까 두려워 말하지 못한 이야기.

같은 기사이나 동료들에겐 할 수 없는 이야기. 같은 여자이나 친하지 않아 할 수 없는 이야기. 밤하늘에 뜬 별처럼 많고 많은 이야기들.

폴리아나는 레베카와 등을 대고 싸운 적이 없다. 폴리아나는 레베카와 말을 타고 달린 적이 없다. 폴리아나는 레베카와 효과적 전략에 대해 밤새워 토론한 적이 없다. 폴리아나는 레베카와 쓰러질 정도로 술을 마신 적이 없다.

레베카는 폴리아나와 함께 수다를 떨며 밤을 지새운 적이 없다. 레베카는 폴리아나와 함께 자수를 둔 적이 없다. 레베카는 폴리아나와 새로 해 입을 로브의 천 종류를 두고 토론한 적이 없다.

공유한 것 없는, 공통 사항이 하나도 없는 둘의 인생. 기이하게도 내면의 추한 것들을 보여 주고서 싹튼 호기심과 우정.

룩소스 1세와, 도나우 경과, 박시와 바니사 자매와 나눴던 것과는 달랐다. 하나 이 또한 우정이리라.

'나이 차는 조금 있어도 뭐 어때.'

폴리아나가 먼저 레베카에게 악수를 청했다. 여자들끼리는 악수를 하지 않는다. 레베카는 조금 당황하면서도 조심스럽게 폴리아나의 손을 잡았다.

둘은 손을 동시에 흔들었다. 울먹이던 레베카가 작게 웃었다.

후궁과 여기사는 친구가 됐다.

15. 푸닥거리

15. 푸닥거리

푸닥거리가 무엇인가. 잡귀를 쫓고 액운을 물리치기 위한 미신 가득한 행사다.

지역마다 방식은 다를 수밖에 없다. 공통적인 특징이라면 구하기 어렵거나 품이 많이 드는 것이 액운을 쫓는 데 좋다는 인식이 있다는 점이다.

술과 소금, 기름은 빠지지 않고 등장하는 품목이고 그것도 귀해서 쓰기 어려운 지역에선 가축의 피나 햇곡식 등을 이용했다.

미신 좋아하는 북부, 북부에서도 가장 북쪽인 아크레아에선 어땠느냐. 지역별로 세분되고 사냥꾼도 주 사냥감에 따라 달라져서 셀 수가 없었다.

그나마 널리 알려진 것으론 사냥을 가기 전 사냥꾼들이 숲 입구에 오줌을 싸는 풍습이 있었다. 여러모로 물자가 귀한 아크레아에선 뛰어난 인품과 재능을 겸비한 미혼 남성의 소변을 액막이로는 최고로 쳤다.

"절대 안 됩니다."

야파 성의 시종 일동은 누가 뭐라고 말도 안 했는데 반대했다.

룩소스 1세가 눈에 쌍심지를 켰다. 아무리 그가 미신을 좋아해도 그렇지. 그는 제국의 황제요, 대륙의 지배자이며 유일한 주인이었다. 그런 냄새나는 짓을 벌일 리가 있나.

본인의 상식을 의심받는 것 같아 황제는 심기가 불편했다. 그리고 상식을 배제해도 그런 짓을 할 리가 없었다.

"아크레아는 겨울이 길어 소변을 봐도 금방 얼어 치우기도 쉬웠지. 야파가 다른 건 짐이 안다. 아무렴 짐이 그러겠느냐."

손 없는 날이라고 천도한 국주를 두었으니 시종들의 이런 반응은 당연했다. 체일 시종장이 나서서 황제를 달랬지만 삐진 황제는 쉽게 마음을 풀지 않았다.

"아무리 짐이 미신을 좋아해도 그렇지! 도대체 짐을 무어라고 생각한 것이냐, 너희들은!"

황제의 투덜거림은 한참이 지나서야 끝났다. 룩소스 1세가 말했다.

"술을 뿌릴 거다."

마시기도 아까운 술을 성벽에 뿌리는 건 아깝다. 시종들도 그런 생각을 안 해 본 게 아니다. 그들은 룩소스 1세가 술이 아까워서 소변을 택하리라 믿었을 뿐이다.

황제가 술값보다 푸닥거리를 더 중히 여긴다는 사실을 알았다면 황제의 심기를 거스를 일도 없었을 터.

"귀신이야 당연히 나오는 것이고…… 귀신 없는 성이 어디 있다고 그리들 소란인지. 쯧."

룩소스 1세가 스트라의 임신 소식에 낙마한 건 훈훈한 훈담에 낄 수 있다. 하지만 결과적으로 스트라는 임신하지 않았고 황제의 낙마 소식은 원인보다 결과가 더 유명해졌다.

황제와 기사단장의 연이은 낙마 소식은 성벽에 매달려 사망한 비크파의 원혼들이 제국을 저주한다거나 죽은 비크파의 왕녀가 밤마다 흐느껴 운다는 식으로 변질되었다.

심지어 스트라 황비가 유산한 건 왕녀의 망령을 봤기 때문이라는 순 거짓부렁인 소문도 돌았다. 스트라는 임신한 적이 없고 상상임신이었음을 강조해도 떠도는 소문에 진위는 중요하지 않았다. 듣기에 좋고 재밌고 자극적이면 그만이었다.

자극적인 쪽이 좋다면 이쪽에서도 자극적으로 나서면 된다. 미신에 집착하는 모습을 보이면 안 된다는 신하들의 반대를 무릅쓰고 황제가 직접 나섰다.

그의 측근들 중에는 은근히 찬성파가 많아서 실질적 반대는 크지 않았다. 늘 룩소스 1세에게 반대하던 아크레아의 원로들은 은근히 좋아하며 찬성표를 던졌다.

미신 좋아하는 북부 남자들은 웬일로 똘똘 뭉쳐 푸닥거리를 준비했다.

룩소스 1세는 신이 나서 술을 준비했다. 준비한 술은 싸구려 독주였다. 비싼 걸 뿌리면 아깝기 때문이다. 그렇게 값싼 술을 써서 푸닥거리가 되겠냐는 항의가 들어왔고 황제는 정색했다.

"마음이 중요한 것이다."

중요한 건 모두의 마음과 마음. 술을 준비했으니 다음으로 필요한 준비물은, 술독을 등에 지고 외성벽과 내성벽을 돌며 술을 뿌릴 남자였다.

기준은 이렇다. 남자. 미혼. 동정이면 좋지만 그렇게 기준을 두면 나이가 지나치게 어려지니 미혼에서 만족한다. 인품이 좋고 자질이 뛰어나며 집안에 불화가 없고 부정탈 만한 짓을 하지 않아야 한다. 잘생기면 금상첨화.

"짐이 결혼만 안 했어도 직접 나서는데……."

"폐하, 그건 정말 참아 주십시오."

결혼만 안 했어도 딱 본인이라며 아쉬워하는 황제를 체일이 말렸다. 결국 꿩 대신 닭이라기엔 뭣하지만 대표로 선출된 인물이 아이노 경이었다.

보통 서른 중반이 다가오는데 미혼으로 남는 귀족가 장남은 흔치 않다. 아이노 경은 특유의 뭐 씹은 표정으로 술이 가득 든 항아리를 짊어졌다.

아이노 경을 제외한 남자들은 십 대 후반부터 이십 대 중반의 나이라 아이노 경이 유독 두드러졌다.

"나라면 부끄러워서 죽었음."

폴리아나는 저도 모르게 잔인한 말을 해 버렸다. 말해 놓고 놀라서 주위를 살폈다. 다행히 그녀 주위엔 레베카와 시켈밖에 없었다.

레베카는 폴리아나의 친구고 시켈은 아이노 경을 개똥만도 못하게 여기니까 괜찮았다.

'쯧쯧.'

폴리아나가 혀를 찼다. 잘 되면 결혼시켜 준다는 황제의 맹세도 있는데 아이노 경의 연애사업은 순탄치 않은 듯했다.

폴리아나가 그걸 어떻게 아냐면, 시켈이 가끔 그녀에게 질문하기 때문이다. 갑자기 접근해 오는 남자는 어디를 공격해야 좋을지.

시켈의 태도를 봐선 정강이도 몇 번 까였고 뺨은 수십 대를 맞았다. 심지어 불알도 몇 번 더 차였다. 폴리아나는 시켈의 의견을 존중해 최종오의까지 전수했다.

"시켈 양. 레이디의 명예를 잃어서까지 남자를 쫓아내고 싶으면 이걸 해 봐."

"네, 후작님. 아주 끈질겨서 떼어 내고 싶어요. 어떻게 하면 되나요."

"가랑이를 잡고 비웃으면 돼. 작네. 이렇게."

이건 정말 최종오의였다. 아무에게나 전수하는 기술이 아니다. 가랑이를 차는 건 심적으로 부담감이 적다. 일단 다리다 보니 손보다 감각이 예민하지 않고 닿는 순간도 짧다.

하지만 손으로 잡는 건 상당한 부담감을 안겨 준다. 잡아야 하는 시간도 오래 걸리고 무엇보다 반격당할 위험도도 높다.

대부분 알아도 못하고 전수하는 폴리아나도 실행에 옮길 수 있을 거라곤 여기지 않았다.

놀랍게도 시켈은 실행에 옮겼나 보다. 그러나 표정이 영 좋지 않았다. 폴리아나는 호기심을 견디지 못하고 슬쩍 떠 봤다.

시켈이 아련한 시선으로 손을 응시했다.

"크더라구요."

'컸구나.'

시켈은 오빠가 둘에 남동생도 하나 있어서 남성의 평균적인 크기를 모르지 않았다. 사우나가 발달한 아크레아 출신이라 사우나를 끝내고 벌거벗고 집안을 돌아다니는 형제들을 여러 차례 목격하기도 했다.

그러니까 꽤 컸나 보다. 꽤.

크면 비웃질 못한다. 비웃어도 통하지 않을 것이다.

최종오의가 통하지 않자 시켈은 아이노 경을 피해 다니는데 집중했다. 아예 성에서 숙식을 해결하고 잉그레터 가문으론 돌아가지 않았다. 비크 경과 디크 경의 상관이 아이노 경이니 집은 피난처가 될 수 없었다.

이 정도로 따라다니면 정말 마음이 있는지 의심하게 된다. 하지만 시켈에게도 그게 아니라고 확신할 이유가 있었다.

첫 만남에선 데면데면하더니 둘만 남게 되자 다짜고짜 입을 맞췄고, 이후로도 멋대로 끌어안았다. 강제로 벽에 밀쳐 품에 가두기까지 했다. 이후로도 여러 번 시켈의 명예를 훼손할 만한 짓들을 저질러 놓고선 한 번도 시켈에게 구애하지 않았다.

'날 때린 여자는 네가 처음이야'를 구애로 해석하자면 못할 것도 없으나.

'어떨까…….'

그는 시켈에게 공개적으로 구애한 적이 없다. 그건 결국.

'나랑 결혼할 생각이 없는 거겠지.'

독신 선언을 한 노처녀. 게다가 부하의 누이. 건드리기 쉬운 대상이다. 시켈은 그렇게 생각했다.

그렇기에 더더욱 아이노 경과 연애 놀음 할 마음이 생기지 않았다. 공개 구애를 하지 않으니 보는 눈이 있다면 피하기가 쉬웠다. 시켈은 물 위에 뜬 기름 같은 생활을 청산하고 시녀들과 적당히 어울려 다녔다. 동생인 디크 경이 1근위대 소속이 되었기에 늦은 합류는 어렵지 않았다.

시켈의 그러한 사정을 아는 건 폴리아나가 유일했다. 시켈은 슬슬 폴리아나가 거머리 같은 새끼의 정체를 알고 있다는 사실을 눈치챈 것 같았지만 이름을 말하지는 않았다. 알려야 하는 순간이 오지 않는 한 계속 거머리로 남을 것이다.

연애 한 번 못 해 본 티 다 내는 아이노 경을 구경하는 건 재밌었다. 폴리아나는 일부러 나서서 둘을 엮어 줄 생각이 없었다. 아이노 경이 시켈을 생각하는 마음이 트루 러브라 한들 멋대로 추행한 건 잘못이다. 정말 트루 러브였다면 가문의 이름을 걸고 혼담부터 넣었어야 했다.

'연애 소설이라도 읽어 보지.'

남들에겐 로망스든 연애 소설이든 작작 읽으라는 말이 튀어나오는데 아이노 경에게는 정반대였다. 연애 한 번 못 해 보고 청춘을 황제에게 바친 무패의 기사는 연애에서 완패의 승률을 기록했다.

진정 트루 러브라 머리가 제대로 기능하지 않는 것일까? 아니면 전장에서 완승무패를 기록하다 보니 세계가 자기에게 유리하게 돌아간다고 믿는 것일까.

귀족 사회에 연애는 단 두 가지. 결혼 후 연애와 약혼 후 연애가 있다. 피가 끓는 스무 살 청년도 아니고 무슨 배짱으로 시켈에게 연애를 들이미는지 모를 노릇이었다.

폴리아나가 보기엔 집안 대 집안으로 혼담 넣으면 깔끔하게 끝날 일이었다. 시켈은 아이노 경의 진심을 알 것이고 아이노 경은 사랑하는 여자와 결혼해서 좋고.

준비가 끝나고 황제가 신호했다. 등에 술동이를 짊어진 남자들이 술을 나무 국자로 퍼 벽에 뿌렸다. 오늘 내로 성벽을 모두 돌아야 하니 고된 노동이 될 것이다.

해가 지기 전에 남자들이 성벽 완주를 끝냈다. 황제가 그들의 공을 치하하며 직접 술을 건넸다. 사람이 마실 술이기에 싸구려 독주가 아닌 비싼 과실주였다. 대표로서 가장 먼저 잔을 받은 아이노 경이 단숨에 술잔을 비웠다.

"올 한 해 경은 운수대통할 게다."

"신의 운수까지 모두 폐하께 바칩니다. 올 한 해 폐하의 안녕과 제국의 안정을 빕니다."

말 그대로 푸닥거리기에 거창한 일도 없었다. 룩소스 1세는 모인 사람들의 건강과 운수대통을 격려하고 만찬을 베풀었다. 사람들은 늦게까지 술을 마시며 황제의 치세가 영원하길 빌었다.

만찬장에서 가장 주목받는 황비는 토리였다. 대륙을 통일했어도 룩소스 1세가 아크레아 출신임은 변하지 않는다. 그에 따라 황실의 연회와 만찬과 같은 행사는 모두 아크레아 식으로 준비되었다.

시종들은 타국 출신보단 말이 잘 통하는 동일 문화권의 토리가 중심을 잡길 원했다. 실제로 토리는 시이제 후작가에서 훈련받은 솜씨로 능숙하게 안주인 노릇을 해냈다.

"토리 황비마마께서 황후가 되실 거야."

아이의 성별은 중요하지 않았다. 그녀가 임신만 하면 정식으로 황후가 될 거라고 다들 생각했다.

스트라와 레베카는 그런 토리를 성실하게 보조했다. 소설에 나오는 것과 같은 후궁 암투는 아직 벌어지지 않고 있었다.

정식 연회가 아닌 푸닥거리를 겸한 만찬이다 보니 참가 인원이 많았다. 고르고 고른 초대객이 아니라 오고 싶은 사람은 다 올 수 있었기 때문이다.

황성 출입을 허가받은 이들이 다 몰려와 만찬장을 나눠야 했다. 토리가 다 둘러봐야 하지만 그녀의 몸은 하나다.

레베카와 스트라가 흩어져 안주인의 책임을 졌다. 덕분에 폴리아나는 빙빙 돌면서 그녀들의 안전을 확인했다.

"후작님, 그러지 말고 편히 쉬세요."

"이게 제 일입니다."

폴리아나는 한 바퀴 순회를 마치고 다시 토리에게 돌아왔다. 토리가 있는 만찬장은 주로 북부 출신들이 앉아 있었다. 그런 만큼 알짜배기 세력들이었고 황제의 측근들도 제법 포진해 있다.

굳이 자리를 갈라놓지 않았으니 다른 만찬장 사람들도 여기에 낄 수 있건만, 아는 사람이 없으면 끼기 어려운 기묘한 장벽이 존재했다.

'이런 거 안 좋은데, 어쩔 수 없나.'

룩소스 1세도 알고 있을 텐데 모른 척하고 있는 일. 폴리아나는 그녀의 직무에 충실하기로 했다.

룩소스 1세가 제국을 옹립한 이후 아크레아 출신의 단결력은 더 좋아졌다. 폴리아나는 아크레아 출신이 확실한데도 집단에 끼지 못하고 기둥 뒤에 숨어 있는 사람을 발견하고 눈을 의심했다.

그녀도 알고 있는 자였다. 프라우 스네크. 아크레아에서 명문가로 통하는 스네크 백작 가문 출신에 직업도 의사이니 집단에 못 낄 일이 없다. 그런데 어째서?

기둥 뒤에 서 만찬장을 바라보는 모습은 애처롭기 짝이 없었다.

폴리아나는 의아한 마음에 토리에게 질문했다.

"저자를 알고 계십니까?"

“프라우 스네크 말이신가요? 네, 알고 있어요. 궁금하신 게 있으면 제가 아는 선에서 알려 드릴게요.”

“오늘 스네크 가문의 사람들도 제법 왔을 텐데 왜 저러고 있는지 아십니까?”

정 낄 데가 없으면 집안사람들 틈에라도 끼면 그만이다. 서른도 넘은 남자가 기둥 뒤에서 청승 떨고 있을 이유가 없었다.

애초에 기둥 뒤에 숨는 것도 폴리아나가 보기엔 이상하고 수상했다. 혼자라도 잘 먹고 잘 싸고 잘 산다. 뭐 무서운 게 있어서 숨는단 말인가.

토리가 안쓰럽다는 듯 살짝 아미를 좁혔다.

“아마 가문 사람들을 피해 저러는 걸 거예요. 프라우는 스네크 가문에서 쫓겨났으니까요.”

이어지는 토리의 설명이 이러했다. 스네크 가문은 무가다. 그리고 명문가다. 집안의 작위와 영지, 재산은 모두 장남이 독식해도 5남에게 재정적 지원을 아낄 정도로 어중간한 가문은 아니었다.

폴리아나는 프라우가 집안의 지원을 받지 못해 의사로서 살 길을 택했다고 생각했는데 그건 사실과 달랐다.

스네크 백작가문에선 5남 프라우에게도 재정적 지원을 아끼지 않았다. 기사로서. 스네크 가문의 네 남자들은 모두 성공적으로 무인의 길을 걸었다.

그러나 프라우는 재능이 없어서일까, 노력이 부족해서일까. 기사 수업에 적응하지 못하더니 결국엔 스스로 무인의 길을 포기해 버린 것이다.

당연히 선대 스네크 백작은 분노했다. 프라우는 가문의 가신으로 봉사할 기회도 얻지 못하고 집안에서 내쫓겼다. 그리고 활로를 찾기 위해 궁의인 레디칼 남작의 제자로 들어갔다.

의사는 나쁜 직업은 아니다. 위로 선배들이 많아서 그렇지 실력만 확실하다면 프라우도 궁의가 될 수 있을 것이다. 그러나 문관, 기사와 비교해 보면 격이 떨어진다.

세상에 신분이 존재하고 신분의 정점에 지배 가문이 존재한다. 왕족이 전부였던 신분제에 황족이 새로이 생겨났으나 아래의 변동은 없었다.

왕족 아래로 귀족이 존재한다. 귀족의 계급은 역사와 영지, 오등작으로 구분된다. 그러나 귀족의 신분은 작위와 영지를 물려받은 장남의 자식, 부인에게만 해당된다. 귀족가의 사람들은 사실 귀족이 아닌 것이다.

혈연이 끈끈해 그들은 귀족과 같은 생활을 영위한다. 이들의 신분이 준귀족이다. 준귀족은 그들에게 귀족 생활을 보장해 주는 친척에게 봉사하거나 가문을 위해 일한다. 무훈을 세울 재능과 기회가 주어진다면 기사작을 받는 것도 가능하다. 그렇기 때문에 준귀족과 기사 계급의 경계는 명확하지 않다.

기사, 문관, 의사. 셋 중에 의사의 급이 가장 떨어졌다. 모든 기사는 귀족이 아니나 모든 귀족은 기사이다.

이처럼 기사가 귀족의 근간이 되기 때문에 기사를 가장 높이 치며, 문관을 다음으로 친다. 의술은 사람 목숨을 관리하기에 잡술로 비유되진 않지만 급은 가장 떨어졌다. 명문가의 5남이 걸을 길이 아니었다.

가문이 지원을 해 주었음에도 스스로 기사의 길을 버리고 떠난 프라우를 존중해 주는 사람은 없었다. 차라리 문관의 길을 걸었으면 '기사 하기엔 정말 재능이 없었구나' 동정이라도 하게 된다.

의사로서 프라우의 평판은 나쁘지 않았다. 하지만 그 정도 의술을 펼칠 재능이 있었다면 문관으로 국가에 봉사하는 편이 나았다.

덕분에 아크레아 귀족 사회에서 프라우에 대한 평판은 대단히 구렸다.

"그래서 아직 장가도 못 갔죠."

"네?"

폴리아나는 깜짝 놀랐다. 놀랄 수밖에 없는 일이다. 아크레아는 10년의 원정으로 준귀족과 기사 계급, 평민층에서 심각한 여초 현상을 보였다. 대부분의 남자는 괜찮다 싶으면 순식간에 판매가 완료되었다.

그랬는데 장가를 못 갔다니? 실제로 폴리아나가 알고 지내는 사람들은 대부분 유부남이었다. 폴리아나는 프라우도 당연히 기혼자이겠거니 여겼기에 정말 뜻밖의 소식이었다.

"누가 저렇게 심약한 남자에게 딸을 줄까요? 저라도 싫답니다. 성품은 좋고 여자에게도 잘 대한다고 하지만 귀족이 될 수 있을지도 의문인 데다 프라우와 결혼하면 스네크 가문과 자연스럽게 척을 지게 되는 걸요."

집안에서 쫓겨나지만 않았어도 부유한 평민이나 상인, 기사 계급에서 귀족 출신의 피를 노리고 혼인을 제의했을 것이다. 그러나 프라우에겐 그런 이점이 하나도 없었다. 토리는 참으로 딱하다는 심기를 감추지 않았다.

"덕분에 저 나이가 되도록 장가도 못 갔지요. 동료 의사들 사이의 평도 좋지 않아요. 그래서 어디에도 끼지 못하고 저리 숨어 있는 거예요. 사람 자체는 선한 인상이라 괜찮은데, 안타깝네요."

독신남녀가 많으면 그들의 한이 국가를 저주한다. 그러한 미신에 따라 적당히 짝을 맺어 줘 독신남녀의 독신 생활을 청산시켜 주는 것도 고귀한 여인의 책무였다.

그러나 토리는 프라우의 총각신세를 벗어나게 해 줄 아가씨를 찾지 못했다. 권하는 것 자체가 상대 아가씨에 대한 무례가 될 것이다. 그럼 뭐, 그냥 그렇게 살라고 두는 수밖에.

"선대 백작이 죽었으니 다시 집안으로 돌아가지는 않았습니까?"

"설마요. 얼마나 대단했는데요."

토리가 작게 속삭였다.

"선대 백작의 노여움이 극에 달해서 장례식에도 부르지 말라는 유언이 있었대요."

'아들이 아버지 장례식에도 참석 못 했다면 그건 끝이네.'

폴리아나는 바로 납득했다. 폴리아나가 죽길 바라는 부친과 새어머니, 라이아나였어도 아버지 장례식엔 그녀를 초대했을 테니까.

어떻게 보면 프라우는 헤어날 수 없는 악순환의 함정에 갇혀 있었다. 장가를 가지 못해 사회적 평판이 떨어지고, 사회적 평판이 떨어져서 장가를 못 간다.

아크레아는 일시적으로 총각이 부족한 시기가 있었기 때문에 장가 못 간 남자에 대한 시선은 더욱 가혹했다. 노처녀를 관대하게 받아들이는 대신 노총각에겐 가차 없었다.

'쯧쯧.'

덩달아 폴리아나도 프라우가 안쓰러워졌다. 토리의 말대로 사람은 괜찮았다. 의사들이 모두 스트라에게 가 있을 때 레베카에게 남아 있었던 것도 자의로 그런 것이었단다.

레베카의 병치레가 잦다 보니 의사들도 건성으로 넘길 때가 많았는데 프라우만 직업의식을 갖고 성심껏 임했다. 밤중에 갑자기 열이 올라 호출할 때에도 피곤한 내색을 보이지 않았다.

괜찮은 의사로 여겼는데 총각이었다니.

동갑이라 그런지 폴리아나는 묘한 동지의식을 느꼈다.

낮에 푸닥거리를 해서일까. 폴리아나는 부하들에게 경비를 맡기고 만찬장을 빠져나왔다.

밤새도록 진행되는 만찬 때문에 성문은 밤임에도 폐문하지 않았다. 폴리아나는 야파 성을 빠져나와 외성벽 아래로 내려갔다.

'찾으려나 몰라.'

시간이 꽤 지난 일이라 자신이 없다. 폴리아나는 될 대로 되라는 심보로 말을 몰았다. 밤눈 어두운 말은 연신 콧바람을 내뿜으며 주인에 대한 불만을 표출했다.

인적이 드문 밤, 폴리아나는 어둠 속에 혼자였다.

'귀신 나오기 딱 좋네.'

위대하신 제국의 황제 폐하 룩소스 1세 왈, "세상에 귀신 없는 성도 있더냐." 하시더라.

귀신 나오기 좋은 분위기였다. 전쟁터에서 10년 넘게 보낸 폴리아나는 귀신을 본 적 없고 믿지도 않았다. 그러나 미신 좋아하는 북부 남자들 틈에서 10년을 보내다 보니 그런 쪽 생각을 가끔 했다.

걸음을 옮기던 폴리아나는 수상한 인기척이 성벽 그림자 속에서 움직이는 걸 발견했다.

"누구냐."

"윽!"

목소리가 익숙했다. 부러 정체를 확인하기 위해 등불을 들이댈 필요도 없었다. 성벽 아래에서 소변을 보고 있던 아이노 경은 오만상을 찡그리면서 불청객을 노려봤다. 폴리아나는 기가 막혔다.

"화장실 두고 여기서 뭣하오, 지린내 나게."

폴리아나는 보란 듯이 코를 막았다. 아이노 경이 평소보다 더 불퉁스럽게 대꾸했다.

"후작 때문에 다 텄습니다."

"볼일 마저 보면 되는 걸 왜 텄다고…… 설마?"

폴리아나의 의문에 아이노 경이 고개를 끄덕였다. 퍽이나 진지한 태도였다.

폴리아나는 아이노 경이 노상방뇨한다고 생각했을 때보다 더 기가 막혀 말문을 잃었다.

"정말…… 정말 미신 좋아하시오. 기어이 하셨소, 그래."

"폐하의 명이었소이다."

볼일을 마친 아이노 경이 부르르 떨었다. 탈탈. 힘차게 터는 몸짓이 아크레아 남자들의 허세를 연상하게 했다.

아크레아에선 한겨울에 밖에서 오줌 싸면 오줌 줄기가 얼어붙어서 그걸 부숴야 한다니까, 하하하.

허리춤을 정돈한 그가 불만 가득한 얼굴로 폴리아나를 노려봤다.

"후작에게 들켜 효력을 상실했으니, 텄소. 동티라도 안 나면 다행일 거요."

황제의 밀명을 받은 총각 3명이 나머지 방향에서 거사를 치르고 있다나 어쨌다나.

아이노 경은 폴리아나에게 들켜 효과가 없어졌다고 단언했다. 정말 얄미웠다. 폴리아나는 한 대 때려 주고 싶은 걸 참았다. 때려 봐야 반격당할 것이다.

'참자, 참자.'

"얌전히 만찬이나 즐기지 왜 나온 거요."

"알 것 없지 않소."

우리가 언제 서로의 행보에 대해 시시콜콜 얘기하는 사이던가? 폴리아나는 잡아뗐다. 아이노 경이 퉁명스럽게 대꾸했다.

"비크파의 왕녀 무덤은 폐하가 이미 다녀가셨소."

"……."

과연 룩소스 1세다. 구태여 폴리아나가 움직일 필요도 없었다. 그녀의 주군께선 늘 그녀보다 몇 수 앞을 내다보시고 움직이셨다.

아이노 경은 성벽을 가리켰다.

"가져온 술이나 뿌리시오. 비싼 술이니 동티 나도 막아 주길 비시오."

폴리아나는 챙겨온 술을 성벽에 뿌렸다. 쩝. 아이노 경이 입맛을 다셨다. 그는 폴리아나가 뿌린 술이 지나치게 비싼 술이라 아까워했다.

아이노 경이 성벽에 남긴 흔적이 쏟아지는 술에 지워졌다. 뒤에 할 일이 남았는지 아이노 경은 움직이지 않았다. 폴리아나는 말에 올라타기 전 그에게 말했다.

"동티 나도 내 탓 아니오. 들킨 쪽 잘못이오."

아이노 경이 같잖다는 듯 웃었다. 진짜 재수 없었다.

"경도 남 탓 잘하게 되셨소."

"권력이 좋긴 좋으니까 말이오. 천하의 아이노 경이 내게 하오체도 써 주고 인간 대접 해 주니 권력이 좋지."

아이노 경은 화내려다 말았다. 그는 웃었다. 이번엔 특유의 재수 없는 같잖다는 미소가 아니었다.

주군이 좋아하는 여성에 대한 예의로 하오체를 쓰기 시작한 걸 폴리아나가 알고나 있을까? 알게 될 날이 오긴 할까?

그러다 아이노 경은 곧 깨달았다. 룩소스 1세가 폴리아나 윈터를 좋아하지 않았어도 그녀가 후작위를 받은 후로 자신은 하오체를 썼을 것이란 사실을.

대륙의 남쪽 끝, 해안가의 절벽에서 룩소스 1세의 뒤를 지키는 일을 맡겼을 때부터 아이노 경은 폴리아나를 룩소스 1세의 호위기사로 인정하고 있었다. 동료 기사에게 예의를 지키는 정도야 어렵지 않았다.

'여자의 행복이라.'

룩소스 1세가 그녀를 좋아해서 하오체 썼다는 말을 들으면 폴리아나가 기뻐하지 않을 거란 생각이 자연스럽게 떠올랐다.

아이노 경은 쓴웃음을 지었다. 친구에게 옮은 게 틀림없다. 좋아하는 여자가 생겨서일지도 모른다. 여자야 좋은 남자 만나 애 낳고 살면 그것이 행복인데 왜 갑자기 그런 생각이 떠오른 건지.

아이노 경의 웃음을 오해한 폴리아나가 말했다.

"감사의 의미로 제 올해 연애운을 주겠소."

그런 거 필요 없, 까지 말하려던 아이노 경이 마음을 바꿨다. 일단 그의 앞에 서 있는 여자는 대륙에서 제일 잘난 남자를 낚은 강

태공이었다.

연애운 까짓거 준다면 받겠다!

"주는 김에 내년 연애운도 주시오."

"그래 그래, 다 가져가시오."

'차여라.'

폴리아나가 봤을 때 그녀의 연애운은 보잘것없었다. 앞으로도 계속 없을 것이다. 연애운이라 봐야 있지도 않은 걸 달라고 하니 악운으로 작용할 게 분명했다. 그녀는 열심히 기원했다.

'차여라, 차여라, 차여라, 차여라, 열심히 차여라.'

시크를 담당하는 시켈 양이 아이노 경을 차고, 차고 또 찰 것이다. 폴리아나는 희망을 가슴에 품었다.

– 〈황제와 여기사〉 3권에서 계속

BLACK LABEL CLUB 027
황제와 여기사 2

1판 1쇄 발행 2016년 8월 30일
1판 4쇄 발행 2020년 2월 5일

지은이 안경원숭이
펴낸이 신현호
편집부장 예숙영
책임편집 박상희
편집디자인 한방울
영업 · 관리 김민원 조은걸 조인희
물류 이순우 최준혁 박찬수

펴낸곳 ㈜디앤씨미디어
출판등록 2002년 5월 1일 제117-90-51792호
주소 서울시 구로구 디지털로 26길 111 JnK디지털타워 503호
대표전화 (02)333-2513 팩스 (02)333-2514
전자우편 dncbooks@dncmedia.co.kr
디앤씨북스 블로그 http://blog.naver.com/dncbooks

ISBN 979-11-264-3664-4 (04810)
ISBN 979-11-264-3662-0 (세트)